APENAS UM MONSTRO

VANESSA LEN

APENAS UM MONSTRO

ALTA BOOKS
GRUPO EDITORIAL

Rio de Janeiro, 2023

Apenas Um Monstro

Copyright © 2023 da Starlin Alta Editora e Consultoria Eireli.
ISBN: 978-85-508-1915-0

Translated from original Only a Monster. Copyright © 2022 by The Trustee for Vanessa Len Trust. ISBN 9780063024649. This translation is published and sold by permission of Harper Teen an imprint of HarperCollins Publishers, the owner of all rights to publish and sell the same. PORTUGUESE language edition published by Starlin Alta Editora e Consultoria Eireli, Copyright © 2023 by Starlin Alta Editora e Consultoria Eireli.

Impresso no Brasil — 1ª Edição, 2023 — Edição revisada conforme o Acordo Ortográfico da Língua Portuguesa de 2009.

Dados Internacionais de Catalogação na Publicação (CIP) de acordo com ISBD

C539a   Len, Vanessa

           Apenas Um Monstro / Vanessa Len ; traduzido por Giovanna Chinellato. - Rio de Janeiro : Alta Books, 2023.
           416 p. ; 16cm x 23cm.

           Tradução de: Only a Monster
           ISBN: 978-85-508-1915-0

           1. Literatura inglesa. 2. Ficção. I. Chinellato, Giovanna. II. Título.

2022-3253   CDD 823
                         CDU 821.111

Elaborado por Vagner Rodolfo da Silva - CRB-8/9410

Índice para catálogo sistemático:
1. Literatura inglesa : Ficção 823
2. Literatura inglesa : Ficção 821.111

Produção Editorial
Editora Alta Books

Diretor Editorial
Anderson Vieira
anderson.vieira@altabooks.com.br

Editor
José Ruggeri
j.ruggeri@altabooks.com.br

Gerência Comercial
Claudio Lima
claudio@altabooks.com.br

Gerência Marketing
Andréa Guatiello
andrea@altabooks.com.br

Coordenação Comercial
Thiago Biaggi

Coordenação de Eventos
Viviane Paiva
comercial@altabooks.com.br

Coordenação ADM/Finc.
Solange Souza

Direitos Autorais
Raquel Porto
rights@altabooks.com.br

Produtoras da Obra
Illysabelle Trajano
Maria de Lourdes Borges

Assistente da Obra
Beatriz de Assis

Produtores Editoriais
Paulo Gomes
Thales Silva
Thiê Alves

Equipe Comercial
Adenir Gomes
Ana Carolina Marinho
Daiana Costa
Everson Rodrigo
Fillipe Amorim
Heber Garcia
Kaique Luiz
Luana dos Santos
Maira Conceição

Equipe Editorial
Andreza Moraes
Betânia Santos
Brenda Rodrigues
Caroline David
Gabriela Paiva
Henrique Waldez
Kelry Oliveira
Marcelli Ferreira
Mariana Portugal
Matheus Mello
Milena Soares

Marketing Editorial
Amanda Mucci
Guilherme Nunes
Jessica Nogueira
Livia Carvalho
Pedro Guimarães
Talissa Araújo
Thiago Brito

Atuaram na edição desta obra:

Tradução
Giovanna Chinellato

Copidesque
João Pedroso

Revisão Gramatical
Isabelle Drumm
Ana Omuro

Diagramação
Natalia Curupana

Editora afiliada à:  ASSOCIADO

Rua Viúva Cláudio, 291 – Bairro Industrial do Jacaré
CEP: 20.970-031 – Rio de Janeiro (RJ)
Tels.: (21) 3278-8069 / 3278-8419
www.altabooks.com.br — altabooks@altabooks.com.br
Ouvidoria: ouvidoria@altabooks.com.br

Para a minha família, com amor

PRÓLOGO

❦

Aos 6 anos de idade, Joan decidiu que seria o Superman quando crescesse. Ela disse ao pai que precisava da fantasia para poder praticar. Ele nunca gostou de gastar dinheiro, mas pintou um S na camiseta azul de Joan e encontrou um pano vermelho que a filha poderia usar como capa. Ela os vestia para dormir todas as noites.

— Superman? — Sua avó torceu o nariz quando Joan foi ficar com ela em Londres naquele verão. — Você não é um herói, Joan. — Ela abaixou a cabeça grisalha como se fosse contar um segredo. — Você é um monstro.

Ela disse *monstro* como se ser um monstro fosse algo tão especial quanto ser um elfo.

A avó estava arrumando a cama de Joan no quarto de hóspedes, e Joan ajudava a colocar os travesseiros nas fronhas. O quarto cheirava a roupa recém-lavada. O sol da manhã iluminava cada canto.

— Monstros se parecem com aranhas gigantes — disse Joan. — Ou robôs.

Ela havia assistido desenhos animados o suficiente para saber. A avó às vezes contava piadas sem sorrir. Talvez aquela fosse uma brincadeira também.

Porém, os olhos da avó não estavam brilhantes com uma piadinha oculta. Estavam sérios.

— Esses são monstros de mentira — disse ela. — Monstros de verdade se parecem comigo e com você.

Joan e a avó não eram tão parecidas assim.

Joan puxara o lado do pai, o da família Chang. Seu pai se mudara da Malásia para a Inglaterra aos 18 anos. Ele tinha bochechas redondas, com sardas, olhos estreitos e cabelo preto e liso como o de Joan.

A avó se parecia com as fotos de sua mãe. Cabelo ondulado que flutuava em volta da cabeça como uma nuvem, e olhos verdes que eram astutos demais para o rosto. Algumas vezes, Joan via a mesma expressão desconfiada em sua própria face no espelho. *"O olhar da família Hunt"*, como dizia a avó.

A avó terminou de alisar o edredom e sentou-se na beirada da cama. Isso fez com que ela e Joan ficassem da mesma altura.

— Monstros são os caras malvados — disse Joan, cética.

Nos desenhos, os monstros ficavam à espreita, debaixo da cama. Tinham risadas assustadoras que eram longas demais. *Comiam* pessoas. Na escola, a Sra. Ellery havia contado que os chineses comiam gatos, o que fez Joan se sentir como um dos caras malvados, mas com a mesma resistência de agora. Ela não era. *Não era.*

Por algum motivo, isso fez a avó sorrir:

— Você me lembra a sua mãe às vezes.

Joan não sabia o que isso tinha a ver com monstros. Mesmo assim, segurou a respiração e esperou que a avó contasse mais. A mãe morrera quando Joan era um bebê, e a avó raramente falava dela. Em casa, havia fotos dela sobre a televisão e na parede da sala de estar. Mas a avó não tinha fotos de ninguém. O que tinha eram quadros de campos e ruínas antigas.

— Meu pai diz que ela era esperta — arriscou Joan.

— E como! — A avó tirou os cabelos de Joan da frente do rosto. — E teimosa! Ela também não acreditava nas coisas sem ter provas.

Antes que Joan pudesse perguntar o que ela queria dizer com aquilo, a avó esticou o braço no ar, como se estivesse colhendo uma maçã do pé. Os cabelos na nuca de Joan se eriçaram, embora ela não soubesse dizer o porquê.

Quando a avó abriu a mão, estava segurando algo que brilhava como ouro no sol da manhã. Uma moeda, porém uma moeda que Joan nunca havia visto antes. De um lado, havia um leão alado; do outro, uma coroa.

— Eu sei como você fez isso — disse Joan.

Chamava-se *ilusionismo*. Sua prima, Ruth, havia lhe mostrado como fazer o truque com um botão. Dá para fazer algo aparecer ou desaparecer; é só escondê-lo entre os dedos e girá-lo para a palma.

A avó soltou a moeda na mão de Joan. Era mais pesada do que parecia.

— Consegue me mostrar? — perguntou ela. — Consegue fazê-la desaparecer?

O truque de Ruth fora difícil. Joan só havia conseguido acertar duas vezes, e devia ter deixado o botão cair umas cem. Mesmo assim, a expressão da avó era de expectativa, então Joan colocou a moeda no arco entre o dedão e o indicador e a equilibrou ali.

— Não — disse a avó. — Como eu fiz. — Ela colocou a moeda no centro da palma de Joan e fechou os dedos em torno dela. — Como os monstros fazem.

"Mas eu não sou", pensou Joan. *"Não sou um dos caras malvados."* E sua avó também não era. Joan havia passado quase todos os verões com ela, desde que se lembrava. Quando Joan tinha pesadelos, a avó se sentava com ela. Quando Joan encontrou um passarinho machucado no parque, a avó o enrolou em seu cachecol e cuidou dele até que pudesse voar de novo. Uma pessoa assim não era um monstro.

Joan se concentrou no peso da moeda até que não conseguisse mais senti-la. Ela abriu os dedos e mostrou a palma vazia para a avó. O sorriso dela foi caloroso.

— Do jeitinho dos monstros — disse, em aprovação. E acrescentou: — Existe uma regra que vem com esse truque.

— Uma regra? — perguntou Joan.

Em casa, com o pai, existiam regras sobre o que se podia ou não fazer. Roubar era errado. Ajudar as pessoas era certo. Mentir era errado. Prestar atenção na professora da escola era certo.

Os Hunt também tinham regras, mas era como se tivessem uma lista completamente diferente. Roubar não era nada de mais, mentir também não, desde que apenas para estranhos. Pagar as dívidas era certo. Ser leal à família era certo.

— Nós nos escondemos à plena vista — disse a avó. — Você sabe o que isso significa?

Ao redor, a casa parecia muito quieta. Até os pássaros haviam parado de cantar lá fora. Joan balançou a cabeça.

O carinho ainda estava lá, mas a expressão da avó ficou séria.

— Significa que ninguém pode saber o que os Hunt são. O que você é. — Ela abaixou a voz. — Você nunca deve falar sobre monstros com ninguém.

UM

Joan alisou os cabelos e conferiu pela última vez o espelho do corredor superior da casa da avó. Ela tinha um encontro. Com *Nick*. No reflexo, seu olhar era leve e feliz. Joan vinha fazendo trabalhos voluntários com ele no museu durante as férias. E havia passado o verão inteiro interessada nele, mas acontece que *todo o mundo* estava interessado em Nick.

Mordendo os lábios de nervoso como se achasse que ela poderia dizer não, ele a havia convidado para sair no dia anterior. Como se só de ficar na mesma sala que ele o coração dela já não ficasse todo descompassado.

Agora eles passariam o dia todo juntos, começando com um café da manhã na Kensington High Street. Joan olhou o celular. Faltava uma hora.

Estava nervosa também, tinha que admitir. Uma mistura de agitação e ansiedade, do tipo "esperando a montanha-russa começar". Ela e Nick vinham se aproximando cada vez mais durante o verão, mas agora parecia o começo de algo novo.

Risadas subiram pelas escadas e Joan respirou fundo para se concentrar. Seus primos já estavam acordados. A familiar e confortável discussão deles a alcançou enquanto descia os degraus.

— A melhor pintura falsificada da National Gallery — dizia seu primo Bertie.

— Fácil — disse a outra prima, Ruth. — Monet, *O lago com nenúfares*.

— Essa não é falsa!

— Viu como é boa?

— Você não pode simplesmente dizer um quadro aleatório!

Joan já estava sorrindo quando chegou aos pés da escada. Durante a maior parte do ano, ela vivia com o pai em Milton Keynes. E gostava da vida tranquila com ele, mas amava isso aqui também, o barulho e a agitação da casa da avó. Ela passava todos os verões com a avó, e sempre ficava animada para ir.

Na cozinha, Ruth estava empoleirada no radiador quebrado debaixo da janela. Aos 17 anos, era um ano mais velha que Joan e seu outro primo, Bertie; mas, naquela manhã, parecia uma criança. Ainda estava de pijamas: uma calça flanelada cinza e uma camiseta dos *Transformers* com a logo dos *Decepticons*, aquela boca robótica pontuda. Cachos escuros emolduravam seu rosto.

— Tem algum chá nesse armário aí? — Ruth perguntou a Bertie.

Bertie esticou o pescoço enquanto manteve um olho ainda na frigideira com cogumelos e tomates:

— Só aquela coisa fumacenta que o tio Gus bebe.

Com um chapéu de palha que cobria o cabelo preto, parecia que ele estava vestido para uma festa de 1920 em um barco no rio Tâmisa. Todos os Hunt tinham um senso de estética excêntrico.

— Aquilo tem gosto de...

Ruth parou de falar quando viu Joan na porta da cozinha. Ela percebeu o vestido novo e o cabelo arrumado, e seu rosto se iluminou com um lento brilho de satisfação.

— Ruth — protestou Joan —, nem começa.

Mas ela já estava falando:

— Olha só para você!

— Entrevista de emprego? — perguntou Bertie. — Achei que você ainda fosse voluntária naquele museu.

— Vou tomar café com uma pessoa — disse Joan.

Ela já sentia que estava ficando vermelha.

— Ela se arrumou para um *encontro* — disse Ruth, colocando a mão sobre o coração. — É o cúmulo do romance nerd. Eles vão para o Museu V&A depois do café! Vão olhar *roupas medievais* juntos!

— Romance nerd!? — protestou Joan, mas não conseguiu conter um novo sorriso. — Você sabe que o V&A tem outras coisas também. Tem papéis de parede de época... Cerâmicas...

— Vai entrar para a história — disse Ruth. Com a mão ainda sobre o coração, ela se apoiou na janela. — Dois nerds se voluntariam para trabalhar no museu durante as férias de verão. Então, um dia, eles estão juntos passando pano no chão e olham um para outro por cima dos rodos...

Joan bufou e aproximou-se para roubar o canto não comido de uma torrada do prato de Ruth.

— Vocês deveriam ir ajudar qualquer hora — disse ela aos dois. — É bem divertido, viu? Semana passada a gente aprendeu a consertar cerâmicas quebradas.

— Qualquer dia, eu ainda vou gravar você falando para te mostrar como soa — disse Ruth, e dobrou os braços rígidos como os de um robô. — Eu sou a Joan. Eu amo serviços comunitários. Eu sou tão certinha, só atravesso a rua quando o semáforo diz que eu posso.

— É. É assim mesmo que eu falo — retrucou Joan.

Ruth sorriu. Ela era um ano mais velha que Joan, mas o relacionamento das duas sempre fora invertido. Ruth achava que regras eram um problema dos outros. Joan estava sempre agindo como a irmã mais velha, pegando as coisas roubadas dos bolsos da prima e devolvendo-as para as prateleiras, arrastando-a para o final da rua para que atravessassem no semáforo.

"Você é tão Madre Teresa", Ruth dizia, mas com carinho. Elas se conheciam há tempo demais para saber que jamais mudariam a natureza uma da outra.

— Vamos lá — Bertie disse para Joan, e agora parecia tão interessado quanto Ruth. Ele colocou a frigideira inteira de cogumelos e tomates na mesa da cozinha. — Conta tudo.

— Deixa a gente viver esse romance nerd em detalhes — disse Ruth.

Joan chutou o sapato de Ruth.

— Eu gosto dele — disse aos dois.

— Não me diga — respondeu Ruth, com a paciência tolerante de quem passou o verão inteiro ouvindo sobre o tal de Nick. Ela se esticou para pegar um cogumelo da panela.

— Vocês sabem o resto. Nós vamos tomar café da manhã hoje. E aí vamos caminhar até o V&A.

— Aham — disse Ruth. — Aí os dois nerds em história vão se esconder atrás das exibições e... — Ela pôs o cogumelo nos lábios e o lambeu com movimentos exagerados. — Uhm... uhmmm...

— Ruth! — reclamou Bertie. — Eu cozinhei esses cogumelos.

— Uhmmm...

A voz rouca da avó soou da escada:

— Eu vou querer saber?

— Enfim... tenho que ir! — disse Joan, antes que a família toda começasse. — Até depois.

E agora Tio Gus e Tia Ada estavam descendo as escadas atrás de sua avó.

— Ir aonde? — perguntou Tio Gus.

— Ela tem um encontro — gritou Ruth.

— Espera! Eu quero mais detalhes! — chamou Tia Ada.

Joan correu para fora da cozinha.

— Falo com vocês depois — gritou do corredor.

— Um encontro com quem? — Escutou Tia Ada perguntar aos outros.

— Com aquele menino de quem ela gosta! — disse Ruth.

Bertie respondeu cantando:

— *Ela vai beijar o amor de verão em frente às roupas medievais!*

Joan caiu na risada.

— Tchau! Falou! — despediu-se e fechou a porta.

Ela ainda estava sorrindo quando passou pela Lexham Mews. Virou a Earl's Court Road e então chegou à Kensington High Street. Havia sido um verão escaldante e a névoa seca prometia outro dia quente.

Uma mensagem de Nick pulou na tela assim que Joan chegou à cafeteria: *Estou no metrô!* Joan suspirou, contente. Ele estava adiantado também, a menos de quinze minutos dali. Ela mordeu os lábios. Ainda nem acreditava que estava prestes a passar um dia todo sozinha com ele.

Ela pegou uma caneca de chá no balcão e a levou para uma mesa perto da janela. O sol entrava e batia quente sobre seu rosto. Ela se preparou para responder Nick, mas, assim que pegou o celular, sentiu uma lufada de vento quando a porta se abriu atrás de si.

Houve um estouro que teria causado o maior alvoroço no refeitório da escola de Joan. Ela se virou, assim como o restante da cafeteria.

Um homem estava de frente para uma mesa tombada, com os olhos arregalados e confusos. Cacos de louça e vidro tinham se espalhado pelo chão. Ele piscou algumas vezes ao ver a bagunça, como se outra pessoa a houvesse causado.

— Quero comprar flores — murmurou.

Um garçom resmungou perto de Joan:

— De novo não! — E gritou para outro funcionário: — Ray, pega o aspirador! Aquele bêbado voltou!

Para o homem, disse, cansado:

— Você não pode comprar flores aqui. Já falei várias vezes. Faz anos que isso aqui não é mais uma floricultura.

Joan se levantou devagar. Havia reconhecido o homem.

— Ei, ele não está bêbado — disse ao garçom.

O Sr. Solt era vizinho da avó de Joan, morava um pouco acima na mesma rua. Na semana anterior, ele perambulara para dentro da casa dela da mesma maneira confusa. Sua filha Ellie estava chorando quando chegou. *"Ele tem demência"*, explicara à avó. *"Ficou muito pior desde que a minha mãe faleceu ano passado. Metade do tempo, ele não sabe nem em que ano estamos."*

— Senhor Solt? — Joan se aproximou, e seus sapatos esmagaram cacos. Havia vidro por todo lado.

O Sr. Solt usava pantufas macias; dentro delas, seus pés estavam descalços. Ele devia ter andado assim todo o caminho de casa até ali.

— Cadê o vendedor de flores? — Seu rosto estava franzido, confuso.

Ele era um homem grande de 70 anos, careca e com ombros largos. Naquele momento, entretanto, estava todo encolhido, como um menininho. Parecia que ia chorar.

Joan tentou convencê-lo a se afastar do vidro.

— O que acha de eu chamar a Ellie? — sugeriu. — Ela pode comprar algumas flores, aí vocês podem ir para casa.

Ela olhou rapidamente para o celular. Nick estaria ali em dez minutos.

— Está tudo bem — disse ao garçom, por cima do ombro. — Vou ligar para a filha dele.

De maneira convidativa, Joan tocou o braço do Sr. Solt e, para seu alívio, ele se permitiu guiar para longe do vidro e através da porta.

Lá fora, estava um raro dia de sol sem nuvens. Era cedo o suficiente para que a maioria das lojas em Kensington High Street ainda estivesse fechada.

— Vamos encontrar um lugar para sentar — Joan disse.

Porém, quando olhou em volta, não conseguiu ver nenhum banco. Ela caminhou até a parede que ficava entre a cafeteria e a agência bancária ao lado.

— O senhor quer se apoiar na parede enquanto esperamos? — sugeriu. O Sr. Solt piscou, confuso. — Vamos esperar aqui — explicou ela. — Vou ligar para a Ellie e nós esperamos por ela.

O Sr. Solt ficou parado, olhando sem expressão alguma para Joan. Naquele momento, ela teve uma sensação desconcertante. Algo terrível estava para acontecer, pensou, então se perguntou por que achava isso.

— Senhor Solt? — disse.

Ele cambaleou, esticou os braços e agarrou os ombros de Joan. Ela se afastou por instinto, e ele apertou mais os dedos.

Então foi estranho, como se estivessem lutando, mesmo que o Sr. Solt só quisesse recuperar o equilíbrio.

Joan olhou por cima dos ombros, tentando ver através da janela da cafeteria, mas estava longe, mais perto da agência bancária. Um motor começou a funcionar lá dentro. O aspirador de pó. Joan não conseguiria ajuda da cafeteria. Ela olhou para o outro lado, o lado por onde Nick chegaria caminhando, mas Kensington High Street estava mais vazia do que nunca.

O Sr. Solt colocou mais peso sobre seus ombros. As pernas de Joan tremeram com o esforço de sustentá-lo. Ela se lembrou, ridiculamente, da vez em que tentou tirar o colchão da cama e, devido ao peso, caiu debaixo dele. Ela precisou gritar para seu pai ir tirá-lo, e depois ele riu tanto que precisou se segurar no batente da porta.

Ela tentou rir agora. Saiu um som alto e nervoso. Não estava assustada, disse a si mesma. Não exatamente. O Sr. Solt só estava confuso e tentava se equilibrar. Em um segundo, os dois conseguiriam firmar os pés.

Ela imaginou como contaria isso quando Nick chegasse. *Aconteceu uma coisa doida antes de você chegar. O Sr. Solt meio que perdeu o equilíbrio, e eu também, então a gente só ficou cambaleando junto no meio da Kensington High Street.*

Só que naquele momento os joelhos de Joan cederam.

— Senhor Solt! — gritou ela.

O Sr. Solt franziu o cenho. Por um segundo, reconhecimento cruzou seus olhos. Ele empurrou Joan para longe com um gesto confuso. Ela começou a tombar para trás enquanto esticava as mãos para agarrar o ombro, a camisa, ou *qualquer coisa* no idoso para não cair.

Suas costas bateram na parede com um baque dolorido, e, por um momento, tudo o que ela conseguiu ver foi aquele céu azul sem nuvens.

Então houve algo como um estalo.

E tudo ficou preto como se alguém houvesse apagado as luzes.

Joan conseguia ouvir a própria respiração ofegante. Estava totalmente desorientada. Esticou os braços no escuro, tentando tatear e descobrir onde estava, mas, assim que tentou, borrões de luz passaram roncando, fazendo-a parar.

Ela deu alguns passos para trás. As luzes haviam sido um carro.

Sua visão estava começando a se ajustar agora, mas a sensação de desorientação só piorava. Ela não conseguia entender o que estava vendo.

Do outro lado da rua, havia uma hamburgueria. Joan a conhecia bem, passara por ali dezenas de vezes.

Ela se virou. A cafeteria estava atrás dela, escura e vazia. Havia uma placa de FECHADO na janela. Ela não havia se mexido, percebeu. Ainda estava ali. Ainda no mesmo lugar em que o Sr. Solt a empurrara.

Mas o Sr. Solt havia sumido.

Joan ficou olhando em volta. Um momento atrás, estava esperando Nick chegar. O sol brilhava em seu rosto. Era de manhã.

Mas onde antes o céu reluzia azul, agora estava tudo preto. As estrelas brilhavam. A lua.

Era noite.

DOIS

Incrédula, Joan olhou para o céu escuro. Havia anoitecido. Não com um pôr do sol gradual, mas em um instante, como se alguém houvesse jogado um cobertor em cima do mundo.

Não fazia sentido. Um momento atrás, estava esperando Nick chegar, e agora...

Foi conferir a hora e percebeu, em uma nova onda de confusão, que não estava segurando o celular. Tinha uma vaga lembrança do aparelho escorregar de sua mão durante a agitação.

Um carro passou e iluminou a rua. O lugar onde seu telefone havia caído estava vazio. Joan deu um passo cambaleante, desorientada.

Um início de pânico começou a revirar o fundo de seu estômago. Ela deveria encontrar Nick ali para o café da manhã. Mas agora a cafeteria estava deserta e as cadeiras, empilhadas lá dentro. Seu olhar parou na placa de FECHADO mais uma vez.

Por Deus, o que será que tinha acontecido?

O Sr. Solt a empurrou, então... Joan tentou se lembrar. Então nada. Então era noite.

O som de vozes a fez se sobressaltar. Um grupo de meninas passou cambaleando pela Kensington High Street, conversando e dando risada. Elas estavam bem-vestidas e de braços dados para se manterem de pé, como se estivessem no meio de uma noitada.

— Opa, desculpa — disse uma delas ao passar perto demais de Joan.

O coração dela começou a disparar quando as viu partir. Era óbvio que estavam apenas curtindo uma noite fora, nada estranho acontecera a elas.

Joan fechou os olhos com esperança de que, ao abri-los, o mundo consertaria a si mesmo. De que seria de manhã. De que Nick estaria andando em sua direção lá de cima da rua. Porém, quando olhou novamente, o céu continuava escuro. As lojas da Kensington High Street continuavam fechadas e com as luzes ainda apagadas. E a *sensação* era de noite. A temperatura caíra no mesmo instante em que o mundo escurecera.

Joan beliscou o próprio braço. Doeu. O ar estava frio. O chão era firme sob seus pés. Não era um sonho.

Mas se era real... Joan se virou de novo para as janelas escuras atrás de si. Havia um cartaz com os horários do café: das sete da manhã às nove da noite. Se era real, existia um lapso em sua memória de pelo menos 13 horas.

Joan lutou contra um ataque de pânico. Levou a mão ao bolso, procurando o telefone. Precisava falar com Nick, dizer que estava ali, e se lembrou de novo que o celular desaparecera.

Outra onda de pânico. Então, foi demais. Estava sozinha, no escuro, sem qualquer memória do dia. De repente, quis ir para casa, para a casa da avó. Ela se sentiu como uma menininha de novo, como se houvesse caído e se machucado. Como se pudesse simplesmente ir para casa, ganhar um abraço da avó e aí tudo ficaria bem.

Joan cambaleou de volta pela Kensington High Street e então pela Earl's Court Road. Todas as ruas familiares pareciam diferentes no escuro. As lojas eram como conchas vazias. Que horas seriam? Parecia *tarde*.

O que acontecera? Será que fora nocauteada? Drogada? Será que era tudo imaginação? Cada possibilidade a deixava ainda mais assustada.

Em um surto de pânico, parou e apalpou as roupas. Ela descobriu, aliviada, que ainda estava completamente vestida, ainda arrumada para o encontro com Nick, de vestido leve e sandálias.

Será que era sonâmbula? Nunca havia feito isso antes.

Mas, por baixo de todas as especulações, havia outra pergunta, uma que estava assustada demais para encarar: *"O que foi que o Sr. Solt fez comigo?"*

A casa do Sr. Solt surgiu, sombria, perto da esquina com a Lexham Mews. Encolhida, Joan se afastou, com medo de que ele saísse pela porta. Então correu, tropeçou na calçada irregular e continuou correndo todo o caminho de volta, até trombar no escuro com os degraus da casa da avó.

Ela abriu a porta e a trancou atrás de si. Conferiu a fechadura, depois conferiu de novo. Quando se virou, esperava encontrar a casa escura e silenciosa. Mas, para sua surpresa, havia um facho de luz vindo da cozinha. Alguém continuava acordado.

A avó estava na mesa da cozinha, bebendo chocolate quente. Havia mais chocolate borbulhando no fogão. À porta, Joan hesitou, sem saber se estava encrencada ou não. O relógio dizia que era pouco depois da uma da manhã. Seu pai teria surtado se ela ficasse fora até tão tarde sem avisá-lo.

— Oi, meu amor — disse a avó, sem erguer os olhos. — Venha se sentar aqui.

Havia outra caneca de chocolate quente na mesa, notou Joan. Estava fumegando.

— Eu... — Joan não sabia o que dizer.

"Vó, acho que me drogaram. Ou talvez tenham me acertado na cabeça e eu desmaiei." Nenhuma dessas opções parecia verdade.

— Aconteceu alguma coisa — ela conseguiu dizer. — Alguém fez algo comigo.

— Sente-se, meu amor — disse a avó, mais gentilmente, e deslizou o chocolate quente para Joan.

Ela se sentou e pôs as mãos em torno da caneca. Estava muito quente.

Os traços de sua avó pareciam mais suaves do que o comum à meia-luz. Ela usava um roupão de flanela e seus cabelos formavam um halo cinza ondulado. A senhora esperou Joan tomar um gole do chocolate e perguntou:

— O que aconteceu? Me conte exatamente.

Joan tentou se lembrar e o pânico borbulhou dentro dela de novo. O dia inteiro estava faltando de sua memória. Simplesmente não havia nada lá.

— O Sr. Solt fez alguma coisa comigo. Ele fez alguma coisa. Ele... ele me empurrou contra a parede. Então... — Ela encontrou o vazio dentro de sua mente de novo. — Então eu não lembro. Vó, não me lembro de nada que aconteceu desde esta manhã. — As últimas palavras saíram depressa.

— Ele te empurrou. — Sua avó soava tão calma que chegava a tranquilizá-la. — Você o empurrou de volta?

— O quê? — Era uma pergunta tão inesperada que, por um momento, Joan não soube como responder. — Não.

— Mas você o tocou. — A avó pôs um dedo na parte de trás do próprio pescoço. — Aqui.

Joan começou a dizer de novo que não, então se lembrou de como havia balançado as mãos para tentar se equilibrar. Ela tinha uma vívida memória de encostar o canto da mão na nuca do Sr. Solt.

— Era dia — disse a avó. — E depois era noite, sem nada no meio.

Joan olhou fixamente para ela. Fora exatamente assim que acontecera.

— Ele fez alguma coisa comigo — sussurrou ela.

— Ele não fez alguma coisa com você — disse a avó. — Você é que fez com ele.

— O quê?

— Meu amor, eu lhe contei o que você era quando você tinha 6 anos de idade.

Joan balançou a cabeça. Não conseguia desviar os olhos do rosto da avó.

A avó se inclinou mais para perto:

— Você é um monstro, Joan.

No fogão, o chocolate quente ainda borbulhava. Joan conseguia ouvir o tique lento do relógio. O mundo inteiro parecia reduzido aos olhos verdes da avó.

— Você quer dizer que eu posso fazer as coisas desaparecerem? — disse Joan. — Desaparecer e reaparecer?

Ela não era muito boa com isso. Se muito, aquela habilidade havia diminuído ao longo dos anos. Sua avó e Tio Gus conseguiam fazer desaparecer quadros inteiros, mas Joan nunca conseguira nada muito maior do que uma moeda.

À luz amarela da cozinha, os olhos da avó brilhavam tanto quanto os de um gato.

— Esse é o poder da família Hunt. Cada família de monstros tem seu próprio poder. Mas todos os monstros têm um poder em comum. Nós podemos viajar. Foi isso o que você fez.

— Viajar?

— Os humanos são presos no tempo. Monstros, não. Você roubou tempo daquele homem e o usou para ir desta manhã para esta noite. Você viajou no tempo.

Joan queria rir. Queria que a avó começasse a rir. Mas ela apenas a encarava.

— Do que você está falando? — perguntou Joan.

— Da vida. Você roubou algumas horas de vida dele.

— Não — disse Joan. Ela não estava entendendo.

— Você não pegou muito. Metade de um dia, talvez. Ele vai morrer meio dia antes do que deveria.

— Não!

Roubar vida de humanos... Os familiares de Joan sempre se chamavam de monstros, mas sua avó estava fazendo parecer que eram *monstros* de verdade. Como se predassem humanos. Claro, claro, eles até roubavam algumas coisinhas das lojas de vez em quando. Ruth sabia abrir o cadeado de uma bicicleta. Bertie entrava no cinema pela saída de emergência. Mas eles não *eram* monstros.

— Eu não — disse Joan. — Não roubei vida dele. Eu não faria isso. Nenhum de nós faria. E viajar no tempo... Bom, isso é meio...

Naquele momento, Joan viu o chapéu de Tio Gus no banco da cozinha. Era como todos os chapéus de Gus: muito bem cuidado. Aquele era castanho com uma elaborada faixa marrom. O tio era magro, com um estilo dos anos 1950, gostava de ternos caros e chapéus. Até seu cabelo era fora de moda: quase alisado e dividido de lado.

Joan pensou no que Tia Ada vestira na manhã anterior. Ada tinha um guarda-roupa eclético, e Joan sempre gostara disso. No dia anterior, ela acordara cedo; vestia um macacão de mecânico e lenço no cabelo, com um nó no topo. E no dia antes desse, um vestido branco, como se fosse a uma festa ao ar livre da década de 1920.

Como se fosse viajar de volta no tempo para uma festa ao ar livre na década de 1920.

Joan se empurrou para longe da mesa. O som da cadeira arranhando o chão soou mais alto no silêncio.

— Joan — disse a avó.

Joan apertou a lateral da mesa e meneou a cabeça de novo. Não sabia nem o que estava tentando negar.

Sua avó tinha algo na mão. Era o celular de Joan, o que ela havia derrubado na confusão com o Sr. Solt. A tela estava trincada.

— Não se esqueça da regra — disse a avó. — Ninguém pode saber o que nós somos. O que você é. Você nunca deve falar com ninguém sobre monstros.

No andar de cima, o quarto estava como Joan o havia deixado de manhã: a cama bagunçada e o pijama jogado sobre o travesseiro. Ela ficou olhando para o celular, para o longo e fragmentado estrago na tela. Alguém o havia desligado. A avó sabia que devia esperar por ela naquela noite, e aparentemente sabia que precisava recuperar o celular também. Joan engoliu em seco.

Ela ligou o aparelho. Quando a tela acendeu, sentiu como se um balde de água fria tivesse caído sobre sua cabeça. Havia mensagens de Nick.

De repente, ela teve vontade de chorar. Queria tanto ter passado o dia todo com ele, mas perdera o encontro. Não só isso, ela o magoara. Ela lhe dera o cano.

Com um nó na garganta, deslizou pelas mensagens. A primeira era a que havia visto de manhã. Ela estava prestes a respondê-la quando o Sr. Solt chegara.

> Estou no metrô!

> Cheguei!

> Tudo certo? A gente ainda vai tomar café?

> Joan, tá tudo bem?

Ela engoliu em seco. A primeira mensagem era de 7h39 da manhã; a última, das 18h23. Olhou o celular, sem saber ao certo o que dizer. Enfim, decidiu por:

> Desculpa. Eu estou bem. Tive um problema de família.

"Você roubou tempo daquele homem", dissera a avó, *"e então o usou para viajar desta manhã para esta noite. Você viajou no tempo."*

Joan se jogou sentada na cama. Seu primeiro instinto desesperado foi cobrir o rosto com os braços e bloquear tudo. Isso não tinha como estar acontecendo. Não podia aguentar uma coisa dessas.

A avó havia dito que Joan roubou tempo do Sr. Solt, que ele morreria mais cedo por causa dela. Mas não podia ser verdade. Joan não o machucaria. Jamais.

E o resto era... simplesmente impossível.

Porém, o relógio de cabeceira dizia que era 1h15 da manhã. Isso era real. E Joan havia saído para a cafeteria menos de uma hora atrás. O que também era real.

Monstros. Os familiares de Joan sempre se chamavam assim. Por que ela nunca tinha perguntado o motivo?

Ficou olhando o relógio piscar. Três minutos se passaram na mesma velocidade de sempre. 1h45. 2h30. Não parecia nada natural estar desperta desse jeito tão tarde da noite. Era como viajar para outro fuso horário e ter um *jet lag*.

E esse pensamento despertou algumas memórias. Como quando Ruth parecia superanimada e, de repente, uma hora depois, exausta o suficiente para cair na cama e dormir a noite toda. Como quando Bertie trocava de roupa cinco vezes em um mesmo dia.

Ruth e Bertie... Se fosse verdade, então eles sabiam desde sempre. *Eles* roubaram vida das pessoas. "Ele vai morrer meio dia antes do que deveria", dissera a avó sobre o Sr. Solt. E ela parecia nem se importar. Como se realmente fosse um monstro. A ideia era insuportável.

6h30 da manhã. 7h30. Pouco depois disso, Joan deve ter caído no sono.

Ela sonhou que estava fora da cafeteria de novo, com o Sr. Solt. Só que, desta vez, quando ele a empurrou, ela se virou, pôs as mãos em volta de seu pescoço e *apertou*. Ele engasgou e lutou, mas, apesar de seu tamanho, ela estava de alguma forma mais forte.

E então, como no acionar de um interruptor, o dia virou noite.

A voz do Sr. Solt veio da escuridão: *"Você é um monstro."*

Ela acordou com um pulo. As cortinas estavam abertas e o céu lá fora, surpreendentemente branco. Joan ergueu as mãos para o próprio pescoço e sentiu a fragilidade dos músculos quando engoliu. Que tipo de sonho era aquele? Que tipo de pessoa tinha um sonho assim?

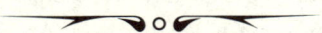

Lá embaixo, na cozinha, Ruth comia torradas com Marmite. O relógio da cozinha marcava três e meia. Joan não estava entendendo. Ruth tomando café da manhã. Estava claro lá fora. O relógio marcava três e meia. Essas coisas não faziam sentido juntas. Então seu senso de tempo se ajustou de repente: três e meia da tarde.

Ruth ergueu os olhos:

— Ei! Não acredito que você não me acordou quando chegou em casa! Me conta sobre seu encontro com o nerd bonitão! Conta tudo! — Ela soava tão normal que Joan sentiu outra onda de confusão. — Foi incrível? Vocês... — Ela juntou os lábios num beijo exagerado.

— Eu perdi o encontro — Joan se ouviu dizer.

— Perdeu? — A animação de Ruth desapareceu. — Você perdeu o *encontro*? Como assim? Saiu tão animada.

Joan olhou para ela. O cabelo de Ruth estava todo armado. Sua jaqueta tinha grandes ombreiras e a maquiagem estava meio borrada. Parecia que havia acabado de chegar de uma festa com temática dos anos 1980.

Ou dos anos 1980.

— É verdade, não é? — perguntou Joan devagar.

Ruth estava começando a franzir a testa:

— O que é verdade?

— Nós somos monstros. Monstros *de verdade*. Nossa família rouba vida de humanos.

Joan não conseguia tirar os olhos do rosto familiar de Ruth. Ela a conhecia desde sempre, desde antes de saber falar. Às vezes, nos verões, elas dividiam o quarto. Discutiam sobre coisas tolas e depois faziam as pazes de novo. Ficavam acordadas a noite inteira, conversando sobre qualquer assunto. Joan sentiu um nó na garganta. *"Dê risada"*, ela pensou para Ruth. *"Por favor. Ou pareça confusa. Ou negue tudo. Me diz que eu estou louca."*

"Por favor, Ruth. Por favor. Diz que não é verdade."

Ruth abriu e fechou a boca, como se não tivesse certeza do que falar. Era estranho vê-la assim, indecisa. Normalmente ela era tão determinada sobre tudo.

— Alguém te contou? — disse, por fim.

Um horror pesou no fundo do estômago de Joan. Era verdade. O que a avó dissera na noite anterior era verdade.

— Por que *você* não me contou? — disparou Joan.

A cor estava deixando o rosto de Ruth:

— Joan...

— Você rouba vida das pessoas? A vó? O Bertie? — Toda a família Hunt. Joan sentiu que ia vomitar. — Ruth, isso é tão errado! É errado mesmo! É *cruel*! — Um pensamento terrível cruzou sua mente. — Você já roubou vida do meu pai? De mim?

Ruth pareceu chocada:

— É claro que não. Como você pode pensar isso?

Joan se afastou para o corredor. Seu estômago revirou. Ia mesmo vomitar.

— Ei! — disse Ruth. Ela se levantou da cadeira. — Aonde você vai? Você precisa falar com nossa vó, tá?

— Falar com nossa vó? — disse Joan, incrédula. — Não quero falar com nenhum de vocês!

Ela precisava sair daquela casa. Precisava ir para longe da família.

— Joan...

— Não! — A voz de Joan falhou. Ela se afastou mais. — Nunca mais quero ver *nenhum* de vocês!

TRÊS

Na noite anterior, Joan, morrendo de medo do Sr. Solt, passara correndo pela casa dele. Agora, apenas abaixou a cabeça, envergonhada. *"Ele não fez nada com você"*, dissera a avó. *"Você é que fez com ele."*

De repente, desesperada, Joan quis poder ir para casa, para casa mesmo. Não a da avó, e sim a do pai, em Milton Keynes. Mas ele estava de férias na Malásia, visitando o outro lado da família de Joan. Um amigo dele estava cuidando da casa.

Joan sentia que havia saído do mundo real. Lá, no mundo real, seu pai estava na Malásia. Lá, seus amigos curtiam o meio das férias de verão.

E aqui... Aqui a família de Joan estava roubando vidas esse tempo todo. E Joan nunca soube. Aqui, ela também roubara vida de alguém ontem.

Quando virou a esquina da rua da avó, percebeu que não fazia ideia de para onde estava indo. Se ligasse para o pai, se tentasse ir para casa em Milton Keynes, se ligasse para uma amiga e pedisse para ficar lá por uns dias, haveria perguntas. Perguntas que ela não saberia responder.

Sem ter para onde ir, viu-se a caminho da Holland House, o museu onde era voluntária. Até Nick.

Holland House era uma casa em Kensington que havia sido restaurada e transformada num museu de história viva. Cada cômodo era a recriação perfeita da casa no auge do período Georgiano. Por dentro, historiadores com trajes da época guiavam os turistas pela casa e contavam como seus antigos ocupantes viviam. Por fora, havia jardins para piqueniques e um labirinto de sebe.

Joan era voluntária lá três dias por semana, desde o começo do verão. O trabalho era principalmente limpar e cuidar do jardim, mas ela amava. História era a sua matéria preferida na escola. Seus amigos falavam que queriam ser atores e cantores. O sonho de Joan era trabalhar em um museu.

Ela percorreu o trajeto familiar até a Holland House. Ao seu redor, o mundo parecia surrealmente normal. Os estabelecimentos vazios ao longo da Earl's Court Road pareciam lojas comuns de novo. Até o céu azul do dia anterior havia voltado ao cinzento usual de Londres. Era como se o dia anterior nunca houvesse acontecido.

Joan chegou à Kensington High Street. Do outro lado da rua, os portões de ferro forjado da Holland House estavam abertos. Já era fim de tarde e os turistas estavam indo embora, espalhando-se pela Kensington.

Era estranho andar contra a corrente. Joan sentiu como se estivesse indo no sentido errado. Talvez estivesse. E o que falaria a Nick quando o encontrasse? Do ponto de vista dele, ela havia ignorado suas mensagens e lhe dado um cano. E então ela faltara ao seu turno no museu sem sequer ligar para avisar. E se ele nem quisesse conversar? Joan engoliu em seco quando pensou nisso.

Enquanto andava pelo caminho à sombra dos ulmeiros até a casa, turistas passavam com suas cestas de piquenique vazias e souvenires da lojinha. Crianças corriam brandindo espadas de espuma e os pais, mais lentos, seguiam logo atrás.

Como sempre, a Holland House foi aparecendo aos poucos. Tijolos vermelhos surgiram entre o véu de árvores, e então as janelas brancas e reluzentes, antes que o caminho chegasse à clareira e a casa fosse revelada por completo.

O museu de história viva da Holland House era uma mansão de tijolos vermelhos e pedras, coberta por heras. O telhado tinha pontas suaves e torres; e o jardim da frente, uma fonte d'água e pavões que vagavam despreocupados.

Joan estava no limite da clareira agora. Ela esperava que, de alguma forma, a casa estivesse diferente. Mas parecia exatamente igual àquela de dois dias antes. O mundo inteiro estava igual: a casa da avó e a Earl's Court Road. Era Joan que havia mudado.

Agora ela sabia que, detrás da fachada costumeira de Londres, existiam monstros.

Joan subiu pela escada dos fundos que os funcionários usavam. A luz do fim de tarde era filtrada pelas janelas. O ar tinha cheiro de madeira polida e aquecida pelo sol.

Nick estava trabalhando na biblioteca. Era um longo espaço em galeria que ocupava toda a extensão lateral da casa. Estantes de livros e pinturas a óleo ocupavam as paredes. Ao final de um dos lados, as janelas davam para o jardim formal; do outro, para o pátio da frente.

Joan hesitou à porta. Nick estava de costas para ela. Trabalhava sozinho, limpando a moldura de um quadro com uma flanela macia. Fazia certo calor na biblioteca, e as mangas de sua camisa estavam arregaçadas até a dobra do cotovelo. Joan não conseguia tirar os olhos da pequena extensão de pele nua entre sua gola e seu cabelo. *"Você o tocou aqui"*, dissera sua avó sobre o Sr. Solt.

O sentimento parecia ainda mais forte agora. Joan se lembrou da primeira vez que viu Nick, em seu primeiro dia como voluntária ali. Era um sábado de sol no começo do verão. Naquela manhã, as multidões cresceram e cresceram na casa, até parecer que metade de Londres estava ali fazendo piqueniques e acotovelando-se pelo labirinto de sebe. No intervalo para o almoço, Joan decidiu se refugiar dentro da casa, então subiu as escadas dos fundos e viu-se sozinha naquela mesma biblioteca. Ela fechou os olhos para sentir o cheiro de papel e livros com capas de couro. Aquele momento de calma tinha sido de um alívio imenso.

Uma das tábuas do chão rangeu; ela abriu os olhos e viu um jovem entrar na biblioteca. Era um pouco mais velho que ela, 17 anos, talvez. A primeira coisa que pensou foi que ele tinha uma beleza clássica: bem-definida, cabelo escuro e rosto quadrado. Então ele olhou para ela e Joan sentiu um calor percorrer seu corpo, como se houvesse entrado debaixo de um raio de sol.

Mais tarde, ela descobriria que ele era gentil. Que ele nunca mentia. Que falava com todo o mundo com o mesmo respeito e interesse.

Então, Joan se mexeu e o chão rangeu. Por um momento, memória e realidade se misturaram quando Nick se virou.

Seus olhos escuros encontraram os dela e Joan prendeu a respiração.

— Nick, me desculpa — disse ela. — Desculpa por eu não ter ido ao nosso encontro ontem.

Nick passou a mão pelos cabelos. Dependendo da luz, eram quase pretos. "Pretos como os do Sr. Darcy", dizia a amiga deles, Astrid. A janela atrás dele iluminou os fios.

— Tudo bem — disse ele.

As palavras soaram casuais, mas havia um tom vulnerável por trás delas. Ele parecia preparado para uma rejeição.

— Tive um problema de família — disse Joan. Não era exatamente mentira, mas soava como uma. — E... Desculpa eu não ter respondido as suas mensagens. Perdi meu celular... — Ela se ouviu deixar a frase morrer no ar. *Mas o encontrei de novo.*

"Você nunca deve falar sobre monstros com ninguém", dissera a avó. Pela primeira vez, Joan se perguntou se aquele segredo sempre estaria entre ela e as pessoas com quem se importava. Aqui com Nick, em casa com o pai...

Imaginou Nick esperando por ela naquela cafeteria. Ela não havia respondido nenhuma mensagem, mas o conhecia. Ele teria esperado e esperado, só para garantir. Quanto tempo será que ele havia ficado lá até perceber que ela não apareceria?

"Tá tudo bem?", perguntara ele na última mensagem.

Ela o imaginou recebendo aquela resposta curta tarde da noite. *"Tive um problema de família."*

— Joan... — Nick ainda estava parado ali, esperando algo mais.

Então ela viu a compreensão cair sobre ele, assim como a dor que a acompanhava. Ela não daria uma explicação melhor.

No andar de baixo, portas se fecharam. Passos ressoaram até a entrada principal. Os últimos turistas estavam indo embora.

Joan cobriu o rosto com as mãos. Aquilo tudo era demais para ela, precisava de algo real.

— Eu posso... — Ela apontou para a flanela na mão de Nick. Ele olhou para baixo e piscou, como se houvesse se esquecido de que a estava segurando. — Posso terminar aqui. Eu sei que não compensa o turno que perdi, mas...

Nick ergueu os olhos para o rosto dela.

— Não precisa.

— Vai ser rápido.

Ela foi até o kit de limpeza. Conseguia sentir os olhos de Nick nas suas costas enquanto procurava outra flanela. Ela estava agindo estranho, sabia que estava. E apenas adiando o inevitável.

A moldura do quadro era de madeira com entalhe de rosas. Joan limpou como haviam lhe ensinado e tirou a poeira dos detalhes complicados com cuidado para não encostar na tela. O silêncio era pesado. Ela estava tensa, esperando que ele dissesse: *"Você me magoou de verdade. Isso não é legal, Joan"*. Ou talvez ele só fosse embora.

Ela ouviu seus passos. Lentos, da mesma forma como ela havia se aproximado do Sr. Solt. Ele não estava indo embora.

Nick parou ao seu lado. Ela se sentiu completamente consciente de sua presença, de seus ombros largos e do rosto quadrado.

— Joan? — murmurou ele suavemente. — O que aconteceu ontem?

Ela sentiu um nó na garganta. Quantas vezes será que sua família fazia aquilo? Quanta vida será que eles roubavam... e de quem? Será que Ruth já tinha roubado tempo dos vizinhos? De pessoas que Joan conhecia? Ela desejou por um breve segundo inconsequente que pudesse contar tudo a Nick. Sempre se sentia melhor quando conversava com ele. E o que a avó lhe contara na noite anterior era tão assustador que precisava contar para alguém. Mas nunca poderia contar a Nick. Ele era humano, e sua avó a lembrara da regra: *"Você nunca deve falar sobre monstros com ninguém."*

No andar de baixo, os funcionários se despediram uns dos outros. Mais portas se fecharam. As pessoas estavam indo embora.

— Eu só vim me desculpar.

Joan teve que forçar as palavras para fora. Sua garganta parecia tão apertada.

Percebeu naquele momento que não deveria ter ido até ali. Não sabia a quem recorrer, mas não deveria ter procurado Nick. A verdade é que ela havia entrado em um mundo estranho e perigoso na noite anterior. Um ao qual Nick não pertencia.

Ele ficou sem responder por um tempo. Joan viu as emoções passarem por seu rosto. Será que ele havia percebido que quando ela fosse embora não voltaria mais?

Joan sentia um aperto no peito. *"Eu gosto dele"*, dissera a Ruth. Mas não era apenas assim que se sentia. Quando o vira pela primeira vez, foi como se o houvesse reconhecido. Como se o conhecesse a vida toda. E quando ele a convidou para sair, parecia que uma nova parte dela estava despertando. Sequer sabia que era possível se sentir assim.

A ideia de ir embora agora, de nunca mais o ver, partiu seu coração. Mas ela sabia que precisava. Conhecia a si mesma, não conseguiria mentir para ele. Ela já tinha sentido uma urgência irresponsável de confessar. Ainda sentia.

— Joan — disse Nick. Eles estavam muito próximos. — Não. — Havia algo sério nos olhos dele. — Não vá.

Então ele havia percebido.

"Eu tenho que ir", pensou Joan. *"Não confio em mim mesma perto de você. Eu tenho medo do que posso acabar contando. Tenho medo do que eu sou."*

Porém, quando ele disse "por favor", Joan se pegou assentindo.

Os funcionários não deveriam ficar na casa depois de fechada. Joan se sentia estranha por quebrar essa regra; ela era normalmente o tipo de pessoa que segue tudo à risca, e Nick também. Eles recuaram até o final da biblioteca para se sentar lado a lado no chão nu de madeira, embaixo da janela, onde não tinham como danificar nada.

Nick encontrou um chocolate com avelãs na mochila e usou a jaqueta como toalha de piquenique improvisada.

— Para não derrubar nenhuma migalha — disse, sério.

Sua gola deslizou para baixo quando ele alisou a jaqueta, e Joan tentou não olhar para a nuca nua.

Os dedos de Nick tocaram os dela quando ele lhe passou o chocolate. Joan se segurou para não recuar. Ela roubara tempo do Sr. Solt apenas por tocar seu pescoço. Nunca se perdoaria se machucasse Nick assim também.

Como em um acordo silencioso, eles evitaram falar do dia anterior. Em vez disso, conversaram sobre assuntos triviais, cautelosos.

— Você trabalhou no jardim hoje? — perguntou Joan. Sua voz saiu com uma estranheza que refletia como estava se sentindo.

Havia uma centena de perguntas não feitas nos olhos de Nick, mas ele a respondeu:

— Ainda não terminei aquela auditoria para a seguradora. — Ele nascera em Yorkshire e ainda tinha um leve sotaque do norte, que soava mais forte quando estava cansado. Joan conseguia ouvi-lo agora. — Cataloguei aquela sala de que você gosta, com todos os quadrinhos.

— A Sala das Miniaturas.

Ele devia ter levado séculos para catalogar todos os objetos. Aquele era um trabalho para duas pessoas, e tivera que fazê-lo sozinho. Não era de se surpreender que estivesse cansado. Joan baixou os olhos para o chão. A culpa parecia ter vida dentro dela. Havia machucado o Sr. Solt no dia anterior. Havia magoado Nick. Fora sem intenção, mas mesmo assim... Será que era isso o que monstros faziam?

Conforme se mantinham nos assuntos simples, o ar ia ficando pesado com as coisas não ditas. A conversa que não estavam tendo parecia falar mais alto do que aquela que estavam.

Joan dobrou os joelhos para cima. Ao redor deles, a casa ficou cada vez mais e mais silenciosa; por fim, parecia que até os rangidos usuais do chão estavam quietos. Eram os únicos ainda ali.

Do outro lado do cômodo, o sol do final de tarde brilhava sobre o quadro desempoeirado pela metade.

— Eu não terminei de limpar a moldura — percebeu Joan. Era trabalho para mais meia hora. — Termino antes da gente ir embora.

A voz de Nick soou gentil:

— Amanhã eu limpo.

Amanhã. Joan não sabia como pensar sobre o dia seguinte. Ela mal conseguia imaginar como seria a noite. Deixou a cabeça tombar para trás e a recostou na parede. A pintura era quase em tamanho natural, mas de onde estavam se parecia com uma das miniaturas. Era o retrato de um homem do período da Regência, com roupas de caça. Ele estava debaixo de um carvalho e tinha o queixo erguido de desdém.

Nick acompanhou o olhar de Joan.

— Astrid o chama de Gostosa Melosa — disse ele, e Joan se surpreendeu ao rir.

Na verdade, entretanto, ela sempre achara que o homem do retrato parecia mais cruel do que qualquer outra coisa. Havia o corpo de uma raposa aos seus pés, e a ponta de seu sapato estava no pescoço do animal. O artista pintara os olhos do sujeito de um modo frio e predatório.

— Dizem que ele já foi dono da casa — disse Nick.

Joan pensou em todos os cômodos vazios que os rodeavam.

— Dá pra imaginar como deveria ser quando só uma família morava aqui? — perguntou ela. — Tanto espaço.

Nick olhou para o teto de vidro: as claraboias intercaladas com estrelas prateadas no azul do anoitecer.

— Não consigo imaginar como seria crescer aqui — disse ele. — Minha família morava num lugar tão pequeno quando eu era criança. Éramos oito num apartamento de dois quartos.

Ele pareceu relaxar mais quando disse isso, como se estivessem tendo uma conversa normal.

— Oito? — perguntou Joan, surpresa.

Ele já havia falado um pouco dos irmãos e irmãs antes, mas ela nunca imaginara que eram tantos.

— Três irmãos e duas irmãs. Eu e os outros meninos dormimos na sala de TV até meus 7 anos. Mas a gente não achava ruim, não. Era legal, sabe? Aconchegante.

— Sei — disse Joan, pensando em quando ficava com a avó.

Ela gostava da casa serena do pai, mas amava passar os verões com os Hunt também. Pelo menos até aquele momento. Não tinha certeza de como se sentiria agora. Fechou os olhos por um instante e sentiu a garganta se fechar devido às lágrimas.

Nick hesitou. Joan sabia que ele queria perguntar. Ela se preparou, com medo do que estava por vir. Mas ele apenas se mexeu um pouco, de forma a ficarem mais próximos e tocarem os braços.

Ficaram sentados assim até que Joan se recuperasse.

— Como é a sua família? — ela conseguiu perguntar.

Nick hesitou de novo. Ela podia sentir os olhos dele a examinando.

— A gente não tinha muito quando eu era pequeno. Meus pais ensinaram que devíamos cuidar uns dos outros. Ser bons uns com os outros. Ajudar as pessoas que precisam. Eu acredito nisso, eu acredito que, se podemos, temos que ajudar as pessoas.

Outros poderiam dizer isso em um tom de deboche, para mostrar que sabiam que era besteira. Mas Nick apenas disse. Como se acreditasse.

Joan mirou as próprias mãos, as mãos que haviam roubado vida no dia anterior. Ela sempre acreditara naquilo também. De verdade, como Nick. Ela queria ser assim. Pensava que *era*.

Depois da conversa com a avó, Joan sentia como se estivesse se transformando em algo que não entendia. Agora, conversando com Nick, ela se perguntou se não havia uma forma de se reencontrar. De ser apenas Joan. Será que *havia como*, mesmo sabendo o que era?

— Meu pai sempre me ensinou isso também — disse.

Ela contou sobre o pai e sua família na Malásia. Sobre ser filha única. Então, de forma mais tentadora, sobre ser uma dentre três primos com a mesma idade quando ficava com os Hunt.

Eles conversaram por um longo tempo. Os assuntos fluíram de família a pessoas na casa e a qualquer um de quem se lembravam. Quando as palavras finalmente cessaram, Joan ficou aliviada ao perceber que o desconforto havia passado. O silêncio parecia normal. Confortável.

— Eu não costumo falar tanto de mim mesmo — disse Nick.

Ele soava incerto, como se tivesse medo de a estar entediando.

Joan inclinou a cabeça ao lado da dele na parede.

— Eu gosto de conversar com você.

Ela pensou em como ele estava quando a tinha convidado para sair. Ele era *tão* bonito. Bonito nível galã de cinema. Devia haver muita gente caidinha por ele, mas Nick parecia tão novo nisso quanto ela.

— Eu gosto de passar tempo com você — disse Joan. — Eu... Nick, eu queria *mesmo* ter ido ontem. De verdade. Eu me arrumei toda.

Ela não estava arrumada agora, percebeu, incomodada. Mal havia pensado em roupas quando acordara. Apenas jogara um vestido por cima de uma regata e um short de academia.

— Sério? — Nick sorriu, um pouco tímido. — Eu me arrumei também. Não com um terno e tal, mas... coloquei uma jaqueta bacana.

Joan virou a cabeça para olhá-lo direito.

— Sério? — ecoou ela.

Os curadores haviam colocado um figurino da Regência em Nick uma vez, quando um dos atores profissionais ficara doente. As calças ficaram apertadas nas coxas e a jaqueta, esticada em torno dos ombros musculosos.

Joan escutou o som da própria respiração mudar primeiro. Nick tocou sua bochecha e então ela não conseguia nem respirar. Nunca tinha beijado ninguém. A mão de Nick deslizou para erguer seu rosto. Ela sentiu sua respiração trêmula, um sopro de leve contra a boca. Ele estava nervoso também.

Seu fôlego parou quando a boca dele tocou a sua. Nick se afastou apenas o suficiente para poder sorrir de novo. Ela sorriu de volta. De repente, não estava mais nem um pouco nervosa; ergueu as mãos até o cabelo dele e o beijou. Ela se sentiu quente e trêmula. Mexeu-se um pouco e deslizou as mãos para baixo até...

Ela se afastou de súbito, chocada consigo mesma. Não podia encostar no pescoço dele.

— Ahn? — Nick parecia hipnotizado com o beijo. — Joan?

Então ele se levantou um pouco, franzindo a testa.

— Você ouviu isso?

Naquele instante, Joan percebeu também. Pneus rodando contra o cascalho. Era um som que ela nunca escutava ali. Não eram permitidos carros tão perto assim da casa. Luzes passaram pelas janelas.

Os dois se levantaram depressa. O sol estava começando a se pôr. Quanto tempo haviam passado ali, conversando?

Havia um carro preto lá embaixo, no pátio.

— Eu não sabia que podiam fazer eventos aqui — disse Joan.

Mais três carros estavam chegando. Um alerta distante disparou em sua mente. Onde foi que tinha visto carros assim?

Nick ainda parecia estar sentindo o beijo. Ele respirou fundo, visivelmente se recompondo. Seu cabelo grosso estava bagunçado por causa das mãos de Joan.

— A gente devia ir embora — disse ele.

Joan também não estava ansiosa para invadir nada. Nick estendeu a mão. Joan hesitou, mas a pegou. Dar as mãos era seguro, lembrou a si mesma. Tocá-lo era uma sensação boa, como um eco trêmulo do que sentiu durante o beijo.

— A gente pode sair pelos fundos — disse Joan. Ela o conduziu pela biblioteca. — Ninguém vai ver. Eles vão entrar pel...

Ela parou e fixou o olhar na porta aberta. Na passagem do lado de fora da biblioteca, um homem estava se materializando do nada, com o caminhar tranquilo de quem está saindo para um passeio. Ele tinha cabelo preto na altura dos ombros e o rosto como o de um abutre. Estava parcialmente de costas para Joan. Quando seu pé de trás apareceu, ele passou as mãos pelo terno com cuidado.

Se o homem virasse apenas um pouco mais, ele os veria. Joan apertou a mão de Nick, querendo que ele ficasse em silêncio. Desejando que ele não houvesse visto o que ela vira. Mas Nick havia visto. Ele estava encarando de olhos arregalados. O homem havia aparecido do nada. Nick apertou sua mão de volta com força.

Aqueles carros pretos. Agora Joan se lembrava de onde havia visto carros assim antes.

Dois anos antes, ela chegara à casa da avó para passar o verão e se deparara com uma energia carregada no ar. Não a energia agradável do bom humor entre os Hunt. A casa parecia viva, tamanha a tensão.

— Os Oliver estão na cidade este ano — explicara Ruth. — Todo o mundo está com os nervos à flor da pele.

— Como assim? — perguntara Joan.

— Os *Oliver* — dissera Ruth, como se Joan devesse saber o que aquilo significava. Quando Joan olhou confusa para ela, a prima acrescentou: — Outra família de monstros. Uns idiotas elegantes que andam por aí em Jaguares pretos. Eles odeiam a gente e a gente odeia eles.

— Outra família de monstros? Monstros como nós?

— Não como nós. Os Oliver são maus de verdade. Cruéis.

Joan havia visto os carros mais tarde naquele verão. Enquanto caminhava rua abaixo, três deles passaram devagar, polidos e pretos. Dentro do último deles, ela vira de relance um homem ao volante, de terno cinza e chapéu formal de motorista. No banco de trás, um menino estava sentado sozinho. Com um cabelo dourado e bonito, ele deveria ter a idade de Joan. E, quando ela passou, percebeu que ele estava de queixo erguido como se desprezasse o mundo todo.

"*Cruéis*", pensou Joan. O que os Oliver fariam se encontrassem Joan e Nick ali?

Uma mulher surgiu ao lado do homem com cara de abutre. Então mais pessoas começaram a aparecer nas passagens e nos cômodos além: o Salão Amarelo, a Sala Dourada...

Joan não tinha como fechar a porta, não sem fazer barulho. Era uma porta velha que chiava e arranhava quando se fechava. Só lhes restava voltar para dentro da biblioteca, com cuidado para não pisar nas tábuas que rangiam. Ela empurrou Nick consigo, esperando que seus movimentos fossem mascarados por todas as chegadas.

Quando recuou, ouviu um som atrás deles. Um terceiro passo, que nem ela nem Nick haviam dado.

Joan se virou devagar. Onde antes a biblioteca estava vazia, havia agora pessoas por toda a galeria. Joan escutou Nick inspirar, rápido e em choque.

Um homem agarrou o ombro de Joan com uma mão pesada.

— Por que será — disse ele — que sempre que visitamos esta época, encontramos a casa infestada de ratos?

QUATRO

Eles eram monstros.

Se Joan em algum momento duvidara da verdade, agora não havia mais como. Aquela gente tinha surgido do nada. Ela devia ter aparecido exatamente assim no dia anterior, quando viajara da manhã para a noite.

Sete deles estavam na longa galeria, elegantes, com ternos e vestidos longos do início do século XX. Os olhos de Joan repararam nos detalhes. Um cachecol de seda branca sobre um blazer preto. Contas prateadas em um vestido azul. Sapatos de couro preto com um brilho espelhado.

— Você viu o que eu vi? — sussurrou Nick para Joan. — Você os viu aparecer do nada?

Joan estava enjoada.

— Vi.

Como queria contar o que estava acontecendo; como queria entender melhor... Não conseguia tirar as palavras de Ruth da cabeça. *"Os Oliver são maus de verdade. Cruéis."*

No silêncio, soaram passos lentos e deliberados. O homem com cara de abutre estava passando pela entrada da biblioteca. Seu cabelo na altura do ombro era tão preto quanto as asas de um corvo.

O homem atrás de Joan segurou os ombros dela com mais força.

— Lucien, estes dois estavam aqui quando chegamos. Eles nos viram chegar.

Joan estremeceu com a forma com que o sujeito falou. Sentia um presságio horrível. *"Você nunca deve falar sobre monstros com ninguém"*, dissera a avó. Mas Nick os vira. E agora?

— Nós... nós somos voluntários aqui — disse Nick. — A gente limpa a casa, cataloga os livros. Não temos nada que você...

O homem que falara socou com força o rosto de Nick.

— Não! — disse Joan, chocada.

Ela ergueu uma mão, como se pudesse impedir tardiamente que Nick levasse o golpe. Alguém agarrou seus ombros e arrastou-a para trás. Joan tentou desesperadamente segurar a mão de Nick, mas não conseguiu. Havia sangue na boca dele: uma horrível mancha vermelha.

A voz de Joan chamou a atenção do homem com cara de abutre. Lucien. Ele se aproximou e segurou o queixo dela. Houve um conflito entre Nick e dois homens. Lucien o ignorou e forçou o rosto de Joan para cima.

— A menina é uma de nós — disse.

— Um monstro? — perguntou um dos outros.

Nick parou de resistir e arregalou os olhos escuros.

— Um monstro? — Ele parecia perdido. — Quê?

— Eu não... — Joan começou a dizer, mas Lucien apertou seu rosto e a fez engasgar.

— Nem tente negar — disse Lucien. — Eu posso ver o que você é. Tenho o poder da família Oliver. Você é um monstro e o seu amiguinho aqui é humano.

Enquanto falava, seu olhar se estreitou como se houvesse percebido algo mais. Algum instinto perfurante fez Joan abaixar os olhos para o próprio bracelete. Era uma corrente simples de ouro, com um pequeno pingente de uma raposa dourada com língua prateada. A avó lhe dera anos atrás. *"O símbolo da família Hunt"*, dissera.

Os lábios de Lucien se contorceram.

— Revistem eles — disse ele, áspero.

Dois homens o fizeram, eficientemente. Um deles encontrou o celular de Joan. Ela conseguiu pegar o aparelho enquanto o homem ainda tentava agarrá-lo e digitou rápido para Ruth: *"Olivers na hh"*. Porém, quando tentou apertar o botão de enviar, o homem lhe arrancou o telefone. Ele cruzou o cômodo com passos largos, abriu uma janela e deixou cair o aparelho. Houve um som distante de vidro se quebrando no pátio lá embaixo. Ao lado de Joan, Nick conseguiu alcançar o telefone fixo na mesa, mas o arrancaram dele também.

Então seguraram seus braços e eles foram empurrados para fora da biblioteca. Joan resistiu e a sola de seu tênis ficou derrapando e guinchando contra o chão de madeira.

— Solta a gente! — Ela conseguia ouvir o pânico aumentando na voz. — Deixa a gente em paz! Solta!

Eles foram arrastados até a Sala Dourada, a dois cômodos da biblioteca. Era o lugar mais ornamentado da casa, uma caixinha de joias de veludo vermelho, pinturas a óleo, molduras douradas e folhas reluzentes de ouro.

Ao menos doze pessoas estavam reunidas, como que para um coquetel. Todas se viraram para olhar quando Joan e Nick foram empurrados para dentro. Joan estava humilhantemente consciente de seu rosto vermelho e suado. Seu cabelo se soltara. Nick também estava uma bagunça. Havia sangue em sua boca e a briga lhe despenteara o cabelo.

Em contraste, o glamour da Sala Dourada combinava perfeitamente com os Oliver. Eles estavam sentados, casuais, nas cadeiras de veludo, e apoiados nas paredes de lambris azul e dourado, como se tudo lhes pertencesse.

O mais intimidador era um homem loiro, sozinho, de pé ao lado da grande lareira de mármore, apagada naquele clima quente. Com um choque, Joan percebeu que já o vira antes. Seu retrato estava na biblioteca: era o homem de olhar frio que vestia roupas de caça do período da Regência. Na vida real, ele era tão alto que parecia até impossível, e tinha o mesmo rosto alongado de Lucien. Porém, enquanto o de Lucien se parecia com o de um abutre, o daquele homem era belo e refinado.

Joan olhou para Nick. Ele não reconhecera o homem como o sujeito do retrato, é claro que não. Ele não sabia que essas pessoas haviam vindo de outro tempo. Joan desejou que ainda estivesse segurando a mão de Nick, queria lhe sinalizar que corresse. Mas para onde poderiam correr? Havia Olivers por toda parte.

— Edmund — disse Lucien ao homem de olhar frio.

Ele assentiu sem falar nada. Sua postura era arrogante como a de um rei.

— Nós os encontramos na biblioteca — disse Lucien, empurrando Joan e Nick para frente. — Eles dizem que são voluntários aqui. Mas veja. — Ele ergueu o pulso de Joan para mostrar a Edmund o bracelete com a raposa de língua prateada. — A menina é uma Hunt.

A palavra "Hunt" percorreu a sala em uma onda de sons de desaprovação. Quando Joan acompanhou as reações, viu um menino de sua idade, de cabelos dourados e orgulhoso. Ele estava em pé perto de uma das janelas em arco.

— Hunt — soprou para ela com desdém.

— Uma Hunt — ecoou Edmund. A família podia ter se inflamado, mas a voz dele era fria.

Ele examinou Joan do alto de sua estatura, como se estivesse avaliando um espécime em exibição.

— Meio-humana, meio-monstro — disse para ela, pensativo. — Se sua mãe fosse uma Oliver, você teria sido exterminada no útero. Mas os Hunt têm certa tolerância para aberrações.

Joan olhou para ele, abalada. As pessoas lhe disseram coisas a vida toda por ser metade chinesa e metade britânica. Mas o tom duro e frio de Edmund havia sido tão assustador quanto uma ameaça explícita. Ela tinha a sensação de que ele não hesitaria um segundo antes de matá-la.

— O que devemos fazer com eles? — perguntou Lucien. — O menino nos viu chegar.

Ele dissera o mesmo na biblioteca. Como se Nick fosse um problema com o qual precisavam lidar. Joan correu os olhos pela sala, procurando discretamente por uma rota de fuga.

A mão pesada de Edmund caiu sobre seu ombro e a assustou. Ele se inclinou para examiná-la.

— Você viajou pela primeira vez — disse ele. — E há pouco tempo, acredito.

Ele se aproximou ainda mais, perto o suficiente para que Joan pudesse ver a cor de seus olhos: o cinza-claro de nuvens em um dia chuvoso. Por um longo momento, ela ficou hipnotizada por aquele olhar, como a presa à vista do predador.

À meia-luz dos candelabros, ela era possivelmente a única pessoa perto o suficiente para ver os olhos dele se arregalarem.

— Então é verdade — murmurou ele. — Os Hunt têm guardado segredos.

— Do que você está falando? — sussurrou Joan. — Que segredos?

— Edmund? — disse Lucien. — O menino.

Edmund ainda estava encarando Joan. Ele se endireitou devagar. Para o desespero dela, a atenção do homem se voltou a Nick.

— Você nos viu chegar, menino?

— Não! — gritou Joan. A expressão do sujeito era exatamente como no retrato, predatória. Ela se lembrou do animal morto aos pés dele. — Ele não viu!

Mas Nick também já havia começado a responder:

— Eu... eu vi todo mundo aparecer do nada.

Joan sentiu um baque no fundo do estômago. *"Você nunca deve falar sobre monstros com ninguém"*, dissera a avó. Mas o que acontecia com os humanos que descobriam?

Saídas. Havia cinco portas que davam para fora da Sala Dourada, duas à esquerda, duas à direita e uma bem à frente. Mas havia Olivers bloqueando cada uma delas.

— Minha nossa — Edmund disse a Nick. — Todo mundo aparecendo do nada... Deve ter sido terrivelmente assustador. — As palavras eram calorosas, mas seus olhos continuavam como os de um predador. — Você deve estar se perguntando quem somos nós. — Ele abaixou a voz, como se fosse revelar um segredo. — Nós somos monstros — sussurrou. — Roubamos vida de humanos como você.

— Monstros? — Nick sussurrou de volta.

Ele estava tão vulnerável, e não sabia. Um humano, numa sala repleta de pessoas que podiam roubar toda a sua vida com um único toque. Joan não conseguia suportar.

— Eu sei o que você está pensando — Edmund disse a Nick. — Você está pensando que monstros não existem. Mas é claro que você acha isso. Qualquer humano que descobre a verdade sobre nossa existência é morto.

Um terror gelado tomou conta de Joan. Ela se jogou na direção de Nick, mas Lucien a puxou de volta com violência.

— Não! — Ela resistia, desesperada, contra Lucien. — Deixa ele ir! Não machuca ele!

Aquilo não podia estar acontecendo. Nick sequer deveria estar ali, só estava porque ela viera vê-lo muito tarde. E agora... Ela inspirou, em pânico. Será que o matariam? Não *podiam*.

Com a cabeça erguida como a de um cavalo assustado quando os Oliver se aproximaram, Nick estava resistindo também.

— Joan! — gritou. — Joan!

Ele conseguiu derrubar um homem, mas um segundo acertou-lhe a mandíbula com o punho.

Nick titubeou e seus joelhos cederam. O golpe o deixara inconsciente. Olivers seguraram seus braços para que não tombasse no chão. Alguém empurrou sua cabeça para baixo, deixando sua nuca pálida à mostra.

"Você o tocou aqui", dissera a avó.

— Não! — Joan deixou escapar.

Não, não, não. Havia uma faca no cinto de Lucien. Parecia ornamental; o cabo era do formato de uma sereia, prateada com olhos esmaltados de azul. Sem nem parar para pensar, Joan jogou todo o seu peso contra Lucien. Ele a empurrou instintivamente para longe.

Edmund emitiu um som irritado:

— Controle-a!

Lucien enrubesceu e esticou os braços para segurá-la. Mas era tarde demais. Joan tinha a faca. Ela a ergueu na direção de Lucien e ficou aliviada quando ele recuou, e Edmund também, com mãos erguidas no ar. Parecia que monstros tinham tanto medo de uma lâmina quanto humanos.

— Deixem ele ir! — disse ela aos homens que seguravam Nick. Mas não podia lutar contra todos. Em vez disso, deu um passo na direção de Edmund. — Deixem ele *ir*!

Ela estava surpresa com o tom ameaçador da própria voz. E não estava para brincadeira. Se matassem Nick, ela os machucaria *mesmo*, o maior número possível até que conseguissem pará-la.

As sobrancelhas de Edmund se ergueram.

— Minha nossa — disse ele, seco. — Parece até que você gosta do menino humano. A perversão deve correr na família.

Joan apertou a mão com mais força em torno da faca. Edmund olhou para Lucien.

— Que descuido o seu, irmão, perder a faca para uma menina.

O rosto sombrio de Lucien parecia pertencer mais a um dos quadros na parede do que a um homem vivo. Ele respondeu sem pressa, e quando o fez foi com um murmúrio irritado:

— Ela nem chega a ser uma ameaça. Uma faca contra quarenta pessoas.

Joan avaliou a distância entre ela e Edmund. Ele se afastara da lareira, longe demais. Todos haviam recuado. O que faria agora? Nick estava inconsciente. Ela tentou não deixar o pânico a dominar, mas seu coração parecia martelar dentro do peito. Precisava *pensar*.

— Uma faca contra quarenta? — repetiu Edmund. — Oras, isso parece pouco esportivo.

— Pouco esportivo? — disse Lucien, confuso.

— Uma lâmina contra outra seria mais justo, não acha?

Quando Edmund ergueu a mão para mostrar a espada acima da lareira, Joan quase desmaiou de medo. Ela havia desempoeirado aquela espada uma dezena de vezes. Segundo os guias, era uma réplica da que pertencera ao homem que dava nome ao lugar, o primeiro Conde de Holland. Ele fora executado por sua lealdade a Carlos I.

— E o que devo fazer com isso? — disse Lucien, confuso.

— Bom, acho que não podemos matá-la com um *toque* — disse Edmund. — Acredito que haja monstro demais nela para isso.

Seus olhos brilhavam enquanto entregavam a verdade com aquele tom neutro, e Joan chegou a pensar que ia vomitar.

— Que tédio — disse outra voz, de repente.

Joan ficou surpresa ao ver que era o menino loiro, o que dissera *"Hunt"* com desgosto. Ele estava sozinho em um recuo arqueado na parede. Atrás dele, uma janela da altura do arco. O recuo era grande o suficiente para abrigar uma poltrona confortável, mas o menino o evitara.

— Não seria melhor só deixá-los ir? — disse ele a Edmund. — Meio-humana ou não, a menina está usando o emblema dos Hunt. Eles a reivindicaram como uma deles. Não me parece que vale a pena piorar as coisas só por diversão.

Ele não estava sozinho em sua objeção. Outros Oliver estavam inquietos, também desconfortáveis; parecia que apenas Edmund tinha sede de sangue.

— Aaron, que surpresa — disse Edmund, irônico. — Você está de fato expressando uma opinião?

Houve um longo silêncio. Longo o suficiente para Joan ter esperanças de que o menino, Aaron, os ajudaria. Que poria um fim àquilo. Mas quem finalmente falou de novo foi Edmund:

— *Saia.*

— Pai...

— Falaremos sobre isso pela manhã.

Aaron enrubesceu, mas hesitou.

— Ajuda a gente! — implorou Joan. Ele não a olhou nos olhos. — *Por favor*. Você não pode deixar ele fazer isso. Ele vai nos matar.

— Aaron — disse Edmund suavemente. Seu tom fez Joan pensar em uma serpente deslizando pela grama.

Aaron abaixou a cabeça. Então, para o desespero de Joan, virou-se e saiu da sala.

Ela se voltou para Edmund:

— Por que você está fazendo isso?

Só porque Nick os vira chegar? Porque Joan era uma Hunt, e as duas famílias se odiavam?

— Por quê? — Os olhos de Edmund estavam tão frios e cinzentos quanto uma pedra. — Porque deixará minha noite melhor.

Mas, por algum motivo, Joan se lembrou de como seus olhos se arregalaram quando ele olhou para ela. *"Os Hunt têm guardado segredos."*

— E porque *você* nunca deveria ter nascido. — Isso foi dito com sinceridade e desprezo.

Metal raspou. Joan voltou os olhos para a lareira. Lucien tirara a espada do suporte. A lâmina reluziu, prateada, quando ele a desembainhou e a girou no ar, com movimentos mais rápidos do que Joan conseguia acompanhar. Estava claro que sabia como usá-la.

Joan apertou a faca. Isso não podia estar acontecendo. A alguns passos dela, Nick continuava inconsciente, suspenso por dois homens. Seu corpo familiar estava pendurado, mole, como se ele já estivesse morto. Pouco tempo antes, eles haviam se beijado. Isso não podia estar acontecendo.

— Ande logo — disse Edmund a Lucien.

A impaciência em sua voz fez Joan estremecer. Será que vai doer muito quando Lucien a atingir? Será que é como quando as pessoas se cortam e não dói nada por alguns segundos? Será que morreria antes de perceber a dor? Talvez Nick não sentisse nada também. Talvez continuasse desacordado até o fim.

Acontece que Joan não acreditava em nada disso. Edmund parecia o tipo de pessoa que gosta de ver os outros sofrerem.

— Você não precisa fazer o que ele manda — disse ela a Lucien. Em sua mente, as palavras pareciam firmes, mas, em voz alta, oscilaram e falharam como um alto-falante quebrado. — Você sabe que é errado.

Lucien não respondeu, então Joan se virou para o resto da família.

— Vocês não podem simplesmente ficar aí vendo a gente morrer. — Ela soava desesperada, mas todos evitavam seus olhos.

— Chega de hesitar, Lucien — disse Edmund. — Acabe logo com isso. Ou você precisa que alguém a deixe inconsciente também?

Lucien enrubesceu e ficou vermelho-escuro. Ele se virou para Joan, ergueu a espada e, alerta como um predador, foi se aproximando. As mãos de Joan ficaram frias e sem reação.

Ela recuou. Cadeiras de veludo arranharam o chão atrás dela conforme as pessoas saíam do caminho.

— Isso é assassinato! — disse ela.

— Quieta! — gritou Lucien, irritado.

Ele golpeou com a espada. Joan se esquivou para trás, surpresa por conseguir evitar a lâmina. Mas ela não foi rápida o suficiente para evitar a investida seguinte. O metal atingiu a lateral de seu corpo. A dor veio um momento depois. Ela se ouviu fazer um som atordoado. O sangue, grosso e molhado, começou a fluir.

Desesperada, Joan chacoalhou a faca na direção de Lucien. Ele socou-lhe o punho com um impacto agonizante que foi agravado pelo peso da espada. Ela gemeu de dor e a faca voou de sua mão.

O lado afiado da lâmina veio novamente. Joan se esquivou e o evitou por pouco.

O golpe seguinte foi rápido demais. Joan tinha apenas uma coisa em mente enquanto a espada acelerava em sua direção. Ela ia morrer. Ficou paralisada.

Mas o golpe não chegou.

Joan olhou lentamente para cima. Havia alguém entre ela e Lucien.

Era Nick. Ele estava segurando o pulso do homem como se o houvesse parado em meio a um ataque. Joan olhou surpresa.

Ele torceu a mão e a espada de Lucien caiu. Nick pegou a empunhadura antes que atingisse o chão. Então, com um único movimento preciso, cravou a espada no peito de Lucien, simples assim.

Os olhos do Oliver se arregalaram, incrédulos. Sangue jorrou por sua camisa. Nick arrancou a espada, afundou-a de novo, e Lucien tombou no chão, imóvel. Nick tirou a espada novamente.

Depois disso, tudo o que Joan conseguia escutar era a própria respiração. Para dentro, para fora, para dentro, para fora... exatamente como Nick golpeara Lucien com a espada. A sala estava quieta. Tudo havia acontecido em segundos, tão rápido que Lucien sequer gritara.

Nick se virou para Joan.

— Você está bem? — Seu olhar escuro estava focado nela, ignorando a ameaça dos Oliver, como se ela fosse a única pessoa no cômodo. — Ele te machucou?

— O quê? — Joan olhava fixamente para ele.

"Eu peguei uma faca. Queria te resgatar", ela se imaginou dizendo, por mais absurdo que fosse. Então, seu foco melhorou e ela não conseguia tirar os olhos do rosto de Nick. Ele era o mesmo: rosto quadrado, ombros largos e sincero. *"Aberto como uma lata de ervilhas"*, diria sua avó.

— Desculpa — disse Nick. — Eu não deveria ter deixado isso acontecer. Não imaginei que fossem me nocautear.

Joan olhou por cima do ombro dele. Os dois homens que o haviam segurado estavam no chão, imóveis como Lucien.

— Como você... — Ela começou e parou. Não sabia como continuar. Aqueles homens estavam mortos também? Nick havia acabado de *matar três pessoas?*

— Ele te machucou *sim.* — Ele se aproximou para ver onde Lucien a atingira.

Joan recuou instintivamente. O movimento causou uma onda de dor que a fez inspirar com força. Nick se agitou, como se quisesse se aproximar mais. Ele estava segurando a espada casualmente, de lado. As mangas da camisa continuavam arregaçadas, e ela se lembrou dele segurando a flanela de limpeza exatamente da mesma forma. Não conseguia parar de encará-lo. Havia passado dia sim, dia não com Nick por semanas. Ela o *conhecia.* Não conhecia?

— Eu acho que Lucien era um espadachim de verdade — disse ela, incrédula. Um espadachim treinado.

Nick olhou para ela.

— Ele era muito bom — concordou.

— Você matou ele. Nick, você *matou* ele. — Ela conseguia escutar a confusão na própria voz. — Você tomou a espada dele e o matou.

— Ele era muito bom — disse Nick de novo. — Mas eu fui treinado desde pequeno.

— Treinado para *quê?*

— Para matar monstros.

Joan recuou mais um passo. Humanos não sabiam sobre monstros. Ninguém era treinado para matá-los. Ela conseguia sentir todos os Oliver os encarando. "Seu nerd bonitão", era como Ruth chamava Nick quando elas conversavam sobre ele. "Seu nerd em história. O menino do trabalho de quem você gosta."

— Quem é você? — perguntou Joan.

— Tente não se mexer — disse Nick, e agitou-se de novo, como se quisesse chegar perto, mas estivesse com medo de que ela fosse sair correndo. — Você está sangrando, Joan.

Ela não conseguia parar de olhar para ele.

— *Quem* é você? — repetiu.

Ele não respondeu. Quando Joan encontrou seu olhar firme, uma memória veio à tona. Uma noite quente de verão em que ela e Ruth não conseguiam dormir.

"*Conte uma história*", Ruth pedira à avó. "*Conte a história do herói humano.*"

Joan recuou outro passo. Seu calcanhar encostou em algo. Ela olhou para baixo. O sapato de Lucien. Aquele era um ângulo que normalmente não se vê de uma pessoa, pensou tolamente. A sola de seus sapatos.

Ela imaginou Lucien se levantando e batendo a poeira das calças. Ela o imaginou pegando a espada de Nick. Mas ele não se mexeu; estava tão imóvel e inexpressivo quanto uma boneca. Um minuto atrás tentara matá-la. E agora não restava nada atrás de seus olhos. Havia sangue por todo o seu peito. Uma imagem piscou na mente de Joan: toda a família Oliver tombada no chão como bonecas.

— *Corre* — disse ela de repente. Nem imaginara que fosse dizer algo. Sua voz soou alta na sala silenciosa. Mal sabia para quem estava falando. — Todo mundo precisa fugir!

Ela ouviu alguns ruídos e sons de pessoas se agitando, incertas. Ninguém estava confiante para tomar a iniciativa. Mas eles precisavam. *Precisavam*. Joan, de repente, teve certeza:

— Pelo amor de Deus! Vocês todos precisam sair daqui! Corram!

— Tudo bem, já chega. — Edmund deu um passo à frente.

Joan se virou para encará-lo. Quase esquecera que ele estava lá. Sua voz era como a de um pai que encontra os filhos discutindo, e parou os ruídos da sala tão subitamente quanto se houvesse desligado um interruptor.

Edmund ergueu o braço. Ele tinha uma arma, Joan percebeu, horrorizada, e apontou-a deliberadamente para Nick.

— Não! — gritou Joan.

A arma se virou para ela.

— Não! — gritou Nick, tão ríspido quanto.

Edmund ergueu as sobrancelhas:

— Não?

— Eu te vi roubar tempo de uma turista uma vez — Nick disse a Edmund. Sua voz era suave, com a raiva contida. — Você encostou no pescoço dela. Bem aqui.

Nick tocou a própria nuca. Joan olhou para ele.

— Quanto tempo você pegou dela? — perguntou Nick. — Vinte anos? Trinta? Quanto da vida dela você roubou?

— Não tanto quanto pegarei de você — disse Edmund, num tom baixo e perigoso.

— Você não vai mais roubar tempo. Nem de mim, nem de ninguém. Nunca mais.

Edmund parecia estar quase se divertindo.

— Por quê? Porque *você* vai me impedir?

— Sim.

— Olha, rapaz, não sei quem você pensa que é, mas sou eu quem está segurando a arma. — Ela ainda estava apontada para Joan. Edmund fez como se estivesse atirando. — Bang — disse suavemente.

Joan recuou. Não conseguia respirar.

Nick desistiu de um movimento ao lado dela e Joan o viu cerrar o punho.

— Quer saber? — Edmund disse suavemente a Nick. — Eu *não* vou matar você.

Joan exalou forte. Edmund olhou para ela e riu de novo.

— Ah, já você eu vou matar sim. Mas o menino... — Ele se voltou para Nick. Sua voz ficou suave. — Você matou três Oliver hoje. Preciso fazê-lo pagar. — Virou a arma, pensativo. — Talvez eu comece roubando uma década de sua vida. Posso usar seu próprio tempo para viajar e matar sua família quando você ainda era fraco e pequeno. Vou fazê-lo assistir. E, então... Uma criança tem tanto tempo! Vou levá-lo comigo depois de matá-los. Deixá-lo trancado em minha casa, disponível para qualquer momento em que um Oliver queira viajar. Nós podemos sangrá-lo lentamente.

Joan começou a passar mal.

— *Você* deveria estar preso — sussurrou.

Edmund ergueu a arma depressa e mirou na cabeça de Joan. Nick foi mais rápido. Ele lançou a espada.

A arma de Edmund bateu no chão. O corpo dele seguiu logo atrás, desmoronando devagar. A lâmina da espada estava cravada em seu peito. Ele piscou uma vez, chocado, e abriu a boca como se fosse falar. Então seus olhos focaram no nada.

Por um momento, tudo pareceu congelado. De repente, como se alguém tivesse apertado o botão de play, as pessoas começaram a se empurrar para sair da sala.

— Eles não vão escapar — disse Nick. — Eu avisei meu pessoal quando fomos pegos. Eles vão matar qualquer monstro que encontrarem nas redondezas.

— Seu pessoal? — sussurrou Joan.

Ele havia avisado alguém? Ela se lembrou de vê-lo discar alguns números naquele telefone fixo antes que lhe fosse tomado. Alguém estava vindo? Quantos? Ela olhou, pensativa, para a janela.

Era noite. No reflexo, os detalhes prata e dourado da sala formavam uma constelação de pequenas luzes. A imagem de Nick estava ao centro, e... Joan levou um segundo para registrar o próprio rosto. Nunca se vira tão assustada antes.

Ela forçou a expressão para algo mais normal. Precisava se manter forte. Precisava *pensar*.

— Olha... — Sua voz falhou, mas ela sabia que, se dissesse a coisa certa, *exatamente* a coisa certa, ninguém mais morreria. Nick só precisava entender. — Edmund era mal. Mal de verdade. Mas... mas os outros Oliver só pareciam... Quer dizer, você viu. Eles estavam com medo do cara. Não queriam que ele matasse a gente. Eles são só pessoas. Que nem eu. Eu sou só uma pessoa. Digo, claro, somos monstros, mas não tipo... — Ela ergueu as mãos e fez garras de urso. — Não tipo "Grrrr!"

Nick estava olhando para ela. Joan sentiu um pequeno alívio no peito. Ele estava ouvindo.

— Quer dizer, eu saberia, né? A família do meu pai é humana. Da minha mãe, monstro. Mas, de verdade, os dois lados são iguais. Lá no fundo, são iguais. Eles se amam. Eles dão risada. Às vezes discutem. Mas são todos só pessoas. Se você conversar com eles, se você só explicar...

— Desculpa — disse Nick.

Joan levou um tempo para entender o que ele estava dizendo. Ela viu a própria expressão forçada desmoronar.

— Você vai matar todos eles?

Ele não faria isso. Faria? Ela o vira resgatar uma vespa de trás de uma cortina certa vez. Todo mundo queria matá-la. Nick a libertara. Mas... agora havia quatro corpos no chão. E Nick era o responsável. Ele começara desarmado, e matara quatro pessoas em minutos. Como se não fosse nada.

— Você vai mesmo matar todos eles? — repetiu ela. Então percebeu. — Você vai *me* matar? — sussurrou.

E deu mais um passo para trás.

— Não! — disse Nick, rápido. — Não, Joan. Você estava tentando me proteger. Eu... eu posso te dar passagem para fora da casa hoje.

A forma como isso foi dito fez Joan pensar se ele realmente sentia algo por ela.

— Você não precisava de proteção.

— Você achou que eu precisava.

— Nick...

— Edmund disse que você viajou pela primeira vez recentemente. — Seus olhos escuros estavam sérios. — Foi um acidente? Foi isso o que aconteceu com você ontem? É por isso que estava tão chateada quando chegou hoje?

Joan não conseguiu responder.

— Foi um acidente, não foi? — Por um momento, ela pensou ter visto agonia em seus olhos. — Joan, eu posso te ajudar a sair da casa esta noite. Mas você precisa entender que se você roubar tempo de um humano de novo, eu mesmo vou te matar. Sem nem hesitar.

Ela sentiu um nó na garganta. *"Você é um monstro, Joan."*

— É isso? — disse ela, rouca. Ela se lembrou da primeira vez em que o vira, na biblioteca. Olhara para ele e sentira como se o conhecesse a vida toda. E agora... — Você vai matar todo mundo, simples assim? Sem nem tentar conversar com eles? Sem... nada?

— Não só eles — disse Nick.

Joan ficou rígida.

— O quê?

Nick se mexeu de leve, como se houvesse controlado um instinto de se colocar entre ela e a porta.

— Por favor — disse ele. — Por favor, fique nesta sala. Eu só posso te proteger se você ficar nesta sala.

— Se você machucar a minha família... — Joan não conseguiu terminar a frase.

— Eu sinalizei para o meu pessoal — disse Nick. — Já começou. Vamos caçar todos os monstros da cidade hoje.

Joan gelou da cabeça aos pés. Por um bom tempo, não conseguiu sequer falar. Quando conseguiu, soou como um sussurro assustado:

— Nick, você não pode. *Não pode.* — Ela imaginou pessoas batendo à porta de sua avó. Segurando-a. Machucando-a e machucando Ruth. Bertie. — *Não pode.*

Quando Nick não respondeu, Joan se escutou suspirar:

— Você odeia a gente tanto assim?

— A questão não é odiar ou não — disse Nick. Mas sua boca se fechou de forma tensa, como se ele não tivesse tanta certeza. — Eu só mato monstros que roubam vida humana.

Lá embaixo, uma porta bateu. Alguém gritou. Joan estremeceu.

Nick olhou na direção do som.

— Joan, *por favor.* — Será que ela estava imaginando a emoção na voz dele? — Fique nesta sala. Meu pessoal está por todos os lados. Pelo bairro todo. Você não tem como ajudar sua família, vai morrer antes de sair daqui. Você só estará segura se ficar nesta sala hoje.

— Não faz isso — disse Joan, implorando. — Nick, não machuca a minha família. Você e eu, nós... nós somos amigos. Não somos?

— Monstros mataram toda a minha família.

Joan olhou para ele. Ele falara da família naquela noite mesmo. *"Éramos oito num apartamento de dois quartos."*

— Não posso deixar que monstros machuquem humanos. Vou matar cada um que machucar. Todos os que eu encontrar.

Joan estava correndo para a porta antes de sequer perceber que havia se mexido.

CINCO

O carpete grosso da Sala Dourada abafou os passos apressados de Joan a ponto de, quando cruzou para o Salão Amarelo, ela se assustar com o som dos próprios pés no chão de tacos. Era alto demais. Ela arrancou os sapatos.

Era surreal o quanto o cômodo estava intocado pelos eventos da noite. O Salão Amarelo era um daqueles lugares pelos quais se passa a caminho de outro. Tudo era de algum tom de amarelo: as paredes, as cadeiras, até o divã no canto.

Um emaranhado de memórias surgiu na mente de Joan. A espada na mão de Nick. *"Monstros mataram minha família inteira."* A boca dele contra a dela. Ela chacoalhou a cabeça, tentando focar. Não, não. Agora não. Não podia pensar em nada disso naquele momento. *Precisava* avisar sua família de que ele estava a caminho.

Ela viu um brilho refletido debaixo do divã. Alguém havia derrubado um celular na pressa para fugir.

O aparelho acendeu na tela de bloqueio. Joan encontrou as opções de emergência e discou. Ela aproximou o telefone da orelha e esperou. Conseguia ouvir o vento soprar pela sala. Estava tão quieta que podia ouvir os sons da casa. Um relógio soou acima da lareira. Tábuas do chão estalaram. Algum dispositivo distante zumbiu. Não havia som algum no telefone.

Joan olhou para a tela. Sem sinal. Será que havia alguém o bloqueando? Ela apertou as bordas do aparelho com força a ponto de machucar.

Baques abafados soaram de repente vindos do andar de baixo. Alguém estava correndo. Dois alguéns. Joan foi até a lareira e pegou um candelabro, um daqueles pesados, de bronze, que levava uma hora para ser polido. Ela abriu uma brecha na porta.

O facho de luz mostrou a passagem entre a biblioteca e a antiga escada de serviço. Lá embaixo, alguém gritou e parou de súbito. Mais passos correndo. Joan não sabia dizer se estavam próximos ou distantes.

Ela prendeu a respiração e desceu as escadas em espiral, leve em suas meias. A madeira antiga rangeu e o sangue dela gelou.

Outro grito distante soou e as pernas de Joan começaram a tremer. Como sairia da casa? Nick não era bobo; haveria gente vigiando as portas. Ele conhecia até as antigas passagens de empregados.

Ela apertou o candelabro com força. Porém, quando chegou aos pés da escada, ainda não havia ninguém à vista. Deu mais alguns passos, cautelosa. A porta da Rouparia estava aberta, mostrando o cômodo preparado para os turistas, com um armário calculadamente aberto, as prateleiras cheias de roupas de mesa e de cama.

Joan prendeu a respiração e escutou. Nada. Onde estavam todos? Será que esse era algum tipo de pesadelo? Se não fosse a dor em seu pulso e o sangue quente escorrendo ao lado de sua barriga, poderia acreditar que nada daquilo estava realmente acontecendo.

Algo rangeu por perto, fazendo-a perder o ar. Ela correu para dentro da Rouparia. Estava vazia. E, então, o Quarto do Valet. Vazio. A seguir, o Quarto de Sabine: a grande suíte à frente. Vazia.

Não. Vazia não.

Para seu horror, Joan viu Ruth no fundo do quarto, perto do conjunto de sofás. Lá fora, nuvens cobriam a lua, mas havia luz o suficiente para perceber que o rosto da prima estava pálido.

— Não. — Joan respirou fundo. Não. *Ruth.* — O que você está fazendo aqui? Você não pode estar aqui.

Ela cambaleou na direção dos sofás.

— Você mandou uma mensagem pedindo ajuda — disse Ruth, sem sair de onde estava.

Joan se lembrou de que digitara desesperadamente no celular antes do aparelho ser arrancado de suas mãos. Estava tentando apertar o botão de enviar. Deve ter conseguido. Sua respiração falhou. Ela gritara com Ruth naquela mesma tarde. Tinha dito que Ruth era cruel, que nunca mais queria vê-la. Mas, quando Joan precisou de ajuda, ela viera.

— E eu chamei todo mundo — disse Ruth.

— Todo mundo? Quem... — As palavras ficaram presas na garganta de Joan. Seus olhos tinham se ajustado o suficiente para perceber que havia uma mancha escura no carpete ao lado do sofá. Ela se aproximou.

— Joan, *não* — disse Ruth. — Não venha aqui. Fique aí onde você está.

Joan balançou a cabeça e ouviu um som profundo sair de sua boca quando deu a volta no sofá.

A avó estava caída em cima das almofadas, com as pernas tortas em um ângulo estranho e a gola da camisa ensopada de sangue. Um de seus sapatos havia caído e estava de ponta-cabeça ao lado de seu pé de meia.

— *Não*. Não, não, não! — Joan estava a caminho para avisar a família sobre Nick. Eles não podiam estar ali. Aquilo não podia estar acontecendo.

Havia um lençol dobrado sobre o peito da avó. Joan percebera algo de estranho na postura de Ruth, um pouco curvada. E agora podia ver o porquê. Ela estava pressionando o lençol com as duas mãos.

— Estão todos mortos. — Ruth parecia estar tentando dar a notícia de leve, mas sua voz estava estranha e forçada, como quando imitava um robô. Ruth tinha a melhor voz de robô. — Tio Augusto. Bertie. Tia Ada. Estão todos mortos.

— Não. — Joan balançou a cabeça. — Não.

Ela teve a impressão de que não conseguia focar direito a vista. Tudo ao seu redor parecia borrado e irreal. Estava a caminho para avisá-los. Eles não *podiam* estar mortos. Havia sangue encharcando o lençol. Sangue nas mãos de Ruth.

— Joan. — A voz dela, ainda naquele tom estranho e forçado, a puxou de volta para a realidade. — Acho que nossa vó está morrendo. Ela perdeu muito sangue.

— A gente... — Joan conseguia perceber o quão estranha sua própria voz também soava. — Ok! A gente precisa chamar uma ambulância. Precisamos chamar várias ambulâncias. E então... Ok. É isso o que nós vamos fazer. Chamar uma ambulância.

— Os telefones não funcionam — disse Ruth.

Joan piscou os olhos na direção dela.

— Mas nós temos que...

— *Não.*

Joan e Ruth se espantaram com a voz da avó.

Joan se inclinou, fraca. Ela não queria admitir para si mesma, mas havia quase chegado a pensar que a avó estivesse morta. Estava tão imóvel.

Ruth fez um som próximo de dor:

— Vó.

— Não envolvam humanos — murmurou ela em resposta. Seus olhos se abriram. — Vocês precisam sair desta casa.

— Quem fez isso? — perguntou Ruth. — Foram os Oliver? Porque se foram... — Sua voz falhou. — Mas acho que vi Victor Oliver no jardim. Acho que vi Mattea.

— Não foram eles — disse Joan.

— Então *quem*?

— Era uma vez — murmurou a avó — um menino que nasceu para matar monstros. Um herói.

— O quê? — Ruth secou os olhos contra o ombro. — O herói humano? É só um conto de fadas. Meu Deus, vó. Você perdeu tanto sangue.

Um herói. Dentro da própria mente, Joan viu Nick cravar uma espada no peito de Lucien. Ela o viu jogar a mesma espada contra Edmund. Engoliu em seco.

— Eu vi ele matar gente.

— Você o viu? — disse a avó, séria. — Ele viu você?

Joan hesitou. "Ele me poupou porque eu tentei salvá-lo. Ou talvez ele sentisse algo por mim, como eu sentia por ele." Não teve forças para contar.

— Eu escapei — disse.

A avó a encarou profundamente, como se soubesse que Joan escondia algo.

— Os Oliver? — perguntou ela.

— Mortos. Ou foragidos.

— Mortos — disse a avó, seca. Ela respirou fundo, com dificuldade. — Meus amores, vocês precisam sair da casa. Ruth, tranque as portas. Depois abra aquela janela. É grande o suficiente para você e Joan passarem.

— Mas a janela... — A voz de Ruth tremeu. — A janela é longe. E se você morrer enquanto eu estiver lá?

A avó quase sorriu.

— Então você passará o resto da vida se arrependendo por ser tão lenta para abrir janelas. Você tentará compensar: nunca mais fechará uma janela. Passará frio todos os invernos pelo resto de sua vida.

Ruth normalmente ficava mal-humorada quando a avó era sarcástica, mas agora seus lábios tremiam. Joan queria desviar os olhos. Ruth odiava chorar na frente dos outros.

A expressão da avó se amenizou:

— Ah, Ruth. — Seus dedos se mexeram como se quisesse tocar o braço da neta, mas ela não tinha forças.

— Por favor — sussurrou Ruth —, você não tem muito tempo.

— Está tudo bem — disse a avó, gentilmente. — Eu te espero.

As duas pareceram ter uma conversa silenciosa naquele momento. Por fim, os lábios da avó se curvaram levemente para cima e Ruth revirou os olhos.

— Você é uma velha mandona — disse, e virou-se para Joan, tensa. — Ponha as mãos onde as minhas estão.

Joan se aproximou e colocou as mãos sobre as de Ruth. O sangue da avó era quente e pegajoso, e escorria tanto que era difícil manter as mãos no lugar. Joan não conseguia acreditar que aquilo estava acontecendo.

— Pressione para baixo — disse Ruth, e deslizou as mãos por baixo das dela. — Pressione para baixo com muita força.

Joan pressionou. Devia estar machucando a avó, mas ela não emitiu som algum.

— Vó... — começou Ruth.

— Vai. Estarei aqui quando você voltar.

Joan olhou para baixo, para o lençol manchado sob seus dedos. Havia sangue por todo o lugar. Sobre o chão. Sobre a avó. E, agora, nas mãos de Joan.

— Ruth consegue nos ouvir? — sussurrou a avó.

O cômodo era grande o suficiente para ser um quarto e sala de estar juntos. Ruth estava do outro lado, colocando uma cadeira debaixo da maçaneta. Joan balançou a cabeça. Seu cabelo caiu sobre o rosto e ela o afastou, impaciente.

— Você não deveria falar — disse para a avó. — Precisa descansar. A janela estará aberta daqui a pouco. Vamos te tirar daqui.

— Não seja tola — murmurou a avó. Suas palavras eram tão baixas que Joan mal conseguia escutá-las, mesmo perto como estava. — Não mandei Ruth embora para poder descansar. — O subir e descer de seu peito era irregular sob as mãos de Joan. Ela batalhava para respirar. — Eu deveria ter tido muito mais tempo para te preparar. Pensei que lutaria ao seu lado.

Ela não estava fazendo sentido.

— Vó, por favor — disse Joan. — Você precisa poupar suas forças.

— *Shhhh!* Eu vou falar. Você não. — Apesar da dor, os olhos da avó estavam alertas como sempre. — Apenas você pode parar o herói, Joan.

Joan a encarou. Ela só podia estar delirando.

— Me perdoe, meu amor, mas... — A avó tentou respirar e engasgou. De novo, e de novo.

— *Vó* — disse Joan.

Ela sentia que a estava mantendo viva apenas com as mãos e que não conseguia pressionar forte o suficiente.

A avó recuperou o fôlego:

— Ruth consegue nos ouvir? — Sua voz soou arranhada. O esforço para falar parecia estar deixando-a exausta.

Ruth estava perto de uma das janelas agora. Joan puxou o ar para chamá-la, mas a avó pôs a mão sobre sua boca.

— Não. Só... — Seu rosto se contorceu em agonia. Ela tentou de novo: — Só... Ela consegue nos ouvir?

Joan fez que não.

— Joan, você está correndo um grande perigo. — A voz da avó estava enfraquecendo. Joan precisava se esforçar para ouvi-la. — Maior do que você imagina. Algum dia, logo, você desenvolverá uma habilidade. Um poder.

— O poder dos Hunt...

— Não o poder dos Hunt — sussurrou a avó. — Outro. Você não pode confiar em ninguém. Ninguém pode saber sobre ele.

Joan olhou para Ruth. Ela ainda estava tentando abrir a janela.

— Não — sussurrou a avó. — Nem Ruth. Ninguém. Prometa para mim que nunca contará a ninguém.

Joan confiava na prima para qualquer coisa.

— Mas Ruth...

A mão da avó se ergueu para segurar o pulso de Joan. O rubi em seu anel de noivado brilhava opaco, da mesma cor do sangue.

— Prometa — interrompeu a avó. — Diga.

— Eu prometo — sussurrou Joan, rouca.

A avó suspirou em aparente alívio e sua mão escorregou do pulso de Joan.

Ela deixara algo para trás. Joan olhou para baixo, confusa. A avó havia colocado um colar e um pingente de ouro em seu pulso. Estava solto, emaranhado com o bracelete dos Hunt, e as duas correntes pareceram se mesclar quando Joan olhou.

Depois de um tempo, ela ouviu os passos de Ruth e a prima se jogou no chão ao lado do sofá. Cachos escuros estavam grudados em sua testa.

— Vó, eu abri a janela.

A avó não respondeu. Seus olhos estavam fechados.

Ruth tocou gentilmente o ombro dela.

— Vó, agora já dá para sair. Joan e eu podemos erguer a senhora.

Ela não abriu os olhos.

Ruth olhou preocupada para Joan e tocou a bochecha da avó. Depois, colocou a mão na frente de sua boca e nariz.

A avó estava morta, Joan pensou sem raciocinar. Ela estava morta.

— Mas... — Ruth parecia entorpecida. — Ela disse que me esperaria.

Joan queria dizer que ela tentara, mas só conseguia pensar nela dizendo: *"Apenas você pode parar o herói."* Sua avó estava alucinando.

Aos poucos um som atingiu a consciência de Joan. Passos abafados. Estava ouvindo há algum tempo, percebeu. Quanto? Ela se sentia desconectada do mundo.

— Ruth, temos que nos levantar — ouviu a própria voz dizer.

— Ahn? — Ruth piscou, confusa. Seus olhos vazios focaram em Joan. — Ei. — Ela apertou o braço de Joan. — Pode parar.

Joan olhou para baixo. Continuava pressionando o peito da avó, como se ainda pudesse estancar o sangramento. Ela relaxou os braços. Tudo doía. Parecia que estava doente há uma semana. Suas mãos e braços estavam destruídos.

O colar de ouro ainda pendia solto sobre seu pulso, contraditoriamente delicado. Joan o tocou e deixou marcas de sangue escuras demais sobre o ouro.

O som de passos estava ficando mais alto. Joan chacoalhou a cabeça, enfiou a corrente no bolso e se forçou a levantar. Mais passos. A porta para a passagem balançou nas dobradiças.

— Ruth, a gente tem que ir.

A prima encarava o rosto da avó e parecia tão abalada quando Joan.

— Não podemos deixá-la aqui.

Joan também não queria. A ideia de abandoná-la com pessoas que odiavam monstros era insuportável. Mas a avó sempre fora prática.

— Ruth, ela ia querer que nós fôssemos.

A cada pancada na porta, mais luz entrava no quarto. Joan pegou a mão de Ruth e a forçou para cima.

— Temos que ir.

Ela parte empurrou, parte puxou Ruth até a janela, onde abriu a cortina e recuou. Havia um corpo do lado de fora, caído na colunata: uma mulher com cabelo longo e preto. Ela usava um vestido azul com contas prateadas.

— Eu sei — disse Ruth, trêmula. — É Marie Oliver.

Joan secou o rosto com a parte de trás da mão. A abertura da janela não era grande o suficiente. Ela forçou o vidro, que mal se moveu. Será que fora aberto alguma vez nos últimos 100 anos?

— Acho que conseguimos passar — disse Ruth. — Não acha?

Joan olhou fixo para ela. O vão não era grande o suficiente nem para uma criança. Ela imaginou Ruth presa na janela enquanto o pessoal de Nick a esfaqueava como haviam esfaqueado a avó. Seu estômago se contorceu. Se alguém ficaria preso, não deixaria que fosse Ruth.

Joan subiu no parapeito. A madeira dura pressionou seu estômago enquanto ela se forçava pelo vão. Assim que começou a empurrar, sabia que não passaria. A lateral de seu corpo raspou em algo afiado, o que a fez gemer. O calor que fluiu a seguir fez Joan perceber que o corte aumentara. Então não conseguia ir além. Estava presa exatamente como havia imaginado. Um peixe no anzol para qualquer um que passasse. Ela se debateu, desesperada.

— Merda. — Ruth a empurrou, fazendo com que grunhisse de dor. — Meu Deus, não consigo te soltar.

Joan se debateu com mais força.

— Ai, meu Deus — sussurrou Ruth, em pânico. — Ai, meu Deus.

Ela empurrou Joan de novo. E de novo. E de novo, *forte*. Então algo rasgou no vestido de Joan, e ela tombou no chão com uma cambalhota deselegante.

Joan ficou ali por um momento, tentando respirar apesar da dor. Ao seu lado, a mulher morta arregalava os olhos para o vazio. Joan sentiu algo amargo como bile subindo pela garganta. Fechou os olhos com força por um segundo e então se forçou a ficar de pé.

— Me dá a mão! — disse, trêmula, para Ruth. — Vou precisar puxar com força.

— Aqui. — Ruth passou algo pelo vão. Era o pesado candelabro de bronze que Joan pegara na lareira.

Ela o enfiou debaixo do braço.

— Me dá a sua mão. *Anda.* — Quem matara Marie Oliver ainda podia estar por perto. — E cuidado. Tem um prego na lateral.

— Droga, que apertado — disse Ruth. — Acho que não consigo passar.

— Vai passar — prometeu Joan. — Eu te puxo.

Um baque alto soou. A sala se iluminou.

— Ruth!

Joan tentou segurar as mãos dela, mas Ruth já havia se afastado e virado para encarar os invasores.

— RUTH! — gritou Joan. Ela não se importava que alguém ouvisse. — Ruth, sobe no parapeito! Eu te puxo!

— Joan, corre! — ordenou Ruth. Sua voz pareceu estranha. Severa e séria. Quase como a voz da avó.

— Não! — gritou Joan. Pessoas de preto preenchiam a sala. — Ruth!

Uma das figuras pegou o pulso de Ruth. Uma faca reluziu.

— NÃO! — gritou Joan.

Ruth resistiu e conseguiu libertar um braço. Uma das figuras caiu no chão, e então a faca penetrou a barriga de Ruth. Ela fez um som horrível, agonizante. Seus olhos em choque encontraram os de Joan através da janela.

— NÃO! — Joan se ouviu gritar.

Então restou apenas um vazio onde Ruth estivera.

Um rosto apareceu à janela.

— Tem mais uma aqui fora!

Vidro se estilhaçou e Joan *correu*, disparando pela colunata. O Jardim Sul estava contraditoriamente alegre com as árvores iluminadas como num conto de fadas e as hortênsias floridas em tons creme e rosa como um sorvete.

Apavorada, Joan percebeu que correra para o lado errado. Deveria ter ido para o norte. Ao sul, havia apenas a clareira aberta e o labirinto de sebes.

O caminho mais rápido era pela clareira e então pelo portão sudoeste. Mas não havia onde se esconder. Ela ficaria completamente sem cobertura por pelo menos cinco minutos, mesmo que corresse.

Restava o labirinto.

Alguém gritou atrás dela e Joan disparou pelo jardim, esmagando hortênsias enquanto corria. O perfume fresco e doce se ergueu no ar. Havia corpos entre as flores. Joan viu de relance um homem com a tatuagem de uma sereia delicadamente enrolada em seu pulso. Uma mulher com longos cabelos vermelhos.

Joan arriscou um olhar rápido para trás e viu uma figura de preto aparecer na lateral da casa. Ela se jogou na entrada do labirinto. Será que havia sido vista? Por precaução, precisava considerar que sim.

Ela disparou e foi batendo nas plantas na pressa para fazer as curvas. Então simplesmente correu e correu até que precisou parar com as mãos nos joelhos enquanto inspirava com força e tentava ficar quieta. Sua respiração chiava como os últimos suspiros da avó. Como o urro agonizante de Ruth. Percebeu que continuava descalça e ainda tinha os dedos firmes ao redor do pesado candelabro, como se fosse o bastão de um corredor. Seu vestido estava rasgado onde havia se enroscado no parapeito da janela.

Joan queria se deitar e chorar. Sua família. Pelo amor de Deus, sua *família*. Queria fingir que aquilo não estava acontecendo. Ela imaginou o que a avó diria naquele momento. Sua expressão incrédula. *"Joan, você está correndo para se salvar, menina. Então corre, caramba!"*

Joan tropeçou para frente.

Ela não tinha certeza de quando começara a ouvir os outros sons. No começo, poderiam ter sido as folhas das sebes farfalhando com o vento. Mas logo os passos se tornaram inconfundíveis. Havia mais alguém no labirinto com ela, correndo também.

E alguém os perseguindo, talvez não menos do que uma curva atrás.

De vez em quando, o labirinto os trazia para perto o suficiente a ponto de Joan ouvi-los claramente, o bufar truncado de alguém que estava correndo rápido demais fazia tempo demais, e a respiração regular de quem fora treinado para perseguir.

Joan tentou enxergar pelos vãos entre os galhos, mas a noite estava escura demais. Não era possível saber o quão distante estavam. A saída entre as sebes também podia estar a quilômetros de caminhos tortuosos dali, ou a uma única curva.

Então os sons de passos pararam abruptamente.

— Ai, meu Deus. Por favor, não. *Por favor*, não!

A voz de um menino.

Joan conseguiu se conter e suprimir um grito de susto. Parecia que ele estava bem ao lado dela.

Joan andou para frente com cautela, e então hesitou. Ela não fazia ideia de onde estava no labirinto. Para todos os lados em que olhava, a vista era a mesma: densas paredes de sebe e um caminho de terra.

— Por favor — disse o menino, rouco. — Por favor.

Joan dobrou a curva seguinte, abaixada. E lá estavam: Aaron Oliver, preso em um canto sem saída, encarando um dos homens de Nick.

À luz do luar, o cabelo de Aaron parecia quase branco. Havia uma tatuagem na nuca do homem, um lobo rosnando. Sua postura era relaxada e confiante enquanto andava na direção de Aaron. Ele tirou uma longa faca do cinto.

Aaron viu Joan e paralisou. Ela sabia exatamente o que ele estava pensando, que ele a deixara para morrer na casa.

"Dois passos", Joan pensou. Dois passos para trás e estaria segura novamente. Dois passos e estaria fora do campo de visão deles.

Joan deu dois passos. Os olhos de Aaron se arregalaram, e ela desceu o pesado candelabro com força na cabeça do homem.

O sujeito titubeou, mas não caiu. Parecia chocado, porém ileso. Ele agarrou os cabelos de Joan, puxou a cabeça dela para trás e ergueu a faca. Joan bateu o candelabro em seu rosto. Houve um som desconcertante, como o de um galho se quebrando. O homem cambaleou, Joan golpeou novamente, o mais forte que podia, e acertou-lhe o maxilar. Ele caiu, e ela caiu junto, com o pé enroscado no dele. O candelabro deslizou de seus dedos e ela tentou desesperadamente recuperá-lo.

— Ele apagou. — A voz de Aaron. — Você bateu com bastante força.

A visão de Joan focou.

— Ai, meu Deus — ela se ouviu dizer.

O homem estava caído de lado, inconsciente. Seu rosto era um caos de sangue. Joan colocou as mãos nos joelhos e respirou fundo.

Os pés de Aaron apareceram na frente de seus olhos.

— Acho que vou vomitar — disse ela.

Então se virou e se apoiou, curvada, na base da sebe.

Quando terminou, Aaron lhe ofereceu a mão num gesto contido, como se não quisesse realmente tocá-la.

— Vai à merda— disse Joan. Seu estômago continuava queimando.

— Por que você me ajudou?

Joan se endireitou e ignorou tanto a pergunta quanto a mão estendida. Parecia que havia tomado um soco no estômago. Evitou olhar para o homem caído no canto.

— Não sei sair do labirinto daqui.

— Eu sei — disse Aaron. Quando Joan olhou para cima, ele já havia recobrado a expressão de arrogância um pouco mais familiar. — Eu cresci nesta casa.

"Cresceu nesta casa?" Joan não conseguia entender aquilo, mas não se importava o suficiente para perguntar.

— Então tira a gente daqui.

Aaron agarrou sua manga quando ela se virou.

— Não me *toca*! — disse ela, por reflexo.

Aaron ergueu a roupa com a pontinha dos dedos em um gesto exagerado para mostrar que não estava tocando a pele.

— Lado errado.

Joan levou um segundo para entender.

— Não podemos voltar para a casa — disse ela, confusa.

— Preciso encontrar meu pai. Ele vai dar um jeito — ele apontou com o queixo para o homem inconsciente — ...nisso.

Diante do olhar confuso de Joan, ele acrescentou, um pouco sem jeito:

— Ele não vai te fazer mal agora, é claro. Você me salvou. Minha família pagará a dívida.

Aaron não sabia.

A noite parecia tão quieta ao redor deles.

— Não podemos voltar — disse Joan. Ela respirou fundo. — Seu pai está morto.

Aaron soltou a manga dela e ficou rígido.

— O quê?

Joan viu a avó em sua mente de novo. Ela estava lá atrás, naquele quarto. Joan havia simplesmente a deixado lá. E Ruth... Ela fechou os olhos com força.

— Seu pai está morto.

— Não, não está.

Joan abriu a boca, e então não conseguia pensar no que falar. "Sinto muito", era o que normalmente diria se o pai de alguém morresse. Só que não sentia. Edmund a queria morta, completamente morta e por pura diversão. Aaron havia simplesmente ido embora, ele a *deixara para morrer*.

— Foi rápido — disse Joan.

Aaron endireitou as golas do paletó. Não havia necessidade. Já estava arrumado, com as roupas em ordem e bem passadas. Alguém que acabasse de chegar jamais imaginaria que ele estivera correndo para se salvar poucos minutos antes.

— Você está errada.

Joan pensou novamente na forma como Edmund morrera. A espada cravada no peito. Ela respirou fundo, devagar, e torceu para não vomitar de novo.

— É sério, não estou.

— Você acha que eu não sei... — Aaron cuspia as palavras conforme aumentava o tom. — Você acha que eu não sei quando o meu próprio pai vai morrer? — Ele estava claramente se esforçando para manter a calma, a compostura. — Eu sei a história da minha família. Não é nesta época que ele morre. Não é hoje.

Não havia tempo para isso, pensou Joan, frustrada. Parados ali, onde os homens de Nick poderiam abordá-los de qualquer lado. Era insuportável.

— O menino que estava comigo — disse Joan, com urgência. — O humano. Ele matou Lucien. E depois matou o seu pai. Eles estão matando todos nós.

— Nós?

— *Monstros* — disse Joan.

Então ela se lembrou de como Edmund a havia chamado de aberração por ser meio-humana. De repente, quis gritar. Quis agarrar Aaron pela camisa e arrastá-lo dali. Mas não sabia o caminho.

— Presta atenção. Minha avó está morta. Minha família. Sua família. Todo mundo... — Sua voz falhou. — Todos eles estão mortos. E se não sairmos daqui, a gente vai morrer também. Eles estão nos *matando*.

Aaron olhou para o homem inconsciente no chão. A tatuagem de lobo em sua nuca se destacava, preta, contra a pele.

— Aaron — disse Joan.

Sem ver seu rosto, ela não tinha como saber o que ele estava pensando.

Depois de um longo momento, Aaron falou:

— Eu vi pessoas no Jardim Sul. — Ele parecia estar pescando as palavras com relutância de algum lugar profundo. — Ivette. Victor. Eu vi pessoas no Caminho Verde. Elas estavam só deitadas lá. — Ele ergueu a cabeça, olhando para Joan, e franziu a testa. — Parece que você acabou de sair de um acidente de carro.

Joan piscou e olhou para si mesma. Então desejou que não o houvesse feito. Sua avó sangrara tanto que seu vestido estava duro de sangue.

— Você está machucada? — perguntou Aaron.

— Não.

Então Joan se lembrou de Lucien e da espada. Bom, pelo menos não fora um ferimento sério. Ao menos, esperava que não. Procurou o celular no bolso e encontrou o colar que a avó lhe dera. Ela começou a tirar o vestido.

— O que você está fazendo? — Aaron soava horrorizado.

— Não posso andar por aí coberta de sangue. — Ela passou o vestido pela cabeça e deparou-se com a expressão escandalizada dele. — Eu não estou *pelada* por baixo.

Ela apontou para a regata e o shorts de academia.

— Ah — disse Aaron, sério.

Joan enrolou o vestido ensanguentado e o enfiou debaixo da sebe, perto do homem inconsciente. Uma mensagem. *"Querido Nick, eu nocauteei seu homem. Com amor, Joan."*

— Como saímos daqui?

Aaron apontou para a frente. Joan esperou que ele virasse de costas, colocou o colar em volta do pescoço e o enfiou debaixo da blusa.

Uma Hunt e um Oliver trabalhando juntos. No dia anterior, a família de Joan teria dito que isso era impossível. *"A gente odeia eles e eles nos odeiam."* Alguns minutos antes, lutando contra Lucien, Joan teria concordado.

Agora, porém, havia enfrentado toda a família Oliver e sobrevivido. Agora, Nick a salvara. Então se revelara uma ameaça além do que poderiam imaginar. Nada mais parecia impossível.

SEIS

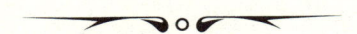

Joan passou por baixo do arco de trepadeiras e cruzou a animada placa *"Você escapou do labirinto!"* Ela se encontrou em meio à escuridão, em um campo nos limites da propriedade. Em meio ao capim, dentes-de-leão faziam cócegas em seus calcanhares. Não havia sinais de Nick ou seus homens.

Dali, a Holland House era do tamanho da palma de sua mão. As janelas brilhavam como velas. A casa parecia acolhedora, quase um lar.

Aaron parou ao seu lado, apenas uma forma no escuro, e olhou para a casa. Ele havia dito que morara ali na infância.

Estava escuro demais para ver o rosto dele.

Joan tocou seu cotovelo. Ele não reagiu. Mas, quando ela começou a andar em direção à rua, ele a seguiu.

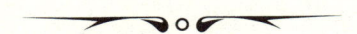

A Kensington High Street era uma confusão de luzes, carros e pessoas. O tumulto parecia surreal após o silêncio cinzento do labirinto. Joan ficou parada na calçada, olhando como tudo ali era ordinário: kebabs, hambúrgueres e táxis pretos.

Um carro próximo deu a partida, fazendo-a se sobressaltar, e rodou devagar pela rua, como se seus ocupantes estivessem perdidos, ou procurando por alguém. Joan olhou para Aaron e, como num acordo silencioso, os dois deslizaram para as sombras de uma porta.

Chegaram ao Kensington Gardens por uma rota tortuosa de ruelas paralelas, evitando quaisquer carros lentos ou vans. O parque estava fechado. Aaron deu um impulso para Joan pular por cima da cerca, e ela caiu com um baque que fez arder o corte de espada. Inclinou-se e respirou fundo.

Logo depois, Aaron apareceu ao seu lado e ela se forçou a ficar ereta.

— Você acha que fomos seguidos? — sussurrou ele.

— Não sei — Joan sussurrou de volta.

Os jardins estavam escuros. As luzes da rua penetravam um pouco, mas, para além de seu alcance, Joan mal podia ver as árvores.

— Fique esperta — disse Aaron. — À noite, a polícia patrulha o parque com cachorros.

— Como você sabe?

Ele se irritou:

— Você realmente precisa ouvir essa história agora? Ou será que dá para a gente continuar correndo pelas nossas vidas?

"*Não quero correr ao seu lado de jeito nenhum*", Joan queria responder. "*Você me deixou para morrer.*" Mas ele estava certo, não podiam ficar simplesmente parados ali, conversando, onde qualquer um poderia encontrá-los.

— Vamos em direção ao Serpentine — sugeriu ela.

O luar sobre o lago poderia, talvez, proporcionar claridade o suficiente para que pudessem andar pelo chão desigual sem depender da luz dos celulares.

— Cachorros conseguem rastrear na água.

— Não foi por isso que... — Joan começou, e então interrompeu a si mesma. Ele tinha um jeito de falar que a fazia querer discutir. — Só vamos — disse, breve.

Andaram em silêncio. As meias de Joan logo ficaram encharcadas de orvalho. Ela ficou grata pelo desconforto, pois mantinha sua mente ali, no parque, no presente. Seus pés estavam molhados e gelados. Melhor pensar nisso do que na boca paralisada e entreaberta da avó. Do que nas pessoas mortas entre as flores. Do que no som que Ruth fizera quando a faca lhe perfurou o ventre. Do que no rosto de Nick ao falar *"Se você roubar tempo de um humano de novo, eu mesmo vou te matar"*.

Eles seguiram o brilho opaco do Serpentine em suas curvas pelo parque. Depois de um tempo, Aaron tocou o braço de Joan a fim de fazê-la parar.

— O que foi? — sussurrou ela.

Os arbustos eram espessos ali, quase selvagens. Joan conseguia ouvir o som da água em meio à escuridão. Ela tremia apesar do esforço físico. Será que Aaron ouvira algo por perto? Ela não. Dobrou os braços em torno de si e sentiu o calor pegajoso na lateral do corpo. Ainda sangrava. Parecia má ideia se molhar e passar mais frio ainda.

— Você está machucada — sussurrou Aaron.

— O quê?

Joan queria poder vê-lo melhor. Estava tão escuro.

— O jeito que você está andando. Foram eles que fizeram isso?

Joan ficou incrédula.

— Foi seu *tio*.

A pausa de Aaron foi quase imperceptível.

— É muito grave?

— Será que dá, por favor, só pra gente continuar andando?

— Para de ser ridícula. É muito grave?

Joan olhou para cima, para o céu escuro, desejando que estivesse ali com qualquer outra pessoa. *"Pelo amor de Deus, se pelo menos Bertie ou Ruth..."* Ela mordeu os lábios com força para impedir o pensamento. Segurou a barra da blusa e a dobrou para cima.

Aaron acendeu a tela do celular e escondeu a luz com o corpo. Havia um corte na lateral da barriga de Joan. E havia sangrado, muito, a ponto de ser difícil ver o quão profundo era.

Aaron soltou um palavrão. E a seguir:

— Precisamos encontrar um lugar para passar a noite.

— Juntos, você diz? — Joan estava surpresa.

Presumira que se separariam assim que saíssem do parque.

À luz severa do telefone, Aaron parecia tão surpreso quanto ela. Ele se recuperou rápido e seu rosto se transformou em uma máscara de desdém.

— Tudo bem por mim, se você quiser se separar.

— Eu não disse isso.

— Não é como se eu quisesse ficar perto de você também.

— Pelo amor de Deus — disse Joan, mais áspera do que pretendia. — Não cansa ficar sendo estúpido assim o tempo todo?

Aaron deu um sorrisinho torto.

— Na verdade, não.

Joan cerrou os dentes para se impedir de falar alto demais.

— Vamos dormir aqui no parque — sugeriu. — É tão bom quanto qualquer outro lugar. — Kensington Gardens era grande o suficiente para esconder duas pessoas, se ficassem em silêncio. — Podemos nos revezar para dormir e ficar de guarda.

— Eu é que não vou dormir *no chão*.

Joan não conseguiu conter uma risada abafada.

— Ah, ok, Vossa Excelência. Vamos fazer check-in no Savoy, então.

Aaron tirou o paletó e, para a surpresa de Joan, o estendeu em sua direção. Ela balançou a cabeça. Estava com frio, mas não o suficiente para vestir o paletó de Aaron Oliver.

— Você está coberta de sangue — disse ele.

Joan olhou para si. Sua blusa estava um desastre. E seus braços. E suas mãos... A maior parte era sangue de sua avó.

— Aqui. — Aaron colocou o paletó em volta dela.

Era de lã, cinza-claro e grande demais para Joan. O calor confortável foi imediato e o alívio, intenso. O primeiro instinto de Joan foi gratidão, e então ficou irritada consigo mesma por isso.

Aaron apagou a tela do celular. O contraste tornou a noite negra.

— Não podemos ir para um hotel — disse ele, como se ela tivesse falado sério sobre o Savoy. — Chamamos atenção demais com essa aparência. Eles só precisariam perguntar por aí.

Joan visualizou a área ao redor deles. Uma vaga memória lhe veio à mente. Havia um lugar ao norte dali onde sua avó às vezes se encontrava com pessoas, quando não queria que soubessem que as estava encontrando.

— Talvez eu conheça um lugar — disse Joan.

— Um lugar seguro?

— Não sei — admitiu. — Mas provavelmente mais seguro do que aqui.

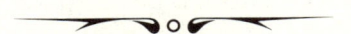

Acabou sendo uma caminhada mais longa do que Joan se lembrava. Quando finalmente encontrou a rua certa, seus dentes estavam batendo de novo com o frio, e Aaron olhava mais para trás do que para o caminho à frente.

Ali, as lâmpadas dos postes estavam quebradas. Fora algo recente, já que havia cacos de vidro espalhados pelo chão. Aaron contornou-os com um cuidado exagerado.

— Ah, mas que maravilha — disse ele. — Você conseguiu nos meter no único pedaço de favela da região. Isso que dá confiar em uma Hunt.

Joan desejou ter prestado mais atenção quando fora ali com a avó. Todas as casas do bloco pareciam iguais. Ela caminhou até uma das portas com mais confiança do que realmente sentia.

Para seu alívio, a porta não estava trancada, e o hall de entrada era familiar, uma pequena recepção do tamanho do banheiro da avó. O odor também era familiar: cigarros velhos e umidade. O carpete grudou nas meias de Joan, somando uma peluda sujeira marrom à lama e grama que já estavam ali.

Joan tocou a sineta no balcão. Uma mulher emergiu da porta de funcionários. Tinha cabelo grisalho e óculos que lembravam olhos de gato, e não esboçou reação às roupas discrepantes de Aaron e Joan. Seu crachá dizia VERA.

— Quarto para dois, por favor — disse Joan.

Vera apontou para uma placa no balcão. *"Apenas dinheiro. Valores por hora ou pernoite. Pagamento antecipado."*

— Isso é com você — Joan disse a Aaron.

Ele pareceu ficar irritado. Sua expressão era tão clara quanto um balão de pensamento em um quadrinho: não podia acreditar que estava naquele hall com Joan e Vera.

— Duas camas — disse Aaron.

— *Duas* camas? — Vera pareceu muito mais surpresa com isso do que com o contraste entre as meias enlameadas de Joan e o terno Savile Row de Aaron.

Joan sentiu o rosto começar a queimar. Aaron parecia corar também, pela primeira vez desde que o conhecera.

— Acredito que você consiga acomodar — disse ele, puxando uma carteira do bolso detrás.

Joan reparou em notas estranhas. Notas antigas. Notas transparentes. Aaron passou o dedo por elas e puxou duas reconhecíveis de vinte.

Vera deu de ombros, deslizou uma chave numerada por baixo do vidro e apontou para a escada de incêndio:

— O elevador está quebrado.

— Eu preferiria dormir debaixo de uma ponte — disse Aaron enquanto subiam os degraus.

Baratas corriam ao lado deles.

— Nick não vai nos procurar aqui.

— Nick... — Aaron olhou de lado para ela.

— Eu... eu o conhecia antes de hoje.

Ela desviou os olhos do olhar penetrante de Aaron.

— A gente era... — Ela parou, com uma pontada de dor no peito, mais forte e ardente do que o corte na lateral. Beijara Nick pouco antes daquilo tudo. Tinha desejado tanto beijá-lo. — Eu o conhecia — conseguiu dizer.

Aaron ainda estava encarando. Joan teve a desconcertante impressão de que ele enxergava mais do que deveria. Então ele abaixou os olhos para uma mancha amarelada no carpete gasto e seu rosto se contorceu:

— Bom, é claro que ele não vai nos procurar aqui. Ninguém viria aqui. Nem ratos. A vigilância sanitária claramente não veio.

Ele retomara a superioridade irritante, mas por um breve segundo Joan percebeu algo por baixo daquela frieza exterior: algo mais astuto e inteligente do que ela imaginara, e mais antinatural. Ocorreu-lhe que ele não era humano. E que, apesar de ser meio-monstro, ela não sabia o que de fato era um monstro.

As escadas terminavam em um longo corredor com papel de parede descascado que revelava camadas de uma textura antiga por baixo: uma estampa azul e laranja desbotada. As laterais do carpete haviam sido roídas, então restava apenas um emaranhado de linhas. Aaron estava errado sobre os ratos.

Joan encontrou o número do quarto em uma porta e apoiou-se na parede enquanto Aaron brigava com a fechadura emperrada. A dor do corte estava começando a afetá-la. Ela tocou a lateral da barriga por baixo do paletó de Aaron e encontrou sangue fresco na ponta dos dedos. *Merda*.

Aaron abriu a porta. Houve um clique e uma única lâmpada fraca iluminou o quarto. Duas camas. Um banheiro privativo com chuveiro sem box e um vaso sanitário. Tudo de que precisavam. Melhor do que Joan esperava.

— Ah, mas que inferno — disse Aaron.

A vista da janela dava para o vidro escuro de um prédio comercial. Ele olhou, mal-humorado, então fechou as cortinas.

— Qual é o problema? — perguntou Joan.

Aaron apontou para o teto. Havia uma mancha em formato de nuvem.

— O que é aquilo?

— Um afresco.

Aaron foi em direção ao banheiro e ela refletiu sobre a situação. A fechadura podia ter emperrado, mas a porta era tão fina quanto seu dedo. O único trinco era simples e frágil.

Ela se chacoalhou para fora do paletó de Aaron e se espremeu entre as duas camas. Então empurrou a mais próxima, que inicialmente não queria sair do lugar. Ela a forçou, centímetro por centímetro, rangendo, até que estivesse contra a porta. Com sorte, aquilo retardaria qualquer um que a tentasse arrombar. Uma pontada de dor a atingiu depois. Ela se inclinou na cama e respirou fundo. *Maldito Lucien.*

— Aqui — disse alguém, bem ao seu lado, e Joan paralisou.

Por um segundo, tudo o que conseguia ver eram os olhos cinzas e cruéis de Edmund. O cano redondo de uma arma.

Ela ergueu as mãos instintivamente para afastá-lo.

— Tudo bem. Vire-se sozinha, então — disse ele, e a visão de Joan ficou clara. Era Aaron, com uma expressão de desdém. Ele jogou um kit de primeiros socorros na cama, ao lado de uma toalha de rosto e uma tigela de água com sabão. — Que tipo de hotel tem um kit de primeiros-socorros no banheiro e não um roupão? Lugar bacana este a que você nos trouxe.

Joan o encarou enquanto ele pegava o paletó de cima da mesinha de cabeceira. Ela não tinha medo dele, disse a si mesma. Tivera medo do pai dele, mas havia visto o verdadeiro Aaron. Ele era um covarde. Podia ser mais alto por uma cabeça, mas, se chegassem a brigar, ela tinha certeza de que conseguiria vencê-lo.

Aaron não pareceu notar a forma como ela o olhava. Ele fez um teatrinho do gesto de chacoalhar o paletó e guardá-lo no armário.

— Sério — disse —, roupas devem ficar penduradas. Não descartadas como papel de embrulho.

Joan conseguiu reunir forças o suficiente para dizer:

— Não que isso importe muito agora, né?

— É importante estar apresentável. Nós representamos nossas famílias.

Suas famílias estavam mortas. Ele pareceu se lembrar disso no mesmo momento que ela, e paralisou de pé, com uma mão na porta aberta do armário.

— Bom — disse, fechando-a com mais força do que o necessário —, esses cabides são totalmente inadequados.

O kit de primeiros socorros já havia sido assaltado antes (era esse tipo de lugar). Joan se sentou na cama e avaliou o que restava. Ataduras. Esparadrapo. Antisséptico. Tesouras.

Ela dobrou a blusa ensopada. Aaron sibilou.

— O sangue não é todo meu — disse Joan. Ela suspeitava que a maior parte fosse de sua avó.

Aaron se aproximou e se sentou na cama oposta à dela. Havia um pequeno vão entre ambas, tão pequeno que estavam praticamente chutando um ao outro.

— O que exatamente aconteceu lá na casa?

Joan olhou para cima. Aaron era tão bonito que chegava a dar raiva. Naquele terno de alfaiataria, fazia o quartinho apertado parecer quase glamouroso. O cabelo brilhava como uma coroa.

— Quer dizer depois que você saiu da Sala Dourada?

Ele hesitou.

— Isso.

— Depois que você me deixou lá para morrer?

Ele ergueu o queixo e encontrou os olhos dela sem um pedido de desculpas.

— É.

— Bom... — Joan molhou a toalha na água com sabão e começou a se limpar. Doeu. Muito. Ela cerrou os dentes com força o suficiente para que pudessem quebrar. — Depois disso, seu tio tentou enfiar uma espada em mim. Então meu amigo Nick matou ele e cravou a mesma espada no coração do seu pai. — Ela pôs a toalha de volta na bacia e se lembrou da espada vindo em sua direção. — Eu corri. E... — Sua compostura falhou. — Encontrei minha avó morrendo. E aí corri de novo e te encontrei no labirinto. Era isso o que queria saber?

O rosto de Aaron estava ficando vermelho.

— Era.

— Você achou que éramos amigos só porque escapamos juntos?

— É claro que não somos amigos.

Joan queria rir. É *claro* que não. Ela era meio-Hunt. E, pior, meio-humana. Edmund deixara bem claro o que os Oliver pensavam disso. Ela abriu uma embalagem de lenço antisséptico, retirou um e o passou em si mesma. Ardia como ter a pele rasgada de novo.

— Escuta — disse Aaron —, sei que você é nova nisso.

Joan parou, sentindo crescer uma nova cautela. O que *aquilo* queria dizer?

— Eu sou um Oliver — explicou ele. — Sei dizer se uma pessoa é monstro ou humano apenas de olhar para ela. É o poder da nossa família. E você... você fede a carro novo.

Joan estava sendo lembrada novamente de que não sabia quase nada sobre aquele mundo. Era uma sensação familiar. Ela crescera entre a casa do pai e a da avó. Meio-humana, meio-monstro. Metade chinesa, metade britânica. Parecia tudo o mesmo às vezes. Era mais do que uma estranha, mas menos do que uma pessoa verdadeiramente de dentro. Estava no limiar: nem dentro, nem fora.

— Você mal viajou, não é? — perguntou Aaron.

— Primeira vez ontem — admitiu Joan. — Foi um acidente.

— Bom, monstro bebê... — Aaron se inclinou para frente, intenso e sério. — Não sei o quanto a sua família lhe ensinou, mas você salvou a minha vida, e monstros não fazem pouco caso de uma dívida assim. É *claro* que eu e você não somos amigos. Até que eu lhe pague de volta, você é mais para mim do que isso.

Não havia gratidão em seus pálidos olhos cinzentos, apenas aquela intensidade esquisita, quase raiva, como se Joan o houvesse encarregado de um fardo em vez de salvar sua vida.

Ela, tanto quanto ele, não queria que se sentisse endividado.

— Eu te impedi de ser esfaqueado — disse —, e você me mostrou o caminho para fora do labirinto. Estamos quites. Não há dívida nenhuma.

— Bom, isso responde.

— Responde o quê?

— O quanto sua família lhe ensinou.

Joan realmente não queria discutir família com Aaron Oliver. Mesmo. Suas mãos tremiam enquanto ela arrumava a atadura no lugar. Por fim, fixou-a com esparadrapo a prova d'água e foi tomar banho.

O banheiro era minúsculo. No espelho, o olhar de Joan estava disperso. Havia sangue em seu queixo, nos braços e nas mãos. Debaixo das unhas. No cabelo. Ela começou a tremer de novo enquanto se despia.

Apenas alguns dias atrás, todos eles haviam jantado juntos na pequena mesa da cozinha de sua avó. Tio Gus fizera lentilha com tomates frescos. E Ruth perguntara a Joan: *"Como está aquele menino do trabalho de que você gosta?"* E Tia Ada perguntara: *"Que menino? Do que vocês estão falando?"* E Bertie: *"Ah! Como ele é? Mostre uma foto! É um cara bacana?"*

Joan teve outro flash de memória. De implorar a Nick. *"Não faz isso, Nick. Não machuca a minha família."*

Ela ligou a água quente no máximo. Então esfregou e esfregou. Continuou esfregando até que a água corresse limpa e a pele ardesse, e ainda depois disso.

Quando todo o sangue saiu, ela desligou o chuveiro, deslizou para o chão de azulejos e puxou os joelhos até o peito. A posição fez o ferimento doer, mas não conseguia se importar. Ali, no silêncio, podia ouvir os últimos suspiros árduos da avó. Quando fechou os olhos, viu todas aquelas pessoas caídas, mortas, entre as flores.

"Era uma vez", dissera a avó, *"um menino que nasceu para matar monstros. Um herói."*

Joan estivera tão irritada com a família mais cedo naquele dia. Pelo silêncio. Pelos segredos que esconderam dela. E agora estavam todos mortos. Nick os matara.

Ela visualizou o rosto dele, quadrado e honesto, e apertou mais os joelhos contra o peito. Nos filmes, heróis matavam monstros o tempo todo. Quando a câmera se afastava de seus corpos, nunca mais se pensava neles.

Mas quando *você* era o monstro, quando os monstros mortos eram as pessoas que você amava...

Joan manteve os olhos abertos e observou a água escorrer para o ralo, formando longas linhas nos azulejos.

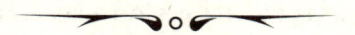

Quando ela voltou para o quarto, Aaron estava deitado sobre as cobertas, sem sapatos, mas ainda vestido.

— Tentei ligar para a polícia — disse ele. Estava segurando o celular. Sua garganta pulou para cima e para baixo quando engoliu em seco. — A atendente ficava perguntando *quem* eu era. *Onde* eu estava. Se mais alguém havia sobrevivido e onde estavam. Eu desliguei.

— Você acha que eles rastrearam a ligação? — perguntou Joan.

Qual era a extensão do alcance de Nick? Quantos homens ele tinha?

— Não sei. — Aaron parecia exausto. — Tentei ligar para as outras famílias. Ninguém atende. — Ele deixou o celular cair na cama e cobriu o rosto com as duas mãos. — Quem nos atacou a gente? Como isso pode estar acontecendo?

Joan se lembrou de novo daquela noite quente em que ela e Ruth não conseguiam dormir, passando mal com o calor. Ruth tinha 8 anos e Joan, 7. A avó se sentara com elas, refrescando suas testas com panos úmidos. O ar estava ardente com o cheiro da chuva que ameaçava cair.

"Conta uma história para a gente", pedira Ruth. *"Conta a história do herói humano."*

"Você tem uma sensibilidade mórbida", dissera a avó, mas estava sorrindo.

Aaron estava balançando a cabeça.

— Esta noite está toda errada — disse. — Toda errada.

— Para mim também não está fácil — sussurrou Joan.

Sua família provavelmente havia morrido com dor. Devem ter sentido tanto medo.

— Você não está entendendo. Estou dizendo que esta noite está *errada*. Os registros da família Oliver não dizem nada sobre um ataque. As pessoas que eu vi mortas... aquelas mortes estão todas erradas. Está tudo errado. Não era para elas morrerem hoje.

"Os registros da família Oliver." Joan sentiu como se uma rachadura tivesse se aberto no mundo e ela pudesse ter o vislumbre de algo além, algo vasto e estranho. Um mundo novo onde o futuro era registrado como se fosse passado. Porém...

— Não importa o que está nos registros — disse. — Aconteceu. A gente estava lá.

— Você não entende o que eu estou dizendo?

— Não.

De qualquer forma, por qual razão ele se importava com a precisão de um livro estúpido? A família dele tinha morrido naquela noite, assim como a dela.

— Seus registros estão obviamente errados.

A expressão de Aaron dizia que aquilo era um insulto, pura blasfêmia.

— Você não faz ideia do que está falando.

Ele se levantou e andou até o banheiro.

Depois de alguns minutos, o chuveiro ligou.

Joan olhou para a mancha no teto e considerou suas opções. Precisava encontrar outro lugar onde passar a noite. Não fazia sentido continuar com Aaron. Ele a desprezava, e o sentimento era mútuo. Além disso, segundo Ruth, os Hunt e os Oliver sempre haviam sido inimigos.

Porém, mesmo assim... Sendo honesta consigo mesma, ela não queria ficar sozinha naquela noite. Não com o som dos últimos suspiros da avó ainda nos ouvidos. Até a companhia de Aaron era melhor do que aquilo.

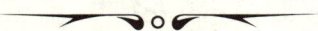

O banho de Aaron pareceu durar uma eternidade. Joan fechou os olhos, mas sem dormir. O relógio fazia seu tique-taque na parede, marcando os segundos. Eventualmente, a água parou. A porta do banheiro rangeu.

Joan abriu os olhos. Aaron estava saindo do banho com a camisa abotoada pela metade. Seu cabelo molhado ficava mais escuro.

Ele colocara todas as roupas de volta, como Joan fizera. Continuavam vestidos para fugir.

— Temos que ir embora de manhã — disse Aaron.

Ele claramente refletira sobre aquilo durante o banho.

Então Joan percebeu que estava se segurando a uma pequena esperança de que o dia seguinte terminasse com o pai a buscando em um aeroporto bem, bem longe dali. Mas isso não poderia acontecer. Ficar perto dela não seria seguro para seu pai.

— Acho que ele não vai parar até matar todos nós — disse ela.

— Eu sei. — Aaron olhou para as mãos. — Então não temos muita escolha, não é? Temos que ir embora desta época.

Uma descarga de energia percorreu o corpo de Joan com aquelas palavras. Como se um sino houvesse soado.

Se voltassem no tempo, poderiam avisar a todos. Poderiam salvar todo o mundo.

Mas ali, naquele quarto silencioso, ela se lembrou de como os monstros viajavam. Para deixar aquela época, precisariam roubar tempo de humanos.

E isso importava. Joan não podia mentir para si. Ela daria *qualquer coisa* para passar mais cinco minutos com a avó. Com qualquer membro da família. Cada dia de vida importava. Cada minuto.

Será que realmente conseguiria fazer isso? Será que conseguiria roubar tempo da vida de alguém de propósito?

Ela abaixou os olhos para as mãos e viu que estavam tremendo em seu colo.

— Sim — disse.

Um sentimento de culpa surgiu dentro dela. Não podia fazer aquilo. Era errado. Muito errado. Algo que apenas um monstro faria.

Joan afastou aquela sensação até restar apenas um terror permanente. Se apenas um monstro faria aquilo, então ela conseguiria. Afinal, ela *era* um monstro, não era?

Ela ergueu a cabeça e encontrou os olhos de Aaron.

— Sim — ela disse. — Precisamos impedir que isso aconteça. Precisamos voltar no tempo.

SETE

Joan acordou com o sol batendo no rosto e ouviu sons de algo se arrastando por perto, alguém abrindo as cortinas.

— Não — murmurou ela. — Só mais cinco minutos.

— Acorde — falou um menino.

Joan abriu os olhos depressa e sentou-se num pulo. Estava em um quarto estranho, pequeno. Um quarto de hotel. Então tudo veio à tona como um soco no estômago. Sua avó estava morta. Bertie. Tia Ada. Tio Gus. Ela se lembrou do som que Ruth fizera quando a esfaquearam.

E Nick... Nick fizera aquilo. Isso foi como um segundo soco.

Aaron Oliver estava apoiado na porta do armário, completamente vestido e com uma mão no bolso.

— Levante — disse, frio. — Quase perdemos a hora.

— Perdemos a hora para quê?

Aaron estava limpo e arrumado, apesar de vestir as mesmas roupas do dia anterior. Joan olhou para si. Estava imunda. Sua blusa, dura com o sangue seco.

— Aqui. — Aaron jogou algo em sua direção. O paletó de novo. — E aqui — acrescentou.

Ele desbloqueou o celular e deixou-o cair na mão dela.

— Para que isso?

— Ainda tem alguém com quem você se importa nesta época? Alguém ainda vivo?

Joan sentiu um peso no estômago. *Ah.*

Ela estava evitando pensar no pai. Sempre que o fazia, encontrava-se à beira de perder o controle. Seu pai era o mundo real, era a carona para a escola e filmes de ficção científica nas sextas à noite; ele não pertencia àquele pesadelo. Não sabia sobre nada daquilo. Ela balançou a cabeça.

— Como quiser — disse Aaron. — Mas pode ser a última vez que você vai falar com eles.

O quarto era nojento à luz do dia. Havia marcas de cigarro no carpete e manchas escorridas nas cobertas. Joan não se permitiu examiná-las de perto.

— Seja rápida — disse Aaron. — Precisamos estar no Poço em quarenta minutos.

— No Poço?

Aaron olhou impacientemente para ela.

— É onde vamos para roubar tempo humano.

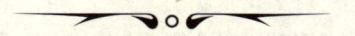

Aaron lhe deu toda a privacidade que podia. Ficou de costas olhando para fora da janela e com as mãos nos bolsos.

Joan conferiu a aparência pela câmera do celular. Sua expressão estava estranha, mas o rosto não havia sido arranhado nem nada. Bom o suficiente. Enquanto discava, Aaron se balançava, inquieto.

Em sua mente, ela viu Edmund erguer a arma de novo e apontá-la em sua direção. Viu Nick atirar a espada e cravá-la no peito dele.

— Alô?

Joan se sobressaltou.

— Pai?

O vídeo apareceu. O rosto familiar e sensato do pai.

— Oi, Joan! — Ele irradiou um sorriso.

Usava os óculos novos com a larga armação preta e tomava chá da tarde na casa de Tia Wei Ling. Havia uma torrada grossa e geleia kaya em seu prato, e sacolas plásticas com mangostins e longanas.

Por um segundo, Joan estava prestes a gritar. Mordeu os lábios com força.

— É a Joan — falou seu pai para alguém fora da tela.

Então a voz de Tia Wei Ling soou:

— Fale oi para Joan!

— Oi! — gritou o primo de 2 anos de Joan, Bao Bao. A imagem tremeu, o rosto do pai borrou para fora do quadro e o rostinho pontudo de Bao Bao preencheu a tela. — Nǐ hǎo. Nǐ hǎo.

— Nǐ hǎo, Bao Bao — respondeu Joan.

Bao Bao disse algo em hakka, ou talvez mandarim. Joan nem sempre sabia diferenciar.

— Inglês, ah! — disse Tia Wei Ling. — Joan fala inglês.

A tela girou de novo. Joan viu o grande ventilador de teto girando lentamente, depois um borrão do resto da mesa: café, uma travessa de ovos parcialmente cozidos, e então o pai outra vez, sorrindo.

— Está se divertindo em Londres? — perguntou ele.

Joan se forçou a fazer que sim com a cabeça. Ela nunca desejara tanto estar em algum lugar quanto desejava estar na casa de Tia Wei Ling naquele momento, com o pai, comendo torradas com ovos e geleia kaya, e bebendo um café que mais parecia açúcar aromatizado.

— Vamos jantar naquele lugar de que você gosta, com caranguejos — disse o pai.

— Da próxima vez, vem passar férias aqui! — gritou Tia Wei Ling de fora da tela, e o pai riu.

— O que mais vocês têm feito? — perguntou Joan.

Ela ouviu, com muito interesse, o pai contar sobre uma ida ao parque de aves no dia anterior. Bao Bao vira um casuar. O menino se aproximou da câmera e esticou a mão acima da cabeça para mostrar a altura da ave a Joan. Era da Austrália. No dia seguinte, iriam para uma ilha. Joan sorriu com o que esperava serem os músculos certos e desejou que continuassem falando para sempre.

— Você está quieta hoje — disse o pai.

Houve um movimento por trás do telefone, Aaron se balançara de novo. Joan o olhou de relance. Ele fez um gesto para que ela encerrasse a conversa.

— É que acabei de acordar. Ainda estou com sono. — Joan se forçou a sorrir. E então a dizer a parte seguinte. — Preciso ir, pai. Só queria dar um oi.

— Ok. Falo com você depois?

Ela assentiu. Queria dizer: *"Não, não desligue! Continue falando comigo para sempre!"* Queria dizer: *"Jamais deixe alguém tocar a parte de trás do seu pescoço."* Mas pareceria louca.

Se contasse ao pai sobre monstros, talvez ele acreditasse, talvez não. De qualquer forma, ficaria preocupado o suficiente para ligar para a avó e, quando ela não atendesse, talvez até voasse de volta para lá. Ele se colocaria em perigo, e isso não podia acontecer.

— Logo a gente se vê, combinado? — disse ele.

Joan assentiu.

— Tchau, pai — conseguiu dizer.

Ela desligou. A tela preta refletiu seu rosto. Ela virou o celular para baixo; não queria olhar para si.

Aaron se afastou da parede:

— E a sua mãe? Ou ela estava na casa ontem?

— Ela morreu quando eu era pequena. — Joan limpou o rosto com o braço. — Você quer ligar para alguém?

Aaron balançou a cabeça. Joan piscou, confusa. Será que ele não tinha mais nenhum familiar vivo? Nem amigos, nada?

— Vamos — disse ele.

Chegaram pouco depois das dez.

— O Poço — disse Aaron.

— Este é o Palácio de Buckingham.

— Este é um buraco podre, cheio de miseráveis e bandidinhos — corrigiu Aaron. Ele tomou uma cotovelada no estômago, de um turista. Seus lábios se contorceram. — Um poço.

Havia pessoas por todos os lados: aglomeradas em torno do Memorial da Rainha Vitória, debaixo da grande estátua da monarca e pressionadas contra os portões do palácio. Pela atmosfera festiva e o som distante de tambores, a Troca da Guarda estava para começar.

— Por que estamos aqui se você não gosta? — perguntou Joan, confusa.

— Para pegar tempo — respondeu Aaron. Ele a guiou para a multidão. Ao ver seu olhar perdido, disse: — Você sabe como funciona, certo? Nós pegamos tempo dos humanos e usamos para viajar.

— Eu sei — disse Joan, irritada, mesmo que só soubesse o que a avó havia lhe dito duas noites antes.

Aaron tinha uma forma de falar com as pessoas como se elas estivessem abaixo dele. Isso fazia Joan querer retrucar tudo o que ele dizia.

— O tempo sai do fim das vidas deles — disse Aaron. — Se pegarmos um ano, morrerão um ano antes do que deveriam.

Joan engoliu em seco. O sentimento de estar fazendo algo errado voltou no fundo de seu estômago.

— Roubar tempo é sempre um risco — continuou Aaron. — Você não sabe quanto tempo resta a alguém. Se tentar pegar mais do que a pessoa tem, ela cai morta bem na sua frente.

— Cai morta? — Joan continuava confusa.

— É, e não queremos atrair esse tipo de atenção. — O tom dele era de pura praticidade, poderia estar falando sobre ser pego ao roubar flores do vizinho. — Então, reduzimos o risco: pegamos uma quantidade pequena de tempo, de muitas pessoas diferentes.

Ela ainda não entendia por que estavam no Palácio de Buckingham. Uma estação de metrô seria tão movimentada quanto. E, no caminho, haviam parado na Primark para comprar uma camiseta, jeans e sapatos para Joan. Por algum motivo, Aaron também comprara um chapéu feio de abas largas e duas garrafas de água. Por que não roubaram tempo lá?

Aaron parecia saber o que ela estava pensando.

— Não podemos simplesmente aparecer no mercado do bairro para roubar tempo. Se um monstro fizesse isso, se ficasse pegando tempo sempre do mesmo lugar, do mesmo grupo de pessoas, elas morreriam antes do que o restante da população. Isso criaria uma anomalia nas estatísticas que poderia chamar a atenção das autoridades humanas. E as *nossas* autoridades, as autoridades monstro, definitivamente não gostam disso. É por esse motivo que devemos sempre pegar tempo de visitantes. — Ele gesticulou para a multidão em torno deles. — Turistas.

Turistas. Joan olhou em volta. Todos ali estavam vestidos para um passeio, com sapatos confortáveis e casacos leves.

— Existem várias técnicas diferentes — disse Aaron. — Mas, sendo bem sincero, a maioria das pessoas as usa apenas para se exibir. O importante é tocar a nuca da pessoa. Qualquer parte da mão serve: dedos, dedão, palma. Então se concentre na quantidade de tempo. Nenhum outro pensamento. Deixe a mente livre de qualquer outra coisa. Apenas um toque, rápido e preciso, e siga adiante. A proporção é de um para um. Pegue um dia, viaje um dia.

O estômago de Joan estava realmente começando a doer.

— Ok, então... então, nós voltamos dois dias. Você avisa a sua família e eu, a minha.

— Dias? — Aaron franziu a testa. — Não podemos voltar dois dias.

— O quê?

— Você não pode estar duas vezes em uma mesma época. A linha do tempo não permite. Se quisermos voltar, teremos que voltar para antes de termos nascido. E você tem o que, dezessete anos?

— O quê?

— *Quantos anos você tem?* — perguntou Aaron, mais devagar, como se ela fosse idiota.

— 16.

— Eu tenho 17. Consideremos 17. Mas, por segurança, você sempre deve acrescentar alguns anos. Então, 20.

Joan olhou fixo para ele.

— Mas... a gente só precisa voltar alguns dias. Para antes de nossas famílias serem mortas.

— É, mas não podemos.

— Mas... — Joan não conseguia aceitar. — Não podemos voltar 20 anos! Não podemos pegar tanto tempo assim. Seria como matar alguém!

— Fale baixo — disse Aaron, e Joan percebeu que havia pessoas olhando para eles. Aaron a enfiou mais para dentro da multidão. — Não estamos matando ninguém — murmurou em sua orelha. — Não vamos pegar 20 anos de uma única pessoa. É por isso que viemos para cá. Vamos pegar pouco tempo de muitas pessoas.

Joan olhou para a multidão. Eram *pessoas*. Estavam ali para assistir a um pequeno espetáculo e tirar algumas fotos. Talvez depois tomariam um sorvete de casquinha com chocolate Flake. Que tipo de gente roubaria vida deles? Apenas um monstro.

— Você consegue ou não? — Aaron soava impaciente.

Se ela não o fizesse, sua avó, Ruth, Bertie, Tia Ada e Tio Gus estariam mortos. Realmente mortos. Eles teriam morrido na noite anterior. Joan apertou as mãos em punho e assentiu.

— Então olhe e aprenda — disse Aaron.

Com pouco esforço, Aaron se transformou em um turista. Ele tirou a camisa elegante de dentro da calça, fazendo-a parecer quase confortável, e vestiu o chapéu feio de abas largas que comprara. Então abriu caminho entre a multidão com o celular erguido enquanto fotografava o lugar. Enquanto andava, a lateral de sua mão tocou o pescoço de uma mulher, aparentemente sem querer. Ele caminhou um pouco mais e parou de repente para tirar outra foto, fazendo com que as pessoas detrás se chocassem contra ele. Aaron se chocou de volta, erguendo a mão para retomar o equilíbrio, e roçou na nuca das pessoas. Joan viu sua boca soprar *"Me desculpe, me desculpe"* enquanto erguia o celular perto da orelha delas para captar o melhor ângulo. Parecia sem querer todas as vezes.

Depois de alguns minutos, ele abriu caminho para voltar até Joan. Levou um tempo. A multidão ainda estava aumentando.

— Sua vez — disse ele. — Dez dias de cada pessoa. Isso são duas semanas de escola. Segunda a sexta. E segunda a sexta de novo.

O estômago de Joan se contorceu.

— Duas semanas de escola — ecoou ela.

Parte de trás do pescoço. Era difícil pensar em escola. Parecia algo de um mundo completamente diferente.

Aaron passou a garrafa de água por cima do ombro de um homem, que olhou de modo irritado conforme a água passava ao lado de sua orelha. Com a mão tremendo, Joan esticou o braço para pegá-la. O homem devia ter em torno de 30 anos e vestia uma camiseta de dinossauro: um t-rex num escorregador balançando os bracinhos de alegria.

Joan deixou a lateral da mão encostar na nuca do homem. Era estranho tocar um desconhecido assim. Ele estava suando um pouco e ergueu o braço para reagir ao toque. Joan puxou a mão de volta.

Aaron mexeu os lábios em um *"Está tudo bem"* silencioso. Em torno deles, o barulho da multidão estava aumentando e os tambores e trompetes iam ficando mais altos. Joan esticou o pescoço entre os ombros; cabeças e braços erguidos com celulares. Teve um vislumbre de casacos vermelhos na longa avenida Mall. Os novos guardas estavam chegando.

Aaron parou de repente. Uma mulher com chapéu de sol colidiu com ele. Joan, por sua vez, colidiu com a mulher e quase tropeçou nos sapatos da estranha. Aaron ergueu as sobrancelhas para ela.

Joan deixou a mão cair sobre o ombro da mulher, como se estivesse recuperando o equilíbrio, e virou o dedão para tocar seu pescoço. Ela podia sentir os olhos de Aaron a observando.

"Pegue tempo", disse a si mesma.

Não conseguia sentir nada.

"Eu estou pegando tempo", pensou, esperançosa.

Através da multidão, podia ver mais casacos vermelhos e altos chapéus de tufo. O tum-tum-tum dos tambores se aproximava.

Um lapso de movimento chamou sua atenção. Aaron estava gesticulando para ela tirar a mão. Joan fora lenta demais.

Ela brigou contra um início de pânico. E se não conseguisse aprender?

— Respire fundo — murmurou Aaron. — É só se concentrar.

Ele se afastou de novo e um homem ocupou o espaço entre os dois. Ele ergueu a garrafa de água e Joan esticou o braço por cima do ombro do sujeito para alcançá-la.

Ele era grande e tinha cabelo escuro. Joan deixou a lateral da mão tocar seu pescoço. *"Se concentra"*, disse, brava, a si mesma.

Ela fechou os olhos com força. Não estava ali na multidão, do lado de fora do Palácio de Buckingham. Estava em casa, em Milton Keynes. Era dia de escola. Segunda-feira de manhã. Ela se imaginou toda atrapalhada desligando o alarme. Vestindo o uniforme azul e mostarda. O sinal ao fim da aula de segunda. De terça. E então a aula de história barulhenta do Sr. Larch na quarta. Quinta. O som feliz do último sinal de sexta. E então segunda de novo. Quarta de novo. Sexta de novo.

Nada aconteceu. Joan apertou a garrafa com mais força. Estava dando o seu melhor, e ainda assim não estava funcionando.

Ela abriu os olhos e balançou a cabeça para Aaron.

Quando começou a se afastar, sentiu-se engasgar. Tempo correu por ela como uma dose forte de café, como o frio na barriga antes de uma prova. Uma energia intensa e insistente percorreu seu corpo. A sensação era horrível. Era incrível.

De repente, alguém apareceu. Aaron. Ele puxou a mão dela para longe do pescoço do homem.

— Está tudo bem? — perguntou.

A respiração de Joan tremia. Ela assentiu.

Aaron tomava tempo com a mesma naturalidade com que respirava. Joan teve dificuldade todas as vezes. Ela sabia que estava sendo lenta demais, podia ver Aaron ficar cada vez mais e mais tenso conforme o desfile se aproximava. Os olhos dele corriam por tudo, acompanhavam cada celular e avaliavam a multidão.

Quando os guardas chegaram ao palácio, a multidão ficou tão densa que era difícil se mexer. Joan ficou cada vez mais lenta. Ela pegava tempo, então se virava e abria caminho com dificuldade até a próxima pessoa.

Ela tentou se concentrar no ato mecânico da coisa, mas, quando o fazia, sua mente voltava à Sala Dourada. Ao rosto sério de Nick dizendo: *"Se você roubar tempo de um humano de novo, eu mesmo vou te matar. Sem nem hesitar".*

Estava roubando tempo daquelas pessoas. Ela era um monstro. Sentia-se tão feia por dentro. E, ao mesmo tempo, queria gritar com Nick: *Por que é que você foi matar a minha família?*

O homem seguinte vestia um capuz. Estranho para um dia tão quente. Joan afastou o tecido.

Havia uma tatuagem na parte de trás de seu pescoço. Um lobo rosnando. Joan gelou. Ela já vira aquele lobo antes. O agressor no labirinto tinha a mesma tatuagem.

O homem se virou rápido, talvez por sentir o ar frio na nuca, e esticou os braços na direção de Joan, mas ela já estava se comprimindo entre a multidão. Ele tentou segui-la e ela se forçou mais entre as pessoas, até chegar à cerca baixa que separava o memorial da avenida.

— Fique atrás das barricadas! — gritou um policial.

Joan pulou por cima delas, ignorando o *"ei!"* atrás de si, e atravessou a rua correndo. Havia uma multidão ainda mais densa do outro lado. As pessoas estavam espremidas por metros, até a cerca do palácio.

Alguém agarrou o braço de Joan. Ela deu um soco no ar.

— Sou eu! Sou eu! — Aaron parecia estranhamente despenteado, havia perdido o chapéu de abas largas em algum lugar. Ele a puxou mais para dentro da multidão, em direção à cerca.

— Eles estão aqui! — disse Joan, e olhou por cima dos ombros, tentando distingui-los dos turistas. — Estão aqui!

— Eu vi. — Aaron apertou seu braço com mais força. — Você tem tempo suficiente para irmos?

— Não sei.

Será que Nick estava ali? Joan não conseguia ver o homem com a tatuagem. Não conseguia ver Nick.

Aaron deslizou os dedos para baixo e segurou a mão dela.

O gesto a surpreendeu tanto que Joan se voltou para ele:

— O que está fazendo?

— Temos que ir, já!

— Mas... eu não sei se peguei tempo suficiente.

— *Olha*. Ali. — Aaron apontou. Ele parecia tão assustado quanto Joan se sentia. — Ali. Ali. — Pessoas estavam saltando as barricadas e correndo na direção deles. Uma matilha de lobos convergindo. — Eu cuido do destino, mas você tem que saltar também. Se estivermos de mãos dadas, vamos juntos. Você está pronta?

Joan assentiu, mesmo sem fazer a mínima ideia do que de fato precisava fazer.

— Certo. *Vai*! — disse Aaron.

Joan não conseguia tirar os olhos dos homens correndo na direção deles. Aaron disse para saltar. Ela se imaginou saltando. Nada aconteceu.

— Rápido! Eles estão vindo!

Joan imaginou um salto novamente. Nada aconteceu.

. — Eu estou fazendo a parte difícil! Você só precisa saltar!

Joan deu um salto de verdade, empurrando todos que estavam ao redor. As pessoas se viraram para ela.

— O que você está fazendo?

— Você disse para saltar.

— Saltar pelo tempo!

Joan se ouviu fazer um som que poderia ter sido uma risada e poderia ter sido terror. Ela pensou desesperada naquela manhã com o Sr. Solt, quando ele a empurrou e o dia se tornou noite. Não conseguia se lembrar de ter feito nada, simplesmente acontecera. Os homens de Nick estavam na multidão agora. Joan ainda não via Nick.

— Você precisa ir sem mim — disse ela.

— Deixa de ser idiota! Salte!

— Eu não sei como!

— Sua Hunt irritante, ultrapassada e presa no tempo. Salte!

Ela se visualizou saltando de novo. Nada.

— Você precisa ir! — insistiu. — Eles estão quase aqui!

— Olhe para mim — disse Aaron.

— É tarde demais! — O corte de espada doeu ao lado da barriga de Joan, um lembrete do quanto doeria quando a alcançassem. — Você precisa ir!

— Não olhe para eles. Olhe *para mim*.

Joan engoliu em seco e ergueu o rosto para fitá-lo.

— Você consegue — disse Aaron, sério. Seus olhos eram cinzas, pensou Joan, distante. Como o céu antes de uma tempestade. — Você já fez isso antes. Você sabe como fazer.

— Eu não sei, juro — sussurrou Joan. Pelo amor de Deus, havia mais pessoas pulando as barricadas agora. — Aaron, você precisa ir.

— Olhe *para mim* — disse Aaron, e Joan se forçou a olhar de volta para ele. — Isso, assim. Diga por que você estava trabalhando na Holland House.

— O quê? Do que você está falando? Holland House?

— Você era voluntária na Holland House. — Aaron parecia muito calmo. — Por quê?

— Do que você está *falando?*

— Só pense. Por quê?

— Por quê? — Joan respirou fundo. — Não sei. Eu não sei, tudo bem? Eu só fui. Eu gosto de história.

— Você gosta de história.

— *Sim* — disse Joan, impaciente. — Aaron, eles estão vindo.

— Você gostava das recriações históricas da casa.

— Sim. Eu... É.

— A Holland House te mostrava uma época diferente. E você se sentia atraída por ela. Não era real. Era só um recorte de papelão, mas era o mais perto que você conseguia estar de uma outra época.

Joan olhou fixo para ele. Lembrou-se da primeira vez em que entrou no museu. Ela amara tudo, imediata e irracionalmente. A casa havia sido restaurada ao seu auge Georgiano, e Joan sentira que estava voltando no tempo.

— Viajar no tempo é seu direito de nascença, Joan. Está no seu sangue. Você já ficou presa aqui por muitos anos, mas não precisa mais ficar. Lembra aquela sensação que teve? Quando entrou na casa pela primeira vez? Você lembra?

Os homens de Nick estavam quase chegando. Joan avistou o brilho de uma faca.

— Lembra?

Então Joan sentiu de novo aquele desejo que teve quando entrou na Holland House pela primeira vez. Seu coração disparou.

— Eu lembro — sussurrou ela.

A faca cortou o ar em sua direção.

E o mundo mudou.

OITO

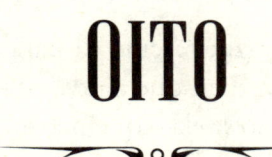

Por um longo momento, Joan não conseguiu ouvir nada além da própria respiração pesada. Os homens de Nick haviam desaparecido. Ela pressionou a mão contra a garganta, onde a faca estivera prestes a atingi-la, e virou a palma para cima. A pele estava estranhamente sensível com a antecipação da dor, mas não havia sangue.

Os homens de Nick não estavam mais lá. A faca não estava mais lá.

Não. *Joan* não estava mais lá.

O Palácio de Buckingham parecia inalterado. As pessoas ainda se acotovelavam para ver os guardas. A grande estátua de Vitória continuava sentada no trono.

Porém, o homem ao lado de Joan tinha uma câmera antiga pendurada por uma tira grossa em torno do pescoço. Um segundo atrás, todos seguravam celulares. Agora, ninguém. E havia outras diferenças também. As roupas eram mais largas; os cabelos, mais longos.

Joan respirou fundo. Estava inspirando o ar de outra época, ao lado de pessoas de outra época.

Os sons do mundo voltaram de repente: os tambores, os trompetes, os passos em marcha dos guardas. A cerimônia estava bem ali. Ninguém parecia haver notado que duas pessoas haviam surgido do nada.

— A gente conseguiu. — Joan podia ouvir o espanto mudo na voz. — A gente viajou.

— *Eu* viajei — disse Aaron, seco. — E te arrastei junto.

Uma mulher olhou de maneira curiosa para ambos. No mesmo momento que Aaron, Joan percebeu que ainda estavam de mãos dadas. Ele abriu os dedos depressa, como se ela o queimasse. Joan revirou os olhos.

A Troca da Guarda estava prestes a terminar, com um último soar de tambores e trompetes. E ficou subitamente alta demais. Alguém ergueu uma câmera e Joan recuou, assustada. Estava segura, mas seu corpo não acreditava nisso. Ainda não.

Precisava de ar puro. Com esforço, enfiou-se entre as pessoas até que a multidão finalmente cedeu e ela se encontrou em um espaço aberto.

Então prendeu a respiração. Ali, o passado estava todo ao seu redor. Carros circulavam o memorial em uma fila interminável, largos, quadrados e rebaixados de uma forma que ela só havia visto em filmes.

Estava no passado. Virou-se lentamente, seguindo o movimento dos carros. Estava *no passado.* Ao longe, havia um espaço vazio onde a London Eye deveria estar: um dente faltando na linha do horizonte.

Acabou frente a frente com Aaron. Ele a observava com uma expressão inesperadamente suave que desapareceu assim que ela focou em seu rosto.

— Já terminou de encarar? — Havia um tédio forçado em sua voz. *"Não é nada de mais. Faço isso o tempo todo."*

— Já — disse Joan. Seus olhos se voltaram para o trecho do céu onde a London Eye deveria estar. — Não.

O mundo parecia infinito. Ela poderia ir a qualquer lugar. Qualquer *época.* Poderia voltar à Regência. À Restauração. Ao Império Romano.

Poderia ver Pompeia antes da erupção do vulcão. Poderia ver... Então se lembrou de como haviam chegado ali e estremeceu. Não, nunca poderia ver nada disso.

Os turistas caminhavam ao redor deles. Meninos e meninas olhavam demoradamente para Aaron. Mesmo com o cabelo todo bagunçado, ele ainda era bonito o suficiente para fazer cabeças se virarem em sua direção. Se essas pessoas soubessem o que ele era, o que Joan era... O que ela acabara de se imaginar fazendo... Correriam gritando para longe dos dois.

Joan deu um passo para a rua, então percebeu que estava indo em direção ao metrô, para chegar à casa da avó em Kensington. Parou, desorientada.

A avó se mudava todos os anos. Ali, naquela época, Joan não fazia ideia de onde a família Hunt vivia. Ela não fazia ideia de onde estavam todos. Quando se imaginara voltando no tempo, havia pensado em viajar 2 dias para avisá-los. Agora estava décadas antes disso, antes mesmo de ter nascido.

Desejou de súbito que pudesse ir para casa. Não a da avó. Para *casa* mesmo, a do pai, em Milton Keynes. Ela lhe contaria tudo e ele faria uma grande panela de mingau de arroz com bastante gengibre, como fazia quando ela estava doente. Os dois se serviriam nas pequenas tigelas que ficavam no topo do armário. Ele quebraria um ovo na de Joan, e diria que tudo ficaria bem.

Mas não havia casa naquela época. Seu pai ainda vivia na Malásia, não se mudara para a Inglaterra. Se Joan fosse para casa em Milton Keynes, um estranho abriria a porta.

— Você está quase surtando, né? — Aaron parecia mais curioso do que preocupado.

— Não.

— Porque parece que está.

— Mas não estou. — A resposta soou embaraçosamente enfática.

Joan esperava que Aaron zombasse dela, mas seus olhos se voltaram para a multidão de turistas.

— Não podemos ficar aqui. Acabamos de surgir do nada. Alguém pode ter notado.

Ninguém sequer olhava para eles. Ao redor, as pessoas acompanhavam os guardas ou dispersavam-se para ir embora. Mas, entre os dois, era Aaron quem conhecia aquele mundo. Ele tinha contatos ali. Joan precisava dele. E odiava isso.

Ele se virou em direção ao St. James's Park. Os guardas do turno anterior marchavam de volta pelo tapete vermelho da avenida Mall. Pequenos grupos de turistas os seguiam, ainda tirando fotos com as grandes câmeras quadradas.

— Espera aí — disse Joan, e só percebeu que havia falado quando Aaron se virou. — Para onde estamos indo? Não podemos encontrar sua família.

Aaron ficou tanto tempo em silêncio que Joan pensou que ele não responderia.

— Eu sei — disse por fim, inexpressivo.

Joan esperou que ele elaborasse, mas, em vez disso, Aaron apenas voltou a andar em direção ao parque.

Ela ficou um tempo olhando para suas costas antes de segui-lo.

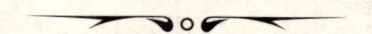

Era um dia mais ensolarado do que aquele que haviam deixado. O St. James's Park era um mosaico de toalhas de piquenique, cadeiras de praia e pessoas comendo sanduíches e sorvetes de casquinha.

As conversas se mesclavam com os gritos de crianças e um jogo de cricket narrado pelo... Joan piscou várias vezes. O som saía de uma caixa cinza do tamanho de um porta-pão.

Aquela não era sua Londres, ela se lembrou novamente.

Depois disso, tudo o que conseguia ver eram as diferenças. As roupas largas, os cortes de cabelo. Até o ar cheirava diferente naquela época, a cigarros e piche. Os carros faziam outros sons. De olhos fechados, era como se estivesse em outra cidade.

E algo dentro dela clamava por aquilo, da mesma forma como fora atraída pela Holland House. Queria continuar viajando para ver Londres se tornar mais e mais estranha, até que não restasse mais nada da *sua* Londres. E então continuar além disso. Para ver a Idade do Ferro, a Idade do Bronze.

Ou então viajar para o futuro. Ver maravilhas. *"Está no seu sangue"*, dissera Aaron.

— Ei! — A mão dele apertou seu braço.

Joan piscou os olhos, sentia-se estranhamente confusa. Ele a segurava com força, mas seu braço doía da mesma forma distante como da vez em que quebrara um osso e o Dr. De Witt prescrevera um analgésico tão forte que fazia sua cabeça girar.

O rosto de Aaron, com os olhos arregalados, estava bem próximo agora.

— Joan? — Sua voz soou distante, como se estivesse falando por meio de um longo cano. — Ei, fique comigo!

— Não deveria — murmurou ela. — Sua família tentou me matar.

Na escola, o Sr. Larch dissera que em tempos passados havia elefantes e camelos no St. James's Park. E crocodilos. O Rei Carlos II havia jogado *croquet* francês ali. E antes disso fora uma área de caça. Patos e veados selvagens para a mesa do rei.

— Joan! — A voz dele pareceu tão súbita que a surpreendeu novamente. — Você está comigo? Consegue ouvir alguma coisa?

— Estou ouvindo essa sua voz ridícula — respondeu ela, num tom estranho e irreal.

O sorriso de Aaron a golpeou bem no estômago. Era injusto que ele fosse tão bonito, pensou ela, e ao mesmo tempo tão irritante.

— Consegue me sentir te tocando?

A mão dele estava sobre seu braço. Joan abriu a boca para dizer que é claro que sim. Mas a verdade é que mal sentia o próprio corpo. E a voz de Aaron era a única coisa que ela *conseguia* escutar com clareza. Onde antes o parque estivera cheio do canto dos pássaros e de pessoas conversando, agora tudo aparentava estar abafado. O pânico começou a crescer dentro dela, mas até isso parecia distante e amenizado.

— O que está acontecendo? — balbuciou Joan.

— Está tudo bem — disse Aaron. — Mas você precisa prestar atenção em mim. Você precisa ficar no momento. *Neste* momento. Escolha um detalhe do parque. O que consegue ouvir?

— Eu não... — Ela tentou captar um vestígio qualquer em meio à confusão de sentidos anestesiados, mas tudo se esvaía como fumaça. — Não sei.

— Estou ouvindo o vento nas árvores — disse Aaron. E, de novo, a voz dele era a única coisa clara. — Sua vez.

Joan se esforçou para focar. *Havia* um som flutuando acima dos outros. Algo alto e doce. Ela teve que batalhar ainda mais para encontrar uma palavra que o nomeasse.

— Pássaro — conseguiu dizer. Era como falar debaixo d'água. Ela viu Aaron apertar ainda mais seu braço, mas ainda não conseguia senti-lo.

— Ótimo. O que mais? Eu ouço pessoas falando.

Joan fez outro esforço exaustivo. Era como estar presa em um sonho, sem conseguir acordar.

— Carros.

— Mais uma vez.

Ela lutou de novo.

— Água. Fonte.

Joan não teve certeza de quanto tempo ficaram juntos ali, identificando sons do parque. A mão de Aaron aos poucos se solidificou contra sua pele; a temperatura voltou primeiro e Joan sentiu o calor dele antes de qualquer outra coisa. As conversas reemergiram ao redor e foram ficando cada vez mais altas, como se alguém estivesse aumentando o volume. Joan respirou fundo; o ar tinha um gosto amargo de borracha e combustível que a fez engasgar.

Aaron apertou seu braço e, desta vez, ela definitivamente o sentiu.

— Pronto — disse ele. — Você conseguiu.

Joan respirou fundo de novo, com dificuldade. A névoa estava se dissipando em sua mente. Ela balançou a cabeça, tentando clareá-la mais rápido.

— O que está acontecendo?

— Você quase morreu.

— *Quê?*

— Você tentou viajar sem pegar tempo antes.

— Não — disse Joan, confusa. — Eu peguei tempo no Poço. Deve ter sobrado um pouquinho.

— Não funciona assim. Quando você viaja, perde tudo. Você saltou e depois tentou saltar de novo. Não sabia como pisar no freio.

— Não, eu só senti...

Tudo o que Joan sentira foi um desejo, um puxão no peito. O mesmo puxão que sentira no Poço. Mas se era assim que se saltava, como é que poderia se impedir de viajar sem querer? Como se impedir de sentir um sentimento?

— Você devia comer alguma coisa — disse Aaron. — Comida desta época vai te firmar aqui. Até lá, foque nos detalhes. Cheiros, sons, temperatura. Fique no presente. Não pense em nada senão o agora.

Mas *quando* era agora? De repente, Joan precisava saber. Ela empurrou Aaron com um desespero quase frenético. Precisava encontrar algo, qualquer coisa, que tivesse uma data.

Havia uma lixeira ao lado da trilha. Ela a revirou, apressada, procurando entre pacotes de salgadinho, restos de sanduíche. Meia barra de chocolate Galaxy.

— Ahn... — Aaron soava um tanto horrorizado. — Quando eu disse para comer alguma coisa, não quis dizer restos de outras pessoas.

— Aham — disse Joan, dispersa. Uma lata de Coca. Uma embalagem amassada de Twiglets. Nenhum jornal, nenhuma revista. Droga.

— Isso é coisa de humanos? Gostar de lixo? É que eu não passo muito tempo com humanos.

— Estou procurando... — Joan olhou para ele. — *Não*, não é uma coisa de humano. Estou procurando a data.

Aaron ergueu uma sobrancelha.

— No lixo?

— Pode ter um jornal lá dentro. — Joan estava começando a entrar na defensiva. — Nos filmes, as pessoas sempre encontram a data no jornal. Acontece o tempo todo em *Doctor Who*. Em *De Volta para o Futuro* também.

— Que negócio é esse, *De Volta para o Futuro*?

Joan mordeu os lábios, mas a risada um tanto histérica lhe escapou mesmo assim. Haviam viajado no tempo. Agora ela estava ali, com aquele ridículo menino elegante que sequer assistia a filmes.

— Não entendo o que é tão engraçado.

— O que em nome de Eton é *De Volta para o Futuro*? O que é? O que é, meu caro?

— Eu não... Que infantilidade. Eu não falo assim.

— Você fala exatamente assim.

Aaron bufou.

— Cruzes, tire as mãos do lixo! Não precisamos de um jornal para saber a data. — Ele lançou um olhar profissional de análise para as pessoas correndo e fazendo piquenique, o tipo de olhar que Ruth tinha quando estava prestes a abrir uma fechadura. — Estamos em 1993.

Joan ficou de queixo caído com a audácia dele.

— Você não tem como saber isso só de olhar um parque.

— Cabelo grande, mas não gigante. Nada de neon. Então não estamos nos anos 80. Nenhum corte de cabelo Rachel, então deve ser pré-*Friends*. Isso nos deixa com uma janela de 1990 a 1994. E daí é fácil deduzir. O celular daquele homem. — Aaron apontou para um sujeito conversando no telefone. — É um BT Jade, saiu em 1993. Então poderíamos estar em 1993 ou 1994, mas observe o relógio dele. Os sapatos. Novinhos. Ele gosta de coisas novas. Estamos em 1993.

Joan estava impressionada, mesmo que não quisesse dar o braço a torcer.

— *Friends*? — perguntou, enquanto fazia as contas silenciosamente.

— O corte de cabelo da Rachel é um marco no tempo. Como a St. Paul's ou o novo Globe. Por que está fazendo essa cara? — Ele mexeu os lábios.

Joan só pôde deduzir que ele estava tentando imitá-la.

— Você voltou demais! Era para viajarmos só 20 anos!

— E daí? — Aaron cruzou os braços com ar de superioridade. — Você já tem sorte por termos conseguido escapar. Estava sendo um completo peso morto.

— Mas...

— O que estou dizendo é que você não precisa revirar os pacotes de salgadinho de outras pessoas como se fosse um esquilo com raiva.

Joan mal o ouviu. Ela olhou ao redor. Do outro lado do gramado, o lago estava calmo. Uma mulher passeava com um carrinho. O bebê seria adulto em seu tempo, mais velho do que ela mesma. Aquele homem idoso poderia já estar morto.

E a coisa mais estranha era a solidez absoluta do mundo. O ar cheirava a carros e piche, o chão era firme sob seus pés. Era real. Não tinha como negar que ela estava ali, em uma época antes do próprio nascimento.

— O que a gente vai fazer? — perguntou. — Precisamos impedir Nick. — Ela sentia uma estranha mistura de urgência e impotência. — Precisamos avisar a todos o que vai acontecer.

Foi então que percebeu que Nick sequer estava ali. Nem em lugar algum do mundo naquele momento. Ela se surpreendeu com um sentimento de vazio e perda. Ele não havia nascido ainda. Ela poderia procurá-lo por todos os cantos, e não o encontraria.

— Antes de fazer qualquer coisa, precisamos comer — disse Aaron. — Você quase viajou sem pegar tempo antes. Você quase morreu. Entende isso? Eu sempre soube que os Hunt eram irresponsáveis, mas falhar em ensinar o básico de segurança...

— Não fale da minha família. — Joan pretendia soar brava, mas as palavras saíram baixas e perigosas. Os segredos que haviam sido mantidos lhe davam uma sensação crua por dentro. Só de estar com Aaron, de ver a facilidade com que ele lidava com aquele mundo, seu mal-estar aumentava. — De todas as pessoas, você é a que menos tem direito de falar deles.

— É, realmente, eu que menos tenho. Porque sua família ensinou muito sobre o mundo monstro, não é?

— Eu sei um pouco — disse Joan, na defensiva.

— Como o quê? Em quem podemos confiar nesta época? Você não tem uma identidade, onde vai conseguir uma? Não tem um lugar para dormir hoje, nem dinheiro. Nem amigos. E os Hunt são impossíveis de encontrar.

— Eu sei me virar.

— No território de qual família estamos agora? O que isso significa? Quais são as Regras do Rei? O que acontece se você as quebrar?

Joan afastou uma onda de impotência. Não queria depender daquele maldito Aaron Oliver, cujo pai tentara matá-la. E Aaron teria deixado, já que simplesmente fora embora.

— Você viajou no tempo. Não está mais no mundo humano. Se quiser sobreviver, precisa aprender *muito* rápido sobre o mundo monstro.

— Queria que fosse com qualquer um, menos você. — Ela não pretendia dizer aquilo em voz alta, mas era verdade.

— Ah, vai por mim, disso eu sei.

Aaron se virou e começou a andar de novo.

NOVE

Havia sinais dos anos 90 por todos os lados: paredes de tijolinho com pôsteres de *Jurassic Park* e restos rasgados de outros mais antigos. *Feitiço do Tempo*. Nirvana. Os carros, a moda, até os semáforos eram diferentes. Era, e não era, a Londres que Joan conhecia. Os policiais pareciam fantasiados com aqueles chapéus grandes e jaquetas elegantes. As roupas eram largas e estranhas.

Aaron guiou Joan pelo Covent Garden, sempre com a cabeça erguida como se fosse dono da cidade inteira. Em algum ponto, transformou-se de um turista deselegante a um rico mimado de novo.

Como na noite anterior, ele evitou as avenidas principais e tomou atalhos que Joan sequer sabia que existiam, atravessando pátios escondidos e parques murados. Quando pararam, ela estava completamente perdida. Poderiam estar em Covent Garden, Temple, ou ainda mais longe.

Aaron a levara a um beco entre duas fileiras de prédios. Era estreito o suficiente para que Joan pudesse tocar as paredes de ambos os lados quando esticava os braços. O céu se tornara apenas uma faixa cinza acima deles e o ar estava gelado como um porão. Aquela parte de Londres parecia muito antiga. As chaminés cuspiam uma fumaça amadeirada.

Havia uma porta pequena, baixa e preta na parede, com uma placa de bronze ao lado: uma serpente marinha enrolada em um barco à vela. O tipo de imagem que se vê em mapas medievais para marcar territórios inexplorados.

— Esta é uma das nossas estalagens — disse Aaron.

Joan tocou a placa e perguntou:

— "Aqui há dragões"?

Aaron deu um sorriso divertido, quase suave, como se houvesse se esquecido por um segundo de que não gostava dela. O estômago de Joan se contorceu de uma forma estranha. Estava nervosa, pensou.

— É a sua primeira vez em um lugar monstro?

A boca de Joan ficou seca. Ela assentiu.

— Dragões não precisam temer outros dragões — disse Aaron, e o estômago dela deu uma guinada estranha de novo.

Ela sabia que não era verdade; a família dele lhe mostrara isso.

Mesmo assim, respirou fundo e abriu a porta.

A primeira impressão foi de que o lugar era um pub antiquado: madeira envernizada e vitrais. Havia mesas por todos os lados, abarrotadas com pessoas que vestiam roupas de diversas eras. Risadas e conversas preenchiam o salão.

Mas havia coisas estranhas também, como ramos de junco e ervas espalhados pelo chão, e o ar estava fumacento, quase como um celeiro. Joan conseguia sentir o cheiro de feno, funcho esmagado e melissa, assim como alecrim e carne assada. Uma lareira ao canto aquecia um caldeirão borbulhante de cozido. Seu estômago roncou.

A impressão seguinte evocava uma catedral. A parede mais distante tinha uma série de vitrais. Neles, monstros de mapas nadavam em um oceano de vidro azul: um peixe barbado, um dragão com espinhos nas costas, uma grande besta com escamas e presas salientes. Luz azul penetrava as janelas e transformava o chão de madeira em águas rasas e ondulantes.

Enquanto Joan estava ali, um homem saiu de um quarto aos fundos. Era negro, com cabelo grisalho e um rosto bonito, sem rugas. Ele correu os olhos pelo salão com ar de autoridade, depois andou até dois musculosos sujeitos de cabelo cor de areia sentados perto da lareira.

— Eu por acaso vi comércio acontecendo na minha estalagem? — Seu tom era calmo, lembrava o de um diretor de colégio.

Joan deduziu que fosse o dono do lugar.

Os dois homens grandes abaixaram a cabeça, parecendo tão envergonhados quanto crianças que levam uma bronca.

— Desculpe, estalajadeiro. Só me livrando do celular — disse um deles.

— Isso aqui tem cara de mercado para você? — O estalajadeiro gesticulou para a porta. — Fora.

Ele sequer se deu ao trabalho de olhar os homens partirem, o que eles de fato fizeram, rapidamente o obedecendo. Ele voltou a atenção para Joan e Aaron e avaliou seus cortes de cabelo, sapatos e roupas.

— Recém-chegados? — perguntou.

Aaron assentiu.

— Algum quarto disponível?

— Vamos dar um jeito para vocês — respondeu o estalajadeiro, e acrescentou, enérgico: — Quartos vêm com comida. Sirvam-se! Alguém trará a chave.

Aaron conduziu Joan até a lareira, pegou duas tigelas da prateleira acima e serviu o cozido do caldeirão. O cheiro era delicioso: rico e bem temperado. Ela conseguia ver cenouras, cebolas e talvez carne de pato.

Encontraram uma mesa fora do caminho, no canto. Quando Joan arrastou a cadeira, os pés rangeram contra o chão e o som se elevou momentaneamente acima do barulho do salão. Aaron ergueu uma sobrancelha e puxou a própria cadeira. Em silêncio, é claro. Ele tinha a precisão graciosa de um gato.

— Precisamos mesmo de um quarto? — perguntou Joan.

Ela havia imaginado que os dois apenas avisariam alguém sobre o massacre, e pronto.

— Coma primeiro. Você ainda não sabe se firmar aqui sozinha. A comida de uma nova época é um atalho fácil. — Ele assoprou a própria colher e deu uma bocada. — Está bom — disse, um tanto relutante em admitir.

— E como é que vai ser? — questionou Joan. Ela provou o cozido. Os sabores eram inesperadamente natalinos: cascas de laranja, canela e cravo. Ela até que gostou da combinação. — A gente avisa alguém e aí vai ser como... — Estalou os dedos. — Se a noite de ontem nunca tivesse acontecido? Nós dois não vamos nem lembrar que isso tudo aconteceu?

Era uma ideia estranha. Ela e Aaron talvez nunca soubessem que haviam se sentado sozinhos no salão de uma estalagem e feito uma refeição juntos. Que haviam ajudado um ao outro.

Havia um prato de pães frescos sobre a mesa. Aaron pegou um, fez cortes em cruz na casca, passou manteiga nos vãos e o entregou a ela.

— Coma isso também — disse, e pegou outro para si.

O pão era denso, escuro e quente, a ponto de fazer a manteiga derreter. Joan olhou ao redor enquanto mastigava.

Assim como a cidade lá fora, a estalagem era, ao mesmo tempo, familiar e estranha. As pessoas casualmente surgiam e desapareciam do nada, como se estivessem simplesmente saindo e entrando de um cômodo para outro.

Na mesa mais próxima, duas mulheres jogavam algo que lembrava xadrez. Porém, quando Joan olhou com mais atenção, as peças pareciam erradas: um elefante, um canhão medieval.

Era tudo tão desnorteador, e ainda assim...

Algumas coisas eram familiares. Joan lambeu manteiga dos dedos. Salgada e ácida como iogurte. Ela só provara manteiga assim na casa da avó. Inclinou-se para sentir o cheiro familiar.

— O nome é manteiga de leite integral — disse Aaron.

Era como se estivesse comendo a comida da avó.

— Minha avó faz manteiga assim. Achei que fosse uma coisa de família.

Aaron deu de ombros.

— É uma coisa de monstro.

Uma coisa de monstro. Quando tudo estivesse terminado, quando os eventos da noite anterior fossem desfeitos, talvez aquele sabor se tornasse novamente algo de família. Talvez Joan sequer aprendesse que havia um contexto maior para aqueles aspectos de sua vida. Uma cultura.

Risadas altas soaram de uma das mesas.

— Hathaways — disse Aaron, irritado.

A risada vinha de uma mesa redonda no centro do salão. Havia uma dezena de pessoas ali. Como todos os grupos na estalagem, os Hathaway pareciam uma mistura de raças. Sua única similaridade real era o porte musculoso, tanto dos homens quanto das mulheres. A maioria parecia ter animais de estimação: um gato cinza no colo de um homem, um pug dormindo debaixo de uma cadeira... Enquanto Joan olhava, um gato preto pulou sobre a mesa e caminhou entre os copos e travessas. Ela abriu a boca para fazer outra pergunta, mas no mesmo momento uma mulher surgiu perto da mesa dos Hathaway. Seu corte de cabelo era distinto: cachos na testa e tranças enroladas na parte de trás da cabeça.

— O... cabelo daquela mulher — disse Joan, devagar. Onde é que havia visto um penteado assim antes?

Aaron olhou e deu de ombros novamente.

— Realmente deveríamos comer antes de conversar.

Joan respondeu à própria pergunta:

— Estátuas.

— Joan. Continue comendo.

— Estátuas romanas antigas.

— *Joan*. — Aaron se inclinou para bloquear a visão de modo que ela não pudesse ver nada além de seu rosto. — Você está certa. Pelo estilo do cabelo, eu diria que essa mulher veio do ano 100 D.C. — A voz dele era quase sedutora. — Eu fui uma vez, sabia? Ao Templo de Vênus no Monte Vélia. Era um dia tão quente que as oferendas de flores murchavam nos vasos. O perfume de rosas e murtas lembrava vinho.

— O quê? — Joan tentou focar nele; sentia a cabeça começando a ficar confusa.

— A onda de fiéis não parava nunca. Havia tantas oferendas que as joias e as flores formavam pilhas no chão.

A fumaça da lareira estava perdendo o aroma.

— Pare — disse Joan, com a voz pesada.

— Recém-casados levaram um touro com chifres dourados. Eu fiquei para o sacrifício. Quer ouvir sobre o sacrifício?

— *Não*.

Ela sentia como se estivesse caindo. O que foi que Aaron tinha dito no St. James's Park? Concentre-se nos detalhes. Ela colocou as mãos trêmulas sobre a mesa. Mal podia sentir a madeira. Sua garganta se contorceu em um som apavorado que não podia ouvir. *Detalhes*. Havia riscos no verniz da mesa. Ao lado de uma das tigelas, a mão de Aaron se fechava com tanta força que as dobras dos dedos estavam brancas. Em sua própria mão, havia um corte raso, no polegar. Devia ter acontecido durante a luta de espada.

O cheiro da lareira voltou aos poucos, até que a fumaça ficou densa a ponto de fazê-la tossir.

— Por que você fez isso comigo? — questionou ela.

Aaron deu um sorrisinho torto, mas seus olhos estavam sérios.

— A este ponto, qualquer um poderia fazer isso com você. A capa de um livro de Jane Austen poderia fazer isso com você.

— Qual é o seu problema?

— Qual é o *meu* problema? — Ele teve a audácia de soar irritado. — Estou tentando ajudar. — E acrescentou, admitindo: — Você se saiu bem desta vez. Voltou rápido.

O problema era que Aaron se parecia tanto com um menino humano que Joan esperava que agisse como um. Mas ele não era um humano. Era um monstro, criado por monstros.

— Quer saber? — Joan se levantou. — Não preciso da sua ajuda.

Ele a levara até aquela época. Ela não precisava de mais nada dele além disso.

— Aonde você vai? — Ele franziu a testa.

— Chega. Não ajude. Não faça mais nada por mim.

Ela sentiu os olhos dele a observarem enquanto ia embora.

Joan notara várias pessoas entrando e saindo da parte de trás da estalagem, embora as placas de banheiro apontassem para o lado oposto.

E, realmente, havia uma porta dos fundos. Joan a abriu, esperando outra ruela comum, mas, para sua surpresa, deparou-se com uma praça com chão de paralelepípedos, lojas com janelas curvadas e altos prédios de tijolinho. Porta *da frente*, corrigiu-se.

As ruas conduziam para fora da praça. Olhando por uma delas, Joan viu mais prédios e o que parecia ser um parque terminando em um muro.

Ela imaginou o muro envolvendo tudo aquilo. "Um lugar monstro", pensou. "Oculto."

Começara a chover enquanto estava na estalagem e agora grandes pingos caíam nos paralelepípedos, escurecendo-os. O céu estava cinza. Aqui e ali, pessoas apareciam e desapareciam no ar. As recém-chegadas abaixavam a cabeça por causa da chuva e corriam para os prédios.

Joan parou uma mulher que andava apressada em direção à estalagem.

— Com licença. Você sabe onde posso encontrar a família Hunt?

As sobrancelhas da mulher se uniram no centro dos olhos.

— O que você quer com aqueles bandidos? — disse ela, e a empurrou rudemente para entrar na estalagem.

Joan ficou olhando, abalada. Os Oliver odiavam sua família. Será que a mulher era um Oliver? Ou várias pessoas odiavam os Hunt? Era um pensamento desconcertante.

Ao redor da praça, havia vários tipos de lojas: de bolos, de chás, de joias... Uma parecia especializada em chapéus, aparentemente de todas as eras: cartolas, floridos, de palha vitorianos, bonés de beisebol. Outra era uma confeitaria, cuja vitrine exibia uma variedade de glacês de abacaxi e laranja. Intercaladas com as frutas, esculturas de açúcar: um tigre transparente e um papagaio em cores vivas. Todas eram iluminadas pelo que pareciam ser chamas de verdade, em constante transformação. Joan nunca vira nada parecido.

Ela continuou andando. Metade dos recém-chegados estava correndo da chuva e entrando na estalagem.

Muitos outros corriam em uma direção diferente, descendo uma mesma rua. A chuva apertou de verdade; Joan correu e foi seguindo pelos paralelepípedos. Água espirrava das poças e ensopava seus calcanhares.

O fluxo de pessoas a levou até um mercado coberto com uma grande fachada vitoriana. Acima da entrada aberta, o nome Mercado Ravencroft estava gravado em pedra ao lado de entalhes tridimensionais de pássaros e folhas. Joan entrou. O chão era uma continuação da rua de paralelepípedos. Uma ornada cobertura de vidro se arqueava no teto, da cor de um céu de verão. Aqui e ali, corvos de chumbo flutuavam no vidro.

O cabelo de Joan estava pingando ao passar por cabideiros e mais cabideiros de roupa. Poderia sair do mercado como um centurião romano, uma *lady* da era da Regência ou uma roqueira dos anos 90.

Havia comida também, um estande de enguias e tortas, um de frango *tikka masala*. O estômago de Joan roncou de novo, e ela desejou ter levado um pão consigo. Continuou para além das mesas de ervas e temperos. Garrafas caseiras com o rótulo *garum*. Cachos de frutas espinhosas que lembravam bananas. Folhas amareladas e secas com etiquetas de *silphium*. Barras desconhecidas de chocolate. Aquilo a lembrava do mercado chinês a que ia com o pai: um lugar onde comprar coisas que não eram vendidas em lojas convencionais.

Garum, pensou aleatoriamente. Era um condimento na Roma antiga, semelhante a um molho de peixe. Joan havia lido sobre isso. E, simples assim, a sensação confusa voltou. "Foco", disse a si mesma, afastando o pânico. "Concentre-se nos detalhes." Mas para todo lugar onde olhava, havia objetos de outras épocas. Um escudo de centurião pendurado nas costas de alguém. Um arco rústico de madeira, desarmado.

— Ei! — chamou alguém.

Joan se sobressaltou e o susto a puxou para fora da névoa em sua mente.

O dono de uma banca estava olhando para ela, um homem com pouco mais de 20 anos, cabelos cor de areia e o porte musculoso de um boxeador.

— Você está vendendo esse contrabando aí? — perguntou ele.

— Contrabando?

A mesa do homem estava coberta de telefones, relógios, câmeras e outros eletrônicos dos anos 90. Ele gesticulou para o celular parcialmente fora do bolso da calça jeans de Joan.

— Você está nos anos 90, meu bem. Deixe isso aí cair para fora destes muros e vai responder ao Tribunal. Mas eu posso te livrar desse fardo.

Era o celular que Joan havia encontrado no Salão Amarelo. Quase se esquecera dele.

— Você tem a senha? — perguntou o homem.

Joan balançou a cabeça. Não tinha.

— Dou cem por ele.

Um flash de memória piscou em sua mente, da avó comprando folhados de salsicha na Greggs certa vez. Ela piscara para Joan e então oferecera ao vendedor metade do preço que estava pedindo. Naquele dia, Joan se encolhera de vergonha. Que tipo de pessoa fazia aquilo? Agora só desejava que a avó estivesse ali.

— Quinhentos — disse Joan, só por dizer, só porque a audácia da oferta faria sua avó rir.

— Nem vem. Acha que estou fazendo caridade aqui?

— Duzentos. A tela não está nem trincada.

O homem fez uma careta.

— Cento e setenta. — E apontou com o queixo. — Mas pago mais por esse colar aí.

Joan ergueu a mão instintivamente para tocar a corrente. A avó lhe dera aquele colar na noite anterior, pouco antes de morrer. Joan engoliu em seco e balançou a cabeça.

— Vamos — insistiu o homem. — Fale seu preço.

Era a única conexão que ainda tinha com a avó. Ela tocara aquela corrente, seu sangue estivera ali. Joan balançou a cabeça de novo.

O homem deu de ombros.

— Você quem sabe.

Ele estendeu algumas notas estranhas para Joan, que lhe deu o celular em troca.

Ela analisou as notas com curiosidade. Eram de plástico translúcido com imagens douradas no centro: uma coroa e um leão alado. Sobrepostas, pareciam formar parte de um brasão desconhecido. Será que aquilo era dinheiro monstro?

— Pode me dar um pouco em moeda local? — perguntou ela, em partes para mensurar a taxa de conversão.

— Está achando que eu sou o que, uma casa de câmbio? — resmungou o homem, mas pegou vinte de volta e então lhe estendeu quarenta libras mais reconhecíveis.

Joan colocou o dinheiro no bolso. Quando se virou, uma voz familiar soou devagar:

— Olha só para você. Vendendo bens roubados como uma verdadeira Hunt.

Aaron estava apoiado ao lado da mesa com os braços casualmente cruzados. Mas seu cabelo estava molhado e escuro como na noite anterior após o banho. Será que havia ido até lá para procurá-la?

Ele olhou para os relógios e celulares do homem com evidente desdém.

— Espero que não vá gastar tudo aqui — disse a Joan.

— Estou indo à agência de correios da rua detrás — respondeu ela. — Vi o cartaz, eles entregam em outras épocas. Vou escrever uma carta para mim mesma.

— Por que diabos você faria isso?

— Para impedir Nick, é claro. Para avisar a mim mesma e eu poder salvar minha família.

Aaron caiu na risada, de uma forma espontânea e desagradável.

— Qual é a graça? — Joan exigiu saber, mesmo que ele não soasse como se estivesse exatamente se divertindo.

No máximo, a risada soara dolorosa. Ela teve uma sensação desconcertante então, como quando pegara tempo no Poço.

— Ah, não é nem um pouco engraçado. — Ele gesticulou para que ela mostrasse o caminho. — Por favor, escreva uma carta e salve-nos todos dos heróis.

A sensação desconcertante cresceu quando Joan voltou para a chuva. Aaron a seguiu em silêncio. O correio não era longe, mas, quando chegaram, a água escorria como uma cachoeira das calhas e respingava ao encontrar o chão.

— Oh, vocês foram pegos pela chuva! — disse a mulher dos correios quando Joan abriu a porta.

Ela tinha um sotaque do norte que fez Joan se lembrar de Nick. Estava separando o que pareciam ser convites de casamento, enfiando-os em diferentes gavetas com rótulos de 50 em 50 anos: 1900–1949; 1950–1999; 2000–2049. Ela apontou:

— Os cartões-postais ficam ali. Tem um ótimo da vitória de Steffi Graf no Wimbledon deste ano.

— Posso enviar uma carta, por favor? — perguntou Joan.

— Uma carta? Que coisa mais adorável, não é? Amo cartas. As pessoas deveriam escrever mais cartas. — E mostrou uma prateleira com folhas de papel e envelopes.

Joan podia sentir Aaron a observando. O correio era organizado como uma sala de estar: havia um pequeno sofá e uma mesa de centro baixa numa alcova pintada de rosa. Joan se sentou no sofá e, pouco depois, o peso de Aaron se acomodou ao seu lado.

Ela respirou fundo. *"Querida Joan"*, escreveu. Era estranho se dirigir a si mesma.

Não havia imaginado o quão difícil seria descrever os eventos da noite anterior. Suas mãos tremiam enquanto narrava como os Oliver haviam chegado. Como ela enviara uma mensagem para a família. Como os Hunt foram ajudá-la e como eles morreram. Ela contou a si mesma sobre Nick. O olhar de Aaron parecia uma presença física enquanto ela escrevia.

Ficaria tudo bem, pensou. Depois de entregar a carta, a noite anterior não teria acontecido. Assim que a Joan do passado recebesse a carta, impediria o massacre. Avisaria a avó e o restante da família. Eles impediriam Nick juntos.

— Acha que preciso escrever mais alguma coisa? — sussurrou para Aaron.

Ele não falara nada desde que haviam saído do mercado, mas estava lendo por cima dos ombros de Joan. Então disse, com a voz carregada:

— Não.

Joan assinou, respirou fundo e voltou para o balcão.

A que ponto o tempo reiniciaria? Quando desse a carta para a atendente? Quando fosse entregue?

A mulher pegou a carta e uma das estranhas notas monstro de Joan, depois devolveu o troco: mais notas e moedas.

"Já", Joan pensou. Estaria de novo em casa, com a avó, e todos estariam vivos outra vez *já*.

Lá fora, a chuva continuava a cair. Alguns segundos se passaram.

— Posso enviar uma cópia para a minha avó também, por favor? — perguntou Joan.

A mulher lhe mostrou como usar a copiadora. Joan escreveu o endereço da avó, do ano anterior, e a data do verão passado. A mulher pegou algumas das moedas de volta.

"Já", Joan pensou. Estaria tudo desfeito *já*.

A mulher colocou as duas cartas na gaveta dos anos 2000-2049.

— Tem certeza de que serão entregues na época certa? — perguntou Joan.

— Garantido, ou seu dinheiro de volta — disse a mulher, animada.

Já. Já. *Já.*

Nada. O relógio na parede marcava a passagem do tempo. Nada mudara.

— Posso ajudá-la com algo mais? — disse a mulher.

Joan se assustou quando Aaron tocou seu cotovelo.

— Não, obrigado — disse ele à mulher. Para Joan, falou: — Por que não voltamos à estalagem?

Ela quase imaginou algo de gentil na voz dele.

A sensação de desconforto aumentou quando ela abriu a porta para a chuva de novo, até que ficasse pesada e incômoda em seu estômago. Até que estivesse tão forte a ponto de Joan precisar parar no meio daquela rua estranha, escondida e sem carros, com a chuva caindo.

— Joan — disse Aaron. Para sua surpresa, ele saiu debaixo do beiral para encontrá-la.

Sua camisa branca ficou encharcada e grudou na pele. Joan podia ver as bordas de uma tatuagem escura no começo do quadril.

— Aquele correio é um golpe? É por isso que você riu de mim?

— Eu não... Não ri de você. E não é um golpe. Eles enviam mensagens para outras épocas.

— Então... quanto tempo temos que esperar?

— Vamos entrar — disse Aaron. A gentileza estava de volta em sua voz. — Temos um quarto no andar de cima. Podemos nos secar lá.

O cabelo de Joan caía pesado e gelado nas costas. As bordas da atadura se destacavam, visíveis, em volta da cintura. Ela sabia por que estava parada ali. A chuva era impiedosamente calmante. Por outro lado, não fazia a menor ideia de por que Aaron estava ali com ela, agora também encharcado da cabeça aos pés. Ela não o conhecia há muito tempo, mas sabia que ele gostava de ter uma boa aparência, de ficar arrumado e ter tudo sob controle.

— Se eu fizer uma pergunta, você promete me contar a verdade? — disse Joan.

Água escorria pelos cabelos escurecidos de Aaron, por suas mangas e pelas dobras da calça.

— Prometo.

— Aquelas cartas vão salvar nossas famílias?

Os olhos dele tinham um ar cansado de pena que fez Joan sentir um nó na garganta. Ele balançou a cabeça. O barulho da chuva engolfou sua voz e a resposta foi apenas uma forma em seus lábios:

— Não.

O desconforto dentro de Joan parecia uma fera lhe cravando as unhas. Sua garganta ficou tão apertada que ela mal conseguia falar. Teve de forçar as palavras seguintes:

— Então como vamos salvá-los?

A pena no olhar de Aaron se transformou em algo terrível, algo exausto e *antigo*. E, de repente, Joan não queria mais que ele respondesse. Já estava balançando a cabeça quando ele o fez:

— Nada que você faça irá salvá-los.

— Não — disse Joan. *Não.*

Não fazia sentido. Havia mil coisas que ela poderia tentar agora que estava naquela época. Poderia avisar a avó pessoalmente. Ou contratar uma empresa de advocacia para entregar mensagens para si mesma e sua família, em todos os endereços da avó, todos os verões. Ela tinha anos e anos para descobrir uma forma de impedir que aquela noite acontecesse.

Nick não pegaria ninguém de surpresa. Ninguém morreria. *Aquilo* fazia sentido.

— Joan...

Porém, de súbito, ela não conseguia mais suportar a presença de Aaron.

— Não! — Joan se virou para correr, derrapou e escorregou nos paralelepípedos molhados.

Podia escutá-lo chamar, mas não queria ouvir mais nada que ele dissesse. Era um mentiroso. Ele a deixara para morrer na noite anterior. Era tão cruel quanto o pai.

Ela empurrou com força a porta da estalagem, ciente, com o canto dos olhos, de todos se virando para encará-la. Imaginou que deveria estar um caos, desesperada daquele jeito e encharcada da cabeça aos pés. Correu os olhos pelo salão, procurando por olhos familiares. Pelo *olhar da família Hunt.* Por tatuagens e pingentes da raposa de língua prateada. Por qualquer sinal de seus parentes. Havia dezenas e dezenas de pessoas ali. Uma delas tinha que ser um Hunt.

Tudo o que precisava era encontrar a avó mais jovem daquela época, encontrar *qualquer* Hunt daquela época. Só precisava avisá-los pessoalmente. Sem cartas, sem intermédios. *Aí sim* poria fim a tudo.

Andou até o balcão de madeira reluzente onde o estalajadeiro estava. Ele bebia café e mantinha os olhos fixos nos clientes. Lembrava um prefeito benevolente.

— Preciso achar alguém da família Hunt — disse Joan.

Ele a encarou por um longo momento.

— Os Hunt não gostam de ser encontrados.

Joan procurou o dinheiro no bolso e colocou uma nota transparente e dourada no balcão do bar. A de cinquenta.

— Dorothy Hunt — disse ela.

Era o nome da avó.

— Algumas pessoas *não deveriam* ser encontradas.

Joan colocou outros cinquenta no balcão.

— Qualquer Hunt serve — disse. — Mas se Dorothy estiver nesta época, quero falar com *ela*.

O estalajadeiro emitiu um som do fundo da garganta que poderia ser desaprovação, mas, quando Joan olhou para baixo, o dinheiro sumira.

Ela havia tido esperanças de que aquilo acalmaria as garras dentro de si, porém, no fim, elas apenas pioraram. Joan correu os olhos pela sala de novo. Sabia que era estúpido continuar procurando, mas...

Viu a tatuagem primeiro, uma sereia delicada enrolada no pulso de um homem. Ergueu os olhos para o rosto dele.

Só o vira uma vez, mas ele era estranhamente familiar. Deveria estar perto dos 50 anos quando morreu no jardim da Holland House. Agora, tinha pouco mais de vinte, e um rosto redondo de menino, boca sorridente e cabelos loiros que já estavam afinando.

Por um bom tempo, a imagem sobreposta era mais real do que a estalagem. Ela podia ver tudo. O jardim escuro da Holland House. O labirinto à frente. Aquele homem deitado de lado, com os olhos abertos, braço caído de lado, a sereia em destaque contra a pele clara. O cheiro de flores esmagadas pareceu preencher o salão.

Ele estivera lá. Ela podia avisá-lo.

A porta se abriu com uma rajada de vento e umidade.

Joan percebeu, meio alheia, que Aaron chamava seu nome com urgência, mas já estava se mexendo.

O homem olhou para cima quando ela se aproximou, e sua expressão curiosa se tornou desgosto ao perceber o bracelete, o pingente dourado da raposa com a pequena língua prateada.

— Eu... eu sei. — Joan ergueu as mãos para pedir calma. — Eu sei, sou uma Hunt. Eu sei que você é um Oliver. Mas me escute. Por favor. Algo terrível vai acontecer. Algo que nós podemos impedir.

O homem afastou a cadeira, e, quando ele se levantou, Joan segurou a manga de sua camisa.

— Espere — pediu. — Me *escuta*. Escuta. Um humano vai nascer. Ele vai matar *muita* gente. Vai te matar.

Assim como na agência de correios, ela se pegou pensando "Já! Já! A noite anterior será desfeita, já!" enquanto contava a ele os detalhes da data, lugar, época, todos os que morreriam.

E assim como na agência de correios, ao fim, nada mudou.

Estava fazendo tudo errado. Podia sentir. Dizia as coisas erradas. Podia se ouvir quebrando regras não ditas, convenções que não compreendia. Mas não conseguia parar. Ela tinha certeza de que, se dissesse a coisa certa da forma certa, poderia fazê-lo entender. E então tudo se consertaria.

Houve uma mudança na luz atrás dela. Joan soube sem olhar que Aaron se aproximara e teve a impressão de que ele a estava bloqueando da vista dos outros clientes.

— *Conte* a ele — implorou a Aaron. Decerto um Oliver ouviria outro Oliver.

— Aaron? — O homem o olhou de cima a baixo, com a boca torcida em escárnio. — O líder de nossa casa sabe que o filho dele está se rebaixando na Estalagem Serpentine com uma Hunt? Ou o buraco em que você caiu é mais fundo do que havíamos imaginado?

A mão de Aaron estava tremendo de leve quando ele a ergueu para ajustar as abotoaduras da camisa. Ele pareceu se lembrar então do estado em que se encontrava, sem paletó, encharcado e com a roupa colada ao peito, e abaixou a mão.

O homem abriu a boca para falar de novo, mas Joan o interrompeu:

— Pelo amor de Deus, *escuta* o que eu estou dizendo! — A sensação de garras havia subido à sua garganta. Nada mais importava a não ser o que Nick faria. — Você precisa me ouvir! Precisa avisar a todos que um humano está vindo, um humano que mata monstros!

O homem arrancou a manga da mão de Joan e ajustou as próprias abotoaduras.

— Tire essa vadia louca do meu caminho — disse calmamente a Aaron.

— Aaron, conte a ele! — disse Joan.

Mas, para sua surpresa, Aaron agarrou seus ombros e a puxou firme para o lado, a fim de que o homem pudesse passar.

Joan estava vagamente consciente enquanto Aaron a empurrava escada acima.

— O que você está fazendo? Me solta! — exigiu. — Temos que ir atrás dele! Temos que voltar lá para baixo!

E então eles estavam em uma suíte com grandes janelas e vista para a rua chuvosa.

Aaron bateu a porta atrás de si e Joan se virou para encará-lo.

— Você nem me ajudou! Por que me arrastou para cá? Temos que avisá-lo!

— Não é assim que funciona!

— É claro que é! Se avisarmos as pessoas, elas podem impedir Nick! Tudo voltará ao normal! Nós sequer teremos roubado aquele tempo. Tudo será desfeito.

— Céus, você é... — A voz dele ficou rouca. — Tão *crua* que chega a doer. Não dá para mudar o que já aconteceu, Joan!

— Do que você está *falando*?

— A linha do tempo protege a si mesma — disse Aaron. — Ela se corrige.

— Como assim?

— Aquelas cartas que você enviou serão extraviadas ou entregues indevidamente. Victor vai ignorar o que você falou. Não importa o que faça ou para quem você conte, o massacre vai acontecer.

Joan balançou a cabeça.

— Não! Você está errado.

— Não tem como impedir que sua família morra. Simplesmente não tem.

— Você está errado! Está errado! — Joan mal sabia o que estava falando. Sentia como se estivesse engasgando. — Você sequer falou com aquele homem lá embaixo. Poderia tê-lo convencido!

— Não consegue sentir que estou dizendo a verdade? Você deveria ser capaz de senti-la, a resistência da linha do tempo. Ela está por toda parte, ao nosso redor.

Joan não conseguia sentir absolutamente nada.

— Viemos aqui para avisá-los! — disse. — É o único motivo pelo qual voltamos no tempo!

— Esse é o motivo pelo qual *você* voltou!

— Do que você está falando? O que... — Mas as conversas que tiveram estavam voltando à sua memória. Ela percebeu aos poucos que Aaron nunca dissera que a ajudaria a impedir o massacre. Fora ela quem falara sobre suas famílias. Joan olhou fixo para ele. — Não.

— A gente precisava fugir. Se continuássemos lá, teríamos morrido. Você teria saltado apenas para fugir?

— Não acredito em você — sussurrou ela. Não podia acreditar. — Temos que desfazer tudo. Nós... nós roubamos tanto tempo. — Mais de 60 anos de vida humana somados entre os dois. — Temos que desfazer tudo juntos.

— Bom, não dá, porque não funciona assim.

As palavras eram frias, mas ele soava tão chateado quanto ela se sentia. Ele se virou, andou até o quarto e bateu a porta atrás de si.

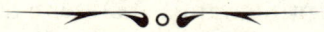

Joan olhava pela janela, para a rua monstro abaixo. Ainda chovia. Os paralelepípedos estavam brilhantes e escuros. Aaron tinha que estar errado. Tinha que estar. As coisas não podiam continuar daquela forma, a família dela morta, aquelas pessoas no Poço... Joan não poderia ter encurtado suas vidas.

Através da janela, um movimento chamou sua atenção. Do outro lado da rua, a porta da agência de correios se abriu. Um homem saiu na chuva, carregando uma bolsa de correspondências. Joan prendeu a respiração.

O homem ergueu a bolsa, claramente se esforçando com o peso debaixo da chuva. Então deu um passo e desapareceu, com a bolsa e tudo.

"Já", Joan pensou. Ela se ajoelhou no assento da janela para enxergar melhor. *"Já!"* Aaron estava errado. Aquelas cartas seriam entregues. E tudo estaria terminado *já*.

Cinco segundos se passaram. Dez. Joan ainda estava ajoelhada na janela com as roupas molhadas. Vinte.

Havia algo no chão onde o homem estivera. Joan apertou a testa contra o vidro, tentando ver através da chuva forte. Eram duas coisas. Dois envelopes brancos.

"Você deveria ser capaz de senti-la", dissera ele. *"A resistência da linha do tempo. Ela está por toda parte, ao nosso redor."* Então, bem fundo na mente de Joan, a palavra *resistência* pulsou. Com a mesma sensação com que desejara viajar no tempo, ela podia sentir algo no mundo. Aaron fizera soar como uma força sobrenatural. Uma resistência. Mas a sensação de Joan estava mais para uma grande besta se contorcendo. Algo que, quando empurrado, empurraria de volta.

A chuva continuou a cair e Joan ficou olhando os dois envelopes absorverem lentamente a água. Ela os observou perderem a cor e se distorcerem com o peso, e então se dissolverem até que não fossem mais do que uma massa pastosa na calçada.

Na rua, monstros continuavam a aparecer e desaparecer. Eles corriam da chuva em suas cartolas e saiotes armados, em suas roupas de roqueiro dos anos 90 e cabelos dos anos 80.

Enquanto Joan observava, o rosto de Aaron lhe voltou à mente. Ela se lembrou, então, de como ele a olhara quando estavam na chuva, com aquela expressão terrível, cansada, antiga.

— *Joan!* — sussurrou Aaron em sua orelha.

Ela acordou com um pulo e levou um segundo para se situar. Sequer percebera que havia caído no sono. Estava encolhida no assento da janela. Havia uma manta sobre ela agora. Era noite lá fora. A única luz no quarto vinha dos movimentos coloridos de uma televisão.

— Que som é esse? — sussurrou Aaron.

Joan tentou organizar os pensamentos. Estava desorientada e confusa. Algo passava na TV. Música.

— *Totoro?*

— Não. Quero dizer, sim, mas... — Aaron se afastou e apertou um botão no controle. A música continuou. Ele marretou o botão repetidas vezes. — Droga!

Por fim, abaixou-se e arrancou o aparelho da tomada.

No mesmo instante, o quarto ficou silencioso e escuro.

E então Joan pôde ouvir também: o *clique-clique-clique* de alguém destrancando uma fechadura. À luz do luar, a maçaneta balançou. E Joan acordou de vez, alerta. Muito alerta.

Ela se ergueu depressa e apontou para a maçaneta que se mexia. Os olhos de Aaron se arregalaram ao compreender.

Havia um grande vaso perto da porta. Joan o ergueu, tensa e preparada. Aaron pegou uma almofada do sofá e posicionou-se do outro lado.

"Mas que...?" ela falou só com os lábios. O que ele faria com uma almofada? Sufocar o intruso?

Aaron gesticulou um "não faço ideia" e olhou ao redor, procurando algo com que substituí-la.

Mas era tarde demais. A fechadura estalou. A porta se abriu. Joan arremessou o vaso.

— Uau! — A pessoa esquivou e a porcelana se estilhaçou contra a parede do corredor. — Oi para você também, Joan.

Joan encarou os familiares olhos verdes. A familiar nuvem de cabelo escuro.

— Ruth?

DEZ

— Acho que a gente devia se abraçar — disse Ruth, daquele seu jeito divertido.

Joan se jogou em seus braços e, por um momento, não conseguiu se conter. Quando, por fim, se afastou, havia deixado uma mancha molhada no ombro de Ruth, maior que sua cabeça inteira. A prima olhou para o estrago e torceu o nariz.

Joan riu, ainda trêmula.

— Nem começa!

Ruth analisou o quarto e parou ao se deparar com Aaron.

— Por que você está aqui com um Oliver? — Havia um tom engraçado em sua voz.

— Ah! — Joan se virou e Aaron estava olhando de volta para Ruth, com os olhos semicerrados como os de um gato. — Aaron, esta é minha prima Ruth — disse, desconfortável. E para Ruth: — Aaron e eu escapamos juntos. E você... Pensei que...

Não conseguia dizer. Havia visto a faca perfurar o ventre da prima.

— Eu sei. — Ruth relaxou um pouco. — Você acabou de causar a maior tragédia na minha jaqueta.

Joan sentia como se estivesse a uma palavra gentil de causar outra tragédia. Apoiou o rosto no ombro de Ruth de novo. Ela estava *viva*.

— Como você nos achou? — Joan conseguiu dizer.

— Algumas pessoas me deviam favores. — Ruth tocou o cabelo de Joan com a ponta dos dedos, gentilmente, da forma como se toca uma pintura. — Pelo amor de Deus, olhe para você. Ouvi rumores de que havia escapado. Eu tinha esperanças.

— Mas você nos encontrou tão rápido!

— Rápido? — Ruth franziu a testa. — Joan, estou procurando por vocês há quase 2 anos!

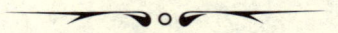

Havia uma cicatriz enrugada debaixo das costelas de Ruth, onde ela fora esfaqueada. Seu cabelo estava mais longo do que no dia anterior. E havia outras diferenças também, agora que Joan sabia pelo que procurar. A prima parecia cansada, e seus olhos tinham uma exaustão que não estivera lá antes. Estava naquela época tempo o suficiente para se misturar na multidão: jaqueta e calça jeans pretas, uma camada de batom vermelho brilhante.

— Dois anos... — disse Joan. A fenda da cicatriz de Ruth era profunda; ela devia ter chegado muito perto da morte. — Mas como...

— Podemos conversar depois — disse Ruth. — Agora, precisamos ir.

— Ir? — questionou Joan. Do andar de baixo, vozes soaram, roucas e bêbadas. Os olhos de Ruth desviaram para a porta. Isso estava diferente também. Ela costumava ser descaradamente confiante, mas aquela nova versão parecia tão alerta quanto um animal. — Ir aonde?

— Um lugar com menos olhos e ouvidos. Pegue suas coisas.

— Eu não tenho coisas. — Joan deixou que a prima a empurrasse para o corredor.

Ruth ergueu o braço para impedir Aaron de segui-las.

— Você não.

Aaron pareceu mais resignado do que surpreso.

— Adeus, Joan — disse ele.

Joan abaixou o braço da prima.

— Ele precisa vir com a gente.

Ruth balançou a cabeça.

— Eu sei que vocês escaparam juntos, mas você não conhece os Oliver. Eles são todos implacáveis. Este aqui te jogaria aos lobos se pensasse que a família ia ficar feliz de te ver despedaçada.

Mas Joan pensou no quão alerta Ruth parecia.

— Por que você está tão preocupada com olhos e ouvidos? Do que está com medo? — Quando não houve resposta, ela continuou: — Se você acha que este lugar não é seguro, então ele precisa vir com a gente.

Do andar de baixo, vozes se ergueram novamente. Ruth ficou tensa e virou a cabeça na direção das escadas.

Quando Joan também se virou, deparou-se com Aaron a observando com a mesma expressão desconfiada e confusa do labirinto. Como se não conseguisse entendê-la de forma alguma.

— Ruth — disse Joan. — Se temos que ir, então vamos logo.

Ruth balançou a cabeça de novo, mas abriu caminho para os dois.

— Estou *de olho em você* — disse a Aaron.

Lá fora, ainda chovia. Postes antigos faziam os paralelepípedos brilharem. Joan não havia notado o desconforto de suas roupas molhadas antes, mas agora a calça jeans parecia uma lixa enquanto corria com Ruth por uma rua e depois outra. A camiseta estava gelada e pegajosa.

Joan tinha esperado que Ruth os levasse para fora do complexo, porém, para sua surpresa, chegaram ao mercado coberto. Aaron também parecia surpreso.

— A estalagem não era segura, mas *isso* aqui é? — disse ele com desprezo.

Ruth o encarou, irritada.

— Há quanto tempo *você* está nisso? Se é tão esperto, por que não vai se foder e se virar sozinho longe daqui, hein?

Aaron retrucou o olhar de raiva e abriu a boca para responder, mas Joan o interrompeu antes que ele conseguisse:

— Você não disse que a gente tem que tomar cuidado com olhos e ouvidos?

Isso fez Ruth olhar em volta outra vez, com um novo ar de alerta, e se apressar.

— Vamos. Por aqui.

Ela os levou até uma escada de ferro em caracol. Joan olhou para o mercado abaixo enquanto subiam. Era diferente à noite. Os cabideiros de roupa haviam desaparecido e lonas cobriam as mesas de produtos. Em compensação, mais barracas de comida estavam abertas. O ar estava carregado com o cheiro de cebolas, salsichas, temperos fritos e donuts frescos com geleia quente. As pessoas se sentavam ao redor dos estandes em bancos de plástico, comendo, bebendo e conversando. A cena fez Joan se lembrar dos mercados de comida da Malásia.

Ruth os guiou por um corredor com parapeito de ferro forjado e vista aberta para o mercado. O metal preto das balaustradas tinha entalhes de heras retorcidas e folhas.

— Eu não sabia que tinha um hotel aqui em cima — disse Aaron.

— Não tem — disse Ruth. — Estes são os aposentos dos mercadores. Encontrei um vazio.

— *Encontrou?* Quer dizer que você invadiu?

Ruth tirou algumas ferramentas do bolso e destravou a última porta do corredor com três cliques rápidos.

— Por nada, Vossa Majestade — respondeu ela, gesticulando com a mão para a porta aberta.

— Hunts — retrucou Aaron, e entrou no pequeno flat.

Joan o seguiu. Sem luzes, não dava para ver muita coisa. Uma janela semicircular ocupava boa parte da parede que dava para a rua, dividida em painéis articulados: vitrais, como na estalagem. Joan identificou o desenho: corvos em uma árvore sem folhas.

Aaron abriu um dos painéis, cortando os galhos da árvore. Joan esticou o pescoço. A estalagem estava a várias ruas dali; não dava para vê-la. Na verdade, não conseguia ver quase nada através da chuva torrencial.

— Feche isso! — Ruth esperou que ele o fizesse. — Luzes — disse, e o cômodo se iluminou.

Era um flat com banheiro privativo, uma cama desfeita e uma estante de livros que servia como divisória. A pequena cozinha tinha uma mesa de quatro lugares. A sala, um sofá branco, poltrona combinando e mesa de centro.

O item mais chamativo era um tapete que cobria todo o espaço. A textura lembrava uma tapeçaria medieval, porém as cores eram mais vibrantes do que qualquer outra coisa que Joan vira em museus: vermelho-vivo e azul-escuro. E havia imagens bordadas de criaturas monstruosas atacando humanos: pessoas consumidas pelo fogo de um dragão, ou constringidas por serpentes como se fossem cordas em torno de seus corpos. Ocorreu a Joan que havia visto representações semelhantes em galerias, de humanos matando dragões e outras criaturas fantásticas. Os dois tipos de imagem faziam seu estômago se contorcer.

Ela observou Ruth fechar a porta e conferir se todas as janelas estavam devidamente fechadas. O comportamento não era típico dela; Ruth não era paranoica daquela forma.

Joan olhou ao redor. Em casa, Ruth largava coisas jogadas por todos os lados, mas ali mal havia sinais de sua presença. Apenas uma caneca e um prato na mesa da cozinha. Nada pessoal.

Havia tantas coisas que Joan queria perguntar. *"Como Bertie, Tio Gus e Tia Ada morreram?"* e *"Por que você nunca me contou sobre monstros, sobre o que os monstros realmente são?"* Mas aquela seria uma conversa de família; não poderiam falar na frente de Aaron. Ela também tinha outras perguntas. *"O que aconteceu com você nos últimos 2 anos?"* e *"Por que parece que ainda está fugindo?"*

Joan escolheu a que parecia mais fácil:

— Do que você está com medo?

Ruth passou a mão pelos cachos escuros que, molhados, pincelavam seus ombros.

— Quanto tempo se passou para você? — perguntou ela. — Desde o ataque?

— Escapamos ontem à noite — respondeu Joan.

Ruth emitiu um leve som de choque.

— Ontem à noite?

Ela se aproximou de onde Joan estava apoiada no encosto do sofá.

Joan assentiu e tentou não ficar toda emotiva de novo. Pensara que Ruth havia morrido na noite anterior. Pensara que todos os Hunt estavam mortos. Era difícil se permitir acreditar que a prima estava mesmo ali.

Ruth empurrou o pé de Joan com a ponta do próprio sapato. Ela fazia aquilo o tempo todo quando eram pequenas, só para ser irritante. Dessa vez, entretanto, foi tão reconfortante que chegou a ser quase insuportável. Joan estava tão feliz por ela ter sobrevivido.

— Ouviram você falando algumas coisas na estalagem — disse Ruth. — Coisas sobre as quais não é seguro falar.

— Sobre o massacre, você diz? — perguntou Joan, e mais uma vez os olhos da prima correram para a porta, como se tivesse medo de que alguém ouvisse, mesmo ali. Era desconcertante. A Ruth que Joan conhecia nunca tinha medo de nada, mas ela estava percebendo aos poucos que essa não era aquela Ruth. Não exatamente.

— Por que não é seguro? — perguntou Aaron.

Ele estava apoiado na parede, perto da porta, como se não houvesse decidido ainda se ficaria ou partiria.

Ruth não respondeu. A desconfiança que carregava consigo ficou mais forte em seu rosto.

— Ah, eu não confio em você também, gatinha — disse Aaron.

— Me chame assim de novo para ver o que acontece — desafiou Ruth, e Aaron sorriu para ela com os dentes todos à mostra.

Joan estava chocada. Sabia que as duas famílias se odiavam, mas não esperava que Ruth e Aaron fossem se atacar assim tão rápido.

— Eu sei quem você é — disse Ruth a ele, fazendo soar como uma acusação: — Seu pai é o chefe da família Oliver. Sei tudo sobre você.

Aaron se apoiou casualmente na parede, um retrato da mais tranquila arrogância. *"Um monte de gente sabe quem eu sou"*, dizia sua expressão.

— Você é o filho mais novo de Edmund — continuou Ruth. — O único filho Oliver. Você seria o próximo líder, mas foi removido da linha de sucessão.

A frase soava estranha: *"O filho mais novo de Edmund. O único filho Oliver."* Entretanto, Joan não teve chance de questionar, pois Aaron já estava falando:

— Cruzes! Você realmente sabe tudo sobre mim. E eu não sei nada sobre você. Mas tudo bem, também — disse ele quando Ruth abriu a boca —, não faço a menor questão de saber.

— O que você fez que foi podre o suficiente para ser deserdado pelos Oliver? — retrucou Ruth. — E eu aqui achando que a sua família não tinha limites.

— Chega — disse Joan.

Aaron lançou um olhar irritado para Ruth.

— Olha quem fala, a pessoa que vem de uma família cheia de bandidos e mentirosos.

Joan teve um flash de memória; estava de pé na Sala Dourada, cercada por Olivers torcendo o nariz para ela.

— *Chega!* Já deu, você dois! — Deveria haver algo diferente em sua voz, porque ambos olharam para ela enquanto piscavam os olhos, assustados. — Não dá para a gente continuar assim.

— Assim como? — perguntou Aaron. — Como Olivers e Hunts em uma mesma sala?

— *Exato.* — Joan se afastou do sofá, foi até a cozinha e encheu a chaleira elétrica. — Ontem, existia uma hostilidade entre nós. Hoje, não mais.

A risada de Ruth soou amarga.

— Joan, não funciona assim. Os Oliver são desprezíveis, arrogantes, são cobras que odeiam humanos! Você não os conhece.

Joan os conhecia, sim. Ela se virou para Aaron, mas ele evitou seu olhar. Quando falou, ele parecia derrotado:

— A rixa entre nossas famílias tem mais de mil anos. Não vai acabar hoje.

— Não se pode confiar em um Oliver — disse Ruth.

— Não se pode confiar em um *Hunt* — retrucou ele. — Nós, Olivers, mantemos nossa palavra. Hunts são mentirosos. Hunts...

— CHEGA! — disse Joan de novo. — *Já deu.*

O balcão estava gelado em suas costas. Ela correu os olhos de Ruth para Aaron. Estavam a menos de três passos de distância, sem olhar um para o outro.

— Vocês dois ainda estão pensando como faziam antes do massacre — disse, frustrada. — Mas, agora, tudo mudou.

— Nada mudou! — disse Ruth.

— Pelo amor de Deus, Ruth! É claro que mudou! Nick matou as nossas famílias! As *duas* famílias! Não fez diferença nenhuma para ele, de qual delas a gente era. Não se lembra? Só existiam dois lados naquela noite: nós e ele.

Aaron e Ruth só ficaram lá, parados, olhando para ela. Joan queria agarrar os dois pelo ombro e os chacoalhar.

— Vocês não percebem? — continuou. — Nós três podemos ser os únicos que sobreviveram ao massacre. Podemos ser os únicos que sabem o que aconteceu. Os únicos que podem impedi-lo.

Ela não disse o resto: os únicos que poderiam salvar suas famílias. Joan surtaria se Aaron argumentasse contra isso naquele momento.

Houve um longo silêncio, que se prolongou e prolongou. Atrás de Joan, a chaleira borbulhou, cuspiu e então desligou sozinha. Do andar de baixo, ela conseguia ouvir os sons do mercado: pessoas conversando, mercadores chamando.

E Ruth e Aaron continuavam lá, sem olhar um para o outro, sem olhar para Joan. O coração dela começou a ficar pesado. O ódio entre as duas famílias era profundo demais.

Então Ruth subitamente falou:

— Nós não somos os únicos sobreviventes.

— O quê? — disse Aaron.

Havia esperança em sua voz, mas Joan percebeu como Ruth segurava o encosto do sofá, como os dedos dela estavam brancos com a força.

— Nós não somos os únicos sobreviventes — disse Ruth. — Mas vocês são os únicos que eu encontrei vivos.

Ela olhou para a porta de novo. E desta vez Joan sentiu um calafrio subir pelas costas.

— Como assim? — perguntou Aaron.

— Alguém está caçando qualquer um que tenha escapado. Alguém está silenciando todos que tentam contar a história. Vocês falaram do massacre em público hoje. Nunca mais devem fazer isso.

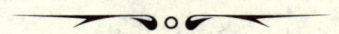

Joan fez chá. Aquele ritual tão comum foi reconfortante. Ao seu lado, Ruth esticou o braço para o ar e fez surgir comida que havia comprado no mercado: tortas e purê de ervilhas, ainda fumegantes. O poder da família Hunt. E isso também era reconfortante. Na casa da avó, todos guardavam comida assim. Exceto Joan, é claro; seu poder Hunt havia se esvaído ao longo dos anos.

Quando Ruth fez outra torta aparecer, Joan se lembrou de repente do que a avó dissera na noite anterior. *Algum dia, logo, você desenvolverá uma habilidade. Não o poder dos Hunt. Outro.* O que ela quisera dizer com aquilo? Mas a memória foi rapidamente expulsa por outra, o sangue da avó escorrendo por suas mãos. Joan sentiu a própria respiração falhar.

— Joan? — disse Ruth, afastando-a do pesadelo.

— Sim. — Joan não estava mais lá, lembrou a si mesma. Estava em outra época.

Ruth voltou a esticar os braços para o ar e recuperou um pedaço de gengibre recém-descascado. Joan olhou confusa.

— Para o seu chá — explicou Ruth. Ela o colocou cuidadosamente em uma das canecas. — Sei que você gosta de gengibre no chá.

Joan deixou que o pensamento escapasse em voz alta.

— Estou tão feliz que você está aqui — sussurrou ela.

Ruth não deu propriamente um sorriso, mas por um momento aquele novo aspecto sério se suavizou em seus olhos.

— Estou feliz por ter te encontrado.

Joan levou o bule e as canecas até a mesa de centro. Ruth colocou as tortas.

— Bacon e ovos — disse, apontando. — Carne com cerveja, carne e rim, cheddar e alho-poró.

Ela descarregou travessas de purê de ervilha também, e batata frita com molho de carne.

Ruth e Joan se espremeram juntas no sofá. Aaron ficou com a poltrona. Por um curto espaço de tempo, ficaram ali em silêncio, olhando para a janela escura, tomando chá quente demais e comendo.

Aaron bebeu seu chá preto sem adoçar. Ruth colocou três cubos de açúcar no próprio, e deixou a mão flutuar sobre o vapor quente da caneca. O coração de Joan ficou apertado com o gesto; Ruth sempre fazia aquilo quando sentia frio.

Aaron foi o primeiro a quebrar o silêncio:

— O ataque não está registrado na história da família Oliver. — Com a mão um pouco trêmula, ele colocou a caneca na mesa. Joan se lembrou de algo mais que ele havia dito: a morte do pai também não condizia com os arquivos. — Está tudo errado! Nada disso deveria estar acontecendo.

Ele também dissera aquilo na noite anterior. *"Esta noite está toda errada."*

— Não são só os registros dos Oliver — disse Ruth. — Eu vi os de outras famílias também, daquela noite. Todos dizem a mesma coisa.

— Você viu os arquivos de outras famílias? — Aaron parecia um tanto chocado.

— Escuta o que eu estou dizendo. *Todos dizem a mesma coisa*. Não são só os mesmos eventos falsos, são exatamente as mesmas palavras. Eu vi os registros dos Hunt, dos Hathaway, dos Patel.

"Esta noite está toda errada." Cada família registrava a própria versão dos eventos históricos, mas o ataque de Nick não constava em nenhuma. Havia apenas uma explicação. Alguém encobrira o ataque.

— Você acha que adulteraram os arquivos? — perguntou Joan.

Aaron balançou a cabeça.

— Isso não seria possível. Apenas os arquivistas de cada família registram os eventos. E eles nunca colaborariam.

— Eu sei — disse Ruth.

Os olhos cinza de Aaron estavam arregalados.

— As histórias das famílias devem ser perfeitas. Porque, se não forem, poderiam surgir dúvidas acerca de cada evento descrito.

— Eu sei — repetiu Ruth.

— Se não podemos confiar nos registros, então não podemos confiar em nada. — A voz dele estava ficando mais alta. — Qualquer evento poderia estar errado. Qualquer morte. Não teríamos como saber o que aconteceria, nunca, em nenhum dia!

— Tipo viver como um ser humano, você quer dizer? — perguntou Joan.

Aaron olhou fixo para ela.

— Sim. — Ele soava abalado, com os olhos um pouco desesperados. — Seria tão ruim quanto ser um humano.

"Não é tão ruim assim", Joan quis dizer, mas podia ver por que ele não conseguiria ouvir. Ele parecia assustado com a perspectiva de um futuro

imprevisível. Era o oposto para ela. A ideia de um futuro imutável registrado em um livro era um horror claustrofóbico.

Ela se inclinou para colocar a própria caneca na mesa e o corte na lateral de sua barriga ardeu com o puxão, um fresco lembrete de que o ataque de Nick fora apenas na noite anterior para ela e Aaron.

— Quem está fazendo isso? — perguntou para Ruth. Alguém estava falsificando registros, caçando sobreviventes. — Quem está tentando encobrir o ataque?

— Não sei — disse Ruth.

Joan se lembrou da descrença na voz da avó na noite anterior. *"Eu deveria ter tido muito mais tempo para te preparar."* Ela fechou os olhos e se lembrou de como a avó gemera de dor, do som que Ruth fizera ao ser esfaqueada. A própria respiração falhou quando visualizou aquele ferimento profundo e enrugado abaixo das costelas da prima.

— Pensei que você tivesse morrido — sussurrou para ela.

Ruth abaixou a cabeça.

— Quando te vi na Holland House naquela noite, eu... — A voz dela falhou. — Achei que *você* já estivesse morta. Todos os outros estavam mortos ou morrendo quando os encontrei. Bertie... Tio Gus. Tia Ada. A vó.

Joan respirou bem fundo e estremeceu. *"Você mandou uma mensagem pedindo ajuda"*, dissera Ruth naquela noite. *"E eu chamei todo mundo."*

A prima parecia saber o que ela estava pensando, porque apertou sua mão com força:

— Você sabe que não faria diferença ter enviado ou não aquela mensagem. As outras famílias foram atacadas também. Ele teria nos encontrado, onde quer que estivéssemos.

Joan apertou a mão dela de volta.

— Mesmo assim, eu queria não ter enviado — conseguiu dizer.

— Eu sei — sussurrou Ruth. — E eu queria ter chegado lá antes. Quando cheguei... Tio Gus e Tia Ada já estavam mortos. Bertie mal respirava. Tentei chamar uma ambulância, mas meu telefone não funcionou. Segurei a mão dele.

Joan engoliu em seco o nó na garganta. *Bertie*, sabe? Ela não conseguia acreditar que aquilo havia acontecido. Que *ia* acontecer.

— Como aqueles humanos sabiam tanto sobre nós? — perguntou Aaron. — Como nos encontraram?

— Não sei — disse Ruth.

— Mas você foi atrás dos registros, não foi? — perguntou Joan.

Ruth assentiu.

— Descobriu mais alguma coisa sobre o ataque?

— Você quer saber se eu descobri mais sobre *ele*?

Ele.

Joan engoliu em seco de novo. Estava tentando não pensar em Nick. Sentiu uma onda de raiva, seguida de dor. Doía pensar nele. Ela não queria pensar.

Mesmo assim, uma memória lhe veio à mente. Não daquela noite, de antes. De uma manhã em que ela e Nick chegaram ao museu antes dos outros. Eles limparam a Sala Dourada juntos. Joan espanara as molduras dos quadros e Nick passara pano no chão com as mangas da camisa arregaçadas. O sol da manhã era suave e morno. E Joan pensara: "*Se todos os dias fossem assim, eu seria feliz para sempre.*"

Ela ouviu a própria respiração estremecer.

— Você descobriu algo sobre ele?

— Nunca cheguei a vê-lo, sabia? Só ouvi *você* falar dele. — Os lábios de Ruth se contorceram de tristeza e decepção. — Você falou tanto dele naquele verão. Lembro que fiquei te provocando. Nossa, faz tanto tempo.

Fazia apenas 2 dias para Joan.

— Parece que ele não existe — continuou Ruth. — Eu sei que estava trabalhando na Holland House porque você me disse, mas não tem nenhum registro de funcionário com o nome dele. Tentei rastreá-lo pelas câmeras de segurança em volta da casa. De alguma forma, ele nunca aparece.

Joan esperou por mais, mas Ruth já havia terminado.

— E aí?

— Você que o conhecia, Joan. — A voz de Ruth era gentil.

— Não conhecia — sussurrou Joan.

Ela se lembrou do que sentiu no dia em que o viu pela primeira vez. Como se o conhecesse a vida toda. Como se pudesse confiar a vida a ele. Um sentimento que simplesmente aparecera. Mas estava errada. Nunca tivera tanta certeza, e errado tão feio.

Ela sentiu um nó na garganta. Na noite anterior, ela e Nick haviam se sentado embaixo da janela na biblioteca da Holland House. Nick tocara sua bochecha e ela se inclinara para beijá-lo. Quando os Oliver atacaram, ele a salvara. Então ficara frente a frente com ela e dissera: *"Se você roubar tempo de um humano de novo, eu mesmo vou te matar."*

— Eu não descobri nada sobre ele — disse Ruth. — O nome verdadeiro, quem eram seus pais, como aprendeu sobre monstros. Eu não sei quem ele é.

"Era uma vez", pensou Joan, *"um menino que nasceu para matar monstros. Um herói."*

— Nossa avó costumava contar histórias para a gente — disse ela. — Você se lembra?

— Joan... — Ruth já estava balançando a cabeça.

— Sobre um menino humano que estava destinado a matar monstros.

— São apenas histórias. Contos de fadas para fazer as crianças dormirem.

Joan olhou para Aaron. Ele a observava com uma expressão que ela não conseguia decifrar ao certo.

— Aquele homem no labirinto — disse Joan. — Ele tinha uma tatuagem. — Ela tocou a parte de trás do pescoço. — Aqui, onde um monstro veria se tentasse pegar tempo. Um aviso. Você não acreditou que o seu pai estava morto até ver a tatuagem. Então você *soube* que era verdade.

Aaron parecia não conseguir desviar os olhos dos dela.

— Era o emblema do herói das histórias — disse ele. — O lobo.

Joan sentiu os pelos da nuca se arrepiarem. Estava nas histórias que a avó contava também.

— O herói humano é uma figura mitológica — disse Ruth. — Como o Rei Artur. Ele não é real.

Mas Joan podia ver em seus olhos. Ela estava se lembrando da mesma noite quente que Joan. Anos antes, Joan e Ruth haviam ficado doentes, com febre, e não conseguiam dormir. A avó se sentara com elas a noite toda e lhes contara a história do herói, uma que Joan nunca ouvira antes.

— Nos mitos — disse Aaron—, o herói humano é o fim dos tempos. Ele mata o primeiro monstro e desfaz todos nós para que monstros não existam mais. Nós nunca nascemos.

— São contos de fadas — disse Ruth.

— Sim — concordou Aaron.

— A linha do tempo não pode ser alterada, então ele não pode matar o primeiro monstro. Ele não pode nos impedir de nascer.

— Não pode.

— Tudo bem — disse Joan. — Tudo bem.

Ruth empalidecera tanto que a única cor restante em seu rosto era o vermelho do batom. Joan desejou de novo que a avó estivesse ali para explicar tudo daquele seu jeito reconfortante e simples. Mas ela não estava. Havia morrido, e, se Joan não fizesse algo, continuaria morta.

— O que fazemos agora? — disse Joan, tentando focar. — Houve um ataque de humanos. Ruth não encontrou nenhum outro sobrevivente. Existem eventos falsos nos registros históricos. Isso é tudo?

Ruth hesitou. Seus olhos correram direto para a porta de novo.

— Ruth? — disse Joan, devagar.

Talvez ainda não conhecesse bem essa nova versão dela, mas conhecia a *sua* Ruth. E a sua Ruth não passaria 2 anos simplesmente fugindo. Sua Ruth estaria se virando para trás para encarar os perseguidores de volta, tentando descobrir quem eram.

— Eu não sei mais nada — disse a prima. — Não com certeza.

— Não com certeza? — disse Joan.

Na pausa que se seguiu, o prédio pareceu muito quieto. A chuva estava amenizando lá fora, era apenas um gotejar sobre o telhado agora. Joan sequer conseguia escutar os mercadores no andar de baixo.

— Acho que vi algo uma vez — explicou Ruth. — Pouco depois de escapar. Depois que saltei para os anos 80.

— Minha família ainda morava na Holland House nos anos 80 — disse Aaron.

— Pois é, eu sei. — Ruth deu um meio-sorriso cansado. — Eu estava sangrando por todas as partes e precisava abrir sua maldita janela de novo. E sabia que, se desmaiasse, sua família me encontraria. Quase sangrei até morrer antes de chegar na rua.

Joan se apertou mais para perto da prima. Ruth manteve o meio-sorriso nos lábios, mas estivera mais próxima da morte do que Joan imaginara.

— Na memória seguinte, estou no hospital e a menina da cama ao lado está me mandando calar a boca. — Ela engoliu em seco. — Eu estava balbuciando sobre o massacre. Incomodando todo mundo na minha ala. Eu não sabia o que estava falando.

Ruth acordara completamente sozinha. Ao menos Joan e Aaron tiveram um ao outro na noite anterior.

— Eles me colocaram em uma cadeira de rodas e me levaram para fazer um exame. E foi então que vi... *ela*, caminhando na direção do meu quarto.

— Ela? — perguntou Aaron.

— Uma mulher loira com um pescoço longo de cisne. Andando pelo corredor do hospital como se fosse dona do mundo. E havia três homens com ela. Usando broches com a insígnia de um leão alado.

Joan começou a perguntar o que aquilo significava e então parou ao ver a cor deixar o rosto de Aaron.

— Quando me levaram de volta para o quarto, a menina da outra cama havia desaparecido. Disseram que ela devia ter pedido alta. Mas não acho que ela faria isso.

— Você viu Guardas da Corte no hospital? — perguntou Aaron com a voz abafada.

— Não tenho certeza — respondeu Ruth. — Eu estava dopada de remédios e um pouco fora da casinha. Mas depois... Toda vez que persegui rumores de sobreviventes, me deparei com sussurros sobre Guardas da Corte. E uma mulher loira.

Algo rangeu no corredor lá fora. Os três viraram as cabeças para olhar em direção à porta, como Ruth fizera a noite toda.

Uma porta abriu e fechou por perto. Uma chave girou na fechadura. Joan soltou o ar e escutou Aaron e Ruth relaxarem também.

— A gente devia descansar — disse Ruth. — Os mercadores estão indo dormir. É melhor acendermos e apagarmos as luzes no mesmo horário que eles.

O relógio de Ruth dizia que eram quase 4 da manhã. Joan não conseguia estimar o horário com seu relógio biológico.

Sem muita conversa, concordaram que Joan e Ruth dividiriam a cama. Aaron ficaria com o sofá. Agora Joan estava deitada no escuro, nem um pouco cansada. Do lado de fora do flat, o prédio estalava e rangia. Passos soavam ocasionalmente no corredor. Joan escutava o respirar regular e reconfortante de Ruth. Ela estava ali. Estava viva. Joan quase não ousava acreditar.

— Não consegue dormir? — sussurrou Ruth.

Joan balançou a cabeça, mas então se lembrou de que a prima não veria no escuro.

— Achei que você estava dormindo — sussurrou de volta.

— Eu não conseguia dormir, depois — disse Ruth, suavemente. — Por um bom tempo, muito tempo. Você continua vendo todos eles, não continua?

Joan se virou para ficar de frente para ela.

— Eu continuo voltando para aquela sala. Onde te encontrei. Todo aquele sangue escorrendo pelo sofá. Você pressionando o ferimento da nossa avó.

Ela não havia visto os outros, mas sua mente não parava de conjurar horrores. Bertie com a garganta rasgada, sozinho. Tio Gus e Tia Ada sangrando até morrer.

Ruth afastou o cabelo do rosto de Joan.

— Não é tão recente para mim — sussurrou —, mas eu lembro como me senti.

— Você não sente mais?

— Sinto. É apenas... diferente. Como uma cicatriz comparada a um corte novo.

Joan não sabia o que dizer. De repente, sentiu-se vazia e terrivelmente sozinha. Para ela, havia sido na noite anterior. Para Ruth, anos antes.

— Sinto saudade deles — sussurrou Ruth. — Sério, a saudade é tanta. Senti muito a sua falta.

Joan deduzira que Ruth havia encontrado ao menos a avó naquela época. Pelo visto, não. Um pouco desajeitada, ela se aproximou para dar um abraço na prima. Percebeu que mal havia começado a sentir saudade deles. Fora apenas uma noite para ela. Mas havia tanta dor na voz de Ruth. Era a mesma perda, com 2 anos de diferença.

— Vamos desfazer o que aconteceu — sussurrou ela de volta, no ombro de Ruth. — Vamos trazê-los de volta.

— Aquele menino Oliver prometeu isso para você? Porque, se prometeu...

— Não. Ele disse que é impossível. É verdade?

Ruth ficou quieta.

— Tente descansar mesmo que não consiga dormir — disse, finalmente. — Feche os olhos pelo menos.

A evasão fez o estômago de Joan dar uma guinada.

— É *possível* salvá-los então? É?

Os braços de Ruth a apertaram com mais força por um momento, e então ela gentilmente se afastou.

— Feche os olhos — disse. — Você não precisa dormir. Só feche os olhos e respire.

Lá fora, a chuva finalmente parou. Joan inspirou e expirou. Ficou deitada, escutando os pingos de água escorrerem pelo telhado com batidas longas e lentas.

ONZE

Joan se contorceu e acordou, ainda parcialmente presa dentro de seu pesadelo de infância, aquele bem antigo, da prisão com o gelado chão de pedras e o guarda do lado de fora com os ombros largos como um mastim. Ela ficou deitada, acordada e estremecendo por causa disso. Podia sentir a palha arranhar debaixo de seus ombros, o cheiro de doença e imundície que parecia pairar no ar.

Era apenas um sonho, lembrou a si mesma. Aquele que sempre tinha. Não era real. Ela estava bem. Estava ali, na cama...

Abriu os olhos e a memória do que *era* real a atingiu como um choque.

A voz de Aaron, desagradável e exibida, interrompeu o susto de Joan:

— Com licença, pode me passar uma caneta?

Seu tom era estranhamente prático.

Pela estante-divisória, Joan teve um vislumbre da imagem surreal de Ruth e Aaron na mesa da cozinha, comendo torradas e bebendo chá. Havia tensão entre eles, mas evidentemente haviam feito um acordo de paz que quebrara o gelo o suficiente para tomarem café da manhã juntos.

— Documentos — disse Aaron, escrevendo.

Alguém, provavelmente Ruth, roubara papéis e caneta da agência de correios. Joan reconheceu o logo: uma árvore, metade dos galhos nus no inverno, metade florida no verão.

— Dinheiro, roupas... — Aaron fez um som irritado e rabiscou o canto do papel. — Não consigo trabalhar assim. Preciso de uma planilha.

— Você só falou três coisas — disse Ruth. — Tenho certeza de que você consegue guardar três coisas na cabeça.

— O que eu *não consigo* é acreditar que estou aqui com você. Queria estar em qualquer outro lugar. Queria estar em casa com um bom livro.

Joan se arrastou para fora da cama, esfregou os olhos e cambaleou ao redor da estante.

— Oi — murmurou.

Os dois olharam para ela.

— Você parece um zumbi — disse Aaron.

— É, bom, e você... — Joan gesticulou, sonolenta. — Você não penteou os cabelos.

Aaron apertou a mão no peito, fingindo um ferimento, e então voltou a escrever sua lista.

No espelho do banheiro, Joan parecia *mesmo* um zumbi, com a pele cinzenta e os olhos opacos. Jogou água gelada no rosto e acabou se parecendo com um zumbi molhado.

O pesadelo ainda não havia sumido por completo. Como sempre, parecia mais físico do que um sonho comum. O estômago de Joan doía ao se lembrar da fome e a pele se arrepiava com a urgência desesperada de escapar. Ela apertou as bordas da pia e respirou fundo. Não estava na prisão;

estava ali, com Ruth e Aaron. Eles *haviam* escapado. Haviam sobrevivido. E, enquanto continuassem vivos, poderiam fazer mais.

De volta à sala, havia uma terceira caneca de chá e uma fatia de torrada com manteiga sobre a mesa.

— Obrigada — agradeceu Joan, sentando-se na cadeira vaga. — Então, eu estava pensando. Sobre mudar o que aconteceu.

— Já conversamos sobre isso — disse Aaron, e escreveu *"Passes de ônibus e metrô."* Ele tinha uma letra antiquada e cheia de curvas, como a de uma bisavó.

— Não, não conversamos — retrucou Joan. — Você disse que é impossível. Mas eu não acredito.

— Ah, você não *acredita*. Maravilha. Estamos todos salvos.

— Fiquei pensando nisso a noite toda. Monstros devem mudar coisas o tempo todo, só por viajar.

— Você não tem mesmo um computador? — Aaron perguntou a Ruth.

— Ontem, nós chegamos a esta época — continuou Joan, ignorando a interrupção. — Nós conversamos com pessoas. Alteramos o trânsito. Até onde sabemos, pode ser que tenhamos impedido alguém de conhecer seu amor verdadeiro.

Aaron até parou de escrever devido ao desgosto.

— Seu *amor verdadeiro*?

— Pense comigo. Nós andamos bastante ontem. E se em alguma das vezes que atravessamos a rua, atrasamos um carro? E se alguém nesse carro deveria conhecer seu futuro parceiro naquele dia? Só que nós apertamos o botão no semáforo. Agora ele chega dois minutos depois do que deveria. Nunca cruza com o parceiro. Eles nunca se conhecem.

— Você está falando de pequenos fluxos na linha do tempo — disse Ruth. — Essas mudanças são insignificantes. A linha do tempo as suaviza. É como... como... — Ela se inclinou e assoprou a caneca. A superfície do chá ondulou, então voltou a ficar lisa. — É exatamente assim. Nós mudamos coisas, e a linha do tempo se restaura. Não importa o que monstros façam, ela mantém sua forma básica. Eventos importantes continuam inalterados.

— No seu exemplo do *amor verdadeiro* — explicou Aaron —, a linha do tempo garantiria que o parceiro também se atrasasse. Eles ainda se conheceriam. Nada importante mudaria.

Joan não podia negar que havia uma resistência pelo mundo. Ela se lembrou daqueles dois envelopes caindo no chão no dia anterior, a sensação de que a linha do tempo estava se revirando em resposta às suas tentativas de mudá-la. Mas, se precisava resistir, certamente havia vezes em que falhava.

— Vocês estão me dizendo que nunca ouviram sequer o menor rumor? — insistiu. — Nunca ouviram histórias sobre eventos serem mudados? Nunca?

— Nunca — disse Aaron.

— Não acredito.

— Sabe o que os bebês fazem? — continuou ele. — Eles ficam derrubando coisas, de novo e de novo, porque precisam testar as propriedades físicas do mundo para compreendê-las.

— Está me chamando de bebê?

— Não. Só acho que você está em negação com as mortes na sua família. Você não quer acreditar que estejam mortos. Está desesperada por qualquer possibilidade de trazê-los de volta.

Joan não conseguia decifrá-lo por nada.

— Eles nem estão mortos ainda! Não morrerão por anos e anos! E eu vou impedir o massacre.

— Não, você não vai.

— Como você sabe? Você nem tentou. E tentar machuca, por acaso?

— Mas é *você* que vai se machucar! Quando perceber que não dá, *você* vai se machucar! — As palavras saíram depressa. Então ele fechou a cara, como se não tivesse a intenção de dizê-las em voz alta, e empurrou a cadeira para trás. — Ah, faça o que quiser. Eu vou arranjar algumas roupas dos anos 90 para vestir.

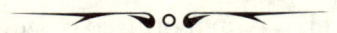

— Ele é bonito — Ruth se inclinou e pegou a última torrada que Aaron deixara no prato.

— Quem, Aaron? — disse Joan, espantada.

A prima odiava os Oliver. E ele definitivamente não fazia o tipo dela.

— É por isso que ainda está com ele? Você gosta dele?

— *O quê?* — Joan se sentiu corar.

— Gosta? — Ruth não estava falando em seu tom usual de provocação. — Porque eu acho que ele gosta de você.

— *Gosta* de mim? — Por que Ruth estava falando sobre ela gostar de alguém? Da última vez que beijara um menino, ele matara sua família. — Ele me despreza. Ele... — Ela cortou brutalmente a linha de raciocínio. — Não importa o que ele pensa de mim.

A expressão séria de Ruth lembrava a da avó.

— Ele está aqui. Olivers e Hunts não se suportam. Mas ele ainda está aqui, dois dias depois de terem escapado.

— Eu salvei a vida dele. Ele acha que está me devendo.

— Ele está te devendo? — disse Ruth, pensativa. — Ah, entendi. — Ela mordeu a torrada e se recostou na cadeira, mastigando. — Ok.

— Ok? — ecoou Joan. — Agora tudo faz sentido, assim, do nada?

Ruth deu de ombros.

— Você salvou a vida dele. Ele tem uma dívida.

— Tá.

E quando ele não lhe devesse mais, iria embora. Simples assim. Eles estariam fora da vida um do outro para sempre.

Alguém havia aberto as janelas e, pela claridade, Joan estimava que fosse o meio da manhã. Havia um mormaço pesado no ar. O cômodo cheirava a torradas queimadas e pedras molhadas após a chuva.

Aaron havia deixado a lista sobre a mesa: *"Documentos, dinheiro, roupas, passes de ônibus e metrô, alojamento, escola."* Este último item fez Joan parar. *Escola.* Ela não conseguia se imaginar indo à escola naquela época. Não conseguia se imaginar vivendo ali.

— Ele não estava dizendo toda a verdade, sabe? — disse Ruth em meio ao silêncio.

— Do que você está falando?

— *Existem* rumores de eventos serem alterados. Eu tenho certeza de que ele já ouviu algum.

Joan prendeu a respiração.

— Você não me disse isso ontem.

— São apenas rumores. Nunca ouvi falar de alguém que tenha de fato conseguido.

— Que rumores?

Ruth hesitou por tempo demais, e Joan a apressou:

— Que rumores?

— Nada específico. Mas... as pessoas dizem coisas sobre o poder da família Liu.

Joan pensou em algo que a avó sempre dizia.

— Os Liu se lembram.

— Sim — disse Ruth —, mas algumas pessoas dizem que isso vai além da memória perfeita. Dizem que existem Lius que se lembram de coisas que nunca aconteceram.

A forma como ela disse aquilo fez Joan estremecer.

— Então talvez... eles se lembrem de alterações na linha do tempo?

— Não sei. É possível.

— Temos que falar com eles.

— Eles podem não querer. As famílias não gostam de falar sobre seus poderes com gente de fora.

— Eu quero falar com eles.

— Tudo bem, mas... — Ruth olhou Joan de cima a baixo. — Se você vai sair desta estação, precisa trocar essas roupas.

— O que tem de errado com elas? — disse Joan.

Ela vestia uma camiseta preta e calça jeans. Várias pessoas estariam vestindo jeans e camiseta na rua.

— Tudo.

Lá embaixo, no mercado, Ruth passava as roupas por um cabideiro: *flip, flip, flip.* Dois corredores à frente, Aaron estava fazendo a mesma coisa com a testa levemente franzida.

Ruth puxou uma minissaia xadrez.

— Isso — disse, e jogou a peça nos braços de Joan. *Flip, flip.* — E isso. — Um suéter azul-bebê que parecia ter encolhido na lavagem.

— É sério?

— E isso. — Um par de coturnos pesados. Ruth acrescentou duas meias longas, pretas, à pilha.

A cabine do provador não tinha espelhos. Joan abotoou a saia. A cintura era alta o suficiente para esconder a atadura. Mas o suéter flutuava acima de seu umbigo e deixava uma longa faixa de pele nua.

— Acho que é um peitoral de cachorro — disse ela para Ruth, através das cortinas.

— É assim mesmo. — A prima se enfiou no provador e a puxou para fora.

Joan olhou seu reflexo no espelho. Era como se estivesse vestindo uma versão sexy de Halloween de suas roupas normais. Ruth destampou um delineador e realçou seus olhos, pesados nas laterais. Quando ficou pronta, Joan mal se reconheceu.

— O que tinha de errado com a camiseta? — perguntou.

— O corte estava errado. — Era a voz de Aaron. Ele saiu da própria cabine, e seus olhos se arregalaram quando viu as roupas dela. — Ficou... — Ele ficou surpreendentemente sem palavras. — Bom.

Ele havia se transformado no membro de uma banda dos anos 90: calça jeans rasgada, jaqueta pesada e um pequeno brinco de ouro. Era para ele ter ficado ridículo. *Estava* ridículo, Joan disse a si mesma. Só que... Aaron fazia os trajes parecerem bem pensados e caros. Pela primeira vez na vida, Joan entendeu o apelo de uma banda de meninos dos anos 90.

Aaron se aproximou, o suficiente para que Joan sentisse o calor de seu corpo, e se ajoelhou diante dela. Por um momento, ela sentiu a língua presa.

— O que você está fazendo? — conseguiu balbuciar.

Aaron esticou o braço e pegou uma tesoura de cima de uma mesa. Antes que Joan pudesse protestar, ele rasgou suas meias. Então ela soltou a língua:

— Que é isso? — disse, revoltada.

Aaron soltou a tesoura e usou os dedos para alargar os furos.

— Nada mal — disse Ruth, relutante em admitir.

— E se... e se você me cortasse? — perguntou Joan.

Aaron havia terminado de rasgar os furos, mas ainda estava ajoelhado, olhando lá de baixo para ela, com os olhos cinzentos.

— Eu não ia te cortar.

Joan queria acusá-lo de deixá-la ridícula também de propósito. Mas seu reflexo no espelho estava inesperadamente bom, quase tão bom quanto Aaron, como se estivessem na mesma banda.

De súbito, Joan percebeu que ele salvara a vida dela também. Aaron dissera que tinha uma dívida, que não poderia ir embora até pagá-la. Mas ela a salvara no Poço, e de novo no St. James's Park. Não restavam dúvidas de que pagara em dobro.

Joan levou um momento para se lembrar do que queria perguntar a ele:

— Você sabe algo sobre o poder da família Liu?

— Memória perfeita — respondeu Aaron. — Todo mundo sabe disso.

— Sim, mas Ruth diz que existem rumores de algo a mais. Rumores de que alguns deles se lembram de eventos que nunca aconteceram.

Aaron se levantou devagar, e então Joan estava olhando de frente para ele.

— Conheço os rumores — disse ele, inexpressivo.

— Talvez eles se lembrem de eventos que foram alterados.

— Entendo aonde você quer chegar.

— Se eventos foram alterados antes, talvez isso possa acontecer de novo.

Aaron suspirou, e repetiu:

— Entendo aonde você quer chegar.

— Ruth e eu vamos falar com eles.

A prima se agitou ao seu lado e pigarreou. Joan lhe lançou um olhar inquisitivo.

— Eu, hum... não sou exatamente bem-vinda nas casas dos Liu — explicou Ruth. — Eu... Bom, meio que roubei algumas coisas aqui e ali, e acho que acabei ficando com uma reputação ruim. Eles não me deixariam passar da porta de entrada. — Diante do olhar de Joan, ela acrescentou na defensiva: — Eles têm coisas bacanas.

— Ah, claro, então está justificado — disse Aaron, seco.

Ruth ergueu o dedo do meio para ele, mas sem entusiasmo.

— Bom, só me diga onde eles estão — pediu Joan.

— Não — disse Aaron, com pesar. — Eu levo você.

Joan olhou para ele, surpresa. Ele tinha parecido tão descrente com a ideia, e não parecia nem um pouco mais animado agora, enquanto franzia a testa para seus novos tênis azuis.

— Tomem cuidado — disse Ruth. Ela parecia não gostar da ideia de se separarem tão cedo, logo após se reencontrarem. Joan sentia o mesmo.

— Você também — disse Joan. — Toma *muito* cuidado, tudo bem?

Ruth assentiu de leve.

— Apenas se lembrem de que os Liu não se envolvem em disputas tolas de poder como *certas* famílias. — Aquilo devia ter sido uma indireta para Aaron, pois ele revirou os olhos. — Mas todas as famílias têm suas particularidades.

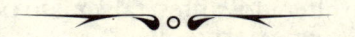

O Mercado Ravencroft era cortado por corredores. Joan não havia percebido o quão grande era. Aaron a guiou por um corredor, depois por outro. Todos pareciam temáticos. Um vendia apenas armas de diversas eras: facas, espadas, arcos. Outro, temperos dos quais Joan nunca ouvira falar.

— Por aqui — disse Aaron.

O corredor seguinte tinha uma porta ao final, que se abria para outra ruela humana comum. Quando Joan a fechou atrás de si, os sons do mercado, de pessoas conversando e vendendo, cessaram como se alguém houvesse apertado um interruptor. Nenhum humano que passasse por ali suspeitaria de que havia um mundo diferente por trás daquela porta preta.

Joan tocou a placa de bronze na parede externa, uma serpente marinha enrolada em um barco a vela. O mesmo símbolo que vira à porta da estalagem.

— Todos os lugares monstros são marcados assim? — perguntou ela.

— Esse símbolo significa que monstros de qualquer família podem entrar — explicou Aaron. — Todo este complexo, a estalagem, o mercado, o correio, é uma estação de passagem. Monstros de todas as famílias são bem-vindos para ir e vir.

Uma estação de passagem. Joan se lembrou dos monstros que haviam chegado na chuva no dia anterior, vestindo roupas de outras épocas. Ela imaginou lugares como aquele espalhados pela cidade, refúgios seguros onde monstros podiam viajar sem serem observados por humanos. Lugares para trocar dinheiro e comprar roupas, conhecer pessoas e entregar mensagens. Comer e dormir.

Aaron já havia começado a andar em direção ao final da rua. Joan o seguiu. Ela se sentia como se houvesse acabado de vislumbrar um mundo muito maior.

Lá fora, resquícios da tempestade estavam por todo lugar: poças de água, folhas e galhos caídos. A preocupação de Joan com as próprias roupas foi diminuindo ao perceber que ninguém prestava atenção neles, ou, pelo menos, não mais do que normalmente prestavam em Aaron. Aquelas roupas realmente faziam com que se misturassem melhor.

— Obrigada por me trazer — disse ela a Aaron, um pouco sem jeito. — Eu sei que você não acredita que possamos mudar nada.

— E eu sei que você precisa fazer isso — disse Aaron. Joan se lembrou de sua expressão cansada na noite anterior. — Todo monstro briga com a linha do tempo.

— O que você quer dizer com isso?

— Todo mundo tenta brigar com a linha do tempo. Todo mundo tenta mudar algo em algum momento.

O que Aaron tentara mudar? Quando foi que enfrentara a linha do tempo? O que acontecera para deixá-lo tão exausto agora? Joan queria perguntar, mas algo na expressão dele a fez ficar em silêncio.

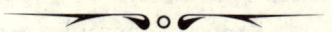

Assim como no dia anterior, os anos 90 estavam por toda a parte. Conforme passavam por bancas de jornal, Joan corria os olhos pelas manchetes: "Novo desastre para John Major", "Steffi a caminho da vitória em Wimbledon". Na capa da *Vogue*, a modelo usava rímel pesado e sobrancelhas finas.

Aaron tomou uma rota cheia de desvios, da mesma forma que fizera para chegar à estalagem monstro: atravessando parques, lojas e pátios de igreja.

— Isso não é um atalho — disse Joan devagar quando Aaron deu meia-volta.

— Estou evitando as câmeras de segurança — explicou ele. — Monstros não gostam de aparecer em filmagens. Não existem tantas aqui quanto na sua época, mas são o suficiente.

Joan absorveu a informação aos poucos. Os Hunt também não gostavam de ser fotografados. Joan sempre pensara que era uma de suas excentricidades, porém parecia mais outro aspecto cultural.

Pouco depois, Aaron entrou em uma rua comercial estreita, cheia de vendedores de joias e sapateiros. Se Joan precisasse arriscar um palpite, diria que estavam ao norte de Covent Garden. Ele parou no meio da rua.

— Os Liu — disse.

A loja, se de fato era uma loja, não tinha sinalização alguma, sequer o número. A fachada era apenas uma parede de tijolos de vidro. Traços de violeta e verde reluziam através do vidro como peixinhos exóticos a nadar. Sob o sol do verão, o efeito era quase tropical.

Enquanto estavam parados ali, uma mulher bonita abriu caminho entre eles, brevemente engolfando-os com um aroma que fez Joan pensar em jardins floridos. Ela empurrou a parede, e uma parte do vidro se virou para dentro: uma porta, com as dobradiças cuidadosamente escondidas entre tijolos translúcidos. Joan teve um vislumbre de cores vibrantes, e então a porta se fechou novamente, restando apenas a parede.

— Precisamos tomar muito cuidado — disse Aaron, com as mãos no bolso. Joan estava começando a reconhecer suas manias, e conseguia perceber a tensão em suas costas. — Nada é de graça entre as famílias. Se você quiser informações dos Liu, vai precisar dar algo em troca.

— Eu tenho dinheiro — disse Joan.

Ela vendera o celular no dia anterior.

Mas Aaron já estava chacoalhando a cabeça.

— Algo assim é considerado um favor. Será um favor por um favor. E monstros levam as dívidas a sério. Você vai precisar pagar o que prometer.

— E depois disso tudo, o que é que eu vou dever para você?

As bochechas de Aaron ficaram rosadas.

— Eu já disse. Eu que estou em dívida com... Ah, pare de fazer perguntas e vamos andar logo com isso — disse ele, com um tom exasperado que estava se tornando costumeiro nas conversas dos dois.

Joan deu de ombros, virou-se e empurrou a porta no ponto que a mulher tocara. Para sua surpresa, a porta abriu com um baque. Ela medira a força considerando uma porta de vidro pesada, mas, por alguma talentosa genialidade, aquela havia sido projetada para abrir ao mais leve toque. O empurrão a fizera voar para dentro. Joan corou; a entrada violenta a fez se sentir ridícula. De uma maneira distante, escutou Aaron estalar a língua pelo descuido, mas mal registrou a reação, surpresa com o cômodo ao seu redor.

O espaço era imenso, muito maior do que aparentava da rua. A luz do sol entrava por claraboias e pelas paredes de vidro, espalhando vários arco-íris pelo pálido chão de madeira.

A divisão do espaço era feita com paredes brancas que se cruzavam. Joan levou um segundo para perceber que estavam estrategicamente posicionadas de forma a evitar a luz solar direta. Os traços de cor tropical que vira de fora eram quadros, do tipo abstrato e rabiscado que ela sempre achara que pareciam pinturas a dedo feitas por crianças.

Porém, aqueles não eram pintados por crianças. Talvez com a ajuda da decoração da sala, ou do cauteloso posicionamento e progressão, aquelas pinturas eram intensas e interessantes, cruas e misteriosas. Joan se aproximou mais.

Poucos passos revelaram um homem, antes fora de vista pelo ângulo da parede. Ele estava de lado, ajustando a posição de um quadro, e tinha traços chineses, bonito e sério. Ele olhou para cima quando Joan se aproximou.

— Ying? — disse a mulher que entrara antes deles.

Agora que Joan podia vê-la com clareza, ela era ainda mais bonita. Devia ter mais ou menos 30 anos e sua pele marrom-dourada era impecável. O rosto era delicado como o de uma boneca. Casualmente, ela olhou Joan de cima a baixo e estava prestes a ignorá-la, mas reconsiderou.

— Filha? — perguntou ao homem, Ying. — Sobrinha?

A pausa de Ying foi longa.

— Ela não é uma Liu.

Agora que ele estava olhando diretamente para ela, Joan podia ver que o rosto do homem era profundamente marcado por profundas linhas tristes. Seu cabelo preto estava perfeitamente dividido e puxado para trás em um curto rabo de cavalo. As roupas eram impecáveis, mas não combinavam muito bem: camisa com colarinho branco e duro como porcelana, calças de um azul-acinzentado que lembrava tempestades no mar.

Joan sentiu Aaron aparecer ao seu lado.

— Com licença — disse ele. — Quero fazer negócios.

Joan pensara que Aaron se encaixaria perfeitamente ali. Não se encaixava. Ao lado de Ying, Aaron parecia tenso e preocupado. Ali, estava tão deslocado quanto ela.

— Perdão, mas você terá de esperar — disse Ying. Seu sotaque era de Oxford. — Há pessoas na sua frente.

As bochechas de Aaron ficaram vermelhas. Ele abriu a boca, e então claramente não conseguiu se forçar a falar.

Joan se segurou para não revirar os olhos.

— Estamos juntos — disse.

Ying tinha o rosto de um homem que já havia visto de tudo, mas Joan percebeu um brilho de curiosidade em seus olhos.

— Uma Hunt e um Oliver juntos? Quão Romeu e Julieta.

O corar desceu pelo pescoço de Aaron como uma brotoeja feia.

— Não esse tipo de juntos. — Parecia que ele havia comido algo ao qual era alérgico.

Joan sentiu a irritação crescer dentro dela como um fogo ao ser abanado. Aparentemente, Aaron tinha uma capacidade nata para fazê-la se sentir assim. Ela ergueu o cabelo com as mãos para esfriar o próprio pescoço.

Quando o fez, a mulher soltou um gritinho breve, surpresa:

— Você se cortou! Oh, minha nossa. O que aconteceu? — Ela tocou a lateral da própria barriga.

Joan deixou a mão cair. A saia havia descido, acompanhada pela atadura, revelando a ponta do corte de espada. Joan puxou a saia para cima e desejou que estivesse vestindo mais alguma coisa além do peitoral de cachorro.

— O que aconteceu? — perguntou a mulher. — Parece que você esteve em um *duelo*.

Joan percebeu o olhar alarmado de Aaron. Aparentemente, perguntas sobre ferimentos causados por espadas eram um assunto perigoso.

— Não é nada — disse ela. — É só... tinta.

— Tinta? — A mulher soava cética.

A voz suave de Ying interveio:

— Perdoe-me. Há um quadro úmido na parede.

— Ah — disse a mulher, agora incerta.

— Devo entregar seu pedido no Ritz?

— Seria conveniente — respondeu ela, e inclinou a cabeça em um gesto gracioso.

Joan podia sentir seus olhos curiosos os observarem enquanto Ying gesticulava para que o seguissem.

Ying os guiou por um caminho tortuoso pela galeria. As paredes em ângulo faziam Joan ficar desconfortável e se lembrar do labirinto na Holland House. Seu coração pulsava a cada curva; ela quase esperava encontrar os homens de Nick ali, armados. Porém, ao final da longa caminhada, havia apenas uma pequena copa.

Era confortável e destoava da imensa galeria. Tudo estava coberto com lãs listradas que não combinavam: a chaleira, os pés das cadeiras, os cabos das facas, as almofadas.

— Minha sobrinha gosta de tricotar — disse Ying ao ver Joan olhando.

Ele foi até um armário, pegou um kit de primeiros socorros e cortou uma tira de esparadrapo transparente.

— Você mentiu por mim — disse Joan, e aceitou a fita.

— Não menti — disse Ying. — Há *mesmo* um quadro úmido na parede.

A pele ao redor de seus olhos se enrugou um pouco, mas o restante do rosto continuou sério.

Joan deu um sorriso torto. A seguir, arrumou a atadura e a escondeu novamente debaixo da saia.

Enquanto o fazia, Ying pegou *wafers love-letter*, morangos frescos e amendoins inteiros. Como se estivesse montando um quebra-cabeça com todo cuidado, encaixou toda a comida em uma travessa. O impulso de alimentar as visitas fazia Joan se lembrar do pai.

— Por favor. — Ying gesticulou para que o seguissem.

Ele os levou pela porta dos fundos a um belo jardim em que as plantas cresciam livres, sem poda. Parecia o centro da residência dos Liu: um pátio cercado de construções por todos os lados. Uma passarela coberta conectava a área externa até os prédios.

Uma seção coberta fora preparada para um pintor, com um cavalete e uma mesa onde Ying colocou a travessa. Sua sobrinha passara por lá também; os pés da mesa estavam cobertos de cores fora de tom: azul e vermelho, verde e rosa. Joan percebeu que Aaron as observava com leve horror.

O pátio evocava uma agradável sensação casual. Folhas de samambaia invadiam o espaço. O cheiro era de tinta e jasmim. O sol havia aparecido, deixando o ar pesado, típico do verão. Não havia sinais da tempestade do dia anterior.

Na passarela coberta, havia tênis e chinelos para fora da maioria das portas, e retratos e paisagens parcialmente pintados nas paredes.

— Um dos trabalhos do meu filho — disse Ying, e Joan percebeu que estava analisando o quadro mais próximo. Era de um homem em pé do lado de fora da porta de um pequeno sobrado, de costas para o observador. — Jamie ama os mitos do herói.

— Os mitos do herói? — perguntou Joan.

— O herói bate à porta — murmurou Aaron, como se fosse um tema recorrente na arte.

Joan ficou mais abalada do que esperava. *Nick*. A pintura mostrava o herói do lado de fora da porta de um monstro. Mesmo visto de trás, não se parecia muito com ele. A figura tinha cabelo castanho e músculos imensos; Nick, cabelo preto e um corpo mais humano.

Joan pensara ter entendido que o menino que beijara na Holland House era um personagem lendário. Porém, vê-lo assim, transformado em mito numa época antes mesmo de nascer, fez seus pelos se arrepiarem.

— Joan — chamou Aaron.

Ela piscou os olhos na direção dele.

— Sim. — E se afastou com algum esforço do quadro.

— Por favor — disse Ying —, sentem-se.

Não havia cadeiras no pátio. Joan se sentou na borda de tijolos de um canteiro de violetas. A superfície de barro estava quente e seca. Ying se sentou em um banquinho perto do cavalete. Aaron continuou de pé, apoiado em um dos grossos pilares brancos que separavam o pátio do corredor.

Ying despejou água quente no bule. O aroma de folhas verdes fez Joan sentir saudades de casa, assim como as xícaras que ele desempilhou. Eram decoradas com pássaros multicoloridos, com longas penas abertas na cauda e asas estendidas. A fênix.

— Eu estava pensando — Aaron disse a Ying sem sair de seu lugar ao lado do pilar. — O senhor identificou nossas famílias apenas de olhar para nós. — Era um detalhe que Joan não percebera. — Uma Hunt e um Oliver. Como sabia?

— A maioria dos monstros está registrada nos arquivos da família Liu — explicou Ying, como se fosse algo simples. — Vocês são Joan Chang-Hunt e Aaron Oliver. Joan é filha de Pei-Wen Chang, um humano, e Maureen Hunt, a filha distanciada de Dorothy Hunt.

Distanciada? Não fazia sentido. O restante, por outro lado, fazia. Joan cruzou os braços, sentindo-se exposta e maravilhada com a demonstração do poder da família Liu. Memória perfeita.

— E você — disse Ying a Aaron — é o filho mais novo de Edmund Oliver.

Não era uma pergunta, e Aaron não respondeu.

— Da segunda esposa de Edmund — continuou Ying. — Marguerite Nightingale. A esposa que eles executaram.

— Já é o suficiente — disse Aaron, seco.

Suas costas estavam tensas. Sua mãe fora executada? Joan se forçou a desviar o olhar. A sensação era de que estava invadindo algo terrivelmente particular.

— Como eu disse, os registros dos Liu são bastante extensos — disse Ying. — Mas vocês não vieram aqui para que eu lhes dissesse aquilo que já sabem. Vieram fazer um acordo. Então façamos um acordo. O que é que vocês querem?

— Informação — respondeu Joan.

Ying inclinou a cabeça, assentindo.

— Vamos primeiro às regras, então. Minha família gosta de manter as coisas simples. Vamos ter uma conversa e, ao final, você estará devendo um favor para os Liu.

— Que favor? — perguntou Joan.

— Você saberá quando a hora chegar.

Do pilar, Aaron ergueu os ombros de leve para Joan. Ele aparentemente já esperava algo assim. Ela não gostava nada daquilo. Comprar algo desconhecido por um valor desconhecido era estupidez. Mas não havia outras pistas. E se pudesse conseguir *qualquer* informação para salvar a família... Ela assentiu para Ying.

— Muito bem, então. — Ying se inclinou para a mesa e serviu chá nas pequenas xícaras. Ele passou uma para Aaron e outra para Joan. — O que querem saber?

Joan bebericou o chá enquanto dava a si mesma um momento para organizar a mente. O chá era bom: aromatizado, fresco e verde. Do tipo que o pai guardava no freezer.

— Ouvimos rumores — disse ela. — Sobre o poder de sua família.

— Memória perfeita — disse Ying. — Não é um segredo para ninguém.

— Existem rumores sobre aspectos ocultos desse poder.

— Eu ouvi rumores — disse Ying, pensativo — de aspectos ocultos do poder da família Oliver. — E se virou para Aaron: — Dizem que os líderes da família podem ver mais do que outros Oliver.

Por algum motivo, o olhar de Aaron se voltou para Joan com uma expressão indecifrável.

— Não estamos falando da minha família — disse ele.

— Não? — indagou Ying, contemplativo. — Olivers veem. Hunts escondem. Nowaks vivem. Patels prendem. Portellis abrem. Hathaways domesticam. Nightingales tomam. Mtawalis guardam. Argents movem. Alis selam. Griffiths revelam. Mas apenas os Liu se lembram. — As palavras eram levemente cantadas, o recitar de uma cantiga popular. — As doze grandes famílias de Londres.

— Espero que o senhor não nos peça para pagar por isso — disse Aaron, seco. — Toda criança monstro que vive em Londres conhece essa cantiga.

O rosto de Ying fez aquilo novamente, em que parecia entretido sem de fato sorrir.

— Os poderes são de conhecimento comum. Mas vocês estão perguntando sobre segredos de família. Se eu fosse vocês, ficaria preocupado; um segredo da família Liu pode custar mais do que estão dispostos a pagar.

— Sou *eu* quem está fazendo o acordo — disse Joan. Ela quisera ir até lá. — Não Aaron. E eu estou disposta a pagar.

Ying a olhou por um longo momento, como se estivesse avaliando se ela realmente queria fazer aquela troca.

— Vocês já ouviram falar da *zhēnshí de lìshǐ*? — disse ele, finalmente.

— A história real? — perguntou Aaron.

As sobrancelhas de Ying se levantaram.

— Você fala mandarim?

— Não, mas conheço a crença. — Seu tom era de desaprovação.

Ying se virou de volta para Joan.

— Algumas pessoas acreditam que já houve outra linha do tempo. Uma que existiu antes da nossa. Algumas famílias a chamam de *vera historia*. Ou a verdadeira linha do tempo. — Havia uma reverência triste em sua voz. — Nós acreditamos que a verdadeira linha do tempo tenha sido apagada, e que *esta* linha foi criada em seu lugar.

— Uma crença marginal — disse Aaron. — Todos sabem que a linha do tempo corrige a si mesma. É impossível que sequer tenha existido outra.

— Alguns em minha família acreditam se lembrar de fragmentos dela.

Joan prendeu a respiração. Era verdade, então. Os Lius realmente se lembravam de eventos alterados.

— E o senhor? — perguntou ela. — O senhor se lembra?

Ying levou um bom tempo para responder:

— O poder da família Liu é memória perfeita. Para alguns de nós, vai além disso. Nos lembramos de pequenas mudanças, dos fluxos comuns da linha do tempo. Mas apenas aqueles com grande poder puderam vislumbrar a *zhēnshí de lìshǐ*.

Joan se inclinou para frente, ansiosa.

— Se existiu outra linha do tempo, então algo a mudou. Ou alguém.

— Perdoe-me — disse Ying, sem ser grosso. — Mas isso encerra a nossa conversa. Eu lhe dei informações sobre o poder dos Liu. Agora você nos deve um favor.

— Não — disse Joan. A conversa estava apenas começando. Ela queria saber muito mais. — Como a linha do tempo foi alterada? Por favor, eu assumo outra dívida.

— Perdoe-me — disse Ying, e colocou mais chá na xícara de Joan. — Como disse, minha família gosta de manter as coisas simples. Uma dívida é simples, várias são complicadas. Mas, por favor, termine seu chá e sinta-se à vontade para conhecer a galeria depois.

Aaron desencostou do pilar branco e se aproximou para se sentar ao lado de Joan, na divisória do canteiro.

— Joan — disse suavemente —, ele cumpriu com o acordo.

— Não podemos ir embora — disse Joan. Ela tinha certeza de que Ying sabia mais. — Aaron, não posso ir embora até saber a verdade.

Aaron abaixou a cabeça. Quando a levantou, foi para fitar Ying.

— Eu assumo uma dívida.

— Não — disse Joan.

Não seria justo. Ele sequer quisera ir até lá.

Talvez Ying aceitasse algo diferente. Mas o que Joan tinha para barganhar? Ela não levara nada consigo àquela época a não ser um celular e suas roupas, e já vendera o telefone no dia anterior.

A única coisa que ainda tinha... Ela pôs a mão no peito e sentiu as linhas do colar por baixo do tecido macio do suéter. O homem no mercado quisera comprá-lo no dia anterior, e Joan recusara.

Suas mãos tremeram quando soltou o fecho. Era a última coisa que tinha da avó. Tentou não pensar nisso ao oferecê-lo a Ying.

— O senhor aceitaria isso em vez de um favor?

— Perdoe-me — disse ele.

— *Por favor*. Por favor. Eu preciso saber.

— Saber o quê?

— Como desfazer mortes.

As linhas de tristeza no rosto de Ying eram como entalhes em madeira.

— Você perdeu alguém.

— Perdi — sussurrou Joan.

— Não posso ajudá-la com o que você quer saber — disse ele, gentil. — Você não me deve nada por dizer que não tem como trazê-los de volta.

Joan não conseguia aceitar isso.

— Algo ou alguém já alterou a linha do tempo antes. O senhor tem a memória perfeita, e disse que os registros dos Liu são extensos. Já deve ter ouvido algo, um rumor, um sussurro, sobre como foi feito. — Ela ofereceu o colar de novo. — Por favor.

Ying começou a balançar a cabeça como se fosse recusar pela última vez. Então franziu a testa, inclinando-se para olhar melhor o colar. Joan o ouviu prender a respiração.

— Onde você conseguiu isso? — disse ele suavemente.

Joan se lembrou de como a mão da avó havia escorregado de seu pulso, deixando a corrente para trás. Ela mal conseguira vê-la naquela noite, em meio às lágrimas.

— Minha avó me deu.

— Posso? — perguntou Ying. Porém, em vez de pegar o colar, ele esvaziou a mesa, colocando cumbucas e pratos no chão até que restasse apenas a travessa preta.

Joan esticou o colar sobre ela. O pingente dourado brilhava contra o fundo escuro. Havia sangue na corrente, depois que a avó morrera. Joan a lavara aquela noite no banho. Mas não havia olhado com atenção, não conseguira.

Agora, examinava o pingente: não era a raposa de língua prateada dos Hunt, mas algo diferente. A princípio, Joan não conseguia compreender a figura. Era uma criatura com cabeça de leão e garras de ave. Não muito maior do que a unha de seu polegar, mas extremamente detalhada: em três dimensões, com acabamento realista. O animal se sentava em um disco liso de ouro, com as orelhas para a frente e a cabeça virada de interesse e curiosidade. Parecia ser toda de ouro.

— Nunca vi você usando isso — disse Aaron a Joan.

— Tem uma corrente longa — disse Ying, distraído.

A corrente também era de ouro, e muito bonita. Havia marcas escuras ao longo dos elos, como se o ouro houvesse sido queimado. Ying esticou os dedos, encaixando quatro deles acima das manchas, e Joan se lembrou de súbito de ter segurado a corrente nos mesmos pontos. A corrente estava impecável e, quando ela a tocou, as marcas apareceram. Na hora, pensara ser sangue. Mas, olhando para a corrente agora, parecia quase como se o próprio ouro houvesse sido transformado em algo mais. Mas *como*?

Ying olhou para Joan novamente. Seus olhos procuravam por algo, como se não tivesse prestado atenção nela até aquele momento. E agora a notava por completo. Ela se lembrou inesperadamente de como Edmund Oliver a olhara na Sala Dourada. Sua indiferença se transformando em interesse, como se visse algo dentro dela. *"Os Hunt têm guardado segredos."*

— O que você gostaria de saber? — perguntou Ying.

Joan engoliu em seco. Seu coração batia mais depressa, e ela não tinha certeza do porquê.

— Como a linha do tempo foi alterada?

— Existem histórias sobre a criação de nossa linha do tempo — disse Ying. — Mas são mitos.

— Mitos? — disse Joan. "O herói humano é uma figura mitológica", dissera Ruth na noite anterior. — Que mitos?

— Dizem que o Rei criou a nossa linha do tempo — explicou Ying. — Usando um objeto. Um dispositivo. Ele o usou para destruir a *zhēnshí de lìshǐ* e criou esta linha do tempo em seu lugar. Agora esta linha do tempo é dele. Tudo acontece exatamente como ele deseja.

— Que dispositivo? — perguntou Joan.

Estavam tão perto de descobrir tudo de que ela precisava. Se havia uma forma de trazer sua família de volta, ela tinha que saber.

— Tudo o que eu posso lhe dizer é que ele fica guardado em um lugar chamado Corte Monstro. — Ying ainda olhava para ela com aquela nova atenção. — O cerne do poder do Rei. E você não precisa me perguntar para saber como se chega lá. — Ele ergueu o colar e, para a surpresa de Joan, o colocou de volta em sua mão, enrolando-o de leve até deixar o fecho cair. — Você tem a chave.

Joan olhou fixo para ele.

Ying se levantou.

— Chamaremos você quando precisarmos de um favor — disse.

DOZE

Joan e Aaron se afastaram da galeria da família Liu. Ela não conseguia parar de tocar o colar que a avó lhe dera. Será que era mesmo uma chave para a Corte Monstro? O centro do poder do Rei?

— Você falou do Rei assim que a gente chegou — disse Joan enquanto caminhavam.

— Esconda. Esse. Pingente — disse Aaron, pausando para reforçar cada palavra.

Ele estava muito tenso. Insistira em voltar por uma rota diferente e agora ficava olhando por cima dos ombros.

— Por que Ying não ficou com ele? — perguntou Joan, e o colocou com cuidado dentro da blusa. — Eu ofereci.

— Ele provavelmente não queria isso por perto. E eu também não quero.

Eles chegaram a um cruzamento e Joan apertou o botão para atravessar. Os dedos de Aaron se mexiam, inquietos, como se ficar parado fosse insuportável.

— Por que você está com tanto medo? — perguntou Joan.

— Precisamos voltar ao mercado — disse Aaron.

Sua boca formava uma linha tensa e o branco dos lábios apertados fez Joan se lembrar de sua reação quando Ruth mencionou ter visto Guardas da Corte no hospital.

— Ele é rei do quê? De todos os monstros da Inglaterra?

Aaron parecia não querer responder. Quando o fez, foi breve:

— Nossas fronteiras não coincidem com o que você conhece como países. Elas foram definidas em outra época.

"O que você conhece como países." Joan teve aquela sensação de novo, de ter o vislumbre de um outro mundo pelo vão em uma cortina. Havia tanto que ela não sabia, tanto que sua avó nunca lhe contara.

Uma van vermelha do serviço postal Royal Mail passou ao lado deles, lenta e barulhenta. Aaron a acompanhou até que virasse a esquina. Estava observando todos os veículos que passavam. O sinal abriu para pedestres.

— Vem — disse Aaron, e começou a andar.

— Aaron...

— Continue andando. — Esperou que Joan o alcançasse e continuou, ainda breve e direto: — O Rei nunca é visto. Ele reina sobre os membros da Corte Monstro: seu exército, seus executores. Às vezes os chamamos de *Curia Monstrorum.*

Joan o alcançou. Tentou criar um sentido a partir do que sabia. O mundo monstro tinha uma hierarquia de autoridades. Ruth falara sobre os Guardas da Corte, Joan deduzira que eram algo como policiais. Acima deles estavam os membros da Corte Monstro. E, destes, o próprio rei.

"O Rei nunca é visto." Joan imaginou uma presença invisível que permeava o mundo monstro.

— Você acha que pode ser verdade? O que Ying disse? Acha que o Rei mudou a linha do tempo? Apagou a verdadeira linha com um dispositivo?

Aaron olhou de novo por cima dos ombros.

— Não fale coisas assim — sibilou. Ele percebeu a expressão confusa de Joan e clarificou: — *Verdadeira linha do tempo*. Não diga essas palavras em público.

Eles estavam caminhando sozinhos na calçada, não exatamente "em público". E Ying não pareceu ter medo de lhes contar.

— Ninguém pode nos ouvir — disse Joan.

Aaron olhou ao redor antes de falar e, quando o fez, seu tom era suave, como se temesse ser ouvido, mesmo que obviamente não houvesse ninguém ao alcance de sua voz:

— Só existe uma linha do tempo. A linha do tempo do Rei. Os eventos são precisamente como ele deseja que sejam. Falar de outra história, chamá-la de *verdadeira*... é perigoso. É... é blasfêmia.

— Blasfêmia? — repetiu Joan. Era uma palavra inesperada naquele contexto. Ela pensava que "traição" seria mais adequado para um rei. — Mas, Aaron, se...

— *Por favor* — interrompeu Aaron. — *Por favor*, podemos esperar até estarmos em algum lugar seguro antes que você faça mais perguntas?

Ele correu uma mão trêmula pelos cabelos.

— No que é que a gente foi se meter? — perguntou, quase que para si mesmo.

O Mercado Ravencroft estava mais cheio do que quando saíram. Conforme costuravam por ele, Joan finalmente percebeu como a área principal era estruturada: por períodos, como as seções de uma loja de departamentos. À frente estava o século XX, depois o XXI. As roupas ficavam cada vez menos familiares em cor e corte a cada década posterior à de Joan, até que eram tão estranhas quanto as vestimentas do passado distante. Joan teve vontade de andar até o fim do mercado, para ver as tecnologias contrabandeadas ali.

— Tem Guardas da Corte patrulhando o mercado — murmurou Aaron. — Mantenha a cabeça baixa.

Ele olhou para o chão, mas Joan estava curiosa o suficiente para observar ao redor. *"Polícia monstro"*, pensou. Ela se lembrou novamente do relato de Ruth, de ter visto Guardas da Corte no hospital.

Não os viu de imediato. Então adentrou um corredor onde um homem dizia calmamente a uma mercadora:

— Me dê todos os celulares.

O homem usava um broche dourado na lapela: um leão alado de asas abertas como uma ave de rapina, posicionado como se estivesse observando qualquer um à frente. A comerciante era uma mulher de meia-idade com batom roxo e jaqueta no mesmo tom. A maneira do Guarda da Corte era tranquila, mas as mãos da mulher tremiam enquanto ela colocava os telefones em uma caixa. Ela não olhava diretamente para o homem.

Aaron pegou o braço de Joan e a guiou rapidamente por eles. Conforme andavam, Joan começou a perceber mais e mais guardas com broches do leão alado. Os mercadores abaixavam a cabeça, com os lábios brancos, mas sem protestar, enquanto celulares e outros dispositivos eram confiscados e suas mesas ficavam vazias.

— Tecnologia de fora desta época — sussurrou Aaron para Joan quando chegaram às escadas. — Tecnicamente ilegal, mas os Guardas da Corte normalmente não se preocupam com mercados pequenos como este.

Joan engoliu em seco.

— Ruth disse que viu Guardas da Corte depois de falar sobre o massacre — sussurrou ela. — E alguém me ouviu falar sobre ele ontem. Acha que estão procurando por nós?

— Se tivessem vindo aqui por nós, estariam de olho nas pessoas, não na tecnologia. É só coincidência. Vamos.

Para o alívio de Joan, Ruth abriu a porta do flat na primeira batida.

— Tem Guardas da Corte... — Aaron começou a dizer.

— Eu sei — interrompeu Ruth. — Estava olhando daqui de cima.

Ela os guiou para o quarto. Havia uma escada retrátil no teto.

Joan a seguiu pelos degraus e se viu em um jardim na cobertura. De um lado, a redoma do mercado se erguia como uma vela. Dali, os corvos de bronze no vidro azul eram do tamanho de gatos. Parapeitos na altura da cintura envolviam o restante do terraço, o que fez Joan se lembrar do pátio da família Liu.

— Dá para ver tudo daqui de cima — disse Joan, admirada.

Abaixo, na rua, monstros apareciam e desapareciam da existência, como bolhas de sabão. Ela achava que nunca se acostumaria com aquilo. Através da redoma, o mercado parecia uma miniatura. Dali de cima, os guardas eram como todos os outros, e os broches, pequenos demais para serem vistos. Mas Joan podia saber onde estavam pelo espaço que as pessoas abriam ao seu redor. E, mesmo dali, conseguia perceber como eles alteravam a atmosfera do lugar. Os clientes se moviam mais devagar, as cabeças se viravam para acompanhá-los. Os mercadores estavam mais quietos.

— Ninguém sobe aqui no terraço — disse Ruth.

— Porque é macabro — disse Aaron. Alguém colocara vasos de planta ali, mas estavam mortas e murchas há tempos, não passavam de galhos cinzentos. Os parapeitos estavam se desfazendo. Ele deu o braço a torcer e admitiu: — Mas não posso negar, a vista daqui de cima é boa mesmo.

Joan se sentou no parapeito, de frente para Ruth e Aaron.

— Temos notícias — disse ela. — Conversamos com Ying Liu. Ele confirmou os rumores. Alguns dos Liu se lembram de outra linha do tempo.

Os olhos de Ruth se arregalaram.

— Ele contou isso?

— E isso é o de menos — falou Aaron. — Sua prima está em posse de contrabando direto da Corte Monstro. Você sabia?

— *O quê?* — disse Ruth. — Não!

Joan soltou o colar de ouro e se inclinou para entregá-lo a ela.

— Nossa vó me deu pouco antes de morrer.

Ela torcia para que Ruth não se magoasse pela avó ter lhe dado algo.

E ela não pareceu ficar magoada. Parecia confusa. Ela pegou o colar e o segurou contra o brilhante branco do céu. Em seguida, girou-o de leve, fazendo a corrente reluzir.

— Você já o viu antes? — perguntou Joan. — Na casa da nossa vó, talvez? Viu ela usar alguma vez?

Ruth balançou a cabeça.

— Não que eu saiba. O que são essas manchas escuras na corrente? Parece pedra.

— Não sei — respondeu Joan.

A pergunta a fez se sentir estranhamente desconfortável. Lembrou-se de novo de como havia tocado o colar após a morte da avó: de como, quando ergueu os dedos, o ouro estava opaco e escuro. Aquilo não podia estar certo. Entretanto, pensou de novo. Devia estar se lembrando errado.

Por algum motivo, outra memória lhe veio à mente: Ying Liu passando os dedos pelas manchas. A forma como a olhara depois, procurando por algo.

— Segundo Ying Liu, é uma chave para a Corte Monstro — disse Aaron.

Ruth se sobressaltou e quase jogou o colar para longe, como se lhe houvessem dito que estava segurando uma cobra.

— Foi o que ele falou para a gente — confirmou Joan.

Os olhos de Ruth estavam imensos.

— *Isto* é uma chave para a Corte? Não entendi. Como assim, uma chave? É um colar.

— Não sei — disse Aaron. — Mas, olha, o pingente é um símbolo. Parece quase um brasão de família.

Ruth o ergueu de novo; a curiosidade, pelo visto, estava superando o medo.

— Nunca vi esse símbolo antes... — Ela franziu o cenho e analisou mais de perto. — O que é? Uma gárgula? Tem nós na cauda.

— Algum tipo de quimera — disse Aaron. — Mas eu também nunca havia visto.

Ruth virou o pingente para baixo. Uma imagem fora entalhada na base do disco. A mesma criatura, sobre um pergaminho. Joan apertou os olhos para ler o escrito. *"Non sibi sed regi."* Latim?

— Não para si, mas para rei — traduziu Aaron.

— Essas palavras não pertencem a nenhuma das doze famílias — disse Ruth.

— Talvez o selo de uma das famílias menores, ou uma das francesas.

— Mas não tem nome.

— O que é um selo? — perguntou Joan.

Aaron colocou a mão no bolso, tirou uma corrente e a desenganchou da casa de um botão. Joan a havia notado antes, mas achava que era de um relógio de bolso. Agora enxergava que nela havia um pequeno pingente: uma sereia. Mas não uma sereia de conto de fadas; havia algo de ameaçador no ângulo da cabeça, nas mãos em garra e na cauda enrolada como uma serpente. Era a mesma sereia da tatuagem no pulso do homem que morrera entre as flores. A mesma silhueta que vira através da camisa molhada de Aaron. O brasão da família Oliver.

Aaron fez como se estivesse o carimbando sobre a mesa e então o entregou a Joan:

— É um selo.

Havia um disco de ouro sob a cauda da figura, com o entalhe da sereia e o nome de Aaron em letras espelhadas. "Filho de Edmund", dizia o selo. Joan notou uma frase em latim: *"Fidelis ad mortem."*

— Prova de identidade — disse Aaron. — A maioria dos monstros tem um. Na minha família, ganhamos um quando nosso poder se estabiliza, quando se confirma que somos um Oliver. São enterrados conosco quando morremos.

— Prova de identidade? — perguntou Joan. — Então as pessoas não os falsificam?

— Na verdade, não — explicou Ruth. — São feitos à mão. Os pequenos riscos e imperfeições são quase impossíveis de falsificar com precisão.

Joan pegou o colar da avó de volta. Ela o analisou. Ruth estava certa; parecia mesmo um selo.

— Ying contou outra coisa — disse Joan enquanto prendia a corrente de volta no pescoço. — Ele disse que o Rei apagou a linha do tempo anterior e criou esta em seu lugar.

— Você está falando da verdadeira linha do tempo? — disse Ruth. Ao reparar que Aaron estremecera, ela acrescentou: — Só é blasfêmia se você acredita nessa baboseira de que o Rei é infalível.

— Tem gente que honra os juramentos que faz — disse Aaron.

— Ah, me poupe dessa falsa devoção dos Oliver. O povo da sua família é um bando de golpistas rastejantes. Você deveria simplesmente criar coragem de assumir isso em vez de fingir lealdade ao Rei.

— *Fidelis ad mortem*. Vivemos assim. Você não entenderia.

— É, "fiel até a morte". Muito astuto não dizer a quem vocês são leais. Todo mundo sabe que é apenas a si mesmos.

— Melhor do que o lema Hunt. Como é mesmo? "Sempre em fuga"?

— Sempre *livre* — corrigiu Ruth, áspera.

— Podemos voltar para a parte importante desta conversa? — perguntou Joan.

Aaron fechou a boca para prender o insulto que pretendia lançar a Ruth. Ele deu de ombros; não estava nem aí.

— Ying Liu contou que o Rei apagou a linha do tempo anterior usando um dispositivo — Joan disse à prima. — Um dispositivo que é guardado na Corte Monstro. — Ela ergueu o pingente. — E agora nós temos como entrar.

Ela olhou esperançosa para os dois. Ruth estava tão silenciosa quanto Aaron.

— Minha vó sabia sobre o herói — continuou Joan. — Foi por isso que me deu o colar. Para que possamos entrar na Corte. Para que possamos encontrar esse dispositivo e impedir o massacre.

— Você quer invadir a Corte Monstro? — perguntou Aaron.

— Claro que quero.

— Você quer roubar um dispositivo do Rei? O dispositivo mítico que ele usou para criar seu reino? O dispositivo que, se existisse, ele protegeria com mais afinco do que qualquer outro objeto em sua posse?

— Eu não disse que seria fácil.

Aaron riu.

— Joan. Não dá nem para *chegar* à corte. Ela fica fora do tempo. Não tem como chegar lá sem um convite e uma escolta.

— Bom, talvez seja para isso que serve o colar — insistiu Joan. — Talvez não seja exatamente uma chave, mas um convite.

— Não quero fazer parte dessa conversa estúpida. A questão não é nem entrar e sair. Seríamos executados imediatamente se alguém nos ouvisse falar sobre isso. O que precisamos é ser discretos. Encontrar um lugar seguro e viver nesta época.

— Viver nesta época? — disse Joan, incrédula.

Ela se lembrou da lista de Aaron. *"Alojamento. Escola."*

— Sim — disse ele. E estava realmente falando sério; Joan não podia acreditar. — Nossas famílias foram assassinadas. A gente quase morreu também. Passamos por algo horrível. Precisamos parar e dar um tempo.

— Minha vó me deu este colar por um motivo!

— Você não sabe se isso é verdade — disse Aaron, tão frustrado quanto Joan se sentia. — Dorothy Hunt é uma ladra famosa! Ela provavelmente o roubou sem sequer saber o que era.

— Ela me disse que eu precisava impedir o herói! Ela me deu o colar para usá-lo. Ela sabia!

— E havia algum motivo para ela manter tanto segredo sobre tudo a sua vida inteira? Um motivo pelo qual esperou até a morte para contar qualquer coisa?

— Não é disso que estamos falando. — Será que ele não entendia que talvez tivessem achado uma forma de salvar suas famílias? — A gente precisa de um plano para invadir a Corte Monstro.

— Nós não vamos à Corte Monstro! — disse Aaron, com a mesma impaciência. — Nunca vamos à Corte!

— Eu vou sem você se for preciso!

— Ah, é mesmo? E como você vai fazer isso? Como vai sequer encontrá-la? *Eu* não saberia onde procurar. — Ele se virou para Ruth. — Talvez sua família devesse ter ensinado alguma coisa útil para ela. Assim não seria cheia de ideias estúpidas sobre as coisas.

— Você pode parar de falar sobre isso? — explodiu Joan.

— Não. Você quase caiu para fora dessa época duas vezes ontem! — Para Ruth, disse: — Isso nunca deveria ter acontecido! Sua família sequer a ensinou a se manter segura!

— Nossa vó não nos deixava contar para ela o que eram monstros — retrucou Ruth instintivamente, como se a surpresa a tivesse obrigado a ser sincera.

— Como é que é? — Joan sentiu como se tivesse levado um soco.

Ruth percebeu sua expressão.

— Ai, Joan. Não é como se nós... nós só achávamos que você não *conseguia* viajar. A maioria dos monstros que tem um pai humano não consegue. Nossa vó deve ter pensado que seria melhor você não saber. Quer dizer... — Sua voz ficou mais gentil. — Eu acho que ela pensou que você se magoaria demais se soubesse a verdade.

— Mas... — Joan piscou, surpresa. A confusão superou a mágoa por um momento. A avó sabia que Joan podia viajar, sabia que deveria esperar por ela naquela noite após seu primeiro salto. Ela *sabia*. — Os registros não dizem que eu posso viajar?

— Mas é disso que estou falando... Os registros dizem que você não pode.

— Vocês acharam que ela não era um monstro — disse Aaron.

— Eu não falei isso — defendeu-se Ruth.

— Uma pessoa que não pode viajar não é um monstro.

— É isso o que vocês dizem a um Oliver que não pode? — Seu tom era de desgosto.

— Um Oliver que não pode viajar é um oximoro.

— Tenho nojo da sua família.

Joan se levantou. Sua cabeça começava a doer. Ela precisava pensar.

— Aonde você vai? — disse Aaron de súbito.

— Andar.

— Andar onde? — perguntou Ruth.

— Preciso pensar.

E ela não conseguia fazer isso perto daquela discussão inútil.

Joan deixou a rua monstro e andou até a cabeça começar a clarear.

Ela esperou por algum comentário grosseiro de Aaron sobre a pausa, mas não houve reação. Havia se esquecido por um segundo de que estava sozinha. O silêncio trouxe consigo uma estranha sensação de alívio e, inesperadamente, algo próximo da solidão.

Havia cafeterias ao longo da rua. Ela escolheu uma lanchonete de estilo americano com janelas grandes e mesas que pegavam um pouco de sol. Lá dentro, turistas cansados comiam hambúrgueres, cachorros-quentes e café da manhã o dia todo, com salsichas e ovos.

Joan correu o dedo pelo dinheiro, cuidadosamente separando as notas monstro das notas humanas. Quando o garçom veio, ela pediu um bule de chá. Então apenas se sentou ali, com a cabeça apoiada no encosto do assento, e assistiu a um casal que brigava por cima de um mapa do tamanho de uma toalha de mesa. Dentro de 30 anos, eles teriam GPS e nada pelo que discutir.

O garçom voltou com o chá.

— Valeu — disse Joan quando ele o colocou na mesa.

Então, para sua surpresa, ele deslizou para o lugar à sua frente.

O coração dela parou. Era Nick.

TREZE

As mãos de Nick se mexeram antes que Joan pudesse reagir, agarrando seus dois punhos. O coração de Joan disparou a ponto de doer, e ela percebeu a própria respiração parar. Ele tinha a mesma aparência de duas noites antes, a noite em que haviam se beijado, a noite em que sua família fora assassinada. Os olhos escuros eram os mesmos: sérios e honestos. Iguais a quando ele pedira para ela não ir embora.

— Você se lembra do que eu te disse da última vez que nos vimos? — perguntou Nick.

Ele dissera que a mataria caso roubasse tempo de novo. Uma onda de medo percorreu seu corpo. Ela testou a parte de baixo da mesa com o joelho, mas não conseguiu erguê-la, nem quando aumentou a pressão. Ela olhou para a mesa ao lado. Era parafusada no chão, não poderia virá-la para cima dele.

Nick olhou casualmente para fora da janela. As pessoas passavam por eles, vestidas para o trabalho com as roupas largas da época. Joan seguiu os olhos dele da janela até a câmera de segurança do outro lado da sala.

— Da próxima vez — disse ele, ainda suave. — Vou garantir que estejamos sozinhos.

— Como é possível que você esteja aqui? — sussurrou Joan. Mas havia apenas uma maneira. Como uma tempestade, seu choque e medo ao vê-lo deram lugar a pura fúria. — Você é um monstro também? Depois de tudo o que fez, você...

— Não! — Nick cerrou os dentes. — Eu sou humano.

— Mentiroso! — disse Joan. Ele mentia bem demais. Tudo o que dizia era com um olhar sincero e verdadeiro. — Apenas monstros podem viajar!

— Apenas monstros e eu. Eu viajo de uma forma diferente. *Eu* não roubo tempo.

— Como, então?

Ele não respondeu, e Joan balançou a cabeça com desprezo. Ela pensou em como deixara Aaron e Ruth no mercado e não conseguia acreditar em como havia sido descuidada. Se os homens de Nick os encontrassem, estariam perdidos.

Ou talvez já estivessem mortos. Talvez todos na estalagem e no mercado... Joan forçou os braços para tentar se soltar. Nick segurou com mais força.

— Desculpe — disse ele, mas não soava nada arrependido. — Não posso deixar que me toque.

Era insuportável estar tão perto dele, ver aquele rosto familiar, os olhos sérios. Joan o observara tanto na casa. Imaginou a impressão que deveriam dar a qualquer um que passasse, um menino segurando as mãos da namorada durante o almoço. Alguns dias antes, ela teria desejado tanto aquilo. Agora os dois sabiam que, se ele afrouxasse os dedos, ela voaria para seu pescoço, com câmeras por perto ou não.

Uma pergunta borbulhava na mente de Joan desde aquela noite:

— Você sabia que eles eram minha família antes de mandar matá-los?

— Não. — Os olhos de Nick ainda eram sinceros.

Joan se forçou a continuar:

— Você os teria matado se soubesse?

Ele não hesitou:

— Teria.

Aquilo doeu como um ferimento físico.

— A gente era amigo. Você e eu. A gente era... — Sua voz falhou. Ele a beijara. Ela nunca havia beijado ninguém. — Por que você tinha que matá-los? Por quê? — Mal reconhecia a própria voz. O pior é que ela ainda se sentia atraída em direção a ele. — Eu te *odeio*.

Desta vez, Nick hesitou, e por tempo suficiente para que Joan pudesse ouvi-lo suspirar.

— Eu sei.

Joan queria virar a mesa. Queria machucá-lo como ele a machucara.

— Não precisava matá-los! Você nem os conhecia! Eles eram *pessoas*! Você está matando *pessoas*!

— Eles estavam roubando tempo de humanos. — Seus olhos castanhos continuavam sinceros. — Eu não podia deixá-los ferir mais ninguém.

Joan não conseguia suportar a honestidade. Não conseguia suportar estar do outro lado.

— Você matou todas aquelas pessoas! Não deu nem chance para elas!

Então aqueles olhos sérios se estreitaram.

— Você está errada. Todos os monstros que morreram naquela noite haviam roubado tempo. Todos os seus parentes. Os Oliver. As outras famílias. — A voz dele ficou fria. — Quer saber quem não teve uma chance? Os humanos roubados. Todas aquelas pessoas no metrô. Os turistas de Londres. Pessoas simplesmente caminhando na rua. Seu povo os preda. Porém, não mais. Não permitirei que humanos sejam feridos. Não seremos presa.

Ele nunca fora presa. Parecera tão vulnerável na Sala Dourada, um menino entre monstros e, durante todo aquele tempo, fora a criatura mais letal ali.

— Olá! — disse uma voz animada.

Joan se sobressaltou. Quase se esquecera de que estavam em público. Era uma garçonete.

— Ah, não quis te assustar, meu bem. — Ela tinha um sotaque galês e olhos gentis. Puxou um bloquinho e caneta do bolso. Seu crachá tinha o formato de uma nuvem e dizia DONNA. — Posso anotar o pedido de vocês? Servimos café da manhã o dia todo. Umas torradas? Ovos? Tudo que está no cardápio é bom, exceto o purê. O chefe fez um negócio elaborado com cascas de toranja e noz-moscada hoje. Eu fugiria disso.

Nick se mexeu de leve e mudou a forma de segurar os braços de Joan, fazendo parecer mais como se estivessem dando as mãos. Sua postura também relaxou e transformou-se de perigosa para algo mais acolhedor. Não fosse pela tensão em suas mandíbulas e a rispidez em seus olhos, Joan poderia imaginar que era o Nick de antes. O voluntário que conhecera na biblioteca da Holland House. Ela lutou contra a angústia. Aquele Nick nunca existira. Estava com saudade de alguém que nunca fora real.

Donna olhou para as mãos entrelaçadas e sorriu como se fosse bonitinho vê-los assim, sentados juntos.

— O que posso trazer para vocês? — perguntou.

Joan se forçou a sorrir de volta.

— Acho que vou precisar de mais um tempinho para decidir.

O pescoço de Donna estava nu. Joan se agitou, querendo cobrir a própria nuca em simpatia. Mas Donna não sabia que monstros eram reais, que outra Londres existia dentro da sua. Não sabia que pessoas podiam roubar sua vida apenas ao tocar-lhe o pescoço. E que aquele menino com aparência bonitinha era capaz de causar um massacre.

— Desculpe — disse Nick em tom de desculpas para Donna. — Vou precisar de um minuto também.

Fora do campo de visão da garçonete, uma de suas mãos apertou os pulsos de Joan com mais força, pressionando sua pele e quase a machucando. Ele pensava que estava protegendo Donna, percebeu Joan, e uma onda de raiva a invadiu novamente.

— Tudo bem — disse a garçonete, ainda animada. — Estarei por ali. É só me chamar.

Eles a observaram voltar para o balcão.

— Se você tocar alguém nesta lanchonete — murmurou Nick —, vou arriscar minha sorte com as câmeras.

Joan abandonou qualquer vestígio do sorriso forçado.

— Não sou eu a responsável por um massacre.

Agora que Joan tivera um vislumbre do antigo Nick de novo, ainda conseguia ver algo dele naquela encarnação. Os dois Nicks compartilhavam uma característica séria, uma calma que Joan achava tão pacífica antes.

Uma vez, ela tinha feito uma excursão com a escola para uma capela construída no século I. Os estudantes puderam tocar naquela áspera parede de pedras. Dois mil anos e ainda de pé. Totalmente firme, enquanto tudo ao redor desmoronara. Joan havia imaginado sua fundação se espalhando por quilômetros e quilômetros debaixo da terra. Quando viu Nick pela primeira vez, lembrou-se estranhamente daquela parede. Este novo Nick também tinha essa qualidade, mas nele se parecia mais com implacabilidade. Agora ela sabia o porquê. Ele tinha uma missão, e nada mudaria isso. Ele não pararia de caçar monstros até que cada um deles estivesse morto.

— Se não está aqui para me matar, o que você quer? — perguntou Joan, áspera.

Os olhos de Nick desceram por seu pescoço. Ela corou.

— Bonito esse colar — disse ele.

Joan tentou se soltar, mas era como se estivesse disputando cabo de guerra contra uma parede. Nick ajustou o punho para segurar os dois braços com uma mão só, então passou um dedo por baixo da corrente. Ele puxou até que o pingente deslizasse para fora da blusa de Joan e fez um som que não era exatamente satisfação, apenas um sopro leve de ar.

— Procurei por isso na casa — disse.

E Joan se lembrou da auditoria que ele estivera fazendo, catalogando todos os objetos em todos os cômodos. Joan pensou em como a avó lhe dera o colar com suas últimas forças. Nos olhos arregalados de Ying quando o viu.

— Você estava procurando por isso o tempo todo — disse Joan.

— E estava com você o tempo todo. Eu nunca teria imaginado. — Ele virou o pingente e seus dedos rasparam contra a garganta de Joan. Sem querer, ela engoliu em seco e soube que ele tinha percebido quando ergueu os olhos para ela. — Eu nunca imaginei que você fosse um monstro. Ficava prestando atenção em você. Achei que estava te mantendo segura. — Ele passou o polegar pelo pequeno pingente e franziu a testa. — Nunca imaginei que você fosse um deles.

Aquilo a machucou de uma forma inesperada. Sequer soubera o que eram monstros até o último dia que tinha passado com ele.

— Foi difícil matar todas aquelas pessoas? — perguntou ela. — Você sentiu alguma coisa?

— Eu fiz o que precisava ser feito — disse ele.

E era completamente o novo Nick respondendo com aquele olhar severo. Perigoso.

— É isso o que você diz a si mesmo para conseguir dormir à noite?

Algo passou pelo rosto dele.

— Ah, você não dorme? — perguntou ela. — Eu também não durmo muito desde aquela noite.

— Onde você encontrou o colar?

— O quê? — retrucou ela.

Ele deu de ombros:

— Um colar de ouro com um adorável pingente de um alphyn. Feito em meados do século XIX, eu diria.

— O que tem na Corte Monstro?

Ele enrijeceu a postura e puxou gentilmente a corrente até encontrar o fecho. Seus dedos trabalharam, então corrente e pingente estavam em sua mão. E desapareceram em seu bolso. Quando ele puxou a mão para fora de novo, segurava uma faca.

Joan prendeu a respiração.

— Eu já disse. Não vou te matar.

— Mas devia — sussurrou ela.

Nick entortou a cabeça.

— Eu vou atrás de você — prometeu ela. — E vou te impedir de matar de novo. Vou *te* matar.

Ela nunca imaginara que diria aquelas palavras para alguém, muito menos a Nick. Nunca imaginara que poderiam ser verdade. Sentia como se estivesse esmagando o próprio coração com as mãos.

Nick a segurou com mais força por um momento. Então a soltou lentamente. Ele se levantou com a faca pronta para o caso de ela atacar. Ao ver que ela não reagiu, ele se afastou.

Joan apertou a lateral da mesa para que não fosse seduzida a tentar algo naquele momento.

— Estou falando sério — disse ela. — Você está morto.

Ele sorriu para ela com aquela tranquilidade familiar, da mesma forma que sempre fazia na casa.

— E não estamos todos mortos em algum ponto da linha do tempo?

QUATORZE

Joan correu de volta para a rua monstro. Passou a mão nos olhos diversas vezes no caminho. Odiava estar chorando.

Estar tão próxima de Nick daquela forma fez tudo voltar à tona, todos os sentimentos que tivera por ele. Que talvez ainda tivesse. E, em troca, ele havia contado a verdade com aquele olhar sincero que tinha. Teria matado a família dela mesmo se soubesse quem eram. Teria matado ela também, se as câmeras não estivessem lá. Para Nick, ela era um monstro, e ele nascera para matar monstros.

Estava apavorada também. Sua mente ficava jorrando imagens de Ruth e Aaron mortos no chão do flat. De todos naquela rua monstro, caídos sem vida, como na Holland House.

Mesmo assim, ela se forçou a tomar o caminho longo, por ruelas alternativas e dando meia-volta várias vezes em vez de ir direto para o flat como gostaria. Não revelaria o paradeiro de mais ninguém a Nick.

Pela primeira vez, ela procurou por câmeras e as evitou como Aaron sempre fazia. Nick apontara para as câmeras na lanchonete, e Joan tinha certeza de que fora assim que ele a encontrara. Estava começando a compreender por que monstros odiavam aparecer em filmagens. Quem tem inimigos que podem viajar no tempo não deve deixar registros de onde esteve.

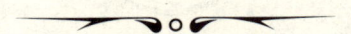

O mercado estava fervilhando de pessoas. Joan queria gritar: *"O herói está aqui nesta época!"* Mas pareceria louca, seria como gritar que o Superman estava ali.

Ela tropeçou na escada de ferro que levava ao corredor de cima. Para seu alívio, pôde ouvir Ruth e Aaron discutindo atrás da porta do flat.

— ...a única família sem aliados — dizia Aaron. — Esse é o quanto vocês são desprezados.

Joan esmurrou a porta e Ruth a abriu sem parar de falar.

— Não sei o que os Mtawalis veem na sua família — disse. — Eles são tão...

— *Parem!* — interrompeu Joan. Ela estava farta da briga dos dois. Bateu a porta atrás de si e respirou fundo. — Temos que parar com isso. Nick está aqui.

Os dois olharam fixo para ela, não assustados, mas confusos.

— Do que você está falando? — perguntou Aaron.

— Nick está aqui! — disse Joan. — Ele está aqui, nesta época.

O silêncio então foi mais longo.

— Não tem como — disse Aaron. — Ele é humano. Eu o vi com meu próprio poder.

— Humanos não conseguem viajar — acrescentou Ruth.

— Não sei como ele veio! — disse Joan, impaciente. — Mas estou dizendo: ele está aqui!

— Você tem certeza? — perguntou Aaron. — Tem certeza de que era ele?

— Ele pegou o colar — disse Joan.

Aaron olhou para o pescoço nu de Joan e empalideceu:

— Por que ele faria isso?

Joan podia imaginar o porquê. Às vezes parecia que ela conhecia Nick tão bem quanto a si mesma. Ele usaria o colar para invadir a Corte Monstro. Para pegar o mesmo dispositivo que estavam procurando. Ele mudaria a linha do tempo.

Aaron havia dito isso na noite anterior. *"O herói humano é o fim dos tempos para monstros."*

— Você nos contou o mito — Joan disse a ele. — Disse que, no fim dos tempos, o herói mata o ancestral de todos os monstros.

O plano de Nick era tão claro para Joan como se ele mesmo houvesse lhe contado. Ele usaria o dispositivo para mudar a linha do tempo. Mataria aquele monstro ancestral. E, quando o fizesse, nenhum outro monstro nasceria. Todos seriam eliminados daquela linha do tempo. O propósito de Nick como herói seria alcançado.

Aaron não disse nada, mas Joan já havia visto aquela expressão em seu rosto. No labirinto, quando ele olhara para baixo e vira o símbolo do herói na parte de trás do pescoço do homem.

— Não.

Ruth balançou a cabeça.

Ela não queria acreditar que fosse verdade. Joan conhecia bem a sensação.

— A vó me falou sobre o herói naquela noite — disse. — Ruth, ela sabia sobre ele. Estava esperando por ele, mas... — Ela se lembrou do que a avó dissera. *"Eu deveria ter tido muito mais tempo para te preparar. Pensei que lutaria ao seu lado."* — Acho que ele atacou na época errada. Ela não estava preparada para ele. Tentou me contar mais, mas estava muito fraca. Ela me deu o colar. E agora Nick está com ele. Precisamos impedi-lo. Precisamos.

— Mas o que é que podemos fazer? — perguntou Aaron. — Se ele pode viajar, provavelmente já foi embora desta época.

— Nós sabemos para onde ele está indo — disse Joan. — Sabemos o que ele quer. Só precisamos chegar lá primeiro.

— A Corte Monstro. — Aaron soprou as palavras como uma prece apavorada. Ele olhou para fora das janelas. As duas do centro estavam abertas, intercalando faixas de céu branco com o azul dançante do vitral. — Preste atenção... Se você estiver certa, então todos os monstros correm perigo. Precisamos confiar na Corte para impedi-lo. Acho que é hora de solicitar uma audiência.

— Deixa de ser trouxa — cuspiu Ruth. — Sei que você é um Oliver e seus instintos são de sair por aí puxando saco a torto e a direito, mas a Corte não é confiável. Seus guardas estão caçando sobreviventes do massacre. E você sabe tão bem quanto eu que apenas a Corte pode ter alterado os registros das famílias para encobrir o que o herói fez.

Aaron estreitou os olhos ao ouvir "puxando saco", mas depois começou a franzir a testa.

— Não faz sentido.

— Não é óbvio? — disse Ruth. — O herói é a prova das limitações do poder do Rei, uma falha em seu controle soberano sobre a linha do tempo. Se o Rei pudesse ter impedido o herói, ele o teria feito. Em vez disso, apenas encobriu seus rastros. Que tal esta blasfêmia?

Quando o rosto de Aaron perdeu a cor, Joan teve uma estranha sensação de quase saber algo. Como uma palavra na ponta da língua, um sonho do qual não conseguia se lembrar direito.

— Não — disse ela. — O Rei criou esta linha do tempo. Ele usou algo para mudar a original.

Era verdade. Ela não compreendia por que tinha tanta certeza daquilo, mas tinha.

E, ao mesmo tempo, sentiu-se incomodada. Por que a Corte *estava* escondendo as ações de Nick? E, se sabiam sobre ele, por que não o impediam?

— Temos que fazer alguma coisa — disse. — Eu sei que tem coisas que não entendemos nessa história toda, mas, se Nick chegar à Corte primeiro, se ele mudar esta linha do tempo, será o fim de todos nós.

— Joan... — Aaron parecia desamparado.

— Não. Não.

Ela não queria falar sobre nada além de um plano. Porque, Nick à parte, tinham que ir à Corte Monstro. Ela *precisava* daquele dispositivo. Era a única forma de trazer a avó, tia Ada, tio Gus e Bertie de volta. Precisava desfazer o que Nick fizera.

— Não temos como chegar lá antes dele — disse Aaron. — Não temos como chegar lá e ponto final. A Corte fica fora do tempo. É inacessível. Nick pegou nossa única forma de entrar. O colar.

— Deve existir outro jeito.

— Não existe — disse Ruth.

— Tem que existir.

Joan insistiu. Precisava *pensar*. Em vez disso, ela se pegou lembrando em vão de como Nick tinha puxado o colar para fora de sua blusa. Como olhara para ela. Tentou acalmar a respiração; não queria chorar de novo. Ela se lembrou de como os dedos de Nick rasparam contra a garganta dela enquanto soltavam o fecho.

O colar... Uma vaga memória lhe veio à mente. Ying Liu não havia sido a primeira pessoa interessada nele. Outra pessoa havia perguntado sobre ele antes.

— A primeira vez que eu entrei no mercado ontem — disse ela, devagar —, alguém me ofereceu dinheiro pelo colar da minha vó.

— E daí? — perguntou Aaron. — Esses mercadores compram e vendem todo tipo de lixo.

— Mas não era lixo, né? Era uma chave para a Corte Monstro. — Joan se lembrou do brilho de interesse nos olhos do homem. *"Vamos"*, dissera ele. *"Fale seu preço."* — Se ele compra coisas assim, talvez venda coisas assim também.

— Se vende, então ele está envolvido com coisas perigosas, e deveríamos ficar longe dele — disse Aaron.

— Mas se existe uma mínima chance...

— Joan. — Aaron soava desamparado e assustado. — O poder do Rei é absoluto. Não dá para simplesmente...

Ele balançou a cabeça. Aaron pensava que o termo "verdadeira linha do tempo" era blasfêmia. Joan não conseguia imaginar como ele deveria estar se sentindo com a ideia de ir ainda mais diretamente contra o Rei.

— Você não precisa fazer isso — disse ela. Aaron não precisava fazer parte de nada daquilo, na verdade. — Eu mesma desço e encontro a banca dele.

Quando andou até a porta, porém, Ruth e Aaron a seguiram.

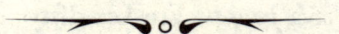

Joan abriu caminho entre o fluxo do mercado. Os Guardas da Corte que haviam feito a batida antes não estavam mais ali, mas deixaram para trás uma atmosfera de desagrado e medo. Uma das mercadoras estava chorando quando Joan passou. O homem que antes estivera ao seu lado na banca não estava em lugar algum.

— O que você lembra sobre esse cara? — Aaron perguntou a Joan enquanto passavam pelo que agora ela reconhecia ser a seção do século XXI do mercado.

Havia roupas ali que poderiam ter saído de seu próprio guarda-roupa em casa.

— Acho que era um Hathaway — respondeu.

Ele tinha aquele porte musculoso.

Aaron torceu o nariz.

— Você não gosta deles? — perguntou Joan.

Ele estivera incomodado com os Hathaway barulhentos na estalagem.

— São um bando de criminosos.

O homem não estava em sua banca e não havia nada sobre a mesa. Joan pensou na mulher chorando de antes. Ela se virou para a mercadora da banca ao lado, uma senhora com cabelo grisalho Chanel e rosto jovem.

— Com licença — disse Joan. — Ontem havia um homem vendendo celulares aqui.

Ela hesitou, sem saber como perguntar se ele fora levado pela guarda.

Para seu alívio, a senhora apontou para o fundo do mercado.

— Lá atrás.

A parte de trás do mercado era suja e gelada. Não parecia estar associada a uma época específica. Algumas bancas vendiam enguias frescas e peixe no gelo. Outras estavam vazias.

Homens e mulheres musculosos observavam Joan passar. Todos Hathaways, pensou. Havia animais com eles. Cães, principalmente, mas ela também viu alguns gatos e um bicho que se parecia mais com uma raposa do que com um cão.

— Nunca vi um cachorro assim — sussurrou ela para Ruth.

A prima se virou para olhar.

— Não é desta época.

— Podemos levar animais conosco quando viajamos?

— Podemos levar pequenos objetos — disse Aaron. O que fazia sentido, já que haviam chegado com roupas naquela época. — Só os Hathaway podem saltar com animais. A maioria deles viaja com um familiar.

— Um familiar. — Era uma palavra que Joan associava a bruxas. — Um pet, você diz?

— Isso, um pet. O poder mais inútil de Londres. — O tom dele era de desprezo, mas a ofensa foi proferida baixinho, como se não ousasse insultar os Hathaway em voz alta.

O homem que comprara o celular de Joan estava no fundo do mercado, onde o estabelecimento terminava com uma parede de tijolos escurecidos pela fumaça. Dali, só se via as cortinas da parte de trás das bancas. Caixas de papelão estavam jogadas pelos cantos, descartadas. O ar cheirava a repolho velho e peixe.

O homem estava sentado ao lado de uma mesinha de ferro e dormia com o rosto amassado contra a parede suja de tijolinhos. Uma buldogue minúscula roncava aos seus pés. Ele deveria ter pouco mais de 20 anos e ombros largos e fortes. Todo espalhado, mal cabia na cadeira dobrável.

— *Ele?* — grunhiu Ruth. — Não me diga que *Tom Hathaway* é o seu contato.

Os braços do homem estavam dobrados. Havia uma tatuagem em torno de um dos bíceps imensos. Linhas curvas formavam um cachorro de duas cabeças, uma rosnando para a outra.

— Você o conhece?

Ruth torceu o nariz.

— Todo mundo no Mercado Ravencroft conhece Tom Hathaway. Era um Guarda da Corte. Foi demitido. Agora é um bêbado acabado que compra e vende celulares.

— Fantástico — disse Aaron.

Joan se aproximou.

— Tom? — chamou. O homem e o cachorro continuaram dormindo. — Tom Hathaway? — disse ela, mais alto.

O homem fungou e se mexeu.

— Uhn?

— Podemos conversar com você?

— Uhn? — Ele estalou os lábios, mas não abriu os olhos. — Me arruma uma bebida, meu bem?

Ruth olhou para Joan, que mexeu os lábios em um *"bebida de onde?"* silencioso. Aaron revirou os olhos, abaixou-se e pegou uma garrafa de cerveja pela metade debaixo da mesa de Tom. Ele a colocou na frente do homem.

Os olhos de Tom se abriram com o som. Ele se adiantou, desengonçado, para a garrafa, e engoliu o restante da cerveja em um único grande gole.

— Tom? — disse Joan. — Queremos comprar algo de você.

— Me arruma uma bebida, meu bem.

— Eu acho que ele quebrou — disse Aaron, seco. — Quando você puxa a cordinha, ele só diz uma frase.

— Acho que ele precisa de um café — disse Joan.

A buldogue estava acordada agora, cheirando os sapatos de Joan. Ela se abaixou para fazer carinho em sua cabeça macia. Era pequena para um buldogue, mas visivelmente bem-cuidada, com os pelos sedosos e brilhantes e o porte forte. Mais bem-cuidada do que o próprio Tom, que tinha o nariz torto de um boxeador e mal estava consciente no começo da tarde.

— Tom, você se lembra de mim? — perguntou Joan. — Você fez uma oferta pelo meu colar.

Tom a fitou por entre as pálpebras semicerradas. Notou seu pescoço nu.

— Você o vendeu para outra pessoa?

— Não exatamente. Sabe onde consigo um igual?

Aaron voltou de algum lugar trazendo água num copo de papel. Tom o pegou depressa e bebeu. Então fez uma careta.

— Eca, que coisa é essa? — reclamou.

Ofereceu o resto da água à cachorra, que latiu e se ergueu com dificuldade. Tom inclinou o copo para que ela pudesse beber.

— Aquele colar... — recomeçou Joan.

— Olha — interrompeu Tom. — Você quer comprar um celular?

Joan piscou, confusa.

— Não.

— Quer vender um celular?

— Não.

— Então suma da minha frente.

— Mas o colar...

— Eu sei o que era. Vi um na Corte uma vez. Mas você não vai encontrar outro na merda de um mercado.

Joan ficou desanimada. Ela tivera esperanças de que Tom havia reconhecido o colar porque havia visto outros iguais por ali. Mas parecia que fora apenas por seu passado na Corte.

Aaron também percebeu.

— Ele é só um oportunista — disse a Joan. A expressão sonolenta de Tom não reagiu. Aaron clarificou, desdenhoso: — Você tirou proveito da situação. Ofereceu para comprá-lo na expectativa de que ela não soubesse o que era.

Tom deu de ombros.

— Pois é.

— Vamos embora — Aaron disse a Joan de novo.

Com as mãos no bolso como um homem de negócios que inspeciona suas propriedades, ele estivera analisando Tom e a cachorra. E então se virou para partir.

Joan pôs a mão em torno de seu braço.

— Espere — disse. — Espere.

Eles não podiam simplesmente ir embora. As *vidas* de suas famílias estavam em jogo. De todos os monstros. As próprias, inclusive. *Precisavam* entrar na Corte.

— Minha prima disse que você foi um Guarda da Corte — disse a Tom.

— E daí? — interrompeu Aaron. — Ela também falou que ele foi demitido. — Ele olhou com desdém para Tom e as garrafas vazias de cerveja tilintando debaixo de sua mesa. — Por que será?

— Precisamos de um jeito de entrar — Joan disse a Tom.

Pelo susto de Ruth e o olhar alarmado de Aaron, ela percebeu que não deveria ter dito aquilo de forma tão descuidada. Mas continuava imaginando que Nick já estivesse lá. Não podiam deixá-lo conseguir o dispositivo.

O rosto de Tom continuava sonolento. A apreensão de Ruth e Aaron não o atingira.

— Quer que eu os coloque dentro da Corte Monstro? — perguntou ele.

— Consegue fazer isso?

— Por que vocês querem entrar lá?

— Não é da sua conta — interveio Aaron.

Tom se voltou para ele:

— Você é um Oliver, não é?

Ele não respondeu.

Tom coçou o queixo.

— Consigo identificar um Oliver em qualquer lugar. O nariz empinado como se vocês não suportassem o cheiro do restante de nós.

— Você consegue nos colocar lá dentro ou não? — perguntou Joan.

Tom fechou os olhos.

— Não — disse, curto e direto.

— Que descoberta excelente — Aaron disse a Joan. Ele não se deu ao trabalho de abaixar a voz. — Sério, de qualidade.

Mas Joan ainda não estava pronta para desistir. Ela achava que estava conseguindo compreender Tom.

— Você ainda não escutou o que ganhará com isso — disse a ele.

— Joan — disse Aaron. — Só... vamos.

Ela o ignorou e esperou Tom abrir os olhos.

— Nós vamos roubar da Corte.

— *Joan!* — disse Ruth, e Aaron soltou um palavrão.

— Você não está nem aí para nada, né? Que inferno — disse ele.

Então os olhos de Tom se abriram de verdade, e um brilho de interesse se acendeu neles. Joan ficou aliviada. Havia interpretado certo. E Aaron também. Tom era um oportunista.

— Você quer entrar? — perguntou Joan.

— Ah, me poupe — reclamou Aaron.

— *Você* não é uma Oliver — Tom disse devagar para Joan.

— Somos Hunts — disse Ruth.

— Hunts.

Ele apoiou a cabeça de volta na parede e ficou visivelmente relaxado. Parecia intrigado. Era o oposto de como a maioria das pessoas no mundo monstro reagia ao nome. Tom pegou um sanduíche meio-comido de baixo da mesa que a cachorra de alguma forma não havia descoberto. Para o nojo visível de Aaron, Tom deu uma grande mordida.

— O que ladrões estão fazendo com um Oliver? — perguntou ele de boca cheia.

— Ele está em dívida com ela — explicou Ruth. — Ela salvou a vida dele.

Tom deu outra mordida.

— E ela vai fazê-lo roubar da Corte? — Seus olhos sonolentos se iluminaram. — Fazer um Oliver quebrar os votos com o Rei... Acho que é verdade o que dizem, não é? — ele disse a Aaron, com a boca ainda cheia. — Nunca se endivide com um Hunt. Eles vão te ferrar bonito.

— Que conselho adorável — retrucou Aaron.

Tom apoiou as costas na parede e continuou mastigando. Ele parecia estar se divertindo com a inquietação de Aaron.

— Ouvi dizer que Hunts podem roubar qualquer coisa de qualquer um.

Joan assentiu.

— Aposto que existiam coisas na Corte que você queria quando trabalhava lá.

Ele provavelmente também estava bem irritado por ter sido demitido. Terminou o sanduíche com calma e, por fim, disse:

— Talvez eu esteja interessado.

— É sério? — disse Joan, e soltou o ar, aliviada.

Tom pareceu se decidir e esticou uma mão grande para Joan.

— É.

— Então tá. — Joan apertou sua mão. Era quase o dobro do tamanho da dela. — Então tá.

— Por que você está chacoalhando a mão dele como se tivessem feito um acordo? — Aaron disse a ela, incrédulo. — Vocês não fecharam acordo nenhum! Sequer combinaram um preço!

— Ah, não se preocupe, meu raio de sol — Tom disse a ele. — Eu vou abrir a porta grande. Se vocês abrirem as outras, estaremos quites.

— Ah, entendi — disse Aaron em voz baixa. — As Hunt roubarão o que quiserem. Você roubará o que quiser. E eu só continuarei a viver minha vida da melhor forma possível.

— Estejam prontos em duas noites — disse Tom.

— Duas noites? — perguntou Joan.

Tivera pressa durante toda a conversa; sua única preocupação era chegar à Corte antes de Nick. Agora, porém, sentia uma onda de desconforto.

— É quando o portão se abrirá.

— O portão?

Tom assentiu.

— Haverá um baile na Corte. Sorte de vocês, né? A última vez que o portão se abriu foi séculos atrás. E não abrirá novamente por mais uma centena de anos. É como se estivesse se abrindo só para vocês.

— Sorte nossa — Joan se ouviu dizer.

Mas tudo o que conseguia pensar era em como ela e Aaron sequer deveriam estar naquela época, e voltaram mais do que pretendiam. *Sorte.* Não parecia sorte.

Com aquele novo sentido monstro no fundo da mente, Joan pôde perceber a linha do tempo se agitar, como quando observara aqueles envelopes caírem.

E não saberia dizer por quê, mas o desconforto se tornou um presságio.

De volta ao flat, Aaron estava furioso.

— Não vamos fazer isso! — disse ele. Haviam deixado Tom no mercado, já meio adormecido de novo. — É ridículo. Isso *não é* um plano!

— Bom, ainda não — disse Ruth. — Mas acho que ele pode nos colocar lá dentro. Ele *era* um Guarda da Corte. E, se temos como entrar, temos o *começo* de um plano.

— Estávamos olhando para o mesmo homem? Ele mal conseguia manter a cabeça erguida! — A voz de Aaron tremia. — Você tem a mínima ideia do que a Corte vai fazer conosco se nos pegarem? E, se dependermos daquele idiota, eles *vão* nos pegar.

— Tomaremos cuidado — disse Joan.

— Olha — Ruth disse a Aaron —, se estivermos errados sobre Tom, se formos pegos no portão, seremos presos. E daí? É só inventarmos uma desculpa sobre querer invadir para participar da festa.

— Presos? Você já conheceu alguém da Corte? Já ficou cara a cara com um membro da *Curia Monstrorum*?

— Não — admitiu Ruth. — Mas já vi Guardas da Corte.

Aaron olhou para ela com a expressão fria que Joan já conhecia.

— Um deles veio atrás do meu primo uma vez.

— Você viu um membro da Corte Monstro? Mesmo? — Ruth soava descrente. — Um da *Curia Monstrorum*? Quem?

— Conrad. — Em seguida, ele respondeu à pergunta estampada no rosto de Joan: — Nós o chamamos de Executor do Rei. É a autoridade real nesta época, responsável por executar a lei dois séculos à frente e três atrás.

— Como um policial?

O rosto de Aaron se contorceu em uma careta.

— Não, não é como um policial.

— *Conrad* foi até vocês, então. Pessoalmente? — perguntou Ruth, como se ainda duvidasse.

Por um momento, pareceu que Aaron pararia por ali, mas então ele cerrou os dentes e continuou:

— Eu estava lá. Estava na escola com meu primo Kit quando Conrad chegou.

Joan olhou de relance para Ruth. Sua postura continuava cética, mas Joan conseguia ver que ela queria saber mais.

— Dizem que Conrad já foi um Nightingale. Quando ascendeu à Corte, renegou todas as conexões com a família. Ele é leal apenas ao Rei agora. Mas ainda tem o poder dos Nightingale. Ele pode roubar vida de monstros. — Seu tom estava se tornando mais submisso. — E... dizem que ele pode fazer outras coisas. Dizem que pode forçar pessoas a viajar com ele.

— Ele forçou seu primo a viajar? — perguntou Joan.

Aaron pareceu não a escutar. Sua atenção estava em algo dentro da própria mente.

— Kit e eu estávamos voltando a pé para o dormitório. Quando viramos o corredor, Conrad esperava por nós.

Aaron passou uma mão na boca.

— Ele nos mandou segui-lo para fora e nos levou para a lagoa perto do campo de futebol. Quer dizer, chamavam de lagoa, mas estava mais para um lago. Eu não descia muito lá. Diziam que era assombrado. — A boca dele se contorceu. — Conrad simplesmente ficou parado lá, olhando para nós. Então disse: *"Vocês sabem por que eu estou aqui?"* Ele estava tão calmo, como se não fosse nada. *"Alguém tem roubado tempo nesta escola. Alunos que estudam aqui têm 18% mais chance de morrer antes de completar 75 anos, em comparação à população geral."* Ele disse que um dia aquela anomalia chamaria atenção das autoridades humanas. Disse que o Rei não permitia erros assim.

— O que ele fez? — perguntou Joan num sussurro.

— Ele só... — As mãos de Aaron se fecharam com força. — Ele me disse para voltar ao dormitório. Eu fui. Fiquei acordado a noite toda, mas Kit não apareceu. No fim, a polícia dragou a lagoa procurando por ele. Porque, sabem... — A voz dele finalmente falhou. — Sabem, lá nos anos 60 encontraram o corpo de um menino naquela lagoa. Pensaram que talvez algo assim tivesse acontecido de novo.

— Ah — disse Ruth, suave.

As mãos de Aaron se abriram e se fecharam novamente.

— A gente deve ter ouvido aquelas histórias idiotas de fantasma uma centena de vezes.

— Você simplesmente voltou para o dormitório? — explodiu Joan. — Não tentou ajudar seu primo nem nada?

A raiva inflamou o rosto de Aaron.

— O que *você* sabe sobre ir contra a Corte?

Havia uma secura horrível em sua voz. Um tom que Joan não compreendia muito bem.

— Tá bom — disse Ruth, aplacando os ânimos. — Tá bom.

— Merda. — Aaron apertou os dedos nas têmporas. — Não vai dar. Não temos um plano. Não somos treinados para lutar. Não temos nada.

— Nós vamos pensar num plano — disse Joan.

— Nós nem sabemos o que estamos procurando! Não fazemos ideia de como é o dispositivo! Não sabemos onde está! Não saberíamos nem se o víssemos!

— Tem razão — disse Joan. — Tá bom, você tem razão. Está certo.

E estava mesmo. Eles não poderiam montar um plano sabendo tão pouco. Precisavam de mais informações.

Joan sabia o que devia fazer.

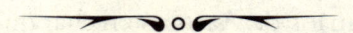

O estalajadeiro estava sozinho quando Joan chegou. Era tarde. Ela deixara Aaron e Ruth dormindo no flat. Apenas as luzes do salão principal continuavam acesas. O vitral estava opaco sem a luz do dia. O caldeirão de ensopado borbulhava suavemente sobre o fogo lento.

— Fiquei me perguntando quando você voltaria — disse o estalajadeiro.

Ele estava ao lado da lareira, lendo um livro. Quando Joan se aproximou, viu que era numa língua com alfabeto não romano.

— Você a encontrou?

Ele enfiou a mão no bolso e tirou de lá um pedaço de papel dobrado, mas não o entregou a ela.

— Dorothy Hunt não é uma boa pessoa. Não sei o que você quer com ela, mas posso dar um conselho? Jogue isso no fogo.

Joan esticou a mão para pegar o papel.

Sem o celular, Joan precisou perguntar o caminho na rua, depois de novo, apenas para chegar a Soho. Quando encontrou o endereço, a noite estava fria e escura.

Ela ficou do lado de fora, na porta, sentindo uma onda de *déjà-vu*. Aaron não estava com ela daquela vez, mas havia uma placa ao lado de uma porta preta: uma serpente marinha enrolada em um barco a vela. Era um lugar monstro.

A porta abria para um pequeno corredor escuro com luzes fracas no chão que lembravam as fileiras de um avião. Ao final, havia uma sala um pouco mais larga que o corredor, iluminada por candelabros dourados com luzes do tom de velas. Um balcão reluzente de bar corria por toda a sua extensão.

Joan ficou à porta, paralisada. Lá estava ela. Sua avó. Sentada sozinha no bar, bebendo. Não deveria ter mais do que 25 anos, arrumada para a década de 90 com botas pretas na altura do tornozelo e um leve vestido da mesma cor com gola Peter Pan.

Joan esperava encontrá-la ainda jovem, mas não tanto, e lembrou-se de novo que monstros viajavam no tempo. Então imaginou, de repente, como seria viver alguns meses naquele ano, depois em outro. Saltando para trás e para frente pelas décadas conforme desejava. Ficou se perguntando se algum dia conseguiria compreender tudo aquilo.

Era uma jovem bonita, uma beleza diferente da de sua velhice. Os ossos da maçã do rosto se destacavam. Ela tinha o cabelo de Ruth: cachos negros e lustrosos. Os olhos tinham o mesmo verde luminoso da época de Joan.

E ela estava viva. Viva e ali.

— Como eu odeio essa merda dessa música — disse a avó ao barman, em tom de conversa.

Era *Wind Beneath my Wings*. Ela e tia Ada haviam tido uma discussão por causa dela certa vez. Estavam no funeral de um parente distante da avó. *"Você nem conhece essa música"*, bufara tia Ada. *"Reconheço coisa ruim quando escuto"*, bufara ela em resposta.

O barman ergueu o rosto e viu Joan.

— Fora! Não permitimos crianças aqui.

— Só quero conversar — respondeu. — Com ela. Só quero conversar com Do... Dorothy.

Ela engasgou no nome da avó, sem o costume de dizê-lo.

— Não vou te vender nada — disse o barman.

— Não vou comprar nada. Cinco minutos, por favor.

Ele olhou para a avó, que assentiu de leve.

— Cinco minutos. Contados no relógio.

Joan respirou fundo e se sentou no banco de bar ao lado da avó. Não sabia como começar. A avó ergueu o copo e Joan reparou que o dedo anelar estava nu. Nunca a vira sem a aliança de rubi antes.

— Não te conheço — disse a avó com uma impaciência áspera. — O que você quer?

— Sou sua neta — disse Joan, depressa.

— Neta? — perguntou a avó, mas seu olhar severo se voltou para ela e lá ficou.

— É que eu puxei mais o lado do meu pai.

— Qual é o seu nome?

— Joan. Joan Chang-Hunt.

— Chang. Não é um nome monstro. — A avó deu um gole na bebida. — Então Maureen está se metendo com humanos. Cruzes.

Joan estava chocada. A avó nunca lhe falara nada assim antes. Ela sempre se dera tão bem com seu pai.

— Você tem algo a dizer para mim — disse a avó. — É por isso que está aqui.

E era dali que vinha a grosseria dela, percebeu Joan. A avó soubera do momento em que ela dissera "neta" que algo ruim estava por vir.

A memória da respiração agonizante da avó a atingiu como um raio. O subir e descer doloroso de seu peito debaixo das mãos de Joan.

— Só fale — disse a avó.

— Você... Dois dias atrás. Daqui a 30 anos. Você... você foi morta. — A voz de Joan tremeu. — O herói humano não é apenas um mito, vó. Ele é real. Ele veio e matou nossa família. Ele matou... Meu Deus do céu, ele matou *tanta* gente.

Um pouco da aspereza deixou o rosto da avó ao ouvi-la. Joan continuava esperando que os eventos se desfizessem enquanto detalhava o local e a hora. Mas, assim como na agência dos correios, ela conseguia sentir a linha do tempo resistindo.

— Você acredita em mim? — perguntou.

"Por favor, acredite em mim."

— Acredito — disse a avó, e Joan sentiu o peito relaxar.

Estivera mais tensa do que imaginara. A avó chamou o barman para lhe servir mais um drinque.

Joan esperou que ele partisse novamente, então abaixou a voz:

— Pouco antes de morrer, você me deu um colar. Uma chave para a Corte Monstro. Acho que você queria que eu encontrasse o dispositivo que o Rei usou uma vez para mudar a linha do tempo. Para impedir o massacre e salvar nossa família. Mas não sei como encontrá-lo, vó.

— O *transformatio*? Isso é um mito.

— Muitos mitos parecem estar se revelando verdade nos últimos dias.

A boca da avó se voltou para baixo. Ela sempre fazia isso quando estava pensando. Quando sentia raiva, costumava parecer interessada. Ao olhar para um alvo, seu rosto ficava inexpressivo.

— Sempre ouvi dizer que o Rei guarda seus tesouros no Arquivo Real — disse a avó.

Ela inclinou a cabeça e um truque de iluminação fez seus familiares olhos verdes parecerem frios, quase gelados.

Joan não esperava que a avó fosse se abrir tanto. Sua versão mais velha era muito mais reservada. Ela teria feito várias perguntas antes de lhe dizer qualquer coisa. Talvez a cautela tivesse chegado com a velhice.

— E eu te contei mais alguma coisa? Joan, não é?

Ela começou a balançar a cabeça e então percebeu que havia *sim* algo mais. Não estivera omitindo de propósito. Havia simplesmente arquivado a informação e evitado pensar naquilo.

Joan manteve um olho no barman e sussurrou à avó o mesmo que ela lhe havia sussurrado:

— Pouco antes de morrer, você me disse que em algum dia próximo eu manifestaria um poder. Não o da família Hunt, outro. Foi a última coisa que você disse. E me falou para não confiar essa informação a ninguém. E eu não contei nada, juro. Você é única para quem contei.

O rosto da avó ficou inexpressivo.

— Um poder? — Ela olhou para cima e Joan percebeu, assustada, que o barman estava a poucos passos delas. Não estivera lá um segundo atrás. Estivera secando copos do outro lado do balcão. — Que tipo de poder?

— Eu... eu não sei — sussurrou Joan. — Ainda não vi nenhum sinal dele.

— Hum... — murmurou a avó.

Sua expressão era ainda neutra. Ela fez dois gestos com o indicador, como se estivesse arranhando algo. Era um dos sinais da família, o sinal para ir buscar alguém. Mas quem? Era normalmente acompanhado de um sinal de nome. Três dedos para cima, Ruth. Polegar e indicador cruzados, tia Ada. Indicador e polegar formando um J, Joan.

Quem ela queria que Joan fosse buscar?

A avó fez o sinal de nome com a mão esquerda, mas não um que Joan houvesse visto antes. Sua mão estava curvada e o polegar, dobrado de um jeito diferente. C? G?

Foi só quando o barman colocou o pano sobre o balcão e disse "Com licença" que Joan percebeu que o sinal não fora para ela. A avó não percebera que ela havia compreendido. Parecia não saber que um dia o ensinaria a Joan.

Os olhos verdes da avó estavam estreitos e cheios de especulação agora. Olhava para Joan como se ela fosse valiosa. Mas não como uma pessoa, e sim como algo que poderia ser vendido por um ótimo preço. *"Você não pode confiar em ninguém. Ninguém pode saber sobre ele"*, dissera a avó. Joan sentiu um aperto dolorido no peito.

— Tem um banheiro por ali? — Joan apontou para a direção errada, mais para dentro do bar, esperando que fosse menos suspeito. Ela sabia que o banheiro era perto da porta de entrada, passara por lá ao chegar.

— Lá atrás, por onde você veio — respondeu a avó.

"Se precisar fugir, sempre faça parecer que vai voltar." A avó lhe ensinara.

— Você não vai embora, vai? — disse Joan. — Estará aqui quando eu voltar?

— Não terminei meu drinque, terminei?

Joan se forçou a enrolar, mesmo que tudo o que quisesse fosse sair daquele salão e se afastar daquela versão da avó que não era a avó. Que a olhara como se não fosse nada. Que pedira ao barman para buscar alguém.

Ela se virou devagar. Virar as costas para a avó fez seus pelos se arrepiarem. Andou até o final do corredor e continuou pela curva. Passou os banheiros, abriu a porta para a rua e então correu.

Ela olhou para trás uma única vez, quando chegou ao final da rua. O barman estava à porta, olhando para ela. Joan correu mais depressa e não olhou mais para trás.

A avó a avisara que não poderia confiar em ninguém. Só não ocorrera a Joan que isso valeria para ela mesma.

Enquanto corria, começou a chorar como não fazia desde que a avó morrera. Uma parte de si ainda acreditara que tudo se resolveria quando encontrasse a avó de novo. Acreditara que a avó assumiria a liderança e impediria Nick.

Porém, a mulher que deixara para trás não era sua avó.

A avó de Joan estava morta. Morta de verdade. Tinha morrido 2 dias antes, e Joan não conseguira impedir.

Quando Joan chegou, Aaron estava acordado e sentado do lado de fora do flat, olhando para o mercado vazio lá embaixo. Era muito tarde. As mesas estavam cobertas com lonas; as barracas de comida, fechadas.

— Onde você foi? — sussurrou ele para Joan.

— Descobri o que precisamos saber. Os tesouros do Rei são mantidos em um lugar chamado Arquivo Real. O dispositivo se chama *transformatio*. Precisamos incluir isso em nossa pesquisa, descobrir se há alguma descrição física nos mitos.

Joan esperou que Aaron insistisse. *"É perigoso demais. Mesmo que seja possível entrar na Corte, como vamos invadir o Arquivo?"*

Mas a testa dele estava franzida de uma forma diferente agora.

— Onde você foi? — repetiu ele, mais suave. — Joan, está tudo bem?

— É claro que estou bem. — Ela ficou aliviada pelo escuro não permitir que ele visse seu rosto. — Vamos — disse ela, e esticou a mão para ajudá-lo a se levantar. — Temos muito o que fazer.

E, dentro de 2 dias, eles salvariam suas famílias. Salvariam todos.

QUINZE

Duas noites depois, Joan andava de um lado para o outro no flat acima do mercado enquanto esperava Aaron e Ruth terminarem de se arrumar. Aaron havia escolhido as roupas de todos: um vestido prateado para Ruth e um longo verde-floresta para Joan, com as costas abertas. O tecido pesado farfalhava contra as pernas dela quando andava.

Com as mãos nos bolsos, Aaron apareceu primeiro de trás da estante de livros que dividia os cômodos. Um jovem James Bond. O terno era do mesmo cinza pálido que seus olhos. Joan tentou não ficar encarando. Ele sempre atraía o olhar de estranhos, mas o traje sofisticado o deixara estonteante. Era difícil desviar os olhos. *"Ele não se encaixa aqui"*, pensou Joan, não pela primeira vez. Pertencia a uma mansão glamorosa, não àquele pequeno flat sobre um mercado.

— Nervosa? — perguntou ele, e Joan percebeu, com uma sensação estranha, que também estava sendo observada, que o olhar dele a procurara assim que entrara na sala.

Ela se esforçou para parar de ficar andando de lá para cá. A luz dourada do pôr do sol tingia os vitrais e fazia o cômodo todo brilhar como uma lareira queimando lentamente. Joan *estava* nervosa.

— Aham — admitiu, e então se perguntou quando foi que começara a confiar em Aaron o suficiente para se abrir assim com ele. — Parece tão perto. Como se talvez tenhamos nossas famílias de volta hoje mesmo.

— Talvez.

Ele continuou a olhá-la nos olhos. Por um momento, Joan pensou que falaria mais alguma coisa, mas ele pareceu mudar de ideia: pegou duas sacolas que estavam ao lado da estante e as trouxe para mais perto.

— Mais roupas? — perguntou Joan.

— Só uns toques finais — disse Aaron, e puxou uma caixa de veludo azul-marinho. Dentro dela, havia um longo colar de pérolas, trançado ao centro com diamantes. Joan olhou surpresa para ele. — Verossimilhança. Me permite?

Será que aquelas pérolas eram reais? Os diamantes? Claro que não. Verossimilhança.

Joan se virou. Sentiu mais do que ouviu ele se aproximar, como uma mudança na temperatura. Ela jogou o cabelo de lado por cima do ombro e inclinou a cabeça para baixo.

Para sua surpresa, ele deixou a parte pesada do colar cair sobre suas costas, em vez de na frente. Ela se arrepiou a cada pérola gelada que tocou sua pele, um balde de água fria. Logo se aqueceram, entretanto. Joan se virou e descobriu que Aaron estava mais próximo do que imaginara.

Ela pensou que ele se afastaria, mas continuou ali, dentro de seu espaço. Os olhos dele pareciam mais escuros do que alguns momentos antes. O coração de Joan se agitou de um jeito estranho.

— Então, que tal? — perguntou ela. Tentara soar casual, mas estavam tão próximos que sua voz soara inesperadamente íntima. — Será que conseguimos nos passar por gente importante?

Quando Aaron respondeu, soou tão íntimo quanto, sem sinal daquela arrogância de sempre:

— Você é importante. — Seus olhos cinzentos estavam sérios. — Eu sei que você quer sua família de volta, mas a sua vida importa também. — Joan abriu a boca para protestar, e ele balançou de leve a cabeça. — Só... *Por favor*, tenha cuidado hoje. A Corte é um lugar perigoso.

Joan sentiu uma fisgada de culpa. Havia arrastado Aaron até ali. Desde o começo, tudo o que ele queria era ser discreto, se esconder, ficar seguro.

— Você não precisa fazer isso — disse ela, tão séria quanto ele. — Você fica dizendo que está em débito comigo. Mas não está. Nós dois sabemos que essa dívida está paga. — Havia alguma palavra monstro para isso? — Você está livre. Eu te liberto.

— Joan... — Havia algo complicado em sua expressão, algo que Joan não conseguia decifrar. Ele suspirou, tirou uma caixa de sapatos da outra sacola e a entregou para Joan. Dentro dela, havia um par de sapatilhas pretas e macias. — Para o caso de precisarmos correr.

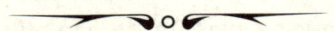

Eles tomaram um táxi até o Victoria Embankment. Tom dissera que os portões se abririam à meia-noite, perto do Palácio de Whitehall.

Joan ficara confusa. O Palácio de Whitehall fora destruído em um incêndio 300 anos antes.

— É só a localização — explicara Aaron. — É difícil acompanhar quais prédios ainda estão de pé em qual período. Se um monstro diz "Prisão de Newgate", está apenas se referindo ao local onde antes ficava a prisão.

Agora, enquanto andavam pela Horse Guards Avenue, Joan sentia um aperto no peito. Mesmo à luz do dia, havia algo de fantasmagórico nos prédios pálidos de Whitehall. Naquela noite, a sensação era de estar andando nas ruas dos mortos.

— Odeio atoleiros — disse Aaron conforme caminhavam. — Eles me deixam nervoso.

— Atoleiros são lugares de onde não é possível viajar — explicou Ruth a Joan. — Este aqui vai da Abadia de Westminster à Leicester Square. Não dá para chegar nem partir para lugar nenhum enquanto estiver aqui.

Eles haviam procurado antes por um espaço entre os prédios com vista para o Banqueting House, a única parte ainda de pé do Palácio de Whitehall. O lugar não era perfeito; apenas um corrimão os protegia da rua, mas, quando Joan se acomodou ao lado de Aaron, a escuridão os envolveu. Mais abaixo, grupos de turistas se amontavam em torno de oficiais montados no prédio da Horse Guards, mas o restante da rua estava silencioso.

Joan acompanhou o tempo pelas badaladas do Big Ben.

Dez da noite. Onze. A temperatura caiu.

Muito depois das onze, ainda não havia sinais de um portão ou dos convidados para o baile na Corte. A única parte quente no corpo de Joan era o braço que estava encostado no de Aaron. Ela não conseguia parar de tremer. Ele também devia estar com frio, porque havia um espaço sobrando ao longo do parapeito, mas Aaron não saiu do lado de Joan.

— Talvez Tom tenha errado a hora — sussurrou Joan.

— Talvez ele seja um bêbado idiota que não é mais um guarda há anos — Aaron sussurrou de volta.

Joan abriu a boca para responder, então parou.

Alguém surgia na direção da Charing Cross. Ela acotovelou Aaron. Ruth já estava olhando.

A lua estava quase cheia, mas oferecia pouca luz. Apenas a silhueta da pessoa era visível. Seu caminhar era intimidador, lento e flutuante. Joan prendeu a respiração.

Novos sons de passos fizeram com que todos se virassem mais uma vez, em direção ao Parlamento. Mais duas pessoas se aproximavam. Homens com cartolas vitorianas. E ainda mais gente da Horse Guards Avenue.

O Big Ben começou a soar. Era meia-noite.

Todos chegavam a pé. Algumas silhuetas eram familiares; outras, desconhecidas: roupas de um passado distante, ou do futuro. Monstros.

A respiração de Aaron estava acelerada agora. Ele parecia tão nervoso quanto Joan se sentia. No escuro, ela só conseguia ver seu rosto cinza pálido.

No último toque do Big Ben, o mundo pareceu parar. Os sons de Londres cessaram. Nenhum carro soou, nenhum ruído de água veio do Tâmisa. Nenhum inseto no ar. Joan esticou o pescoço para olhar os guardas montados. Estavam todos sentados em seus cavalos, imóveis como sempre. Apavorados? Ou congelados no tempo?

— Olha — soprou Aaron.

Ele apontou para a esquina da Horse Guards Avenue com Whitehall.

De início, Joan não soube ao certo se estava enxergando formas no nada, como ver desenhos nas nuvens. Porém, algo parecia mudar onde as duas ruas se encontravam. As sombras se transformavam como fumaça.

— O que é aquilo? — sussurrou Ruth.

Joan havia o visto antes, em pinturas históricas de Londres.

— É o portão — disse. — O portão do Palácio de Whitehall.

As sombras se solidificaram em um grande arco acima da Horse Guards Avenue. Era apenas o arco, sem as paredes do palácio, apenas seu esqueleto de tijolos nus. Joan olhou com atenção. Dentro do arco, as estrelas não se alinhavam com o céu de fora. Ali, a lua estava completamente cheia. E emoldurado como um quadro, surgiu o Palácio de Whitehall, belo e completo, antes do incêndio.

Uma figura apareceu, do lado errado do portão, e cruzou o arco. O tom de um homem soou, teatral e barítono:

— Bem-vindos à Corte Monstro.

Um murmúrio agitado percorreu a multidão. A rua à frente do arco estava cheia de pessoas agora, e outras chegavam. A atmosfera era de ansiedade em alguns pontos, seriedade em outros. Porém, acima de tudo, uma estranha tensão pairava. Joan conseguia sentir o porquê. Algum sexto sentido dentro dela, o sentido monstro, percebia a linha do tempo tentando reagir sem sucesso contra aquela besta antinatural. O Palácio de Whitehall fora de seu tempo.

— Nunca vi nada assim — sussurrou Ruth. — Sempre ouvi dizer que o Rei tem poder, mas ver isso ao vivo assim...

Joan analisou a multidão. Aaron parecia saber por quem ela procurava.

— Aqueles guardas não estão se mexendo. Se o herói está aqui, está congelado como os outros humanos. Tem algum tipo de suspensão sobre tudo menos monstros. Também nunca vi um poder como esse.

— Essa é a vantagem de que precisamos — Joan sussurrou de volta. — Se Nick não pode entrar, mesmo com a chave, *nós* vamos pegar o dispositivo, não ele. Então só precisaremos descobrir como usá-lo.

— Uma coisa de cada vez — disse Aaron. — Ainda não entramos.

Ele apontou para o portão, onde guardas conferiam a identidade das pessoas antes de permitir que entrassem.

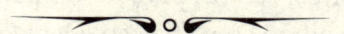

Tom lhes explicara como a identificação ao portão funcionaria:

— Haverá uma lista de convidados na entrada.

— E você pode nos colocar na lista? — perguntara Joan.

— Não — respondera Tom, como se fosse um pensamento ridículo. — Os guardas têm um livro de marcas pessoais. Essa é a lista. Os convidados encontram sua marca na lista e então carimbam o selo ao lado dela, para comprovar a identidade. Mas eu sei, é um fato, que o guarda que confere as marcas fica preguiçoso conforme a noite avança. Então só entrem tarde na fila e encontrem uma marca que se pareça com a sua.

— E se não encontrarmos uma marca parecida com a nossa? — perguntara Aaron.

— Aí vocês serão pegos — disse Tom. — Ele é preguiçoso, não idiota.

Aquilo era um problema. Joan não tinha um selo e os outros dois não poderiam deixar um registro de suas verdadeiras marcas no livro.

Tom os levara a uma marina onde barcos estreitos e balsas com a pintura descascando flutuavam na água turva. A pequena buldogue, Frankie, trotava atrás dele. Quando suas perninhas curtas tiveram dificuldades com os degraus do cais, Tom se inclinara e a carregara debaixo do braço.

— Os Hathaway vivem em canais e no rio — Ruth sussurrou para Joan. — Este é o território deles.

Homens e mulheres musculosos os observavam dos deques e de cadeiras ao longo do cais. Os barcos tinham um ar de casa, a maioria com reparos aparentes. Todos tinham o mesmo símbolo, pintado na cabine ou como uma rosa dos ventos: um cão de duas cabeças, rosnando, preto.

Havia animais de verdade por todo o lugar também, relaxando nos deques ou correndo entre as pernas de seus humanos: cachorros, pássaros, gatos.

Com Frankie ainda no colo, Tom descera em um barco ao final do cais. Reaparecera com uma bandeja cheia de selos, as criaturas todas sujas e opacas.

— Não me diga que você é um ladrão de túmulos — falara Aaron.

— Deixa de ser idiota — respondera Tom. — Vieram pelo rio. Tudo é varrido para as margens. Até selos monstros. — Ele esticou a bandeja. — Escolham.

Aaron fora o primeiro. Ele revirara os selos e descartara todos até encontrar uma sereia de bronze.

— Não é bem um disfarce — dissera Ruth.

— Sou claramente um Oliver — explicara Aaron. — Ninguém acreditaria em outra coisa.

Ruth escolhera depois. Um selo da família Patel: um cavalo branco cujo esmalte lascado permitia ver partes do bronze por baixo.

Joan pegara uma criatura que a lembrava as serpentes marinhas ao lado das portas monstro. *"Uma serpente dragonara"*, dissera Ruth. Joan o virara ao contrário. Um nome fora entalhado na parte debaixo: *"Lia Portelli."*

Joan apertava o selo com força enquanto esperava na fila. O portão arqueava atrás dos guardas e criava uma passagem escura entre aquele mundo e o próximo. Pelo vão, o Palácio de Whitehall, branco-osso como a Banqueting House, reluzia.

Aaron deu um passo até o guarda.

— Henry Oliver — disse.

O livro de marcas estava aberto sobre um pedestal como uma lista de convidados em um casamento.

O guarda virou as páginas com as luvas brancas. Joan viu carimbos de pássaros engaiolados por páginas e páginas, e então as sereias dos Oliver.

Aaron correu o dedo pela página enquanto mantinha uma mão no bolso como se estivesse entediado com o ritual. Então desceu o selo na almofada dourada de tinta e o carimbou ao lado de uma das marcas.

O guarda olhou para o livro. Joan prendeu a respiração. Agora, no momento crucial, o plano inteiro parecia estúpido. Dependia demais da análise ruim de um homem e na sorte, pois os carimbos precisavam parecer minimamente iguais.

— Noite agradável — comentou Aaron com o guarda.

— As datas dos dois lados foram escolhidas para a ocasião — explicou o guarda, e assentiu com a cabeça. — Bem-vindo à Corte Monstro.

Ele gesticulou para que Aaron passasse. Joan respirou aliviada.

Ruth foi chamada em seguida.

Então chegou a vez de Joan. Ela se colocou à frente do guarda. Ele vestia um uniforme azul-escuro com bordados dourados. De perto, Joan pôde ver que os botões haviam sido entalhados com leões alados. Ela vira a mesma criatura nas notas transparentes. E nos broches dos guardas no mercado. O símbolo da Corte Monstro.

O guarda era exatamente como Tom o descrevera: cabelo loiro e encaracolado debaixo do chapéu bordado, e olhos pesados já opacos de tédio.

Ele mal olhara para a marca de Ruth, mas a mão de Joan continuava tremendo quando a estendeu para o livro. Ela havia tentado memorizar os detalhes do selo de Lia Portelli: a serpente marinha, a textura exata das ondas ao seu redor. O número de folhas de oliveira na moldura circular.

O homem ergueu a mão para fazê-la parar.

— Por favor, aguarde. Estamos trocando a guarda agora.

— O quê? — sussurrou Joan.

Sua boca estava tão seca que o som mal saíra. *Você tem a mínima ideia do que a Corte vai fazer conosco se nos pegarem?*, dissera Aaron.

Do outro lado do portão, ele e Ruth aguardavam. Haviam visto o homem falar, mas aparentemente não haviam escutado as palavras. Quando o guarda preguiçoso se afastou, os olhos de Aaron se arregalaram em alarme.

O coração de Joan disparou quando a nova guarda caminhou até o portão. Ela tinha os cabelos dourados presos em um coque e olhos severos. Assumiu o posto ao lado do livro e então assentiu para Joan.

— Por favor, encontre sua marca.

"Não esperem", Joan disse mentalmente a Aaron e Ruth. *"Vão."* Mas eles continuaram ali, olhando para ela. Seu coração acelerou ainda mais. Se fosse pega, eles também seriam. Haviam deixado muito claro que estavam juntos.

A nova guarda olhou Joan de cima a baixo.

— Por favor, encontre sua marca — disse de novo, mais impaciente.

— Portelli — Joan conseguiu dizer.

A guarda virou as páginas com os cavalos dos Patel até chegar à serpente marinha dracônica dos Portelli. Joan engoliu em seco. Conseguiu identificar a diferença no mesmo instante, e não estava sequer acostumada a olhar os emblemas.

Molhou os lábios e então molhou o carimbo na almofada dourada.

— Aquele outro guarda — disse, e virou para a direção que ele havia tomado, mantendo o olhar ali. — Não estava conferindo as marcas direito.

— O que estava aqui agora há pouco?

Com o canto dos olhos, Joan percebeu a nova guarda franzir a testa e se virar para a mesma direção.

No momento em que ela desviou os olhos, Joan fingiu carimbar o papel e deixou o selo flutuando pouco acima dele. Quando a guarda tornou a olhar para ela, já estava levantando o selo de cima de uma marca já antes carimbada.

A guarda se inclinou e examinou as duas imagens com atenção, talvez com mais cuidado do que o teria feito antes do comentário de Joan.

— Marie Portelli — leu a guarda. — Filha da sobrinha de Elizabetta. Conheci sua tia-avó em 1700.

— Ela é uma força da natureza — disse Joan, torcendo para que fosse verdade.

Aaron havia dito que o outro nome em um selo era o líder familiar mais próximo de sua linhagem. *"Um indicador de status"*, dissera ele. *"Quanto mais próxima for a sua relação com um líder de família, maior é o seu status."*

"Talvez para os Oliver", dissera Ruth. *"Os Hunt não são assim."*

Para o alívio de Joan, a guarda parecia satisfeita, pois assentiu e lhe deu passagem.

— Bem-vinda à Corte — disse, e gesticulou para que Joan entrasse.

A passagem pelo portão levaria cinco passos. Joan andou, uma parte de si esperando que a guarda a agarrasse pelo pescoço para dizer que alguém vira o que ela fizera.

Um, dois, três, quatro, cinco passos.

A mudança de temperatura a atingiu de uma vez só: o ar estava úmido e morno de uma forma agradável. O cheiro do Tâmisa era mais forte ali: lodo e sal.

Ruth pegou o braço de Joan e a afastou do portão.

— O que aconteceu? — sussurrou.

— Trocaram os guardas — disse Joan. — Mas tudo bem, eu só...

— Nós vimos o que você fez — disse Aaron, bravo. — Por que você só não deu meia-volta?

— Eu... eu não sei — respondeu Joan, honesta. — Sei lá.

A verdade é que a opção não lhe ocorrera. Ela apenas queria entrar.

E *tinha entrado*. Estava ali. Olhou para cima, encantada. O céu estava cheio de estrelas. Aaron dissera que a Corte Monstro ficava fora do tempo. O que aquilo significava?

— Nunca pensei que veria isso — disse Ruth.

Joan olhou para a imensidão do Palácio de Whitehall. Nunca imaginara que veria aquilo também. O castelo fora o Versailles de Londres, o grande tesouro perdido da cidade. Para além do prédio branco principal, era possível ver torres e mais torres de tijolinhos vermelhos. O complexo parecia se estender por quilômetros. Fora ali que Henrique VIII se casara com Ana Bolena. Onde Carlos I fora executado, e onde seu filho Carlos II retornara do exílio para guiar a Restauração.

Joan parou a si mesma antes que aquela perigosa sensação de desejo pudesse começar. Respirou fundo, bem devagar.

— Olha isso — sussurrou Ruth.

— Eu sei — disse Joan, e então percebeu que Ruth não estava olhando para o palácio, mas de volta para o arco: 1993 ainda era visível, com a lua quase cheia no céu. O portão era apenas uma ruína quando o cruzaram. Mas naquela nova época, do lado de dentro, era uma fortaleza com três andares de janelas e telhado com pontas. Estava escuro demais para ver o horizonte além dos muros, mas Joan imaginou ouvir árvores no lugar de carros.

— Chego a ficar arrepiado — sussurrou Aaron.

— Sério? — questionou Joan.

Era tão lindo.

— Não podemos viajar para fora do atoleiro — disse Ruth. — Teremos que voltar pelo portão.

Não ocorrera a Joan que monstros poderiam se sentir presos caso não pudessem viajar. Para ela, o que fizera era algo horrível. Algo que nunca queria fazer de novo.

— O que aconteceria se não usássemos o portão? — perguntou ela. — E se saíssemos do palácio por outra porta? Iríamos parar em 1600?

— Não acho que estejamos em 1600 agora — disse Ruth. Ela continuava olhando o arco, com o rosto pálido. — Este lugar... parece que alguém arrancou uma parte do mundo e a suspendeu em meio ao... ao *nada*. Não tem nada ano nosso redor. Acho que, se olhássemos para fora de uma daquelas janelas na torre das sentinelas, não haveria nada. — Joan deve ter parecido confusa, pois Ruth acrescentou: — Não consegue sentir? Não existe tempo fora desse lugar. É como se estivéssemos num barquinho a remo no meio do oceano.

Joan procurou aquele sentido monstro interno. Sentia algo, mas não tão forte quanto claramente era para Ruth. Para Joan, o lugar apenas parecia autocontido. Ela enganchou o braço no de Ruth e tentou confortá-la:

— Bom que provavelmente não vamos ser convidadas a voltar, né?

A boca de Ruth se abriu em um sorriso.

— Não fomos convidadas desta vez.

— Ah, é. Ops.

Os três seguiram os demais convidados em direção às pesadas portas negras do lado oposto do pátio. O caminho era iluminado por globos flutuantes da mesma cor que a lua.

As roupas dos convidados eram extravagantes. O que eram apenas silhuetas escuras à distância se revelaram sedas com bordados intrincados e joias. Ao redor, as pessoas falavam outras línguas: Joan captou trechos em latim e algo que não era exatamente francês, alguma versão mais antiga, talvez. Outros falavam línguas que ela não sabia sequer chutar o que poderiam ser.

Aqui e ali, animais andavam ao lado dos convidados: cachorros, gatos e criaturas estranhas. Joan viu de relance um leopardo com coleira de joias, e uma cobra nos ombros de uma mulher. Um pássaro passou por eles com um caminhar estranho e desengonçado.

— Aquilo é um dodô? — ela perguntou sussurrando a Aaron.

— Não encare — ele sussurrou de volta. Após andarem mais um pouco, ele murmurou: — Tome cuidado. Tem outros Oliver aqui.

— Alguém que você reconhece?

Ele balançou a cabeça.

— Só fique longe deles.

Joan se lembrou da última vez em que estivera entre Olivers.

— É porque eu sou meio-humana? Você acha que eles me atacariam assim que me vissem?

Os Oliver conseguiam ver a diferença entre monstros e humanos se chegassem perto o suficiente. Eles saberiam o que ela era só de olhar em sua direção.

— Atacá-la por ser meio-humana? — sussurrou Ruth. — O que foi que ele disse para você? Os Oliver são cruéis, mas não fariam isso.

Já haviam feito, pensou Joan. Ela se lembrou do olhar frio e inquisidor de Edmund.

— Não importa agora — disse Aaron. — Só fique longe deles. Não deixe nenhum Oliver chegar perto o suficiente para ver a cor dos seus olhos.

Parecia haver uma estranha intensidade na voz dele.

— Não é como se eles usassem crachás — disse Joan, confusa.

— Eu mostro para você quem são.

Joan cruzou a porta e então estava em um grande salão dentro do castelo. Ela olhou ao redor, maravilhada. A sala era iluminada pela luz suave de lustres que flutuavam alto no teto de vigas e arcos. À altura do rosto, as paredes eram revestidas de ricas tapeçarias com cenas de batalha. Joan fechou os olhos e sentiu o cheiro de rosas e violetas, não artificiais, mas frescas, como se estivesse em um jardim.

Ruth apertou seu braço.

— O *Cupido* de Michelangelo — sussurrou, e apontou para uma escultura no canto da sala: uma criança dormindo, erguida por um pedestal. — Essa escultura lançou a carreira de Michelangelo. Foi perdida no incêndio. — Seus olhos estavam arregalados. — Incrível.

Tudo era maravilhoso. Ruth apontou para mais obras de arte, queimadas e perdidas: um Holbein, um Bernini.

Mas aquele não era o Palácio de Whitehall, não exatamente.

O lustre acima de Joan se partiu de repente, espalhando diversos diamantes brilhantes pelo ar. Quando um se aproximou, ela viu que era uma borboleta iluminada por dentro. Suas asas brilhavam.

Estátuas de criaturas perigosas decoravam a sala: leões, leopardos, dragões. Debaixo de uma janela, a cauda de um leão se agitou, o que fez Joan levar um susto. Então, em sincronia, todas as estátuas ergueram as patas da frente, rugiram e soltaram chamas pela boca. O fogo formava figuras quando crescia, coroas reais. Enquanto as faíscas choviam, as criaturas se sentaram de novo, como cães obedientes.

Serventes caminhavam entre os convidados, oferecendo iguarias em bandejas de prata. Joan pegou dois docinhos de uma delas e descobriu que eram minúsculos leões de marzipã, extremamente detalhados. Eram bonitos demais para comer. Ela os enfiou no bolso.

— Olivers — murmurou Aaron. Joan piscou em sua direção, confusa, e ele apontou com a cabeça para um grupo de três homens que estavam passando pelas criaturas de pedra. — Lembra o que eu disse?

— Lembro — sussurrou Joan.

Ficaria longe deles.

— Tom conseguiu entrar — disse Ruth, aliviada.

Joan acompanhou seu olhar até uma porta e percebeu então que aquele salão era apenas o primeiro de uma série de câmaras. Portas abertas permitiam vislumbrar mais maravilhas nos salões seguintes: luzes brilhantes, pessoas dançando. Onde é que Tom estava?

— Tem guardas em todas as portas — sussurrou Ruth.

Joan não havia notado, mas ela estava certa. Era difícil se concentrar na segurança. Em todo lugar que olhava, havia pessoas em trajes elaborados da Renascença, da Regência e talvez do futuro.

Ali, Joan viu, aliviada. Tom estava no salão seguinte, ao lado de uma fonte prateada iluminada por dentro, que reluzia com água brilhante como o luar. Ele estava inesperadamente bem-arrumado; havia conseguido um terno cinza em algum lugar, e quase não parecia deslocado nele. Arrumara até Frankie: ela usava uma gravata-borboleta que combinava com a dele.

Aaron não parecia aliviado.

— Ele está com um copo na mão — disse, enojado. — Alguém dê um jeito nisso antes que ele fique bêbado demais para trabalhar.

— Merda.

Ruth respirou fundo e foi na direção de Tom.

Isso deixou Aaron e Joan sozinhos. Conforme passeavam pelo salão, Joan percebeu que ficava cada vez mais nervosa. Todos os demais convidados pareciam se portar com o mesmo ar controlado de poder, como se estivessem acostumados a exercer autoridade. Ocorreu a ela novamente que era meio-humana. Será que monstros podiam roubar seu tempo, de sua metade humana? Desejou estar usando um cachecol ou gargantilha larga no pescoço.

Joan sentiu Aaron se aproximar. Para sua surpresa, ele lhe ofereceu o braço. Ela piscou, confusa.

— Devíamos tentar fingir que estamos nos divertindo — sussurrou ele. — Ou vamos chamar muita atenção.

Joan estava mais agradecida do que gostaria de admitir. Colocou a mão sobre o braço dele e permitiu que a conduzisse pela primeira fileira de guardas. O espaço seguinte era imenso, um salão de baile. Havia fontes borbulhando com vinho cor de ameixa. Um harpista tocava música. E Joan podia não se encaixar ali, mas Aaron sim. Em um lugar cheio de pessoas poderosas e bonitas, ele ainda fazia cabeças se virarem. Era estranho estar com ele tão às claras assim. O braço forte de Aaron parecia muito sólido sob sua mão.

— Como vamos sair desta festa sem que ninguém perceba? — sussurrou ela.

Precisavam ir mais para dentro do palácio.

Aaron deu um sorriso sincero e suave, e disse:

— Essa parte é fácil. Passei a vida toda escapando de eventos assim.

— Sério?

Alguém falou por perto:

— Um verdadeiro alívio estar em uma sala sem humanos.

Joan paralisou. Conhecia aquela voz. A última vez que a ouvira, havia uma arma apontada em sua direção. Ela se virou e captou de relance a expressão de Aaron. Ele estava branco como um papel.

Edmund Oliver estava a poucos passos de distância. Vivo, e com a mesma presença poderosa de que Joan se lembrava da Sala Dourada. Parecia um pouco mais novo do que quando morrera.

Enquanto Joan encarava, Edmund começou a se virar. Ela sentiu Aaron soltar sua mão. *"Não deixe nenhum Oliver chegar perto o suficiente para ver a cor dos seus olhos"*, dissera Aaron.

"Mexa-se", Joan ordenou a si mesma. *"Mexa-se."* Mas não conseguia. Lembrou-se de como Edmund a olhara com desdém e como seus olhos frios haviam se arregalado como se ele tivesse visto algo dentro dela. Então ordenara que Lucien a matasse.

— Pai — disse Aaron.

Para o profundo alívio de Joan, Edmund desviou o olhar dela e procurou pela voz de Aaron, que havia caminhado alguns passos na direção do harpista.

— Oi, pai. — Sua postura estava descontraída, com uma mão no bolso. Quando a boca de Edmund se curvou de desgosto, Aaron sorriu de leve. — Não está feliz por me ver?

— Como foi que você passou pelo portão? — perguntou Edmund.

— Como? — Sua postura continuava relaxada, mas Joan o conhecia o suficiente para perceber o desconforto em seus olhos. — Eu sou um Oliver. Sou seu filho. Meu selo tem o seu nome. Isso é o suficiente para me colocar em qualquer lista.

Por um segundo, os olhos frios de Edmund foram tomados de ódio.

— Um Oliver? Você não é digno deste nome. Eu o removi da linha de sucessão. Se pudesse arrancar-lhe o nome também, já o teria feito.

A postura casual de Aaron não mudou. Joan conseguia ouvir as pessoas começando a sussurrar. Cabeças estavam se virando. Aaron devia estar odiando aquilo, ela sabia. Ele sempre tomava tanto cuidado com a impressão que causava.

Joan queria arrastar Edmund para longe, impedi-lo de falar, mas sabia que Aaron estava fazendo aquilo por ela, que chamara a atenção do pai para evitar que ele a visse. Ela começou a passar mal.

Aaron olhou por cima dos ombros de Edmund, para um menino loiro de sua mesma idade, de pé ao lado da pista de dança, observando a cena em silêncio.

— Nosso novo herdeiro? — A boca de Aaron se ergueu num sorriso, mas não havia divertimento em seu rosto. — Eu não fazia ideia de que estava tão no fim do poço assim.

Edmund deu um passo na direção de Aaron.

— Geoffrey sabe a quem deve ser leal.

Por um momento, Joan pensou que ele daria um soco em Aaron.

E Aaron também, pois se encolheu. Edmund pareceu perceber de súbito que havia atraído uma multidão. Ele grunhiu e então se afastou; o menino loiro saiu correndo logo atrás. Joan prendeu a respiração quando Edmund passou por ela, mas ele sequer olhou em sua direção.

Assim que Edmund saiu de seu campo de visão, Joan se aproximou.

— Aaron — disse, tentando agradecer ou ser simpática, não tinha certeza.

Ele a olhou por um longo momento, e então sua expressão retomou o desdém de que ela se lembrava da Sala Dourada.

— Imagino que tenha gostado do show.

Joan se sentiu abalada.

— Claro que não! Aaron, você...

— Por que ainda está parada aí? — interrompeu ele.

— *Aaron* — chamou, mas ele já estava a ultrapassando e se afastando.

Perto da fonte em cascata, Ruth parecia impaciente. Tom havia trocado a bebida por comida e ia para lá e para cá pela mesa repleta de iguarias. Havia docinhos crocantes e dobrados como origamis em forma de animais: cisnes e veados. Além de outras especiarias que Joan não reconhecia: wafers finos e pequenos bolinhos com glacê que pareciam doce, mas cheiravam a ervas aromáticas.

— Uhn... — disse Tom quando chegaram.

Frankie farejou Joan e Aaron, curiosa. Joan se inclinou para fazer carinho na cabeça macia da cachorra. Seu estômago estava se contorcendo.

— Onde é que vocês estavam, caramba? — sussurrou Ruth.

— Lugar nenhum — disse Aaron.

Tom parou para pegar um punhado de doces e enfiá-los nos bolsos.

— Pronto — disse, de boca cheia. — Vamos.

Tom os levou de volta ao primeiro salão, para além das estátuas que cuspiam fogo.

Edmund tomara a direção oposta, mas Joan continuava com medo de encontrá-lo, com medo do que ele faria se a notasse. Ao seu lado, Aaron estava quieto. Ele não se virou para Joan quando ela tentou encontrar seus olhos.

Pararam em um cômodo fora do salão. Era pequeno, mas bem decorado. O papel de parede era pintado à mão com flores rosas e douradas. Uma parede inteira estava tomada por um armário decorado com brilhantes folhas douradas. As demais, por estantes.

Dois outros convidados estavam ali, colocando um vaso e uma pequena escultura em uma prateleira vazia. Então Joan viu que a sala toda estava tomada por objetos valiosos, nas estantes e sobre as mesas: colares, diademas, estátuas.

— Presentes para o Rei — explicou Tom.

— Mas não trouxemos um presente — sussurrou Joan.

— Acho que essa é a menor de nossas indiscrições esta noite — murmurou Aaron.

Assim que os outros convidados saíram, Tom andou até o final da sala.

— Alguém vigie a porta — disse, e deslizou a mão por trás do armário.

Houve um clique, e uma seção do móvel se abriu, revelando uma sala escura por trás.

— Rota de fuga real — Aaron parecia relutantemente impressionado. — Todo palácio tem uma.

— Depressa — disse Tom, e se inclinou para carregar Frankie. — Antes que alguém apareça.

Um a um, eles entraram na sala atrás do armário. Joan foi a última a se enfiar no escuro. Ela fechou a passagem atrás de si com outro clique, e bem a tempo. Vozes abafadas soaram pelas paredes logo depois.

A escuridão era total. Joan conseguia ouvir a própria respiração e os sons distantes da festa lá fora. Ouvia Ruth se agitar ao seu lado e o vestido farfalhar logo em seguida.

A voz de Tom soou quase inaudível:

— Esqueci de trazer uma lanterna.

Mais farfalhar, e então uma luz revelou Aaron segurando o telefone.

— Não vai durar muito — alertou ele. — A bateria está quase acabando.

Ele o ergueu.

Joan achara que haviam entrado em um espaço apertado, por isso havia se curvado um pouco para se acomodar, mas então percebeu que a sala era ampla, com mezaninos de veludo vermelho e bancos de madeira. Lá no alto, o teto parecia coberto por folhas douradas. *"A capela do palácio"*, pensou, encantada. Rei Henrique se casara com Ana Bolena ali.

— Vamos — sussurrou Tom. — Não temos muito tempo até que o portão se feche.

DEZESSEIS

Apesar do perigo, Joan não conseguia evitar um sentimento de encanto e culpa enquanto Tom os guiava para além da capela, palácio adentro. Ela sempre amara história. E, sem as roupas extravagantes dos monstros, aquela parte real e habitável de Whitehall parecia ainda mais maravilhosa do que as estátuas que cuspiam fogo no grande salão de entrada.

Os espaços escuros onde se encontravam agora eram os quartos de Carlos II e suas amantes. As paredes eram cobertas por ricas tapeçarias de homens a cavalo e mulheres em longos vestidos. As camas eram tão bem ornadas que lembravam bolos decorativos, cheias de entalhes em espiral e flores. Alguns dos lençóis estavam amassados, como se os donos houvessem acabado de se levantar.

Havia um estranho ar de suspensão em cada cômodo. Cartas e tinta jaziam abandonadas em cima das mesas. Portas estavam entreabertas.

— Como é possível que a Corte Monstro seja dentro do Palácio de Whitehall? — Joan sussurrou para Tom.

— Nem sempre é — respondeu ele. — Algumas vezes ela se manifesta em outros lugares. Dizem que o Rei rouba esses espaços de um momento congelado no tempo.

— Como? — perguntou Joan, mas Tom apenas balançou a cabeça. — E onde estão todos? Onde estão os humanos que moram aqui? Não deveriam estar no palácio também?

Tom balançou a cabeça de novo, como se não soubesse.

Guiados apenas pela luz do celular de Aaron, eles passaram por vários ambientes cortinados. Então ficaram todos em silêncio quando entraram em um cômodo onde as cortinas estavam abertas. A vista pela janela era do Tâmisa sob o brilho do luar.

O rio estava mais próximo do que Joan imaginara. Ela se lembrou de ter lido que o nível da água fora mais alto no passado. Aaron fez um som descontente. Joan sentia o mesmo. Havia algo perturbador naquela cena, além do nível do rio. Levou um segundo para ela perceber o que era.

Nada se mexia lá fora. O rio estava imóvel, cada ondulação congelada. O luar o tingia como leite derramado. Árvores e pequenas construções eram fracas silhuetas na outra margem.

— Odeio esse lugar — sussurrou Ruth.

— A linha do tempo também — disse Aaron —, consigo sentir.

— Sempre achei que o Rei fosse apenas um homem. Mas esse tipo de poder é... Nunca ouvi falar em nada assim antes. — Ruth olhou para o rio congelado. — E se tudo o que dizem sobre o Rei for verdade? E se ele *puder mesmo* ver tudo?

— Não pode — Joan sussurrou de volta, com mais confiança do que sentia. — Ou não estaríamos aqui. Não teríamos chegado tão longe.

Ruth balançou a cabeça, ainda olhando pela janela. O reflexo no vidro tornava seu rosto um tanto fantasmagórico.

— Tem alguma coisa errada — sussurrou.

— Este lugar... — começou Joan.

— Não é só o lugar. Tem alguma coisa errada nisso tudo. Tenho a sensação de que não entendemos algo direito.

— Como assim?

— Não sei. Não sei... É só uma sensação.

Joan não sabia o que ela queria dizer. Parecia tudo certo. A avó lhe dera a chave para a Corte Monstro. E agora estavam ali. Tão perto de trazer suas famílias de volta à vida que chegava a doer.

— Não podemos parar agora — disse. — Estamos quase lá.

À espera de uma confirmação, ela olhou para Tom.

Ele assentiu.

— Estamos perto da toca do leão agora.

Porém, Joan também começou a sentir que algo estava errado quando Tom os levou por uma longa galeria de pedras. Uma abertura parcial dava para um jardim bem-cuidado, com estátuas de animais em pedestais: um leopardo acorrentado em cores carnavalescas, um unicórnio com o chifre tão afiado quanto um sabre... dezenas delas, pintadas em cores vivas e folheadas a ouro.

— Cadê todo mundo? — Joan perguntou de novo. — Cadê as pessoas que moram aqui? Cadê o Rei?

— O Rei nunca é visto — disse Tom. Quando Joan se virou em sua direção, ele continuou: — Quando ele quer que algo seja feito, envia um membro da Corte Monstro em seu lugar.

Joan se lembrou da história que Aaron contara e perguntou:

— Como Conrad?

O homem que executara o primo dele.

— Conrad — concordou Tom. — Ou Eleanor. Ou o que eles chamam de Gigante. São esses três membros da Corte que se aproximam da nossa época.

— Ouvi alguém mencionar Conrad nos salões — disse Ruth. — Ele está aqui hoje.

Os outros estremeceram visivelmente. Tom olhou para trás.

— Precisamos fazer silêncio agora — sussurrou. — Os Guardas patrulham o Arquivo Real com muito mais frequência.

Ao final de um grande gramado macio, chegaram a uma escadaria. Joan olhou para a entrada escura.

Tom deixou Frankie no topo dos degraus e desceu.

Lá de baixo, subiram sons assustados, depois gemidos de dor, e então o silêncio. Tom apareceu e agarrou Frankie.

— Tudo certo — disse desnecessariamente, e os guiou pela escadaria.

O vestido pesado de Joan farfalhava contra suas pernas enquanto ela descia. Parecia que estava entrando em um bunker. O ar começou a cheirar a lama e umidade. Ela imaginou toda aquela água do rio congelada do outro lado da parede.

Ao fim da escadaria, quatro homens jaziam caídos em um tapete escuro. Joan olhou para Tom, impressionada. Ele havia derrubado, sozinho, quatro homens armados.

Tom se inclinou e soltou a fivela do relógio de um dos guardas.

— Onze e meia — disse.

Os novos guardas chegariam no virar da hora.

— Tá bom. Vamos — disse Joan.

Daquele ponto em diante, Tom não fazia ideia do que esperar da segurança do arquivo; nunca haviam permitido que trabalhasse ali. Ruth quis se garantir e levara um kit de diferentes ferramentas. Joan secretamente tinha a esperança de que não haveria mais *nenhuma* medida de segurança. Afinal, de quanta proteção um arquivo na Corte Monstro poderia precisar? Os portões praticamente só se abriam uma vez a cada cem anos!

Aaron liderou o caminho da alcova aos pés da escada para dentro do arquivo. Ao ouvi-lo soltar o ar em um grito mudo de surpresa, Joan olhou para a frente.

O corredor tinha apenas oito passos de distância e terminava em uma porta de madeira com o entalhe de uma insígnia: o leão alado. A porta para o arquivo. Mas havia algo entre eles e a porta.

A princípio, tudo o que Joan conseguiu ver foi uma extensão de branco no chão. Quando se aproximou, o brilho pálido se revelou uma paisagem na neve. Ela ficou encarando, surpresa. Havia um trecho de inverno no meio do corredor.

— O que é isso? — sussurrou.

A luz refletia na neve. Joan olhou para cima e viu um trecho do céu, de dia, completamente azul. Não parecia o céu de Londres.

O trecho de neve se estendia por menos de três metros. Joan quase conseguia imaginar saltar por cima dele. Ela esticou o braço, cautelosa. O ar a empurrou de volta.

— Tem uma barreira.

Parecia repulsão magnética.

Ruth se aproximou.

— Você viu *aquilo*?

— Aquilo o quê? — perguntou Joan.

Então percebeu também. Dentro da paisagem, uma sombra se movia sobre a neve.

Um animal surgiu: lembrava um tigre com imensas presas curvadas. Era grande como um cavalo, e forte. Os imensos músculos das patas se mexiam quando caminhava.

Joan prendeu o ar com o espanto, e o animal se virou, como se houvesse escutado. Ele olhou diretamente em seus olhos; parecia tão surpreso quanto ela. Será que conseguia vê-la? A resposta veio um segundo depois. Ele rosnou e saltou em sua direção.

Ela gritou e se virou para correr. Mas não sentiu garras e dentes. Em vez disso, alguém a segurou e a ajudou a retomar o equilíbrio. Aaron.

— Cuidado — disse ele, a voz trêmula. — Você pode cair.

A criatura circulou para trás, rosnando e chicoteando o rabo de um lado para o outro. Joan estremeceu.

— É um tigre-dentes-de-sabre — disse Aaron, incrédulo.

— Não é só inverno ali — disse Ruth, soando igualmente abalada. — Deve ser centenas de milhares de anos no passado.

Tom pôs a mão casualmente no bolso, tirou um cantil e bebeu um gole.

— Shhhh — disse quando Frankie começou a latir e se contorcer desesperada debaixo de seu braço, tentando atacar o tigre.

Ela se conteve, rosnando baixo.

Depois que o tigre caminhou para fora do campo de visão deles, Joan esticou a mão novamente. A barreira parecia redonda, como se tivesse o formato de uma esfera. Ela imaginou aquele trecho de inverno formando a grossa parede de uma bolha que envolvia todo o arquivo.

— É como um fosso — disse Ruth. — Um pedaço de outra era entre nós e o arquivo.

— Você realmente não sabia disso aqui? — Aaron perguntou a Tom.

— Óbvio que não, eu teria contado se soubesse — respondeu Tom, irritado.

— O que vamos fazer? — disse Ruth. — Não temos como viajar através disso. Seriam cem mil anos só para entrar no Paleolítico, e então outros cem mil para sair.

— Acho que esse é o ponto — disse Aaron. — Não tem como atravessar.

Joan desejou que ninguém jamais houvesse atravessado. Porque uma viagem de ida e volta, do fosso ao arquivo e depois o contrário, custaria 400 mil anos de vida humana. Será que o Rei já tinha roubado tanto tempo assim? Ela sentiu o estômago embrulhar com a ideia.

— Precisamos voltar — disse Aaron.

— Não — pediu Joan. — Não. Espere.

Precisava pensar.

— Não tem como entrar. Temos que desistir antes que seja tarde demais — disse Aaron.

— Os novos guardas estarão aqui daqui a pouco — Tom os lembrou.

Joan podia *ver* a porta para o arquivo do outro lado da neve. Estava tão perto. Era quase insuportável. Atrás daquela porta, havia um dispositivo que poderia trazer sua família de volta à vida. O *transformatio*, dissera sua avó. E Joan estava a poucos metros, sem poder sequer tocar a porta. Não podia desistir.

— Joan — disse Aaron.

Ela balançou a cabeça.

— Olhe — insistiu Aaron. — Mesmo que fosse possível roubar tanto tempo humano assim, não conseguiríamos passar por aquela *coisa*. Estamos em um atoleiro.

Um atoleiro. Joan se esquecera daquilo. Monstros não podiam viajar ali, seus poderes não funcionavam naquele lugar. Só que... não era bem verdade.

Os poderes do Rei funcionavam: aquela bolha de outra época era prova disso; todo o palácio era. Talvez os poderes de família também funcionassem. Talvez o poder dos Hunt.

— Ruth — disse Joan. Havia um galho no chão, arrastado do jardim. Joan se inclinou para pegá-lo. O plano já estava parcialmente formado quando ela se endireitou. — Ruth, acha que consegue colocar isso lá dentro?

— Como assim? — perguntou Ruth, confusa.

O poder da família havia se esvaído de Joan com os anos. Quando criança, ela conseguia esconder e recuperar coisas como o restante dos Hunt. Mas, conforme foi crescendo, a recuperação foi ficando cada vez menos confiável. Ela perdera coisas por causa disso. Um bracelete de jade que ganhara quando bebê. Um broche entalhado que fora da mãe. Alguns anos depois, parou de vez de tentar esconder coisas. O poder de Ruth e Bertie aumentou com a idade, mas o dela se dissipou como se nunca houvesse sido verdadeiramente seu.

— Como o poder Hunt funciona, na prática? — Joan perguntou à prima.

Tom interrompeu com uma tosse suave e mostrou-lhes o relógio que pegara do guarda: 11:35.

— A próxima troca é em 25 minutos — disse.

Então eles tinham 25 minutos. Não... Joan calculou. *Quinze*, a não ser que quisessem dar de cara com os novos guardas.

Joan se voltou para Ruth de novo:

— Como o poder Hunt funciona? Eu achava que a gente conseguia colocar objetos em algum outro *lugar*. Mas não é bem isso, é?

— Não — respondeu Ruth, devagar. — Está mais para colocar objetos em outro *tempo*.

— Você acha que consegue?

Joan sinalizou para a neve.

— O quê? Colocar alguma coisa ali? — Ruth mordeu os lábios. — Não sei, Joan...

Joan lhe passou o galho.

— Pode tentar?

A expressão de dúvida no rosto de Ruth não mudou quando ela se virou para a neve. Mas esticou uma mão para tocar a barreira.

— Eu acho... — Joan ainda estava formando o plano. — Acho que vai ser como nas outras vezes em que você escondeu um objeto usando o poder. A única diferença é que você vai ver para onde ele vai.

Ruth forçou o galho contra a barreira com o gesto familiar do poder Hunt. Balançou a cabeça, e continuava balançando quando o galho atravessou. Ela arregalou os olhos. Tom soltou o ar, surpreso.

Joan finalmente voltou a respirar, aliviada.

— Pode soltar — sussurrou.

Ruth o fez. Por um momento, o galho pareceu ficar ali, suspenso no ar, e então desapareceu.

— Para onde foi? — perguntou Aaron.

— Bom... — Joan estava tentando não se animar tanto. Colocar um galho ali era muito diferente de cruzar a barreira. — Eu *acho* que os Hunt colocam o objeto em um momento no tempo. Minha tia Ada põe canecas de chá no ar. Quando as recupera, ainda estão fumegando.

— Mas eu não entendo — disse Ruth. — Como isso vai ajudar? O poder dos Hunt não funciona com seres vivos. Não tenho como empurrar ninguém aí para dentro, se foi nisso que você pensou. Não consigo entrar lá.

— Eu sei — disse Joan. — Eu sei. Mas... e se você pudesse criar um túnel?

Ruth a olhou, confusa.

— E se você tivesse um... um tubo? — explicou Joan. — Conseguiria segurar a parte de dentro nesta época e a parte de fora *naquela*? — Ela apontou para a neve. — Acha que consegue fazer um túnel até a porta?

— Um objeto não pode existir em duas épocas simultaneamente — disse Aaron —, seria despedaçado.

— Acho que não — disse Joan. Ela vira o poder da família a vida toda. Vira como os objetos desapareciam parte por parte. — Você acabou de ver Ruth fazer isso, o galho ficou intacto enquanto cruzava a barreira, metade aqui, metade ali. Ruth o manteve firme com o poder Hunt. Ele não desapareceu até que ela o soltasse.

Ela podia ouvir a ansiedade fazer a própria voz tremer. Desejava tanto que desse certo.

— Não temos tempo para isso — disse Aaron.

— *Aaron* — insistiu Joan. Pela primeira vez desde o confronto com Edmund, ele a olhou nos olhos. — A porta está bem *ali*. Podemos salvar todos eles. Podemos trazê-los de volta.

Aaron balançou a cabeça; claramente não estava convencido. Mas olhou para o relógio de Tom e suspirou:

— O que usaríamos de ponte?

Acabaram enrolando o tapete da entrada e mantiveram um vão grande o suficiente no centro para que pudessem rastejar por dentro.

A boca de Ruth se contorceu, descontente, quando alinharam o tapete à porta.

— Duvido muito que o poder Hunt faça uma coisa dessas.

— Eu acho que faz — disse Joan.

"Por favor", pensou. *"Por favor, funcione."* O arquivo estava tão perto.

— Isso nem é um tubo de verdade — disse Ruth. — A gente só enrolou um tapete.

Mas ela já estava encarando o fosso de inverno.

Com a testa franzida de concentração, empurrou o tapete pela barreira. Joan prendeu a respiração.

Por um longo momento, pareceu que não atravessaria.

— Acho que não consigo — Ruth começou a dizer, mas, assim que as palavras deixaram sua boca, o tapete cruzou subitamente a barreira.

Flocos de neve polvilharam a lã. Tom soltou o ar como se também estivesse prendendo a respiração.

Era claramente um grande esforço para Ruth. Ela cerrou os dentes enquanto empurrava o tapete pela neve.

— Espero que aquele tigre tenha ido para bem longe — murmurou Aaron.

Joan também esperava. Ela tinha certeza de que um gato é um gato independentemente do lugar, inclusive um gato com gigantes dentes de sabre.

Então o tapete atingiu o outro lado da paisagem e Ruth não conseguiu mais empurrar.

— Continue — disse Tom.

— Não consigo! — Ruth parecia exausta. — Acho que está preso do outro lado da barreira.

— Tudo bem — disse Joan, tentando evitar que o desespero ficasse evidente em sua voz. — Só... tente mais uma vez.

Ruth empurrou com mais força; seus braços tremiam com o esforço. Ela abaixou a cabeça e grunhiu.

— Temos pouco mais de dez minutos — disse Tom —, se quisermos ter tempo o suficiente para sair daqui.

— Ruth — disse Joan —, você consegue. Eu sei que consegue!

Ruth respirou fundo e ergueu os ombros. Ela empurrou de novo, e desta vez todos deixaram o queixo cair quando o tapete atravessou a barreira. Parte do tubo estava no corredor, parte dentro da barreira. E, quando Joan se ajoelhou para olhar, viu a porta do arquivo pelo vão. Ela puxou um grampo do cabelo e lançou pelo túnel. Ele atingiu a porta do outro lado com um *plim*.

— Ruth — disse, maravilhada —, você conseguiu! É uma ponte!

— Tá bom, isso aí foi bem impressionante — admitiu Aaron. — Eu não imaginava que o poder Hunt podia fazer algo assim.

Ele falou com tanta consideração que Joan ergueu os olhos para observá-lo. Aaron tinha o tipo de mente que está sempre classificando pessoas, reorganizando-as como um baralho: reis e rainhas, dois e três. Joan suspeitava que todos os Hunt eram cartas baixas para Aaron. Agora haviam exposto um novo aspecto de poder para um Oliver. Ela se sentiu incomodada. A avó não aprovaria isso.

— Olivers... Sempre nos subestimando — disse Ruth, mas com apenas um resquício da bravata de sempre. — Só que não sei quanto tempo consigo segurar, na verdade.

Suas mãos tremiam.

— Vai — Joan disse a Tom. — Rápido.

Tom assentiu e disparou sem medo pelo túnel, com Frankie logo atrás.

— Agora você — Joan disse a Aaron.

Ele estava pálido de terror, e ela não o culpava. Se a ponte cedesse com eles dentro, poderiam ficar presos no período Paleolítico.

— Joan. — As mãos de Ruth tremiam a ponto de fazer o tecido ondular.

— Anda! — Joan disse a Aaron.

— Joan, você também! — apressou Ruth. — Pelo amor de Deus, vai!

Aaron se lançou para dentro e Joan se enfiou em seguida, tão perto que ele estava quase chutando seu rosto. O frio a atingiu de repente, gelado a ponto de paralisar os pulmões. O vento uivou. *Vou ficar presa aqui*", pensou ela. "*O tigre vai atacar. Vai romper a ponte!*"

Mas então Aaron estava a puxando para fora. Ela empurrou com o calcanhar para ajudá-lo e se ajoelhou na beirada da neve, ofegante. Olhou para Ruth através do túnel:

— Você está bem?

A prima respirava com dificuldade, fora de ritmo.

— Moleza — conseguiu responder. — Agiliza aí, tá?

Joan se levantou depressa. Sabia que Ruth não conseguiria manter a ponte por muito tempo. Tom lhe mostrou o relógio de novo. Dez minutos para a chegada dos novos guardas.

À frente deles, a porta do arquivo era surpreendentemente simples: madeira maciça, lixada, sem remendos, como se houvesse sido cortada de uma única árvore imensa. Porém, simples como era, havia talento envolvido. O arco da porta se encaixava perfeitamente no batente de pedras e a madeira estava tão polida que parecia brilhar. O único adorno era a insígnia do leão alado ao centro.

Joan esticou a mão para a pesada maçaneta de ferro e tentou girá-la. Não se moveu. Ela tentou de novo. E de novo. Sentiu uma risada histérica pular em sua garganta.

— A porta está trancada.

— Pare de enrolar — disse Aaron, agarrando a maçaneta e balançando-a para cima e para baixo. — Merda. Está *trancada*.

— Quem tranca uma porta atrás de uma barreira no Paleolítico? — disse Joan.

— Está funcionando, nós ainda estamos no lado de fora, não é? — argumentou Tom.

Isso era inegável. Joan ajoelhou novamente e gritou para Ruth:

— Você precisa atravessar.

— Não posso. — Ela continuava respirando com dificuldade. — E eu realmente preciso que vocês agilizem.

Joan pensou.

— Preciso das suas ferramentas, então. É uma daquelas fechaduras grandes com chave de ferro.

A pausa de Ruth falou muito.

— Quando foi a última vez que você destravou alguma coisa?

Joan engoliu em seco.

— Faz um tempo.

As duas sabiam que Joan nunca havia aberto nada além dos desafios que a avó lhes dava quando eram crianças. Fechaduras na mesa de jantar.

O estojo de ferramentas de Ruth a atingiu no joelho.

— Não dá para demorar, Joan. — Havia um esforço cuidadoso na voz de Ruth. — Não consigo manter isso aqui aberto por muito mais tempo.

— Tá bom — disse Joan. — Certo.

Ela se ergueu depressa, olhou os equipamentos e se ajoelhou na altura da maçaneta.

— Como estamos de tempo? — perguntou.

— Nove minutos — respondeu Tom.

— Tá bom — disse ela de novo. Em seguida, pegou um gancho do kit de Ruth e o colocou na fechadura. Para sua surpresa, o instrumento bateu em algo. Parecia uma placa de metal. O coração de Joan começou a bater cada vez mais rápido conforme ela sentia o formato com o gancho. Parecia cobrir toda a área. — Luz?

Aaron acendeu a lanterna do telefone. O ícone da bateria estava no vermelho.

Joan se inclinou para examinar o buraco. Era grande o suficiente para que ela pudesse ver a sala do outro lado, porém, em vez disso, a luz revelou apenas uma placa de metal dentro da fechadura.

— Qual é o problema? — perguntou Aaron.

— Não consigo abrir — disse Joan.

— Achei que Hunts conseguiam abrir qualquer trava — disse Tom. — Esse era o nosso acordo. Eu ajudava a passar pelo portão, vocês me colocavam ali dentro.

— Vocês não estão entendendo — explicou Joan. — Não é uma fechadura. Não tem o que abrir.

— Como assim? — insistiu Tom.

— O buraco está selado. Não tem espaço para colocar uma chave.

Tom olhou de perto e soltou um palavrão.

— Não temos mais tempo — disse Aaron.

— Não! — Joan se ouviu responder. — Não! — Haviam chegado longe demais, e o portão não se abriria novamente por mais outro século. Estavam tão perto de salvar suas famílias. Tão perto de onde precisavam estar. E alguém fizera aquela estúpida fechadura só para zombar deles. — Não!

— Joan... — disse Aaron.

— *Não!* — Joan socou a porta, frustrada e furiosa.

Foi então que algo despertou dentro dela.

Não o poder da família Hunt, outro. *"Algum dia, logo, você desenvolverá uma habilidade"*, dissera a avó. *"Você não pode confiar em ninguém. Ninguém pode saber."*

Um poder invisível, porém real e forte como eletricidade, fluiu para fora de Joan. Ela se sentiu desorientada e tonta, como se estivesse caindo de um penhasco.

Houve um som como gelo rachando.

Ao longe, a voz de Aaron disse:

— Precisamos ir.

— Espere. — Era Tom. — Olhe, ela conseguiu. A porta está entreaberta.

A avalanche de poder cessou de repente e deixou Joan fraca e trêmula.

Aaron e Tom estavam olhando pelo vão da porta entreaberta, para dentro do cômodo, mas tudo o que Joan conseguia ver era o buraco que tocara na fechadura.

O metal prateado se tornara vermelho e opaco, como se houvesse sido transformado em pedra. Rachaduras corriam por ele e o novo material parecia ser frágil demais para aquela forma.

Joan teve de súbito uma clara memória da corrente de ouro com aquelas manchas escuras como pedra. *"Fui eu que fiz aquilo"*, pensou. *"E eu que fiz isso."*

E então Tom abriu a porta, e a fechadura desapareceu do campo de visão de Joan.

— Cruzes.

Aaron recuou um passo.

O cheiro atingiu Joan primeiro. Era familiar e terrível: excremento e confinamento. Ela o conhecia bem. Era o cheiro do pesadelo que tinha desde a infância.

O cômodo era minúsculo, com paredes de pedra e teto arqueado de madeira.

— O que *é isso*? — Aaron soava perplexo.

Havia um colchão no chão, com um cobertor fino. Fino demais para aquele quarto de pedra. Um balde fora colocado no canto. Uma mesa de madeira contra uma parede.

Joan se forçou a entrar:

— É uma cela de prisão.

Não era a mesma de seu pesadelo, mas ela reconhecia uma quando via.

— Mas onde estão os tesouros do Rei? — perguntou Aaron.

Alguém havia sido mantido ali. Havia manchas marrons de sangue na beirada da mesa. Arranhões no chão. Alguém resistira.

Tom se abaixou para tocar um sulco no colchão. Era tão fino que seus joelhos o comprimiram até o chão gelado.

— Cadê todas as coisas? — disse Aaron. — Cadê os livros? Cadê os registros? Cadê o *transformatio*? Não era para isto aqui ser o Arquivo Real? — Ele se virou para Tom: — É a sala errada.

— É a sala certa — disse Tom. — Você viu as proteções ao redor dela.

— Mas não tem *nada* aqui.

— Isso eu já percebi, sabe? — rosnou Tom.

Ele tinha passado os últimos dias falando sobre o que a sala poderia conter. *"Dizem que o Rei guarda tesouros de todas as épocas."* Agora, frustrado, rasgou o colchão, como se pudesse haver algo escondido ali. Quando não encontrou nada, arremessou-o contra a parede, atingindo o balde, e algo nojento se espalhou pelo chão.

— Ah, pelo... — Aaron recuou da sujeira que se alastrava. — Ah, que repugnante. Para que fazer isso? Frankie, *não!* — ele chamou a cachorra antes que ela pudesse chegar até lá.

E agora Tom estava apalpando as paredes, aparentemente na expectativa de encontrar uma porta oculta.

— Tom, pare — disse Joan. — Dá para ver o que é que havia aqui.

Uma pessoa. Um prisioneiro. Alguém completamente sozinho, isolado do mundo, atrás de um trecho de inverno de cem mil anos atrás.

— Pelo amor de Deus — disse Aaron, e ergueu Frankie com um resmungo, balançando um pouco, como se ela fosse muito mais pesada do que ele esperava. — Vamos. Não tem nada aqui. Precisamos ir.

Mas então Joan hesitou. Os arranhões e o sangue diziam que havia acontecido uma briga.

Havia sangue na beirada da mesa e riscos no chão ao lado dela. Alguém resistira ali. E, depois, havia longas marcas até a porta, como se a pessoa houvesse parado de resistir. Será que havia sido nocauteada? Ou será que parara de resistir por algum motivo? Será que havia conseguido fazer alguma coisa ali perto da mesa?

Por intuição, Joan se abaixou para passar a mão na parte de baixo da mesa. Um chanfro havia sido entalhado na madeira para criar um pequeno vão. Havia algo ali. Joan teve uma breve esperança de que fosse o *transformatio*, porém, antes mesmo de pegar o objeto e enfiá-lo no bolso, sabia que não era. Estava claro que aquele cômodo jamais guardara os tesouros do Rei. E, em suas pesquisas, o *transformatio* era descrito como uma ornamentada moldura dourada, um portal.

— Gente! — A voz de Ruth soou do outro lado do fosso.

O tapete enrolado que conectava o arquivo ao resto do palácio pareceu tremer e desparecer por um segundo, o que deixou um vazio de neve branca entre eles e Ruth. O tapete reapareceu um momento depois.

— Ai, meu Deus — disse Aaron, com a voz trêmula. Ele carregava Frankie com os dois braços, e a apertou mais forte, como se precisasse daquele conforto. — E se ficarmos presos naquela época?

— Vai! Enquanto a ponte ainda está aqui! — Joan o empurrou, e ele foi sem argumentar e mergulhou no túnel, tomando cuidado com Frankie. — Vai! — ela disse para Tom, e ele saltou para dentro também.

Joan seguiu logo atrás.

A segunda passagem foi mais aterrorizante do que a primeira. Em uma piscada, Joan viu um campo sem fim de neve em vez das pernas de Tom. À distância, árvores se erguiam pela paisagem como grandes monólitos, imensas e desfolhadas contra o céu azul. Ela não sabia que plantas podiam ser tão grandes. O frio a atingiu com atraso, como um golpe físico.

E então a neve e as árvores sumiram. Tom estava à sua frente de novo. Joan rastejou atrás dele, e de repente mãos fortes a puxaram para fora: eram

Tom e Aaron. E bem a tempo. Assim que Joan passou pela barreira, Ruth cambaleou para trás e perdeu contato com o tapete.

A respiração ofegante de Ruth parecia alta no silêncio.

— Encontraram? — conseguiu perguntar.

Aaron balançou a cabeça.

— A sala era uma cela vazia. Nenhum arquivo. Nenhum tesouro.

Ruth riu alto, com uma nota de histeria.

— Puta que pariu.

— Você tinha razão — disse Joan. A prima havia dito que algo estava errado. Joan não tinha entendido o que ela tentara dizer, mas agora compreendia. Conseguia sentir também. — Tem algo de errado nisso tudo. Entendi alguma coisa errada.

— Não dá tempo de ficar de conversa — disse Tom. — Faltam só uns *minutos* até que os novos guardas cheguem.

— E *olhem.* — Aaron apontou.

Dentro do trecho de Paleolítico, o tapete enrolado que haviam usado como ponte estava estirado na neve. Não sumira como o galho. Será que a Corte descobriria que o poder Hunt fizera aquilo?

— Temos que sair daqui — disse Joan. — Agora.

DEZESSETE

Eles dispararam pela escada de pedras e tomaram o caminho de volta.

A mente de Joan estava agitada, e ela podia ver que os outros também tentavam entender o que acontecera. Haviam invadido a Corte Monstro pensando que encontrariam o *transformatio,* o dispositivo que poderia alterar a linha do tempo. Em vez disso, depararam-se com uma prisão recentemente esvaziada.

Enquanto corria, Joan pensava: Quem será que estivera naquela cela solitária? *Por que* havia sido colocado ali?

Ela balançou a cabeça para si mesma. Fosse quem fosse, não tinha como ajudá-lo. Não fora sequer capaz de ajudar a própria família.

Correu de suíte luxuosa a suíte luxuosa, até que a respiração estivesse quente e dolorida na garganta. Estaria o *transformatio* em algum outro lugar no palácio? Será que ainda *existia* alguma possibilidade de encontrá-lo e salvar seus parentes?

Não. Ela sabia a verdade. Tinham apenas uma chance, e ela já fora usada. A qualquer segundo agora, os guardas seriam alertados. Só lhes restava fugir.

Joan correu apressada e chegou ao quarto com as cortinas abertas e a vista do Tâmisa congelado. Com a respiração ofegante e as pernas doloridas, virou-se para trás para ver os outros.

Não havia ninguém. Ela parou de súbito. Através da porta, podia ver que o cômodo anterior estava vazio.

O pânico a atingiu como um raio. *"Onde estavam?"* Tentou lembrar quando fora a última vez que os ouvira atrás de si. Percebeu que já fazia alguns minutos. Mas como foi que os perdera? Será que tinham tomado outro caminho?

Tentando controlar o desespero, ela respirou fundo. Não havia tempo para procurá-los, ou para que eles a procurassem; os guardas poderiam chegar a qualquer momento. Joan teria que encontrar sozinha o caminho de volta à capela, e torcer para que os outros também conseguissem escapar.

Ela lançou um último olhar rápido por cima dos ombros antes de começar a correr novamente. E quase bateu de frente com alguém correndo na outra direção.

Nick.

Por uma fração de segundo, o choque de vê-lo a paralisou. Ele estava ali, em carne e osso. No café, houvera uma mesa entre eles, mas agora não havia barreiras.

O rosto de Nick não conseguiu esconder a surpresa, mas Joan reagiu primeiro e usou o impulso da corrida para lhe dar uma joelhada na coxa. Ele chiou com a dor, mas se esquivou do chute seguinte e conseguiu afastá-la. Joan ergueu a mão para o pescoço dele, mas no mesmo momento Nick a segurou contra a parede, colocou as coxas musculosas contra as dela e pressionou os ombros de Joan com o peito forte.

A mão de Joan envolvia o pescoço de Nick, com o polegar abaixo do maxilar. Porém, ele tinha uma faca. A lâmina reluziu ao luar, e a ponta afiada pressionou a lateral do corpo de Joan. Não havia passado o veludo grosso de seu vestido, mas ela podia sentir a pressão ameaçadora.

Os dois respiraram fundo enquanto olhavam um para o outro. Ele estava vestido para o baile com um elegante terno preto, roupas feitas sob medida para seu corpo definido. A camisa branca fazia com que seu cabelo parecesse mais escuro e o bolso de seda era uma perfeita linha fina. Estava *lindo*.

Joan percebeu com um choque de horror que podia matá-lo naquele instante. No Poço, Aaron dissera que era possível matar alguém ao pegar mais tempo do que a pessoa dispunha. Tudo o que Joan precisaria fazer era se concentrar em um longo período, e Nick cairia aos seus pés, morto.

E ele podia matá-la também, bastava cravar a faca em sua barriga.

A respiração dele soava tão alta e fora de ritmo quanto a dela. Por cima dos ombros grandes, Joan via aquela imagem congelada: o rio sem ondulações, as árvores imóveis. Ela se sentia tão paralisada quanto. Estavam na beirada de um precipício. Um movimento errado, e ambos cairiam.

O braço de Nick se mantinha tenso com a faca.

— Você encontrou? — sussurrou ele.

Joan imaginou que deveria mentir, mas balançou a cabeça.

Estavam tão próximos quanto no dia em que tinham se beijado. Mas onde antes na biblioteca houvera ternura no rosto de Nick, agora Joan via apenas dor.

— Você roubou tempo — sussurrou ele, rouco. — Roubou vida humana.

Na Sala Dourada, ele dissera: "*Eu só mato monstros que roubam vida humana.*" O braço dele se mexeu, e Joan apertou o pescoço de Nick com mais força. "*Anda logo*", disse ela a si mesma. "*Pegue tempo dele.*" Em resposta, Nick tensionou ainda mais a lâmina.

Quando ele mudou de posição, seu braço se apoiou na lateral da barriga de Joan. Ela se agitou e gemeu, e os olhos dele se arregalaram. A pressão desapareceu.

— Você ainda está machucada? — disse ele, entre uma respiração e outra.

— Não te interessa.

Uma sombra de agonia passou pelos olhos dele.

— Você teria roubado tempo de novo se eu não tivesse matado sua família? — sussurrou, sério.

Joan ficou surpresa com a pergunta.

— Não — respondeu. Fora um acidente da primeira vez. Ela nunca quisera fazer mal ao Sr. Solt. De repente, sentiu-se terrivelmente perto de desabar em lágrimas. — Como você foi parar nos anos 90? Como pode viajar se não é um monstro?

— Não vou te contar isso — disse ele, da mesma forma fria e direta com a qual falara de sua missão.

Parecia que estavam em um impasse, pressionados com força um contra o outro, sem se mover. Houve um grito distante. E então outro, mais urgente.

— Alguém descobriu sua invasão — disse Nick.

— Eu deveria te matar — falou Joan.

Por sua família. Ela soava tão fria quanto ele. *"Anda logo"*, disse a si mesma. *"Mata ele!"*

Nick se mexeu de novo, desta vez com cuidado para não tocar o ferimento de espada. E Joan teve subitamente a ideia absurda de que, se ficasse nas pontas dos pés, poderia beijá-lo.

— Você não vai — sussurrou ele, com um traço de agonia ainda presente nos olhos. — Você ainda não quer que eu morra. Quer me matar *antes* que eu mate a sua família.

Havia passos correndo agora, aproximando-se mais e mais. Joan e Nick continuaram ali, num abraço mortal, com os corpos colados um ao outro.

— Talvez eu te mate duas vezes — sussurrou ela.

A boca de Nick se contorceu:

— Nem o seu Rei consegue manipular tanto assim a linha do tempo.

Os passos se aproximaram. Talvez a quatro cômodos dali. Três. Nick abaixou lentamente a faca. Por um segundo, apenas continuaram ali; a mão de Joan ainda envolvia o pescoço dele, como se fosse beijá-lo, enquanto as de Nick estavam soltas ao lado do corpo.

"Vai logo", Joan disse a si mesma. Mas não conseguia. Simplesmente não conseguia. Ela se ouviu soltar um grunhido resignado e dolorido.

— Joan — sussurrou Nick. Os guardas estavam chegando, mas ele continuava olhando em seus olhos, intenso e desesperado, como se fossem as únicas duas pessoas no mundo. — Você sabe que isso é errado. Olhe ao redor. Eles roubam vida de humanos. É isso o que fazem.

Joan balançou a cabeça.

— Da última vez em que nos encontramos, você disse que viria atrás de mim — continuou ele. — Que tentaria me impedir. Por favor, Joan, não faça isso. Só fique longe de mim.

Ela queria continuar o segurando, mas, em vez disso, soltou seu pescoço e deixou a mão cair ao lado do corpo.

— Você é um herói e eu sou um monstro — sussurrou. — Só tem um jeito dessa história acabar.

Nick respirou fundo. Quando falou, estava com a voz tremendo:

— Eu sei.

Então ele correu para a porta e desapareceu.

Joan disparou aos tropeções pelo palácio e foi tentando ficar fora do caminho dos guardas. Sentia o corpo pulsando vivo demais em todos os lugares onde estivera pressionada contra Nick.

Sem a luz do celular de Aaron, ela levou séculos para navegar pela capela escura e encontrar a porta escondida atrás do armário. Precisou ficar afastando flashes de memória: a forma como Nick abaixara a faca antes que ela soltasse a mão e a rouquidão na voz dele. Quando finalmente encontrou o trinco da porta, seu corpo tremia.

Ruth estava esperando por ela. Pegou as mãos de Joan e a puxou para fora. Bem a tempo. Outra convidada apareceu assim que ela entrou no cômodo.

— Oi! — disse a outra pessoa, animada. Era uma mulher de meia-idade, vestida com robes e uma ornamentada tiara dourada. — Deixando presentes também? — Ela pegou um pequeno vaso dentre os tecidos da roupa e o colocou em uma prateleira. — Cheguei um pouco tarde.

Joan não conseguia responder. Ficou aliviada quando Ruth falou:

— Ah, sim. — Sua voz soou um tanto artificial. Ela se apoiou no armário e mascarou com uma tosse o clique da porta se fechando. — Chegamos atrasadas também. — Ela pôs a mão sobre um vaso na prateleira.

— Cruzes — reagiu a mulher. — Onde vocês conseguiram essa velharia?

O vaso ao lado de Ruth era antigo: fora quebrado e reparado. O vaso da mulher tinha o mesmo estilo, mas era novo e brilhante.

Joan olhou ao redor, devagar. O cômodo estava cheio de artefatos: presentes para o Rei. Vasos e colares. Tecidos. Braceletes, urnas, estátuas. Centenas e centenas de objetos. Peças de museu de todas as épocas.

"Você sabe que é errado", dissera Nick. *"Olhe ao redor."*

— Onde você conseguiu esse vaso? — Joan se ouviu perguntar à mulher.

— O quê, isto? — Ela deu de ombros. — Num pequeno mercado na Babilônia.

— Babilônia?

Joan sentiu arrepios na nuca. A Babilônia vivera seu auge quase quatro mil anos antes. Uma viagem de ida e volta custaria quase 8 mil anos de vida humana. Ela encarou a mulher. Parecia tão comum, como a mãe de alguém. Será que teria roubado tanto tempo assim apenas para ir a uma festa?

Joan pensou nas estátuas que cuspiam fogo no salão ao lado. O lustre de borboletas. Todas as maravilhas que vira ali. Ocorreu a ela que provavelmente eram tecnologias do futuro. Tecnologia humana, roubada por monstros. Será que tinha sido aquilo que Nick vira quando entrara? Todas aquelas coisas roubadas?

— Joan — disse Ruth em tom de urgência.

Joan piscou na direção dela, confusa. A mulher estava a caminho da porta, e se demorou um minuto a mais para lançar um olhar perplexo a Joan, por cima dos ombros.

Pela primeira vez, Joan se perguntou o que aconteceria se ela e Ruth estivessem de lados opostos daquilo. Surpresa consigo mesma, esmagou o pensamento assim que ele surgiu. Podia confiar em Ruth para tudo. E Ruth podia confiar nela. Sempre.

— Joan, você está comigo? — Os cabelos escuros da prima estavam se soltando do coque elaborado. Eram sempre assim, os fios nunca queriam ficar em um mesmo lugar. — Está comigo agora?

— Ahn? Sim.

— Ok. Porque não podemos voltar pelo portão. Há um enxame de guardas por lá. Dezenas deles, por todos os lados. Estamos presas aqui.

DEZOITO

Nos salões, nenhum dos convidados parecia saber da invasão. A música ainda tocava, as pessoas continuavam dançando e dando risada. Ruth deu o braço a Joan. Juntas, caminharam pelo salão e passaram pelos guardas nas portas.

Eles sabiam. Estavam alertas e atentos, observando cada pessoa que passava.

Joan e Ruth saíram do palácio. A festa se estendera para o pátio. As pessoas conversavam suavemente à luz do luar e das luminárias flutuantes. Serventes rodeavam costurando entre elas com comida e bebida em bandejas de prata.

Ruth guiou Joan para longe da multidão, para as sombras do paredão de pedras. Seus dedos apertavam com força o braço da prima. Do outro lado do pátio, havia meia dúzia de guardas no portão. Não o suficiente, ao que parecia, para alarmar os demais convidados, mas o suficiente para evitar uma fuga.

A atenção de Joan se voltou para um homem de pé entre eles.

— Conrad — sussurrou Ruth. Joan não havia escutado tanto medo na voz dela desde a noite em que a família morrera. — O Executor do Rei.

Conrad estava distante demais para Joan ver com clareza, mas ela conseguiu identificar que era loiro e tinha, no máximo, pouco mais de 20 anos. Havia um ar de poder que o cercava. E algo nele fazia Joan pensar no impiedoso frio do inverno; em noites quietas, sem lua.

— Aquele portão é a única saída daqui — sussurrou Ruth. — O que vamos fazer?

Figuras se destacaram dos outros convidados: Aaron e Tom. Frankie trotava aos seus calcanhares.

— Conrad é metódico — sussurrou Aaron. — Ele vai conferir cada um que passar pelo portão. E, quando nos encontrar... — Engoliu em seco. — Fará um espetáculo de nós.

— Tem que existir outra saída — disse Joan.

— Não existe — disse Tom, num timbre frio. — E não há como viajar para fora daqui, estamos no atoleiro.

— Tem uma forma — murmurou Joan. — Acabamos de viajar para o período paleolítico e voltar. — Ela olhou para a prima. — Você precisa criar outra ponte e nos tirar daqui.

Ruth balançou a cabeça. Seus dedos estavam gelados no braço de Joan.

— Não consigo sentir o poder Hunt agora. É como se eu o tivesse esgotado.

— Você precisa tentar — sussurrou Joan. — Por favor.

— Se tentarmos, precisamos tomar muito cuidado com o lugar onde o faremos — sussurrou Aaron. — Estamos quase em cima da Downing Street e do Ministério da Defesa. Da Scotland Yard. Se aparecermos no lugar errado...

— Eu sei aonde podemos ir — disse Tom. — Venham comigo.

Os convidados no pátio começaram a murmurar conforme mais guardas saíam dos salões. Joan conseguia ouvir partes das conversas. *"Algo roubado"*, escutou. *"Guardas encontrados inconscientes."*

Tom guiou Joan e os outros pelas laterais dos prédios, sempre nas sombras. Ninguém pareceu notar quando desapareceram da festa.

— Não temos muito tempo — sussurrou Tom. — Os guardas vão conferir cada um que estiver por aqui, perceberão logo que não pertencemos a este lugar.

Eles andaram depressa. As imediações do palácio pareciam estruturadas como uma série de pátios abertos, todos cercados por construções. Logo estavam nas áreas de serviço. Joan olhou pelas janelas dos vigorosos edifícios de pedra enquanto passavam. Um era uma cozinha com imensas lareiras apagadas e balcões onde comidas podiam ser colocadas. Outro tinha grandes bacias para lavar roupas.

Estavam todos fantasmagoricamente vazios como as suítes. E escuros. A única luz vinha da lua lá em cima.

— Tem um grande portão à frente — sussurrou Tom. — Não é muito longe de onde a Trafalgar Square estará.

Ele os levou por um pátio cheio de lenha cortada, depois por um elaborado prédio de tijolinhos com aberturas em arco.

— Os estábulos — disse.

— Espere — sussurrou Joan.

Ela passou por baixo de um dos arcos. Havia dezenas de baias, impecavelmente limpas. Não havia cavalos em nenhuma delas. Nem qualquer outro animal em todo o palácio, percebeu Joan, a não ser aqueles levados pelos Hathaway. O pátio com lenha, ao menos, deveria estar repleto de ratos, gatos e raposas. Mas ali, sozinha nos estábulos, ela não ouvia nada a não ser os próprios passos, a própria respiração.

Nos fundos do prédio, havia selas e cobertores dobrados. Joan pegou um rolo de corda. Então caçou um martelo e dois pregos em uma caixa de ferramentas.

Quando ela reapareceu, Aaron colocou um dedo na frente dos lábios. Então Joan *conseguiu* ouvir algo: passos distantes. Vozes.

— Guardas — sussurrou Aaron em seu ouvido.

Depois disso, andaram em silêncio.

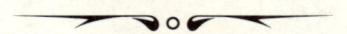

Tom os levou até um portão de madeira nos limites do palácio, onde duas paredes de pedra se encontravam. O portão era pequeno e sem adornos, mais como uma passagem para fora de um jardim dos fundos do que de um palácio.

Tom ergueu o pino de ferro sem fazer ruído e puxou o portão para dentro. Todos recuaram instintivamente. Do outro lado, havia silhuetas de construções e uma rua larga. O luar mal parecia tocá-los. Nada se movia.

Joan sentiu o estômago embrulhar, como se estivesse no topo de um paredão alto. Havia algo de terrível na vista do Tâmisa congelado, mas agora ela percebera que o horror havia sido amenizado pelos vidros das janelas.

Ao seu lado, Aaron colocou a mão na frente da boca, como se fosse vomitar.

— Não tem nada ali — sussurrou Ruth. — Parece que sim, mas não tem nada. É um vácuo. Todas aquelas silhuetas são apenas sombras.

— Eu sei — disse Tom, desviando os olhos; ele não suportava sequer olhar a vista.

Joan também sentia o horror daquilo. Seu estômago se apertou. A pele arrepiou. Ela tinha a sensação de que, se saísse dali, cairia, cairia e cairia para sempre.

Tentou não pensar nisso ao passar o martelo e os pregos para Aaron a fim de ficar com as mãos livres. Então começou a trabalhar com a corda e fez um laço do tamanho do portão. Quando juntou as duas pontas, Aaron pareceu entender o que ela estava fazendo. Ele alinhou um dos pregos no topo esquerdo da moldura do portão. Quando Joan assentiu, ele martelou.

Todos pararam então, escutando. Joan prendeu a respiração. Não havia vozes urgentes. Nem passos. Não havia som algum. Ela contou até dez. Então assentiu para Aaron novamente. Ele foi até o outro lado e fixou o outro prego.

Depois, ajudou Joan a pendurar a corda ao redor do portão. Mais cedo, haviam precisado de um longo tapete para cruzar o trecho de neve entre eles e o arquivo. Mas Joan esperava que agora uma corda fosse o suficiente. E que fosse mais fácil para Ruth.

— Tenho minhas dúvidas — sussurrou Ruth. — Não consigo sequer sentir o poder Hunt. É como... — Ela hesitou como se não tivesse certeza de como se sentia. — É como se eu tivesse torrado tudo. O poder Hunt não deveria ser usado para abrir portões assim.

— Feche os olhos — sussurrou Joan — e tente. Só tente. Uma última vez.

Ruth hesitou mais uma vez. Seus olhos estavam fundos de exaustão e o rosto, pálido. Mas ela tocou a corda com a palma da mão e fechou os olhos. Nada aconteceu por um longo momento.

— Não consigo... — começou a dizer, então algo piscou do outro lado do portão. Joan ouviu Aaron prender a respiração.

Por um segundo, a lua ficara menor, em um lugar diferente do céu.

Ruth devia ter sentido algo. Ela abriu os olhos. Com a testa franzida de concentração, empurrou a corda contra a moldura de madeira, com esforço. Houve outro flash, e desta vez durou tempo o suficiente para que Joan visse as construções crescerem e diminuírem do outro lado da rua. Não havia como saber que ano vira.

Ruth já estava exausta.

— Não consigo mantê-lo aberto — disse.

— Tudo bem — disse Joan. — Tudo bem. Vamos ter que pular durante o flash.

— Você só pode estar brincando — sussurrou Aaron. — Se o portão fechar enquanto estivermos atravessando...

— Se Conrad nos encontra... — Tom sussurrou de volta.

Aaron fechou os olhos com força por um segundo.

— Tá bom — disse, concordando. — Tá bom. Eu vou primeiro.

Ele ficou à frente da corda.

— Se prepare. — O rosto de Ruth estava tenso de concentração. — *Vai*.

O portão piscou, aberto, e Aaron saltou para fora. Então desapareceu. Havia apenas a cidade de sombras do outro lado.

— Ele conseguiu? — sussurrou Ruth.

— Conseguiu — Joan sussurrou de volta, mesmo que não o houvesse visto, de fato, chegar ao outro lado.

O flash fora breve demais. Ela precisava acreditar que ele conseguira. Precisava acreditar que ele não desaparecera no vazio.

— Eu sou o próximo — disse Tom, e ficou à frente da corda, com Frankie nos braços.

Joan colocou a própria mão na corda, desejando que seu poder Hunt se ativasse. Não conseguiu sentir nada. Havia desaparecido anos atrás. Mas ela não conseguia ficar simplesmente parada ali enquanto Ruth esgotava as próprias forças.

— Se prepare — Ruth disse a Tom. Então, quase tão depressa quanto: — *Vai*.

O portão piscou novamente. E Tom desapareceu.

— Só mais duas vezes — disse Joan. — Eu e você.

Ruth levou um tempo para responder. Estava com a respiração ofegante.

— Você sabe que não posso atravessar com vocês — conseguiu dizer.

— Claro que pode — disse Joan, firme. — Você nem tentou lá atrás no arquivo, mas aposto que teria conseguido.

Ruth apenas balançou a cabeça.

— Não vou te deixar aqui — disse Joan.

— Deixa de ser boba.

A vivacidade usual da voz de Ruth não estava mais lá. Ela soava cansada, exausta. Começou a empurrar a corda novamente.

— *Ruth...* — insistiu Joan.

— Mas que inferno! Vá logo, quando eu disser.

— Não vou te deixar aqui.

— Três. Dois. Um.

O portão piscou. Joan agarrou a mão livre de Ruth e a arrastou consigo quando pulou.

Houve um flash apavorante de nada, então Joan caiu em uma calçada. Atingiu as costas de alguém. Aaron. Apoiou-se nele para se equilibrar. Por um longo momento, não conseguiu respirar. Fosse a época que fosse, Joan podia ouvir carros.

Então ouviu a voz de Ruth:

— Sua *idiota!* Podia ter matado nós duas!

Joan engoliu em seco, quase em lágrimas de alívio.

— Idiota é *você* — disse.

— E se você tivesse caído naquele abismo sem fim? E se tivesse se matado?

Joan olhou ao redor. O que quer que tivesse congelado Whitehall à meia-noite perdera o efeito. Turistas e carros se moviam novamente, perambulando na direção do Big Ben e no sentido contrário, de volta à Trafalgar Square.

De resto, tudo estava exatamente igual a antes da festa. Os carros ainda eram baixos e quadrados; as roupas, ainda largas.

— Acho que estamos de volta aos anos 90 — disse Ruth. — Tentei focar na noite em que partimos.

— Você *arrasou* — disse Joan.

— Quietas — interrompeu Aaron, ríspido. — Ainda não estamos seguros.

Estavam chamando um pouco de atenção dos turistas ao redor. Será que tinham sido vistos surgindo do nada? Não. As pessoas não pareciam chocadas o suficiente. Então Joan viu alguém olhá-la de cima a baixo.

— Essas roupas são realmente chamativas — murmurou.

Aaron e Tom poderiam passar despercebidos, mas ela e Ruth estavam obviamente vestidas para um baile.

Aaron soltou um palavrão, tirou o paletó cinza e ficou apenas de camisa e colete. Ele passou a jaqueta a Joan, e Tom fez o mesmo com Ruth.

Joan vestiu a peça, lembrando-se da outra vez em que usara o paletó de Aaron: apavorada e gelada, coberta com o sangue da avó. Assim como da última vez, sentiu-se imediatamente melhor. O tecido cinza cobria quase três quartos de seu vestido. O de Tom cobria ainda mais a roupa de Ruth. Joan percebeu que Aaron a observava enquanto ela ajustava a bainha. Talvez também estivesse se lembrando daquela noite

— Tudo bem? — sussurrou para ele.

Ele assentiu. Sua expressão era difícil de ler.

— Vamos sair daqui — ele sussurrou de volta.

Joan esticou o pescoço para olhar mais à frente na rua. O grande portão do Palácio de Whitehall desaparecera. Em seu lugar, havia dezenas de pessoas com ternos escuros.

— Guardas — sussurrou Aaron.

Conrad estava entre eles, iluminado por um poste. O cabelo loiro brilhava, lembrando o de Aaron. Conrad se inclinou para dizer algo a um homem de cabelo preto e porte bem magro.

— Aquele homem com quem ele está falando — sussurrou Tom —, *ele* não é um guarda. Acho que é da família Patel.

— Precisamos sair daqui — disse Aaron. Para Joan, explicou: — Os Patel podem atolar monstros no tempo, podem nos impedir de viajar.

— Eles não precisam fazer contato físico para isso? — perguntou Ruth.

— Não se forem fortes — Tom explicou. — Se forem fortes, eles podem... — O homem ergueu um braço e Tom interrompeu a si mesmo. — Esse cara é forte! Corram!

Mas era tarde demais. O homem fez um gesto circular, englobando toda a largura da rua, de Westminster a Trafalgar. O mundo pareceu ondular ao redor dele, como se houvesse jogado uma pedrinha em um lago.

A onda se expandiu, rápida demais para evitar. Joan cambaleou com o poder. Ao seu lado, Ruth e Aaron se esforçaram para continuar em pé. Tom esticou um braço para retomar o equilíbrio, mas conseguiu continuar segurando Frankie.

Como se tivesse um sexto sentido, Conrad se voltou para eles, preciso na escuridão. Ele deu instruções, e guardas começaram a correr na direção deles.

— Corram! — disse Tom, e apontou para a Trafalgar Square, lotada de turistas mesmo tarde da noite. — Se dividam e *corram*!

———❧∘❧———

Joan disparou em direção à Trafalgar Square. De início, podia ouvir os passos dos outros correndo, mas logo se viu sozinha.

Quando planejaram a invasão, Tom sugerira um ponto de encontro caso se separassem: uma antiga escada de pedras em Wapping, usada no passado por barqueiros para acessar o Tâmisa.

Joan levou quase 2 horas para chegar lá. Ela pulou em um ônibus em Trafalgar e continuou ali até ter certeza de que não fora seguida. Depois, caminhou até o Wapping.

Na avenida principal, tomou uma passagem escura depois do pub Town of Ramsgate até a margem do Tâmisa e desceu com cuidado os escorregadios degraus de pedra, tentando não cair no escuro. Não havia um trecho muito extenso de praia ao final da escada, apenas uma pequena faixa cheia de pedras que fedia a podridão. Os pés de Joan esmagaram galhos, cascalho e conchas.

A lua brilhava o suficiente para mostrar que o nível do rio estava baixo. Ainda não havia mais ninguém na praia. Joan cerrou os punhos e tentou não imaginar que os outros haviam sido pegos.

À beira da água, a Ponte da Torre estava inesperadamente próxima, ainda exibindo a iluminação noturna. Próximo dali, na água, Joan conseguiu distinguir um bote flutuando, amarrado em algo que parecia caseiro. Transporte para fora dali, cortesia dos Hathaway.

Todos eles entrariam no bote, e Tom os levaria a um ancoradouro da família para passarem a noite. Depois, decidiriam juntos o que fazer.

Joan se afastou da água e se sentou pesadamente na antiga escada de pedras.

"Tem algo de errado nisso tudo", dissera Ruth na Corte. *"Tenho a sensação de que não entendemos direito."*

Joan deixou a cabeça cair nas mãos. Podia ouvir o rio bater contra a margem. Para dentro. Para fora. Para dentro. Como respirar. *"Não entende-*

mos direito", dissera Ruth. Mas a verdade era que *Joan* não entendera algo. *Ela* fizera os outros irem à Corte Monstro.

Tivera tanta, tanta certeza de que o *transformatio* estaria no Arquivo Real que arriscara a vida de todos. Mas estava errada. Em vez de um dispositivo que salvaria sua família, encontraram uma cela de prisão, vazia. A avó lhe dera a chave para a Corte Monstro, e Joan a desperdiçara.

Como sempre, pensar na avó trouxe à tona aquela noite terrível. Às vezes, parecia que as memórias que Joan tinha da família haviam sido apagadas naquele dia. Quando pensava na avó, era sempre naquele quarto, morrendo.

"Pense em outra coisa", disse a si mesma. Mas a memória continuava voltando. As últimas palavras da avó. *"Você está correndo um grande perigo. Algum dia, logo, você desenvolverá uma habilidade. Um poder."*

Então Joan se lembrou de como ficara na frente daquela porta de madeira. Tinha golpeado a mão contra a fechadura e o poder jorrou de seu corpo. Depois de tocá-lo, o metal ficara opaco como pedra, como se, de alguma forma, o tivesse transformado em minério. Ela pensou nas marcas escuras no colar. O que fizera à fechadura? Àquela corrente? Será que havia transmutado o metal? Seria aquele seu poder, transformar metal em pedra?

Joan fechou e abriu a mão em uma tentativa de sentir o estranho poder de novo. Mas não havia sequer uma faísca do que quer que tivesse feito em Whitehall.

Não teve certeza de quanto tempo ficou ali até que um assobio baixo a fez se sobressaltar. Ela se virou. A silhueta forte de Tom estava no topo da escada.

— Não precisa se levantar, vou até você — disse ele suavemente lá para baixo.

Desceu depressa os degraus escorregadios com os pés firmes de um marinheiro. Animada, Frankie trotou atrás dele, latindo.

Tom ficou do tamanho de uma pessoa, então do tamanho de Tom, e andou até Joan em passos largos e ágeis, cheio de músculos e bom humor.

— Tudo certo? — perguntou. — Levei um tempo para chegar.

— Estou bem. Os outros ainda não apareceram — disse Joan. — E se foram pegos?

— Eu vi Aaron perto do Templo. Ruth também. Não se preocupe. Não estão muito atrás. — Seu rosto sofrido se abriu em um sorriso. — Aqui. — Ele tirou uma bolsa feminina do ombro e abriu para mostrar a Joan que estava cheia de tortas de carne de porco. — Roubei um café da manhã para nós.

Joan o imaginou encontrando tempo, em meio à perseguição, para roubar uma bolsa; depois, livrando-se das chaves e do dinheiro para enchê-la com algo que realmente valorizava. Apesar da preocupação com Aaron e Ruth, ela sentiu vontade de rir. Pelo visto, Tom era do tipo em que se podia confiar para manter a simplicidade das coisas.

Ela apalpou os bolsos; os leões de marzipã que pegara no palácio não haviam se saído muito bem. Um perdera o rabo; o outro, a cabeça. Mas fazer o quê? Ofereceu-os a ele mesmo assim.

— Se Ruth e Aaron trouxerem bebidas, já vai ser um verdadeiro piquenique.

Ela abriu espaço e bateu no degrau, sinalizando para que ele se sentasse.

Tom sorriu, mas não se sentou como Joan esperava que fizesse.

— E a outra coisa? — perguntou ele. — Está com você, certo?

Joan olhou para cima e encontrou os olhos dele.

— Eu... — Ela hesitou. — O quê?

O céu estava cinza, era pouco antes do amanhecer. Um truque de luz deixou a boca de Tom na sombra, tirando um pouco da indiferença usual de sua expressão.

— Achei que estaria na cama dele — disse Tom. — Você o encontrou debaixo da mesa?

Joan olhou para o rosto bobo de Tom. Porém, naquele momento, seus olhos estavam estranhamente sérios. A cicatriz na sobrancelha era um risco pálido à luz do amanhecer. Parecia mais do que nunca um criminoso.

Ela tinha *mesmo* encontrado algo na Corte. Algo escondido no vão debaixo da mesa. Na pressa para fugir, havia se esquecido.

— Não sei do que você está falando — sussurrou.

— Vamos nos poupar de insultar um ao outro — disse Tom, quase gentil. — Nenhum de nós teria deixado aquele cômodo de mãos vazias. E foi você quem tomou a iniciativa para sair.

Joan se levantou devagar, tomando cuidado para deixar os movimentos claros, no caso de ele presumir que seria um ataque. Tom lhe parecera um gigante gentil (não idiota, mas lento e um pouco desajeitado às vezes). Naquele momento, entretanto, não parecia tão lento. E, se não era lento, talvez não fosse desajeitado também.

Joan colocou a mão sobre o bolso. Conseguia sentir o que encontrara, um quadrado leve de plástico. Ela mal o observara antes de o enfiar no bolso; era branco, sem marcações. Não o havia tomado como algo importante quando o pegara, mas agora estava na dúvida...

— Seja lá o que você ache que tenho aqui comigo — disse ela —, não tenho.

O olhar de Tom estava tão penetrante agora que era como se fosse uma outra pessoa.

Joan se lembrou de repente de como o conhecera. *Ele* a abordara. Ele a chamara no mercado quando vira seu colar, sabia que era uma chave para a Corte Monstro. Mais tarde, Ruth contara que ele havia sido um Guarda da Corte. Todos no mercado sabiam, dissera ela. Será que Tom havia espalhado a informação de propósito? Sabendo que Joan recorreria a ele quando precisasse de um guia dentro do palácio?

Tom lhe deu um sorriso amarelo.

— Sabia que costumavam enforcar piratas aqui? — A voz soava casual, mas algo na forma como ele falava fez o coração de Joan subir à garganta. — Enforcaram o Capitão Kidd bem ali.

Ele apontou para o muro de pedras atrás das escadas. Algas verdes cobriam dois terços de sua altura, um sinal ameaçador do quão alto o Tâmisa podia chegar.

— Este lugar não é grande coisa nesta época — continuou Tom. — Mas aqui era igualzinho à Estação Vitória. Crianças correndo ao redor das docas. Vendedores de caramujo gritando por todo canto. "Caramujos, caramujos, um pêni o lote!" E o rio tão cheio de barcos que ficávamos batendo uns contra os outros.

Tom deu os últimos passos de forma casual. Joan tropeçou para trás. Água espirrou. Ela olhou para baixo e percebeu que o rio estava empoçando ao seu redor. O nível estava subindo.

— Precisaram enforcar o Capitão Kidd duas vezes — disse Tom. — Da primeira vez, a corda rompeu e ele caiu na lama. A multidão pensou que ele teria uma nova chance. Que, já que a corda partira, ele seria poupado. Mas não foi. Enforcaram-no de novo, e a segunda vez deu conta do recado. — Seus olhos brilharam, como se estivesse revivendo uma memória, mas, quando Joan se mexeu, eles ficaram sérios de novo. — E depois o colocaram em um poste e deixaram o Tâmisa engolfá-lo três vezes. Por três níveis cheios.

— O que você quer? — perguntou Joan.

— O que qualquer um de nós queria? Chegar ao *Arquivo* Real. — Ele quase cuspiu a palavra. — Mas ele não estava lá.

— Ele?

Foi então que Joan se sentiu uma completa idiota. Tinha deduzido que o arquivo fosse uma sala em algum outro lugar do palácio. Não lhe ocorrera que o arquivo e o prisioneiro eram a mesma coisa. Isso significava... ela disse depressa:

— *Ele* é o *transformatio*? Ele é o dispositivo? É ele quem pode mudar a linha do tempo?

Tom fez um som impaciente.

— Não existe dispositivo. O *transformatio* é só um mito. Não tem como mudar a linha do tempo. — Ele esticou a mão. — Mas eu sei que ele deixou algo naquela cela. Me dê.

Joan queria recuar outro passo, mas não tinha como. A escada estava bloqueada pelo corpo imenso de Tom. Atrás dela, o rio subia. A água ondulava ao redor de seus pés e molhava-lhe a barra do vestido. Ela colocou a mão no bolso e fechou o polegar e o indicador ao redor do quadrado de plástico.

— Eu sou uma Hunt — alertou ela. Será que haviam mencionado sua falta de poder na frente dele? — Se eu o esconder, você nunca o encontrará.

— Você não vai fazer isso.

— Se afaste, ou eu faço sim.

Uma voz masculina à distância fez ambos ficarem tensos:

— Talvez se tivéssemos ido por Cheapside, como eu disse, teríamos chegado aqui séculos atrás.

Aaron. Joan soltou a respiração, aliviada. Nunca estivera tão feliz em ouvir aquele tom irritado antes.

Então, menos distante:

— Os guardas estavam por todo canto, seu idiota. — Ruth.

— Três contra um agora — Joan disse a Tom.

Mas não era, não ainda.

— Você pelo menos sabe o que foi que encontrou? — disse Tom, com a voz baixa e intensa. — É uma mensagem. Mas você não conseguirá decodificá-la.

— Ah, e você consegue, eu imagino?

— Consigo. A mensagem era para mim.

Joan hesitou:

— Para você?

A discussão de Ruth e Aaron estava se aproximando. Em um segundo, estariam ali. Tom olharia para cima e Joan teria um momento para empurrá-lo para longe da escada.

Mesmo assim, ela hesitou. O que não estava percebendo?

— Por que o prisioneiro deixaria uma mensagem para você? Quem era?

E por que Nick estava procurando por ele? Havia muita coisa que Joan não entendia.

Tom mexeu os pés, como se estivesse considerando suas opções.

— Não se aproxime — avisou Joan. — Vou usar o poder Hunt para escondê-lo.

— Vai usar coisa nenhuma.

— Por que você fica dizendo isso?

Aaron apareceu no topo da escada.

— Ah, ótimo, vocês dois estão aqui — gritou ele, e começou a descer.

— Porque você não tem o poder Hunt — disse Tom. Ele se inclinou e colocou a boca perto da orelha de Joan. — Eu vi o que você fez com aquela fechadura — sussurrou.

Um frio subiu pela espinha de Joan. *Algum dia, logo, você desenvolverá uma habilidade*", dissera a avó. "*Um poder. Ninguém pode saber sobre ele.*"

Tom se endireitou quando Ruth apareceu. Então, como se Joan não fosse ameaça alguma, simplesmente deu as costas para ela, como se não fosse nada.

— Vocês demoraram — gritou para os outros.

Joan olhou para as costas largas do homem. Aaron já começara a descer os degraus.

— ...guardas por todos os cantos — dizia ele.

— Ei, espere aí em cima — Joan gritou para ele.

Sentia o corpo todo gelado. Aaron teria uma vantagem maior se continuasse alguns degraus acima. *"Tom não é quem pensamos que fosse"*, ela queria dizer. *"Ruth estava certa, eu entendi algo errado."*

Mas algo na forma como Tom havia dito *"A mensagem era para mim"* a fez parar.

— Só espere aí — repetiu Joan, porque Aaron continuava descendo. Ela chutou a água para lhe mostrar que o rio havia chegado no primeiro degrau. — A maré está subindo.

— Não, a gente tem que ir de uma vez — disse Ruth, agora já descendo também. — Enquanto ainda tem um pouco de escuro para nos dar cobertura.

— Os guardas estão *por todo lado* — disse Aaron.

— Não podemos ir até os Hathaway — disse Joan.

Sem chance de entrarem em um barco com Tom. Sem chance de irem aos Hathaway, onde estariam completamente à mercê dele. Mas Joan também não queria piorar a situação, não até saber o que estava acontecendo.

Então, finalmente, Aaron começou a descer mais devagar.

— Sua família não apareceu? — perguntou a Tom.

Tom deu de ombros, virou-se para Joan e olhou-a com a mesma intensidade com a qual ela o observava. Talvez se perguntando por que não o havia denunciado ainda. Ela estava se fazendo a mesma pergunta. *"A mensagem era para mim."*

— Nossos sapatos estão ficando molhados — ela disse calmamente a Tom.

Não era exatamente verdade, a água subira apenas até o degrau dela. Os pés dele continuavam secos.

Tom se mexeu de um lado para o outro, inquieto. Ele era um homem grande, mas, num nível acima dela, parecia gigante. Se houvesse uma briga, Joan sabia quem sairia ganhando. Os degraus estavam letalmente cobertos por musgo. E o território dos Hathaway era o Tâmisa e os canais. Tom crescera na água.

Joan ergueu a voz para se dirigir a Aaron:

— Aonde podemos ir?

— Que não seja os Hathaway? — disse Aaron.

Era mais do que uma pergunta.

Tom não desviou os olhos de Joan. Mas, para surpresa e alívio dela, recuou um passo.

— Que não seja os Hathaway — concordou, respondendo a uma das perguntas.

Joan não ousou piscar enquanto subia para fora da água. Estava um tanto desconfiada de que Tom tentaria algo quando ela estivesse com um pé no ar, mas ele não se moveu. Não a tocara quando estiveram sozinhos também, ela percebeu aos poucos. Fizera ameaças, mas não a machucara. Ele poderia ter tomado facilmente o que ela encontrara, à força, mas não o fez. Ela não conseguia entender.

— Precisamos ir *já* para algum lugar.

— Não pode ser um hotel humano — disse Tom. — A Corte terá guardas por todos eles.

— Não podemos ir para a minha família. Eles entregariam todos nós — disse Aaron.

Ruth normalmente aproveitava qualquer oportunidade para provocar Aaron sobre os Oliver, mas apenas disse, tensa:

— Então onde?

— Não há outro lugar — constatou Aaron. — Nenhum lugar fora do radar da Corte. Eles têm acesso a todos os registros humanos. Têm espiões por todo lado. Eles conhecem cada... — A boca dele se fechou de súbito. Pela expressão, havia percebido algo.

— Aaron? — disse Joan.

O olhar de Aaron se voltou para o rosto dela. Havia uma intensidade em sua expressão que normalmente não estava lá. Sem saber o porquê, Joan achou difícil respirar sob o peso da atenção dele.

O rio subia e descia. Um pássaro chilreou e foi respondido por outro. A manhã estava chegando rapidamente. E ainda assim Aaron apenas olhava para Joan.

— Aaron? — repetiu ela, incerta.

Ele finalmente desviou os olhos para a água.

— Tem uma casa em Southwark, é segura. A Corte não sabe sobre ela.

— Como você sabe? — perguntou Ruth.

— Minha mãe me contou — disse Aaron.

E seu tom era derradeiro. Estava claro que não permitiria mais perguntas. Ele se virou e subiu as escadas.

DEZENOVE

O céu ainda estava majoritariamente cinza enquanto caminhavam para fora de Wapping, tomando mais cuidado do que o normal para não serem pegos por câmeras de segurança.

Ao lado de Joan, Ruth estava quieta. Joan se preocupava com ela; a prima já estava exausta no palácio, e agora ficava sem fôlego só de andar.

Joan colocou o braço ao redor dela, tentando lhe dar apoio. Mas sabia que, se algo acontecesse, Ruth não conseguiria correr.

— Falta muito até essa casa? — ela perguntou a Aaron.

— Não. — Aaron olhou de relance para Ruth. Se Joan não o conhecesse bem, diria que também estava preocupado. — Mas vamos precisar cruzar o rio. — Para Tom, disse: — Tem certeza de que sua família não pode emprestar um barco?

— Não podem — disse Joan, séria.

Aaron piscou, confuso, mas, para a surpresa dela, Tom a apoiou:

— Seríamos vistos cruzando o rio de barco.

Joan podia sentir a tensão entre eles. Não havia contado aos outros o que acontecera na escada de barqueiros. E nem sabia o porquê. A saída mais sensata seria afastar a si e aos outros de Tom.

"A mensagem era para mim", dissera ele. Joan não parava de revirar as palavras na mente. Não exatamente as palavras, mas a forma como ele as dissera.

Ela não conseguia entender. A chave da avó para a Corte Monstro. O acobertamento das matanças de Nick. Rumores de um dispositivo que poderia mudar a linha do tempo. Uma cela vazia onde esse dispositivo deveria estar. *"A mensagem era para mim."*

Para Joan, a sensação era de que tinha as peças de um quebra-cabeça, mas não conseguia compreender a imagem que deveriam formar quando montadas. Ainda havia algo faltando. Algo que ela não compreendia. Mas o quê?

— Já está quase amanhecendo — disse Aaron. — Precisamos chegar ao outro lado antes que clareie. — Ele mordeu os lábios. — Estamos perto da Ponte da Torre.

— As pontes estarão sendo vigiadas — disse Ruth.

— Talvez tenhamos sorte.

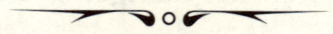

Quando se aproximaram da Ponte da Torre, Aaron soprou um palavrão. Luzes azuis piscavam em carros de polícia estacionados. Havia um bloqueio na ponte. Veículos e pedestres estavam sendo interrogados e revistados.

— Aqueles policiais são monstros — sussurrou Aaron. — A maioria é, pelo menos.

— Como isso é possível? — perguntou Joan.

— A Corte coloca monstros em posições de poder nos círculos humanos.

— E nenhum desses londrinos acha isso estranho?

— Eles estão acostumados — disse Tom. — Nesta época, acontecem bombardeios do IRA por todos os lados. — Ele passou a mão no rosto. — Se há um bloqueio aqui, haverá outros por toda Londres. Os Guardas da Corte estarão por todo o metrô.

Era verdade que os motoristas não estavam fazendo perguntas quando os supostos policiais espiavam por suas janelas. Enquanto Joan observava, um carro teve a passagem liberada. Um policial gesticulou para o próximo com a mão enluvada.

— Eles estão deixando as pessoas passarem — disse Joan. — E se a gente simplesmente andar pela calçada? Como saberiam que somos nós?

— Não podemos ser vistos — disse Aaron, firme. — Há Olivers e Griffiths entre os guardas.

Ruth exalou um palavrão.

— A família Griffith pode induzir a verdade — sussurrou ela, cansada, a Joan. — Qualquer monstro que passe por ali será parado e questionado.

— Estamos perdendo a noite — disse Tom.

— Podemos tentar o túnel de Rotherhithe — sugeriu Ruth. — Não é longe.

— Esse túnel está fechado para pedestres há mais de um século — disse Aaron. — Agora só os trens passam por lá.

— Ainda tem como atravessar — disse Ruth. — Se formos rápidos, estaremos do outro lado antes do primeiro trem.

Joan e Aaron se entreolharam. Naquele momento, Ruth parecia tudo, menos rápida.

✦ ⟨∘⟩ ✦

Ruth os guiou para longe da Ponte da Torre até uma estrutura redonda de tijolinhos, imunda e incrustada de sujeira. Tufos de mato nasciam no concreto rachado em torno dos blocos.

— Banheiro? — disse Aaron, em dúvida.

— Sistema de ventilação — explicou Ruth.

Com dois dedos, ela gesticulou subir o telhado da construção e então descer, descer e descer.

Joan conseguia senti-la tremer de exaustão quando ajudou Tom a erguê-la. Depois foi a vez de Tom; ele subiu com uma mão só, os músculos se contorcendo devido ao esforço. Ele segurava Frankie debaixo do braço, e ela esticou o pescoço, curiosa, por cima de seu ombro.

— Estou bem — murmurou Ruth. — Estou bem.

Só que ela parecia estar falando isso apenas para si mesma, na esperança de que se tornasse verdade.

Eles desceram, três níveis pelo menos. A respiração ofegante de Ruth ficava cada vez mais alta. Quando chegaram ao final, seus braços tremiam tanto que Tom teve de ajudá-la a descer os últimos degraus.

— Tudo certo com você? — sussurrou Joan.

Ruth assentiu.

— Fiquem atentos ao som de trens — conseguiu falar.

Estavam em um túnel debaixo da terra com teto alto e curvado. Barras de metal se arqueavam acima em intervalos regulares. Olhando para a boca do túnel, o efeito era de arcos concêntricos. A parede era iluminada por arandelas antiquadas que lembravam pescoços de um cisne. Trilhos de trem corriam pelo chão.

— Não toquem nos trilhos — alertou Ruth. — São eletrificados.

— O que acontece se um trem vier? — perguntou Joan.

A prima apontou para frente. A cada duas lâmpadas, havia um recesso em arco. Não era um único túnel, percebeu Joan, mas sim dois, e os arcos faziam a conexão.

Joan percebeu o reflexo de algo brilhante aos seus pés e raspou o chão com o sapato. Debaixo da terra, entre os trilhos, havia ladrilhos: brancos e azuis, com uma textura floral entrelaçada.

— Tinha um mercado aqui nos anos 1800 — disse Aaron. — As pessoas vendiam souvenires nesses arcos. Era cheio de cartomantes. Macacos.

— Não me diga que você se rebaixava vindo até aqui — disse Ruth.

— Turistas e pobres são as melhores pessoas de quem roubar tempo — explicou Aaron. Quando Joan o encarou, ele deu de ombros. — Que foi?

"Você sabe que é errado", dissera Nick. Joan se lembrou de todos aqueles presentes para o Rei. Aquelas maravilhas, aqueles horrores. Como um raio, ela sentiu um desejo súbito e intenso, tão forte que, por um momento, teve medo de estar tentando viajar. Mas o desejo não era por uma época diferente. Era por Nick. O Nick que conhecia antes de tudo aquilo.

Ela se lembrou de novo da vez em que ele resgatara uma vespa. Ela estava presa na Sala Dourada, zumbindo atrás de uma cortina. *"Mata! Mata!"*, dissera um dos turistas, mas Nick a capturou em um copo e a libertou no jardim. *"Ela só está no lugar errado"*, dissera.

Joan confiara em seu julgamento, seu compasso moral. Só por estar perto dele, ela se sentia como a pessoa que queria ser. Agora... Ela cruzou os braços ao redor de si.

Estava tão comprometida moralmente. A sensação perdurava no fundo de sua mente desde o Poço. Ela se lembrou de contar à avó, todos aqueles anos atrás, que queria ser o Superman. *"Você é um monstro"*, dissera a avó.

Conforme andavam pelo túnel, Joan percebeu um zumbido ficar cada vez mais alto:

— Que barulho é esse?

Não parecia um trem.

— As bombas d'água — respondeu Ruth.

— Devemos estar debaixo do rio — disse Aaron.

Joan olhou para o teto. O ar cheirava a concreto úmido. Era assustador pensar que o Tâmisa rugia acima deles. Joan se lembrou da onda de poder que os engolfara quando fugiram de Whitehall.

— O que aconteceu conosco fora de Whitehall? — perguntou ela. — O que aquele homem fez?

— Ele nos atingiu com o poder da família Patel — disse Aaron. — Ele nos atolou no tempo. Não podemos viajar de novo até que o efeito passe.

— E passa?

Houve uma pausa antes que Aaron respondesse, como se ele houvesse escutado algo estranho na voz dela.

— Com o tempo — disse.

— É difícil dizer por quanto tempo ficaremos presos nesta época — disse Tom. — Pode ser um dia. Podem ser meses.

— Uma vez, uma Hunt da Era Vitoriana roubou o selo de um Patel — Ruth disse a Joan. — Os Patel a atolaram por anos. Forçaram-na a viver numa época em que ela já estivera antes.

— E o que aconteceu? — perguntou Joan.

Aaron havia explicado as regras: não era possível estar duas vezes na mesma época. A linha do tempo não permitia.

— O que acontece se você estiver em um túnel e não conseguir sair do caminho do trem? — disse Aaron, seco.

— Não sabemos o que aconteceu com ela — continuou Ruth. — Quem encontra consigo mesmo no tempo desaparece. Algumas pessoas acham que a linha do tempo te joga para um dos seus extremos. Ou que você desaparece no nada.

— É raro — disse Aaron. — A linha do tempo não permite que você salte para uma época em que já está. E quando alguém começa a se aproximar de si mesmo sem querer, começa a sentir um desespero intenso de partir. Mas é *possível* continuar, seja por estar preso ou teimosia. Os Oliver dizem que, se isso acontece, você é empurrado para fora do próprio tempo.

"Fora do próprio tempo." Joan estremeceu ao se lembrar daquele abismo de nada do lado de fora das paredes da Corte Monstro.

— De que adianta especular? — resmungou Tom. — De uma forma ou de outra, a pessoa já era.

Aquilo pareceu silenciar todos. Eles caminharam pelo túnel, atentos ao som de trens. Joan imaginou como aquele lugar havia sido nos anos 1800: iluminado por lamparinas a gás e repleto de bancas de mercadores e turistas em ternos e vestidos longos.

— A gente vai conversar sobre o que aconteceu na Corte Monstro? — disse Ruth, por fim.

Estava perdendo as forças. Sua voz ficava cada vez mais e mais rouca e cansada.

— O que tem para conversar? — perguntou Aaron.

— Não encontramos o dispositivo — disse Ruth. — Não mudamos a linha do tempo.

Joan procurou por Tom e encontrou-o olhando de volta para ela. *"Não existe dispositivo"*, dissera ele na escada de barqueiros. O dispositivo não existir significava não haver uma forma de salvar suas famílias. Joan ainda não tinha condições de pensar nisso.

— O que tem para conversar? — Aaron perguntou de novo. — Nós falhamos. Saímos de mãos vazias. Mal escapamos com vida. E agora Conrad está atrás de nós. Passaremos o resto da vida fugindo de uma época esquecida e abandonada para outra. E um dia vamos virar uma esquina e Conrad estará lá.

Ruth disse:

— Olha, se você vai...

Joan ergueu a mão para silenciá-los. Uma luz brilhou à frente. Um trem?

— Estamos quase lá — disse Tom, e Joan percebeu que o que estava vendo era a luz do dia.

De margem a margem, não demorou muito para cruzar o rio. E, do lado de fora, a manhã finalmente chegara.

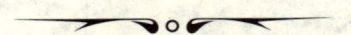

O túnel emergia bem onde os trens saíam, no centro da Estação Rotherhithe, com plataformas dos dois lados. Havia um segurança em uma delas. Ele caminhou lentamente para longe deles. Pela postura, parecia sentir tanto frio quanto tédio. Estava claramente esperando que trens, e não pessoas, saíssem pelo túnel.

"Monstro?", Joan fez apenas com os lábios para Aaron.

"Não consigo ver", foi a resposta da mesma forma silenciosa. Ele precisaria ver os olhos do homem, ela se lembrou.

Sem fazer som algum, Ruth apontou para uma câmera, e depois outra.

Tom os ergueu um a um para cima da plataforma oposta. Antes que o guarda se virasse, eles subiram as escadas na ponta dos pés, e então estavam fora da estação, do lado sul do rio.

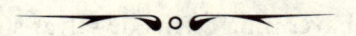

A margem sul era mais industrial ali do que na época de Joan. A brisa que cruzava o rio cheirava a piche. E, conforme caminhavam para oeste, Joan sentia as pontadas de alienação e familiaridade que estava começando a associar com aquele tempo. A Ponte de Londres e a Ponte da Torre pareciam iguais, mas o Shard não estava lá. A Ponte do Milênio não estava lá.

À frente, Aaron segurava o cotovelo de Ruth para ajudá-la a andar, todo solícito e cavalheiro. Joan se perguntou, não pela primeira vez, em que época ele teria de fato crescido. Às vezes, parecia que deixava escapar manias de outro tempo.

Ou talvez não fosse de época alguma. Talvez monstros apenas viajassem e viajassem, pelo passado e pelo futuro, sem nunca parar por longos períodos em um único momento.

— Você não contou para eles — Tom disse suavemente a Joan. Ela não teve certeza se era uma pergunta ou uma observação. Ainda mais suave, ele disse: — Eles também não sabem sobre aquele seu poder, sabem?

Joan estremeceu ao se lembrar de como golpeara a fechadura. Poder fluíra para fora dela. E, quando erguera a mão, o metal havia se transformado em minério.

Eles haviam ficado um pouco para trás dos outros, e então Tom desacelerou ainda mais. De repente, Joan tomou consciência de como ele era musculoso.

— Ande mais rápido — disse ela.

Tom deu um sorriso torto, mas alongou os passos novamente, apenas o necessário para ficar no mesmo ritmo que os demais. Seu olhar se voltou para o rio.

— Daqui dá quase para imaginar os territórios das grandes famílias — disse ele, pensativo. — Oliver e Ali ao oeste. Nowak e Argent ao norte. Griffith e Mtawali ao sul. Patel e Portelli, leste. Liu, o centro. Hathaway, o rio. E Nightingale... — Fez uma breve pausa. — Onde quiserem.

Ele se esquecera de uma família.

— E Hunt — disse Joan.

— E Hunt — reconheceu Tom. — Sempre se movendo no limiar do território dos outros monstros. Quando criança, eu costumava achar que estavam fugindo de alguma coisa.

À frente deles, Aaron e Ruth entraram em um beco estreito.

— Fique na minha frente — Joan alertou Tom.

Os prédios eram próximos e sem sol. Galpões e fábricas convertidas em moradias.

— Você precisa me dar o que encontrou — disse Tom, suave.

— O que é?

— Eu já disse. Uma mensagem.

Joan balançou a cabeça:

— Preciso saber mais do que isso.

Um músculo saltou no maxilar de Tom. Foi o único aviso que Joan teve antes da súbita reação violenta. Em um único movimento ágil, Tom percorreu o espaço entre ele e os outros. Ele lançou Ruth e Aaron contra a parede sem esforço algum.

Antes que Joan pudesse reagir, ele a empurrou também. Os ombros dela atingiram a parede. Depois de um momento sem saber o que fazer, ela avançou contra ele. Tom a empurrou de volta, quase casualmente, com uma mão imensa. Joan estava furiosa consigo mesma. Ele havia lhe mostrado exatamente quem era no ponto de encontro, e ela simplesmente...

A porta de um carro bateu por perto. Joan congelou.

Tom olhou para ela com as sobrancelhas erguidas e um dedo na frente dos lábios. *Shiu*. Ele a soltou. E ela percebeu, então, que ele havia empurrado ambos para uma entrada na parede. Aaron e Ruth estavam em um recesso idêntico do outro lado. Qualquer um que olhasse da rua veria um beco vazio.

Mais duas portas bateram. Então passos soaram.

Joan arriscou olhar. A seis metros deles, uma mulher e dois homens estavam entrando no beco, vindos da rua. Com o coração disparado, Joan se escondeu depressa. Todos usavam broches com a insígnia do leão alado. E tinham facilmente a mesma altura que Tom, embora não fossem tão musculosos.

— Quanto tempo mais? — perguntou um dos homens. — Passamos a noite toda patrulhando.

— Eles foram vistos por aqui — disse a mulher.

— Eles foram vistos em toda parte. Quer saber? Acho que já fugiram desta época.

— Sai Patel em pessoa os atingiu. Eles ainda estão aqui. Conrad trouxe guardas de várias épocas. Me tirou da Era Vitoriana. Se fez isso, precisa que eles sejam encontrados.

Os passos se aproximaram. Joan mal conseguia respirar. Do lado oposto, Ruth e Aaron pareciam apavorados. Os recessos eram estreitos demais para esconder qualquer um deles por completo. Se os guardas simplesmente olhassem, *olhassem* de verdade para o beco, veriam todos escondidos ali.

— Você acredita nos rumores? — perguntou a mulher. — De poderes estranhos usados no arquivo? Algo proibido. — Ela abaixou a voz. — Algo *errado*.

— Não sou pago para isso — respondeu o homem.

— E aquele outro alerta, hein? De uma menina metade humana com um poder estranho? Não pode ser coincidência.

Joan não conseguia mesmo respirar agora. Estavam falando *dela*.

Na entrada do outro lado, o rosto de Ruth se contorceu, confuso. Ela não fazia ideia do que os guardas estavam falando: nem sobre o poder, nem sobre o alerta.

Joan tinha uma suspeita de onde o alerta viera. *"Dorothy Hunt não é uma boa pessoa"*, dissera o estalajadeiro. A avó nunca lhe faria mal. Mas a mulher no bar... Joan se lembrou de como a versão mais nova da avó a olhara: como se ela não significasse nada. Por mais terrível e irritante que fosse, sentiu as lágrimas brotarem. Cerrou os dentes e forçou-as de volta.

— De qualquer forma, eu não acharia ruim ganhar a recompensa — disse o homem.

— Um favor do próprio Conrad — disse a mulher. — Imagine só!

As pontas de suas longas sombras chegaram aos pés de Joan. Tom tocou sua mão para chamar-lhe a atenção e perguntou só com o movimento dos lábios: *"Pronta?"* Ela estava quase tensa demais para assentir com a cabeça. Tom deu um leve sorriso, numa tentativa de confortá-la, e sinalizou: *"Eu primeiro."*

As sombras permaneceram imóveis. O momento pareceu se estender e estender. Se não fosse pelo peito de Tom subindo e descendo ao seu lado, Joan teria pensado que o próprio tempo congelara novamente. Ela começou a tremer com o acúmulo de adrenalina. Os músculos de Tom estavam tensos e preparados, como se ele pudesse esperar o dia todo naquela posição tensa.

Um barulho súbito fez Joan se sobressaltar. Soava como a música estridente de um videogame antigo.

A mulher grunhiu.

— Não é porque estamos nos anos 90 que você precisa desse toque estúpido no celular — reclamou ela.

— Eles foram vistos perto da Estação Rotherhithe. — Era o segundo homem, o que não havia dito nada ainda.

Então, finalmente, sons de movimento. As sombras começaram a recuar.

— Foram filmados por alguma câmera? — perguntou o primeiro homem.

— Se tivessem sido, já os teríamos pegado a essa altura — disse a mulher. Parecia impaciente.

— Entrem — disse o homem taciturno. — Conrad quer...

Então a porta do carro bateu, e sua voz foi cortada.

Joan esperou até o carro se afastar e o rugido do motor desaparecer com a distância. O beco ficou silencioso. Ao lado dela, Tom ficou mais tranquilo e, aos poucos, relaxou o corpo. *"Ele nos salvou"*, pensou Joan. *"Nos protegeu dos guardas."*

Ela não conseguia entender. Ele fingira ajudá-los a acessar o arquivo. E então parecia prestes a traí-los. Agora, em vez disso, os salvara. Ele poderia ter entregado Joan, havia até uma recompensa, mas não o fizera. Por quê?

Quando se virou, ela percebeu que estava bem na linha de visão de Aaron. Ele continuava imóvel no recesso, e olhava para ela com a mesma intensidade com que a encarara na escada de barqueiros.

Antes que Joan pudesse dizer qualquer coisa, Aaron se afastou abruptamente da entrada.

— Vamos — disse. — A casa é por aqui.

VINTE

Por mais inesperado que fosse, a casa era aconchegante. Havia fotos de família nas paredes do corredor, do tipo que só interessa à mãe de alguém: uma menininha vestida de pirata, seu pai ajoelhado para amarrar o tapa-olho; a mesma menina mais velha, dormindo ao lado de um gato. Uma foto da família toda: mãe, pai, filha e um novo bebê.

Joan parou de repente no meio do corredor. Será que tinham invadido a casa de alguém? Aaron não tinha a chave. Ruth usara suas ferramentas para abrir a fechadura.

Aaron trombou com as costas dela, e Joan se virou apenas o suficiente para colocar um dedo na frente dos lábios dele, sem tocá-lo de fato. Ele lhe lançou um olhar incrédulo. Mais atrás, Tom ergueu a cabeça, alerta.

Eles prestaram atenção. Nada. Nenhuma tábua rangendo no chão, nenhuma conversa sussurrada ao telefone com a polícia. Não havia água correndo, nem zumbido de geladeira.

Um minuto se passou. Dois. A expressão de Aaron se transformou de incrédula a irritada.

— Ah, pelo amor de Deus — disse ele, finalmente, em seu tom normal, superior. — Não tem ninguém aqui. Eu já disse, essa casa é segura.

— Desculpa se eu só queria ter certeza — disse Joan, embora, no fundo, já tivesse.

Não havia ninguém na casa. Era gelada demais, com o ar parado demais. Se a família nas fotos alguma vez vivera ali, já havia se mudado.

— *Como* exatamente você sabia sobre esse lugar? — Ruth perguntou a Aaron.

— Não importa — respondeu ele.

Era ainda menos informação do que dera na escada de barqueiros. E de novo havia uma dureza em sua voz que não permitia perguntas.

Com os sapatos ressoando alto no chão de madeira, continuaram casa adentro. O corredor terminava em uma confortável sala de estar. Aaron se jogou em um pequeno sofá cheio de almofadas. Frankie bufou e se esticou no chão ao lado dele. Ela parecia tão cansada quanto os outros. Ruth parou na porta do banheiro e olhou tentadoramente para a cama.

— Deite-se um pouco — disse Joan. — Eu vejo se o lugar é seguro.

A casa era simples: sala de estar, um quarto, cozinha, banheiro, lavatório separado. Joan conferiu cada armário grande o suficiente para esconder uma pessoa. De início, abriu a porta toda de uma vez, como a SWAT, e depois foi mais cautelosa. Bom, ninguém estava escondido no armário da secadora.

Na cozinha, ímãs de animais e cartões-postais cobriam a geladeira: Espanha, Cornualha, País de Gales. Joan pegou um de Dover. *"Queria que você estivesse aqui"* flutuava acima dos penhascos. Ela o virou. O lado de trás estava em branco, a etiqueta de preço, cinquenta pence, ainda fixada num canto. Abriu a geladeira. Vazia e escura.

Uma mesinha de madeira estava próxima da parede. À primeira vista, parecia gasta, como todas as mesas de cozinha. Mas agora Joan podia ver que o topo não tinha marcas e estava coberto de poeira. Alguém sequer comera ali alguma vez? Ela devolveu o cartão-postal à geladeira e cruzou os braços com força. De súbito, a casa toda lhe pareceu um tanto sinistra. O cenário vazio de um filme. Uma mostra de decoração.

— Oi — disse alguém atrás dela.

Joan se sobressaltou e se virou. Os olhos de Tom lhe pediam desculpas de dentro da despensa aberta.

— Chá?

Ele segurava um pacote de Tetley; a caixa chegava a parecer quase engraçada naquela mão imensa. Era o retrato de alguém inofensivo.

Joan olhou atentamente para ele. Ainda não tinha certeza de por que havia permitido que fosse até lá com eles, depois do que acontecera na escada de barqueiros. Ele lhe mostrara que era perigoso, mas, mesmo assim... Ela se lembrou da intensidade de emoções com a qual ele perguntara pela mensagem. Mas não a havia machucado, mesmo que pudesse ter tomado o objeto à força. E então os salvara dos guardas. E, além disso tudo, ela continuava pensando na forma como dissera aquelas palavras. *"A mensagem era para mim..."*

— Por que você não me entregou aos guardas? — perguntou ela. — Parece que tem uma recompensa.

Tom colocou o chá na mesa.

— Prefiro morrer a ajudar a Corte — disse, sério.

Joan analisou seu rosto. Ele se mostrara um excelente mentiroso, mas ela não acreditava que estivesse mentindo naquele momento. Sua boca se contorcera um pouco ao dizer *Corte*. Como se odiasse a palavra.

Joan passou a mão pelo rosto. Ela precisava pensar, mas estava tão cansada. Tão exausta. Queria se deitar ali mesmo na cozinha e dormir por dias.

— Vou fazer chá — disse Tom. — E deveríamos comer também.

Eles realmente precisavam conversar. Mas Joan assentiu:

— Tudo bem.

— Que tal tortas de carne de porco e marzipã?

— Um sonho — disse Joan, séria, e ele assentiu, parecendo cansado ou tenso demais para sorrir.

Tom tirou as tortas da bolsa roubada. Abriu e fechou os armários para pegar os pratos. Seu corpo musculoso parecia preencher a cozinha, mas ele se moveu com surpreendente agilidade ao enxaguar e encher a chaleira.

Joan colocou os leões de marzipã em um prato. Eram apenas uma pasta amassada agora. Ela encontrou algumas canecas para o chá. Não levou muito tempo e, quando terminou, apoiou-se na porta da geladeira.

Percebeu que não queria voltar para o clima mais perigoso de novo. Mas sabia que precisava.

— Quem era ele?

Com as costas largas viradas para ela, Tom ficou rígido. Sem o tilintar de pratos e canecas, o cômodo ficou quieto demais de repente.

— Quem era o prisioneiro naquela cela? — Joan perguntou de novo.

— Eu já disse — respondeu Tom. — O arquivo.

— Quem era ele *para você?*

Tom finalmente se virou, mas não respondeu. Ele tinha o porte de um boxeador, com braços longos e ombros largos. Era intimidador, mesmo quando estava relaxado.

— Se ele estivesse no palácio, você o teria trazido ao ponto de encontro? — Joan quis saber.

— Não.

Isso deveria ter encerrado a conversa, mas ela tinha certeza de que entendia agora.

— Aquela cela onde ele estava. O balde. O colchão.

Um músculo saltou na mandíbula de Tom.

— Eu vi o lugar.

— Ele era um prisioneiro — continuou ela. — Mas te deixou uma mensagem. Ele sabia que você iria.

Joan estava observando com atenção o suficiente para perceber a agonia cruzar o rosto de Tom, e então teve certeza. Ela sentia o mesmo a todo instante desde o massacre. A impotência de não poder salvar alguém que se ama.

— Você foi lá por ele, não foi? — disse ela. — Você foi lá para resgatá-lo.

— Fui.

Os ombros de Tom se ergueram com a agonia. Ele estava tentando manter a compostura. Joan conhecia aquele sentimento também; mal conseguia continuar firme desde que sua família morrera.

Ela respirou fundo. Apalpou a mão no bolso para pegar o quadrado de plástico que encontrara. Estendeu-o a Tom.

— Você tinha razão — disse. — Estava debaixo da mesa.

Tom o agarrou de imediato e cerrou a mão ao seu redor, como se tivesse medo de que Joan fosse pegá-lo de volta.

— Sobre o que você acha que será a mensagem? — perguntou ela. — Acha que pode ser algo sobre o *transformatio*?

— Não — disse Tom, quase gentil. — O *transformatio* é um mito.

Era o que ele havia dito no ponto de encontro, mas agora Joan tinha certeza de que estava falando a verdade. Ela sentiu o estômago embrulhar.

— Vamos para a sala — disse ele.

— A sala?

— Precisamos de espaço para assistir.

Aaron estava dormindo no sofá, com um traiçoeiro aspecto angelical. Seus cílios eram tão longos quanto os de uma menina.

— Aaron — disse Joan, suave.

Sentia-se mal por acordá-lo. Nenhum deles havia dormido muito nos últimos dias. Ela tocou seu ombro.

Ele abriu os olhos, piscou e deu-lhe um sorriso de derreter corações.

— Oi — disse. Então pareceu perceber onde estava e seu rosto se contorceu. — Ah. — Ele se sentou e passou a mão pelos cabelos. — Que horas são?

— Ainda é de manhã. Precisamos conversar. Tom... — Ela olhou para ele. Tom estava a observando, atento. — Tom não nos contou algumas coisas.

— Que coisas? — perguntou Ruth da porta do quarto.

Parecia exausta, e seu rosto continuava marcado pelo cansaço.

Tom hesitou e então abriu os dedos para revelar o pequeno quadrado de plástico.

— O que é isso? — perguntou Aaron, meio grogue, e começou a franzir a testa. — Onde você conseguiu isso? — Ele pareceu reconhecer o objeto. — Isso... isso é *ilegal*. É absurdamente distante desta época.

— Encontrei isso na cela — explicou Joan. — Tom acha que é uma mensagem... do prisioneiro.

Os olhos de Aaron se estreitaram. Joan conseguia vê-lo ligar os pontos. A mudança de planos na escada. A forma como Tom estivera acima de Joan nos degraus.

— O nome dele é Jamie Liu — disse Tom. — Ele é um prisioneiro da Corte Monstro faz... bom, não sei quanto tempo da perspectiva dele. Da minha, três anos.

— O que está acontecendo, exatamente? — disse Ruth. Ela podia estar cansada, mas sua voz era dura e desconfiada. — O que você sabe? — perguntou a Tom.

— Acho que você deveria tocar a mensagem — Joan disse a ele.

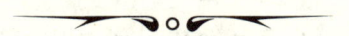

Tom empurrou a mesa de centro para o lado e enrolou o tapete. Joan conseguia sentir a tensão na sala. O tamanho de Tom era um dos responsáveis por isso, já que parecia tomar o espaço todo.

Ele olhou para os cantos do cômodo e avaliou a posição do sofá, como se estivesse avaliando os ângulos.

— Se afastem — disse, e esperou que o fizessem.

Então colocou o quadrado de plástico no chão. O objeto pareceu vibrar.

Um pequeno tabuleiro de xadrez apareceu, flutuando no ar. Era o estranho xadrez que Joan notara na Estalagem Serpentine: o modelo com elefantes e navios em vez de torres e bispos. Por algum motivo, ver o tabuleiro fez a expressão de Tom suavizar.

— Só porque você ganhou de mim aquela primeira vez... — murmurou ele.

— É um jogo? — perguntou Ruth.

— É uma senha — disse Tom. — Uma que só duas pessoas sabem.

Ele posicionou um peão branco, depois um preto, e continuou alternando entre peças brancas e pretas, movendo os dedos com confiança, sem hesitar. As peças ressoavam no tabuleiro como se fossem reais. Mas Tom não as tocava de fato, Joan notou. E quando colocou o primeiro peão de lado, ele desapareceu como uma bolha estourando.

Tom estava reprisando um jogo, percebeu Joan. Lembrando cada movimento sem esforço. Quem quer que houvesse escolhido aquela senha, sabia que ele o faria. Joan pensou no idiota bêbado que ele aparentava ser apenas alguns dias antes. O verdadeiro Tom Hathaway estava se mostrando uma pessoa completamente diferente.

Finalmente, o rei branco ficou sozinho, cercado de peças pretas. Tom moveu um cavalo. Xeque-mate.

Então o tabuleiro desapareceu. Por um momento, um número flutuou no ar: 10.

E, quando sumiu, Nick estava na sala.

— Corram! — gritou Joan.

O braço de Tom se esticou e a segurou quando ela tentou fugir.

— Está tudo bem, tudo bem. — Ele a endireitou.

— É *ele!* — gritou Joan. — É o herói!

— Ele não está aqui de verdade — disse Tom. — É só uma gravação.

Nick não parecia uma gravação. Aparentava ser tão real quanto qualquer outra coisa na sala. O coração de Joan estava disparado. Aaron também tentara fugir e estava com as costas coladas à parede. Com os olhos arregalados e a respiração entrecortada, Ruth correra para trás do sofá.

Nick parecia falsamente pacífico. Estava sentado em uma cadeira de madeira. Agora que não estava surtando, Joan pôde ver o que Tom dissera. Nick era jovem, uns 14 anos. E não estava naquela casa. Estava na cozinha de uma casa diferente. Havia um micro-ondas, uma geladeira.

Um movimento na cozinha se transformou em um homem andando na direção de Nick. Era claramente um monstro. Nick usava uma calça jeans preta e camiseta. Mas o monstro estava vestido para outro século. Terno e cartola, a qual tirou, revelando um lustroso cabelo preto.

Ele colocou o chapéu cuidadosamente sobre o balcão da cozinha e ficou em pé na frente da cadeira de Nick.

Joan engoliu em seco.

— *Corra* — ela sussurrou para o homem, mesmo que fosse inútil, já que era apenas uma gravação.

Sem aviso algum, o homem deu um forte tapa no rosto de Nick.

Joan tomou um susto. Nick ergueu a cabeça, devagar. O golpe enchera sua boca de sangue. Joan fechou os olhos, não queria ver o que aconteceria depois. De certa forma, fechar os olhos acabou sendo pior. Ela se lembrou de como Nick cravara a espada em Lucien, para dentro e para fora. Como ele lançara a lâmina no peito de Edmund. Lembrou-se do rosto inexpressivo de Lucien.

Da avó, caída morta no sofá.

Houve outro estalo repentino. Os olhos de Joan se abriram de novo. Esperava ver o homem morto, mas ele continuava de pé, em cima de Nick, e agora havia mais sangue, por todo o seu rosto, em seu nariz, sua boca.

— O que é isso?

Ela podia ouvir o horror na própria voz. Não fazia sentido. Nick levara poucos segundos para matar Lucien.

Com frieza, o homem meteu o punho na mandíbula dele. Nick apenas ergueu o corpo para trás e aceitou o golpe. Seus braços estavam amarrados aos da cadeira, Joan percebeu.

O homem bateu nele de novo. Então, finalmente, Nick reagiu.

— Por favor — sussurrou. Sangue escorria por seu queixo e pescoço. O nariz parecia quebrado. — Por favor, chega. Por favor...

— Pare — disse uma voz de mulher.

A cena congelou. Ou, ao menos, Nick congelou, com a boca entreaberta, implorando. O homem não parava. Ele olhou por cima dos ombros para alguém fora da vista.

— Eu consigo fazer ele chegar lá — disse ele.

— Não — ordenou a mulher. — Comece de novo.

A cena desapareceu e a sala ficou vazia. Sentindo-se mal, Joan ficou olhando para o espaço vago onde Nick estivera. Depois do massacre, ela imaginara machucá-lo pelo que havia feito com sua família. Mas *vê-lo* ser golpeado na sua frente... ouvir ossos se quebrando... Queria vomitar.

Um número flutuou no ar: 15.

Nick estava na cadeira de novo, o rosto sem sangue. O monstro estava sobre ele. Joan mal conseguia respirar.

— Quem devo matar primeiro? — disse-lhe o monstro. — Você tem tantos irmãos. Devo ir do mais novo ao mais velho, e matar seus pais por último? Ou o contrário?

— Deixe eles em paz! — disse Nick. — Eles...

O monstro socou seu rosto e quebrou seu nariz de novo. Joan ficou completamente paralisada. Um medo terrível começou a crescer dentro de seu peito.

— Pare — disse a mulher. — Comece de novo.

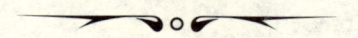

O número 93 flutuou no ar.

— O que *é* isso? — disse Aaron. — Ele é o herói. Por que não está reagindo?

Joan estava começando a entender, e era mais horrível do que gostaria de acreditar. Quando Nick reapareceu, ela se aproximou.

Desta vez, ele estava de joelhos, tremendo. A cadeira caíra de lado, mas as cordas continuavam em seus braços. Nick parecia ter escapado, mas não se afastara muito; estava ajoelhado ao lado de um homem e uma mulher de cabelos escuros no chão. Seus pais, imaginou Joan. Estavam mortos. Tinham a mesma rigidez de Lucien, da avó.

Antes, Joan tentara fugir, mas agora não conseguia se aproximar o suficiente. A expressão de Nick era uma mistura de descrença e devastação. Joan sabia exatamente como aquele momento era terrível.

Ao som de passos, Nick se levantou depressa e agarrou uma faca no balcão da cozinha.

— Era isso que eu queria ver — disse o monstro. — Iniciativa.

Nick recuou com a faca tremendo na mão. *"Arremesse a faca"*, Joan pediu a ele, então ficou confusa. De que lado estava?

— Olhe só para você — disse o homem. Parecia estar se divertindo. — Armado com uma faca. E eu aqui, de mãos abanando. — Ele as ergueu ao alto, zombando, como se Nick fosse um policial que o abordava. Continuou avançando. — Mas, é verdade, eu os matei com minhas próprias mãos, não matei?

— Você... você só tocou neles — disse Nick, incerto. — Você encostou no pescoço deles. E eles caíram.

— Isso mesmo. Porque eu sou um monstro.

— Um monstro? — Nick continuava confuso.

— Eu roubei o tempo dos seus pais. Todo o tempo que restava neles. Da mesma forma que roubei de centenas de pessoas antes deles. Da mesma forma que roubarei de você.

— Você não está bem — disse Nick. O homem estava ao alcance de seus braços agora, perto o suficiente para que Nick o esfaqueasse. — Você não é um monstro — disse ele, do mesmo jeito sério com o qual Joan estava tão familiarizada. — Você é humano, e está doente. Você precisa de ajuda.

— Pare — disse a mulher.

De novo, Nick congelou. Então Joan teve certeza. Ela soltou o ar devagar.

O monstro se virou novamente para a mulher fora da câmera:

— Com todo o respeito, precisamos mesmo usar este menino? Quantas vezes matamos os pais dele? Ele sempre fica tão *virtuoso* depois. —

Ele cuspiu a palavra *virtuoso* como se fosse uma maldição. — Talvez um humano diferente...

— Este é o menino. Não apesar da virtude, mas por causa dela. Quando o quebrarmos, essa qualidade se transformará em uma fúria moral. — A animação em sua voz fez Joan querer gritar. — Agora, de novo.

210

Nick estava na cadeira. Com a voz rouca, disse:

— Você não precisa fazer isso. Você...

— Pare. De novo.

1100

Havia mais corpos no chão. Joan não conseguia suportar olhar para eles desta vez. *"Você tem tantos irmãos"*, dissera o homem para Nick.

Nick falara sobre a família. Contara que viviam todos juntos em um pequeno apartamento. Ele não gostava de falar sobre si, mas contara a Joan.

E agora Nick estava com a faca no pescoço do homem.

— *Por quê?* — Sua voz soava áspera. Ele soluçava.

— Porque eu sou um monstro. Eles não foram os primeiros, e não serão os últimos.

Para a surpresa de Joan, Nick cravou a faca no pescoço do homem. Quando o corpo caiu, os joelhos de Nick pareceram ceder também. Ele soltou um som agonizante do fundo da garganta que Joan jamais esqueceria enquanto vivesse.

— Não — disse a mulher. — De novo.

1922

A cozinha sumira. Nick estava na rua, em uma esquina. Muito mais novo do que nas outras cenas. O sol estava se pondo e o asfalto brilhava com a chuva fresca. Carros passavam e seus faróis cegavam momentaneamente.

Quando o monstro apareceu caminhando, Joan mal o reconheceu. Vestia roupas modernas desta vez: um blusão feio de Natal e jaqueta impermeável azul.

Nick foi rápido, uma cobra dando o bote. Em um momento o monstro estava passando; no outro, ajoelhado e com os braços torcidos às costas.

— Lembra-se de mim? — perguntou Nick.

Desta vez, a voz não tremeu. Ele era tão jovem. O coração de Joan ficou apertado.

A risada do homem foi breve. Nick quebrou seu pescoço. E, quando se virou, seus olhos brilhavam com triunfo.

Uma mulher apareceu. Loira, com pescoço de cisne e o tipo de rosto que Joan só havia visto em estátuas de mármore. Sua postura imperial parecia deslocada naquela ruazinha londrina. Ela pertencia, Joan pensou, a um trono.

A mulher falou. A aprovação em sua voz destoava do rosto cruel e frio.

— Você está pronto. É perfeito.

As palmas de Joan doíam. Estava com as unhas cravadas nelas. Distanciada da situação, percebeu que as mãos sangravam. Todas as histórias do herói começavam da mesma forma: *"Era uma vez um menino que nasceu para matar monstros."* Mas aquilo não tinha nada a ver com o destino de Nick. Ele não nascera para isso. Alguém o *transformara* no herói.

— É a mulher que você viu no hospital, não é? — Joan perguntou a Ruth.

— É.

— Quem é ela?

— Não sei.

Joan olhou para Tom e Aaron. Tom balançou a cabeça de leve. Aaron parecia enfeitiçado.

— O que acabamos de ver... — disse ele. — Não faz sentido. Não é possível estar duas vezes na mesma época. É uma lei fundamental da viagem no tempo. Não deveria ser possível mudar a linha do tempo assim. Mas eles mataram a família dele de novo e de novo...

— E de novo, e de novo, e de novo — murmurou Ruth.

— Não é possível — continuou Aaron. — Como podem ter filmado isso? Que poder de família pode fazer isso?

Nick fora torturado e então reiniciado para que pudessem fazer tudo de novo com ele, e de novo, de novo, e de novo... Ele fora refeito. Quantas vezes será que mataram aquela família? Quantas vezes até que conseguissem quebrá-lo? O último número era 1922. Joan não conseguia parar de tremer. Ela se virou para Tom.

— Você sabia disso? — Estava furiosa.

Porque se ele *soubesse*...

— Não! — disse Tom. — Eu não fazia ideia de que o herói havia sido... sido *construído*.

— Você disse que a mensagem tinha sido deixada para você! Deixada por... — Algo que estava formigando na mente de Joan deu as caras. — Jamie Liu...

Ela parou.

Com passos mudos no carpete, Aaron surgiu ao seu lado. Joan conseguia ver as engrenagens trabalhando na mente dele da mesma forma que giravam na dela.

— Ying Liu tem um filho chamado Jamie — disse Joan, devagar. — Nós vimos os quadros dele na galeria. Eram todos do herói.

Tom cerrou os dentes. Parecia que ele não conseguia ficar parado. Ele mexeu os pés, abriu e fechou os punhos.

— Jamie sempre amou as histórias do herói — disse. — Ele era o maior pesquisador dos mitos.

— Era?

— Ele descobriu algo que não deveria. Algo sobre o herói. Alguma coisa que não deveria saber. E a Corte simplesmente... — Tom engoliu em seco. — O levou. Eles simplesmente *o levaram*. Tomou um bom tempo para descobrirmos que ele ainda estava vivo, mantido pela Corte. Que o estavam usando para guardar aqueles registros estúpidos.

Os Liu tinham a memória perfeita, lembrou-se Joan. Ela deveria ter percebido que o arquivo era um Liu.

— Nós sempre soubemos que ele desapareceria — disse Tom. — Estava nos registros dos Liu. Mas eu *prometi* que o protegeria. Eu disse que o manteria seguro. Disse que mudaria a linha do tempo de alguma forma.

— Você tentou resgatá-lo antes. — Joan percebeu. — Você se tornou um guarda para ter acesso à Corte.

— Eu nunca o vi na Corte — disse Tom. — Eu tentei, mas nunca cheguei tão perto quanto hoje.

Joan se lembrou do que Aaron lhe dissera. *"Todo mundo tenta brigar com a linha do tempo. Todo mundo tenta."*

— Jamie me conhece — continuou Tom. — Ele sabe que eu não vou desistir até consegui-lo de volta. — Sua voz falhou. — Aquela merda daquele colchão ainda estava quente.

E, quando ele falou, a atmosfera da sala pareceu, de repente, tremer de novo.

Joan estremeceu junto.

— Tom — disse.

Ela não conseguia suportar ver mais nada no dispositivo. *Por favor*, pensou. Mas, quando a imagem ficou nítida, não era Nick.

Tom se aproximou. Um homem com pouco mais de 20 anos estava de pé no meio da sala. Ele tinha traços chineses e um olhar gentil. O tipo de pessoa que ajudaria uma senhorinha a atravessar a rua, pensou Joan. Em seguida, percebeu que ele parecia doente. Seu rosto estava magro e a pele debaixo dos olhos, roxa.

— Jamie — sussurrou Tom.

Ele ergueu a mão para tocar a face do homem, mas não havia nada para tocar. Os dedos passaram direto.

— Oi, Tom — disse Jamie.

Estava em sua prisão. Joan podia ver o cobertor fino. O gelado chão de pedras. A visão fez com que ela revivesse a sensação nauseante que tivera quando esteve lá. A sensação de seus antigos pesadelos. Ela imaginou que podia sentir o cheiro da cela de novo. Medo, doença, morte.

— Os guardas me disseram que ninguém jamais entraria aqui — continuou Jamie —, mas eu sabia que você conseguiria. — Os olhos dele brilharam com carinho. — Eu te amo.

"Eu te amo", Tom fez de volta, apenas com os lábios, mesmo que Jamie não pudesse vê-lo. A expressão dele era severa: uma ferida aberta. Joan se sentia uma intrusa observando a cena.

— Quem diria que pesquisar contos de fadas seria tão perigoso? — A risada leve de Jamie se transformou em um grunhido.

Ele apalpou o peito, como se as costelas doessem. O ângulo de seus dedos parecia errado. Haviam sido quebrados e mal consolidados, percebeu Joan. As mãos de Tom se fecharam em punhos.

— Tom — disse Jamie, sério. — Eu descobri algo que não deveria. O herói é real. E ele vai matar mais gente do que você imagina. Ele será o responsável por dezenas e dezenas de massacres antes de parar. Mas o que ele não sabe é o que você acabou de ver. Ele foi *transformado* no herói. Fizeram-no assim.

Passos soaram de repente, reais o suficiente para fazer Joan e Ruth se virarem para a cozinha. Mas o som vinha de dentro da gravação. Pelo tom abafado, alguém se aproximava da cela de Jamie.

— A mulher que o criou foi quem me trouxe aqui. Ela acha que ninguém pode pará-la — disse Jamie, apressado. — Mas está errada. Ela pensa que construiu o herói perfeito. Mas não construiu. Ela cometeu um erro. Ele pode ser impedido.

— De pé — chamou uma voz através da porta. — Ela quer você na cadeira de novo.

Medo passou pelo rosto de Jamie. Ele forçou um sorriso quando olhou de volta para a câmera.

— Tom, você precisa parar de me procurar — disse. — Você precisa prestar atenção no que realmente importa. Alguém *precisa* fazer o herói parar.

Tom balançou a cabeça.

— Não... não — sussurrou.

— Sim — disse Jamie, como se houvesse ouvido a voz de Tom. — Você pode... por mim. — Seu sorriso se tornou gentil e sincero. — Você odeia despedidas, então não vou te dar uma. — Tom ainda estava balançando a cabeça. Jamie continuou. — Quanto a mim... um Liu não precisa de despedidas. Consigo te ver perfeitamente, mesmo agora. Eu me lembro de cada momento que passamos juntos. Cada toque. Cada conversa que já tivemos. Para mim, você está sempre aqui.

A gravação terminou.

Eles se sentaram por um bom tempo, em silêncio: Aaron e Tom no sofá, Ruth jogada em uma cadeira.

— O que vamos fazer? — perguntou Joan, finalmente.

— O que podemos fazer? — perguntou Aaron, com a voz severa. — Temos que esperar o efeito do golpe Patel passar e então... desaparecer. Viver escondidos, sem deixar rastros. Fingir que nunca vimos o que acabamos de ver.

— Você quer dizer desistir, então? — perguntou Ruth.

— Que escolha temos?

Mas não eram apenas as suas famílias. Eram todas as outras pessoas que seriam mortas, dezenas e dezenas de massacres, dissera Jamie. Era o tempo de vida humana que Aaron e Joan haviam roubado para chegar ali. Era Jamie Liu, preso naquela cela.

E era Nick e sua família.

— Naquela mensagem — disse Joan —, Jamie falou que Nick tem uma falha. Que tinham cometido um erro.

— Se fosse algo que pudesse nos ajudar, ele teria dito o que era — argumentou Aaron.

— Ele é um Liu. Ele é o Arquivo Real. Ele poderia ter contado várias coisas.

— E...?

— E a coisa mais importante, o que ele escolheu contar, é que cometeram um erro.

— Bom, ele não contou o suficiente. E não podemos exatamente ir pedir mais informações, podemos?

Joan olhou para Tom. Ele percebeu no mesmo instante. Ela pôde ver a sombra de resignação que cruzou seu rosto.

— Na verdade... podemos — disse ela.

VINTE E UM

Joan queria ir imediatamente, mas Tom se recusou:

— Não vamos acordá-lo a esta hora da manhã.

Aquilo lhes deu uma chance de se arrumarem, pelo menos. Joan tomou um banho. Havia roupas no armário do quarto, de diversos tamanhos, algumas novas com etiqueta, outras usadas e lavadas. Para quem aquela casa fora preparada? Aaron dissera que tinha ficado sabendo do lugar por meio da mãe. Mas como *ela* sabia?

Mais perguntas. Joan respirou fundo. Encontrou uma calça jeans que lhe servia, e uma camiseta com os dizeres *Crystal Palace FC.*

Aaron fez cara de dor quando ela saiu do quarto.

— Uma camiseta de time?

Joan se surpreendeu ao sorrir em resposta. Alguns dias antes, acharia os resmungos dele irritantes.

— Pelo menos serve — disse.

— É um indício do seu gosto pessoal ou da seleção que tem ali dentro? Não, nem me conte. Tenho medo da resposta.

Ele andou em direção ao quarto com ar de alguém condenado.

Ruth se juntou a Joan.

— Quer apostar quanto que ele vai voltar com a mesma roupa? — disse.

Ela parecia melhor, pensou Joan. Havia tirado um cochilo e acordado com o rosto mais corado.

— Como você está? — perguntou Joan.

Ruth suspirou. Seu cabelo estava amassado no lado que apoiara no travesseiro.

— Ainda sinto meu poder Hunt esgotado — disse. E acrescentou com a voz baixa: — Acha que vai voltar?

Joan esticou o braço para arrumar seus cachos. Ela não sabia, mas Ruth havia ido além de seu limite para salvá-los. Teria continuado lá na Corte, desde que Joan conseguisse fugir. Ela sentiu um nó na garganta.

— Você deveria ficar aqui e descansar.

— Prefiro me ocupar com algo. — Ruth empurrou o pé da prima com os sapatos, e sorriu quando ela reclamou. — De qualquer forma, acho que precisamos ficar de olho nele.

Ela se virou para a cozinha. Pela porta aberta, Joan podia ver Tom sentado à mesa com Frankie no colo. A cachorra parecia sonolenta; havia comido duas das tortas de porco. Distraído e com os olhos focados no nada, Tom fazia carinho na cabeça dela.

— Você não confia nele? — perguntou Joan. — Eu confio. Nós vimos o verdadeiro Tom hoje.

— Não, quero dizer que precisamos ficar de olho *por* ele. Quando se conversa com alguém que se ama antes que a pessoa saiba quem você é... Bom, não é fácil.

Joan olhou para ela. Será que a prima sabia que ela havia ido se encontrar com a avó? Mas a expressão de Ruth parecia voltada para algo dentro da própria mente. *"Todo mundo tenta mudar algo"*, dissera Aaron uma vez. Será que todo mundo tentava isso também?

❧ ○ ❧

Saíram pouco depois. Pelo visto, Conrad havia deduzido que ficariam escondidos. Os bloqueios policiais não estavam mais nas pontes e havia menos guardas nas ruas.

Joan se pegou andando ao lado de Tom. Ele carregava Frankie dentro do zíper da jaqueta. Ela roncava, com a cara amassada contra a camiseta.

— Acho que você vai precisar falar umas palavrinhas em favor da minha prima — Joan sussurrou a ele. — Aparentemente ela foi banida das casas dos Liu.

Tom ergueu uma sobrancelha.

— Pelo quê? Roubo? — Quando Joan assentiu, ele pareceu estar mais se divertindo do que preocupado. — Eu fui banido das casas deles por um tempo — disse. Havia um sorriso nostálgico em seu rosto; parecia uma boa memória. — Não se preocupe. Vocês estão comigo.

Com todas as precauções que tomaram no caminho, levaram 2 horas para chegar à propriedade Liu.

Tom os guiou até uma entrada dos fundos, um beco estreito entre altas paredes de tijolinho. Joan estava começando a associar tais lugares a monstros. Havia uma porta envernizada em uma parede. Entalhada na madeira havia uma fênix chinesa com uma cauda longa que pendia quase até o chão.

O humor leve que Tom demonstrara antes desapareceu. Seu porte imenso estava rígido de tensão. Ainda dentro da jaqueta, Frankie se debateu até que ele a erguesse para fora. Assim que foi colocada no chão, ela raspou a porta com a pata, animada. Quando Tom não a abriu, ela latiu para ele, aguda e impaciente. Ele se inclinou para fazer carinho em seu dorso marrom e branco.

— Eu sei — murmurou ele, e se ergueu devagar. — Eu sei — disse, sem olhar para ninguém. — Jamie talvez não possa nos ajudar. Ele é mais novo aqui em 1993. Mal começou sua jornada.

— Ele já está pintando o herói — disse Joan. — Já está interessado nele. Talvez saiba *alguma coisa*. Talvez nos dê uma pista.

Tom cerrou os dentes. Por um momento, Joan pensou que se recusaria a abrir a porta. Frankie pareceu sentir sua relutância. Ela pulou, com as patas contra a madeira, e latiu de novo, com ainda mais urgência na carinha amassada.

Tom suspirou. Ele pegou uma chave no bolso com ares de alguém que tem permissão para ir e vir à vontade. Mas sua mão tremeu quando a colocou na fechadura e a virou. Joan se perguntou quando fora a última vez em que Tom a usara. Ele empurrou a porta.

— Uau — disse Joan com um sopro.

Havia visto a frente da propriedade Liu — a galeria, o pátio —, mas subestimara o tamanho do local.

À frente deles havia um jardim, sem obras de arte e com plantas sem poda. A casa deveria estar próxima, mas, por um truque de perspectiva, o gramado parecia não ter fim. Poderiam muito bem estar numa casa de campo. Flores de açafrão e madressilvas brotavam no capim. Joan fechou os olhos e inspirou fundo. Abelhas zumbiam. Em algum lugar, água corria com um burburinho. O ar cheirava a mel e luz do sol.

Tom contrastava com o jardim sereno. Ele balançava para frente e para trás com a energia contida de um boxeador.

— Lembrem-se — disse — de que nesta época ele ainda não foi pego, ainda não foi forçado a se tornar o *arquivo*. — Quase cuspiu a palavra. — Ele não sabe que o herói foi criado por monstros. Sequer sabe que o herói é real. Serão apenas histórias para ele. Contos de fadas.

— Você não precisa fazer isso — disse Aaron.

Tom cerrou os dentes.

— Nem vem. — E apontou com a cabeça para o jardim. — Ele vai estar perto da água. Ele ama a água.

Tom os levou por um caminho invadido por plantas e depois por degraus de pedra até um riacho. Seria o lugar perfeito para um piquenique, à sombra dos grandes carvalhos, permeado por trechos de sol.

Ao lado do riacho, um menino de cerca de 15 anos estava sentado em uma pedra com a calça jeans dobrada para cima e os pés descalços na água corrente. Ele estava pintando peixes com ousados traços laranjas que pareciam se transformar magicamente em carpas vivas com o movimento do pincel. Como seus quadros na galeria, este parecia ter mais vida do que o mundo ao redor.

Tom ergueu a mão antes que qualquer um pudesse falar. Olhou para as costas de Jamie e engoliu em seco. Frankie não esperou. Ela disparou colina abaixo para o colo dele e derrubou o pincel de sua mão.

— Ei! — Jamie riu enquanto Frankie latia e, toda contente, lambia seu rosto, afastava-se e latia de novo. Joan nunca a vira fazer tanto barulho. No último salto, Jamie a pegou antes que caísse na água. — Quem é você? — disse ele com Frankie ainda no colo, tentando lamber seu rosto de novo. — Oi. Quem é você?

Tom ficou ali, parado, olhando para os dois. Joan não conseguia imaginar como ele se sentia. Se não soubesse que aquele menino era o homem da mensagem, jamais teria imaginado que fosse. O homem tinha um aspecto sofrido, cada movimento era lento e doloroso. O menino era vibrante e cheio de vitalidade.

— Você está bem? — ela perguntou a Tom.

— Não — respondeu ele, mas desceu a colina.

Frankie latiu ao vê-lo chegar. O menino se virou. Em seu lugar, Joan teria pulado uns vinte metros para trás, mas a expressão dele apenas se transformou, educada.

— Ah, olá. — Ele se virou e viu os quatro. — Ah, nossa. — Tirou os fones de ouvido. — Me perdoem, isto aqui estava no máximo.

Os fones estavam conectados ao que parecia ser uma bolsinha prateada. Havia pequenas caixas espalhadas ao redor, todas com coloridas capas de disco. Cassetes, percebeu Joan. A bolsinha era um toca-fitas.

— Você é o Jamie? — perguntou Tom. Seu rosto estava alegre quando apresentou todos. Joan se lembrou da sensação de quando a avó a olhou como se fosse uma estranha. Tom não deu sinais de como se sentia. — Seu pai falou que poderia estar aqui.

— Ele precisa de ajuda na galeria? — Jamie começou a se levantar, mas Tom balançou a cabeça.

— Não. Na verdade, nós é que precisamos da sua ajuda. Ouvimos dizer que você pesquisou as histórias do herói.

— Ah... — Jamie parecia confuso. Frankie estava finalmente se acalmando. Ele fez carinho na cabecinha dela. — Vocês vieram cedo demais. Acabei de começar as pesquisas. Então... talvez seja melhor viajarem uns 5 anos para frente — sugeriu. — Aí saberei tudo.

Tom engoliu em seco de novo.

— Ah, sim, claro — disse. — Mas gostaríamos de conversar agora também. Porque, sabe... Nós... Ahn... — Sua incrível compostura pareceu falhar. — Ahn, bom...

Joan interveio antes que a hesitação de Tom ficasse estranha demais:

— Somos colecionadores. Queremos comprar um quadro. Da série do herói. Seu pai falou que você poderia nos contar mais. Certo, Tom?

Tom lhe lançou um olhar misto de agradecimento e reprovação.

— Isso.

Então Tom mentia para todos, menos Jamie. Anotado.

— Sério? Nunca vendi nada antes. — Jamie parecia tão contente que Joan se sentiu mal pela mentira. Bom, deveria se sentir mal mesmo. Pela expressão de Tom, teriam que comprar cada pintura de Jamie Liu da galeria. — Gostei do seu anel — acrescentou Jamie, para Tom.

Então Joan reparou. Tom desviou o olhar do rosto de Jamie, apenas o suficiente para deixar cair a máscara. Ele se recuperou rápido e se virou com um sorriso.

— Obrigado. Foi meu marido quem desenhou.

Tom arrancou os sapatos e se sentou, imitando a posição de Jamie. Seu corpo era normalmente intimidador, com todos aqueles músculos esticando a camiseta. Mas com Jamie Liu, parecia inofensivo. Ele se sentara em uma vala, de forma que estavam quase da mesma altura.

Joan seguiu a deixa e observou o anel de Tom enquanto se sentava. Nunca o notara antes. Era um metal escuro com acabamento polido. Então percebeu o que chamara a atenção do artista. Linhas gravadas corriam por cima e por baixo do anel, imagens de cães e fênices. Tinham a mesma vitalidade, a mesma vida, que os quadros de Jamie. O mesmo estilo que a tatuagem no braço de Tom.

Joan passou a mão pelo chão. A grama estava fria e seca.

— Na verdade, estamos interessados nas histórias por trás das pinturas — disse a Jamie. — Estávamos todos dizendo que não nos lembramos tão bem das histórias do herói.

— Ah, existem tantas — disse Jamie, com o rosto se iluminando de entusiasmo pelo tema.

— Pode nos contar sobre elas? — pediu Ruth.

— Ahn... — Jamie parecia não saber por onde começar. — Bom, famílias diferentes contam histórias diferentes. A maioria das histórias dos Patel e dos Hunt são aventuras. O herói luta contra bestas mitológicas como o kraken e serpentes gigantes. Esse tipo de coisa. Nessas versões, ele só começa a lutar contra monstros como nós mais tarde.

— Ah — disse Joan.

Eram essas que a avó lhe contara.

"Mas essas não são só as histórias do Hércules?", ela perguntara à avó certa vez, quando tinha perto dos 7 anos. Havia sido uma criança um tanto mimada e precoce. A avó fez um gesto de descaso com a mão. *"Ai, ai, aqueles antigos"*, disse. *"Sempre roubando os nossos mitos."* Agora Joan sentia os olhos carregados de lágrimas. Ainda mal tinha conseguido pensar na avó sem se lembrar de seus terríveis últimos momentos. Aquela era a primeira vez em que se lembrava da avó sendo apenas sua avó.

— As histórias dos Mtawali costumam ser fábulas. Vocês sabem, com lições de moral no fim — continuou Jamie. — E as dos Oliver são de terror. Acho que eles gostam de assustar as crianças antes de colocá-las para dormir.

Aaron normalmente odiava que falassem da família, mas havia uma leve aprovação em seu rosto ao ouvir isso. *"Meu pai amado, como esses Oliver são estranhos"*, pensou Joan.

— Estamos tentando lembrar uma em especial — disse ela. — Em que o herói tem uma falha.

— Uma falha? — perguntou Jamie.

— Uma fraqueza.

— Como um calcanhar de Aquiles, você diz? Me perdoem, ele não morre em nenhuma das histórias que eu li.

"Perda de tempo", Aaron fez com lábios para Joan.

— A não ser... — Jamie hesitou. — Tem uma coisa. Não é exatamente uma fraqueza. Mas é uma vulnerabilidade, talvez.

Aaron levantou a cabeça.

— Qual? — perguntou Joan.

— As histórias dos Liu são românticas — disse Jamie. — Nas nossas versões, o herói se apaixona por uma menina uma vez.

Aaron fez uma careta e abaixou a cabeça de novo. Mas Joan sentiu o estômago embrulhar.

— Românticas? Mas as histórias do herói não são românticas.

— As dos Liu são — disse Jamie. — Nós amamos um romance trágico. — Ao ouvir a palavra "trágico", o estômago de Joan piorou. — Vocês já ouviram sobre a *zhēnshí de lìshǐ*?

— A verdadeira linha do tempo — disse Joan.

— Algumas famílias a chamam assim. As histórias dos Liu contam que na *zhēnshí de lìshǐ* o herói era um humano apaixonado por uma menina monstro.

— Uma menina monstro?

A sensação de náusea começou a ficar mais forte.

— Vocês conhecem a teoria da linha do tempo? Que quando mudamos algo, ela se conserta? Volta à sua forma natural?

— Sim — sussurrou Joan.

Sentia que não ia gostar de ouvir o que viria a seguir.

— Os Liu acreditam que esta linha ainda tenta voltar ao seu formato original, ainda deseja tomar sua verdadeira forma. Acreditamos que, se o destino de duas pessoas era estar juntas na *zhēnshí de lìshǐ*, a nossa linha do tempo tenta se consertar e faz com que se encontrem. De novo e de novo. Até que a ferida se feche.

— Como almas gêmeas? — perguntou Tom.

Jamie sorriu para ele.

— Isso. Se você acredita em contos de fadas.

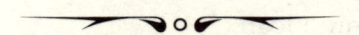

No caminho de volta à casa segura, Tom estava quieto. Frankie não quisera ir embora do jardim. Ela ficara ao lado de Jamie e chorara miseravelmente quando percebeu que o deixariam para trás.

Joan estava quieta também. A primeira vez em que fora à Holland House, sentira como que uma compulsão. Havia visto o nome em uma placa e simplesmente *precisava ir* até lá. Não fora capaz de pensar em mais nada. E então encontrou Nick e foi como se já o conhecesse. Como se o entendesse melhor do que a si mesma.

— Isso não nos ajuda a matá-lo — disse Ruth enquanto caminhavam. — Não nos ajuda a pará-lo.

— Eu disse que seria perda de tempo — falou Aaron.

"A nossa linha do tempo tenta se consertar e faz com que se encontrem", dissera Jamie. *"De novo e de novo. Até que a ferida se feche."* Joan se sentira atraída pela Holland House quando Nick estivera lá. Ele a encontrara em 1993. Os dois haviam trombado um com o outro na Corte Monstro.

Ela se lembrou de como ele tocara seu rosto. De como olhara para ela. De como se sentiu quando ele a beijou.

Porém, se a linha do tempo estava tentando se consertar, estava fadada ao fracasso. Havia uma ferida que não podia ser fechada. Nick matara a família de Joan. Nick fora condicionado a odiar monstros.

— E agora? — perguntou Ruth.

— Agora nada — disse Aaron. — Agora esperamos o efeito do poder Patel se dissipar, e aí damos o fora desta época e passamos a vida nos escondendo.

Joan apertou as unhas contra a palma da mão, sobre os cortes que já estavam ali. Ela se permitiu sentir o ardor. A avó havia dito a verdade naquela noite. *"Apenas você pode parar o herói, Joan."*

De certa forma, ela sempre soube o que precisava fazer.

De volta à casa, Tom foi direto para o quarto. Ele deixou a porta aberta por insistência de Ruth.

— Estou bem — disse, cansado. — Tá, não, não estou. Mas só vou dormir. Só isso.

Não levou muito tempo para que os outros caíssem no sono também, Ruth no sofá, Aaron no tapete da sala. Estavam todos tão cansados.

Joan também estava, mas se pegou olhando as fotos na parede: a mãe, o pai, a menininha e o bebê.

Joan amava tanto sua família. Nunca havia percebido o quanto até eles morrerem.

Ela fechou os olhos. Bertie tinha a mesma idade que ela, e era o mais gentil de todos. Odiava discussões. Quando eram pequenos, sempre queria jogar algo de que todos pudessem participar; não gostava que ninguém ficasse de fora.

Tio Gus era o desesperado da família. *"Tome cuidado lá, meu bem"*, dizia sempre que alguém saía de casa. Colocava vegetais em tudo, até nas sobremesas. *"É preciso cuidar da saúde."*

Tia Ada era a mais inteligente de todos, com exceção, talvez, da avó. Mas nem por isso fazia os outros se sentirem estúpidos; sempre fora gentil. Era uma boa professora.

E a avó...

Joan fechou os olhos com força e lembrou-se novamente de como ela batalhara para respirar naquela noite.

"Você quer me matar antes que eu mate a sua família", Nick dissera a Joan.

Ela não queria matá-lo de jeito nenhum. Não podia continuar mentindo para si mesma. Estava apaixonada por ele desde a primeira vez em que o vira. Desde antes disso, em outra linha do tempo.

"Ele vai matar mais gente do que você imagina", dissera Jamie.

Joan ficou mais um momento na sala, olhando para Ruth e Aaron. Conseguia ver Tom pela porta aberta do quarto. Deitados assim, pareciam tão vulneráveis quanto crianças.

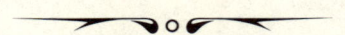

Joan escapuliu para o corredor de entrada. Quando chegou à porta, um som atrás de si fez com que se virasse. Era Aaron. Ele fechou a porta da sala com cuidado. Mesmo sem dormir, era angelicalmente bonito. Quase bonito demais para ser real.

— Deixa eu ir junto — sussurrou ele.

— Como você sabia que eu estava saindo? — perguntou Joan.

— Eu só sabia.

Por um momento, ela se imaginou dizendo *"Sim, por favor, venha comigo"*. Ele estivera ao seu lado todo aquele tempo. Mas o que ela estava prestes a fazer era perigoso, e já arriscara demais a vida dos outros. Ele já havia ajudado muito.

— Preciso ir sozinha — sussurrou ela.

Aaron deixou a cabeça cair um pouco.

— Você sabe onde encontrar ele?

Joan assentiu.

— Sei onde e quando.

Lá fora, o sol estava se pondo. O vitral da janela da frente filtrava a luz diminuta e fazia o cabelo de Aaron reluzir como ouro.

— Joan — disse ele —, você precisa saber que, se desfizer o massacre...

— Alguém precisa pará-lo — disse Joan. — Independentemente de nossas famílias serem salvas ou não. Ele não pode matar pessoas.

— Eu sei. — Aaron deu um passo à frente. E então estava dentro do espaço dela, bloqueando totalmente sua vista. — Eu sei.

— Aaron...

— Me escute, *por favor*. Se você realmente conseguir fazer isso, se puder impedi-lo antes que comece...

— Não, eu...

— *Me escute*. Se você mudar a linha do tempo, eu não vou saber quem você é. Será como se nunca tivéssemos nos encontrado.

— Nós nos encontraríamos — prometeu ela. — Eu garantiria que sim.

— *Não*. — O tom dele era sério e urgente, sem um pingo daquela ironia latente de sempre. — Joan, se você, de alguma forma, se lembrar disso, lembre-se do que estou dizendo agora. Você precisa ficar longe de mim e da minha família. Nunca me deixe chegar perto o suficiente para ver a cor dos seus olhos.

— Do que você está falando?

— Minha família pode ver a diferença entre monstros e humanos. Mas nosso poder é mais profundo do que qualquer um imagina. Alguns de nós podem diferenciar entre as famílias.

Ele acabara de lhe contar um segredo Oliver, percebeu Joan. Aaron, que protegia e defendia a família, sempre. Ele lhe contara algo que ninguém de fora deveria saber.

— Por que vocês saberão que eu sou uma Hunt? — sussurrou ela. — Você vai me odiar por isso?

Aaron não respondeu, mas ela sabia a verdade. Para monstros, o sangue não importava. Família era poder e poder era família. E ela não tinha o poder Hunt.

— Do ponto de vista humano, eles são sua família — disse Aaron. — Você os ama e eles amam você.

— Eu não sou uma Hunt, sou?

— Quando crianças, os monstros podem ter mais de um poder. Podemos ter os poderes dos dois lados da família, poderes que pulam uma geração. Mas, conforme crescemos, o único poder que permanece é o da sua verdadeira família. Quando nosso poder real se estabiliza, passamos por um teste para comprovar a qual família pertencemos.

— Eu nunca fiz isso.

— O teste acontece perto de quando o monstro faz 12 anos. Eu tinha 9.

— Nove?

Aquilo soou horrível para Joan. Alguém dizer a uma criança que ela não pertencia mais a metade de sua família. E se tivesse irmãos que manifestassem um poder diferente? Seriam separados?

— Eu fiquei muito orgulhoso de mim mesmo. — Aaron parecia irritado com seu eu mais novo. — Eu manifestei o que chamamos de verdadeiro poder Oliver, a habilidade de diferenciar uma família da outra. É raro entre nós. Mas depois... — Sombras passaram pelo rosto dele quando um carro cruzou a rua lá fora e os faróis brilharam através do vidro. — Depois disso, eles me levaram até uma sala. Havia um homem lá, com as mãos amarradas, em uma gaiola com grossas barras de ferro. — O ar tremeu na garganta dele. — Eles... deram choques nele, com um bastão de gado, até que olhasse nos meus olhos. Me disseram que se eu visse alguém como ele de novo, deveria matar a pessoa. Ou informar a Corte se não conseguisse agir por conta própria.

Joan se lembrou de Edmund olhando-a nos olhos antes de ordenar que Lucien a matasse. E então de como Aaron ficara entre ela e Edmund no palácio de Whitehall, escondendo-a da vista do pai. Como engolira seus abusos para mantê-la segura.

— Eu nunca havia visto alguém como ele de novo — disse Aaron. — Até que te encontrei no labirinto. Até que estivesse perto o suficiente para ver os seus olhos.

— O que eu sou? — sussurrou Joan.

— Não sei. A única coisa que eu sei é que, se você desfizer o massacre, não pode nunca encontrar comigo. Jamais confie em mim. Eu não saberei. Não vou lembrar que... — Ele interrompeu a si mesmo. Então se restabeleceu. — Não vou lembrar o que você significa para mim.

Joan se sentiu à beira de lágrimas; era terrível. O olhar dele evitava o dela.

— Aaron...

— Não, por favor.

— *Aaron*.

Joan tocou a mão dele. Era sempre tão quente.

Então ele a olhou nos olhos. Havia uma intensidade tão profunda e demorada no rosto dele que Joan pensou que estava prestes a beijá-la.

Ele pegou algo do bolso. A visão de Joan estava ficando toda embaçada, então precisou piscar algumas vezes para entender o pequeno objeto: um broche, no formato de uma gaiola. A base da gaiola era ricamente decorada com flores. Dentro das grades, um pássaro marrom estava empoleirado com a cabeça erguida como se estivesse cantando.

Aaron passou um dedo pelas bordas da joia, gentil, quase em reverência, e então entregou-a a Joan.

— Encontrei no armário do quarto — disse. — Era da minha mãe.

— Sua mãe esteve aqui? — sussurrou Joan.

Aaron balançou a cabeça, mas não em negação, e sim como se não suportasse falar sobre aquilo.

— Vire ele para baixo.

Joan o fez. O broche tinha uma base de bronze com um pino simples. Dois números haviam sido gravados à mão. O primeiro estava riscado: ~~100~~. O segundo, numa letra diferente: 50.

— A família Mtawali tem o poder de transferir tempo para objetos — disse Aaron. — Passes de viagem, é como os chamamos. Você pode usar este para viajar até 50 anos sem tomar tempo de ninguém. Eu sei — ele disse antes que Joan pudesse protestar. — Eu sei. Moralmente é a mesma coisa que tomar vida você mesma, mas parecerá diferente se você viajar desta forma. Eu prometo.

Joan não acreditava nisso. Roubar vida era roubar vida. Mas tudo o que conseguia pensar agora era que aquela talvez fosse a última vez em que veria Aaron, conseguisse ou não o que pretendia.

— Quando estiver pronta — disse Aaron —, só pense na época para a qual deseja ir. Lembra a sensação de saltar?

Joan fechou os olhos e tentou se lembrar daquele desejo que sentira no Poço. Não se permitira senti-lo desde aquele dia.

— Eu descobri para onde você está indo, sabia? — sussurrou Aaron. Houve uma mudança no ar. Joan sentiu a mão dele acariciar sua bochecha com gentileza, mas apenas por um momento. — Você vai para casa.

Casa. Fazia muito tempo desde que Joan acreditara que poderia ir para casa. Mas, quando ouviu as palavras de Aaron, desejou ardentemente ir para lá. E *aquela* era a sensação de saltar, ela se lembrou. Aquele desejo.

Nada aconteceu, é claro. O efeito do poder Patel não havia passado ainda.

— Queria não precisar ir — disse ela.

Aaron não respondeu.

Joan abriu os olhos. Continuava na casa. Mas estava sutilmente diferente. As fotos na parede haviam mudado. O vidro da janela era liso e uniforme.

E Aaron desaparecera.

VINTE E DOIS

Por fora, a Holland House parecia a mesma. Turistas perambulavam tomando sorvete e comendo sanduíches com salsicha. Guias com roupas de época conversavam com os grupos pelo jardim e pela casa.

No entanto, Joan não reconhecia nenhum dos funcionários. E todos tinham um ar de alerta. Todos, dos sorveteiros aos guias. Um ar de alerta, e porte militar.

Joan estava certa. Conhecia Nick tão bem quanto a si mesma. Segundo Aaron, pontos turísticos eram armadilhas para humanos. Depois do massacre na Holland House, Nick transformara aquele ponto turístico numa armadilha para monstros. Qualquer um que entrasse ali com a intenção de roubar tempo seria pego.

No jardim da frente, Thomas, o pavão, bicou furiosamente os sapatos de Joan.

— Pelo menos você não foi substituído — disse ela.

Ele grasnou de volta com aquele jeito áspero de dinossauro. Estava bem alimentado, com um surpreendente bom humor e as penas da cauda relaxadas. Nick estava cuidando da casa, ao que parecia.

Uma voz feminina soou da varanda, inesperadamente animada:

— Joan!

Joan olhou para cima.

— Astrid? — disse, surpresa e aliviada por ver um rosto familiar.

Astrid era outra voluntária da casa. Metade chinesa, como Joan, e metade queniana, alta e negra, com a postura perfeita de uma bailarina.

Astrid correu até ela.

— O que está fazendo aqui? Achei que fosse ficar só durante as férias.

Ela jogou os braços ao redor de Joan.

Há quanto tempo Astrid pensava que ela já havia partido, Joan se perguntou. Em que momento estava? Ela a abraçou de volta.

— Estou só visitando — disse. — E você? Achei que...

Joan parou quando Astrid mudou a forma de segurá-la. Percebeu de relance uma seringa.

Ela tentou reagir e se soltar, mas era tarde demais. Uma agulha ferroou a lateral de seu corpo como uma abelha. Então tudo ficou escuro.

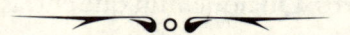

Joan acordou com dor. A cabeça latejava. Piscou e abriu os olhos.

Estava deitada de lado em um chão de pedras. Seu coração disparou. A parede mais distante era formada por barras de ferro. Estava na cela de uma prisão, como a de seus pesadelos.

Não, não exatamente. Aquela cheirava a doença e morte. Esta não cheirava a nada, a não ser pedra limpa.

Joan balançou a cabeça em uma tentativa de se livrar da vista embaçada. Tentou se orientar. Para além das barras de ferro, os entalhes do corredor tinham uma textura familiar: flores-de-lis.

Era o porão da Holland House. Quando Joan fora voluntária, havia salas e copas para os funcionários ali. Agora, alguém transformara um dos cômodos em uma cela.

Ela tentou erguer o braço para sustentar a cabeça latejante e percebeu pela primeira vez que suas mãos estavam amarradas à frente do corpo. Seu coração pulsou de pânico. Ela tentou soltar e separar os pulsos.

— Oi, Joan.

Ela se virou depressa. Era Nick. Claro que era. Ele estava de pé em um canto da cela, com uma postura largada que parecia quase relaxada. Apenas uma leve tensão em seus ombros traía o fato de estar sentindo algo mais.

— Como está sua cabeça? — perguntou.

Joan não queria admitir nenhuma fraqueza física.

— Meio exagerada, não acha? Essa coisa toda de calabouço?

Para seu alívio, sua voz saiu fria e calma. Ela apalpou o bolso sorrateiramente, mas o passe de viagem Mtawali desaparecera; não haveria uma saída fácil dali. Ela olhou ao redor da cela. Nenhuma janela, nenhum duto evidente. Levaria alguns segundos para se levantar. Alguns mais para ele reagir. E ela vira o quão rápido ele era em ataque.

Joan tentou tomar impulso para se levantar. Algo puxou sua perna. Ela se virou e percebeu que o tornozelo esquerdo estava preso a uma engenhoca que saía da parede.

— Ahn... *Quê?*

Parecia a corrente de uma câmara de tortura medieval. Então uma onda de pânico a atingiu, causada pela claustrofobia somada ao ambiente. Suas mãos estavam amarradas, e agora se vira acorrentada à parede também. Por um segundo, pensou que realmente estivesse na prisão de seus pesadelos. Lutou desesperadamente contra as correntes.

— *Tire isso de mim!*

A corrente a puxava de volta e de volta, como as mandíbulas de um animal vivo. E, por baixo de tudo, a névoa e a confusão da droga persistiam como sono.

— Me perdoe, Joan. Não posso te deixar machucar mais ninguém. — Nick não se movera. Mas havia resquícios de algo em seus olhos agora. Preocupação? Confusão? Ele não esperava que ela reagisse daquela forma às correntes. — Não posso soltá-la. Não posso permitir que você toque em alguém. Então, você precisa se acalmar.

Se acalmar? Ela adoraria vê-lo se acalmar se estivesse preso daquela forma. De repente, lembrou-se dele naquela cadeira, a boca sangrando, implorando pela família. Ela fechou os olhos com força, tentando respirar.

Lembrou-se de como Astrid correra direto para ela, como se toda a equipe estivesse alerta para capturá-la.

— Você sabia que eu viria? — perguntou.

— Você me disse que viria. Eu acreditei. — Nick se mexeu, inquieto. — Então, qual é o seu plano? Deduzo que veio para me matar.

— Não. *Não*. Nick, eu vim para conversar.

— Conversar — disse ele, seco. Não acreditava. — Sobre o quê?

— Você.

Ele mordeu os lábios. Não gostava de falar sobre si. Joan não soubera o porquê até ver aquelas terríveis gravações.

— Meu pessoal está preparado para qualquer ataque — alertou ele.

Joan sentiu uma pontada de mágoa. Ele realmente achava que ela o atacaria em uma casa cheia de turistas? Havia pessoas comuns lá fora. Ele realmente achava que ela faria algo assim?

Outra voz soou do lado de fora da cela:

— Não vamos conseguir arrancar a verdade dela sem ajuda artificial.

Era Astrid, com as costas eretas e um sorriso malicioso. Quando eram voluntárias juntas, Astrid conduzia atividades para as crianças. Era uma esgrimista competitiva, ensinava as crianças a lutar com espadas de espuma. Deveria ter estado lá na noite do massacre, percebeu Joan. Será que outros funcionários haviam estado com Nick também? Aliados do herói? Joan engoliu em seco. Depois de Nick, Astrid fora sua amiga mais próxima na casa.

— Não quero drogar ela de novo — Nick disse a Astrid.

— Precisamos saber o que ela está planejando. Você mesmo disse. Ela é perigosa. Quer te ver morto. E há turistas aqui. Somos responsáveis por outras vidas além das nossas.

Deixaram Joan sozinha por um momento. Ela examinou as algemas. Com algum esforço, pegou um grampo do cabelo e começou a trabalhar na fechadura com movimentos escondidos atrás dos joelhos dobrados. Não havia avançado muito quando Nick e Astrid retornaram.

Nick jogou uma garrafa de água para Joan.

— O que é isso? — perguntou ela.

— Água — disse Astrid. — Com algo mais. Quase tão bom quanto o poder dos Griffith.

Os Griffith podiam induzir a verdade, Joan se lembrou.

— Não existe isso de soro da verdade — disse ela.

— Não nesta época — concordou Astrid. — Beba. Pelo menos um quarto da garrafa.

Joan rosqueou a tampa e bebeu metade da água sob o olhar severo de Astrid. Estava com sede, e queria que soubessem que não esconderia nada.

— Quanto tempo leva para fazer efeito? — perguntou.

Mas, para sua surpresa, já podia senti-lo.

Um calor agradável e uma sensação de relaxamento percorreram seu corpo, do peito à ponta dos dedos. Em vez de relaxar, entretanto, ela sentiu o mesmo pânico contido de quando tentava viajar sem intenção.

— Não resista — disse Astrid.

Só que Joan não conseguia evitar. Lutou contra a sensação confusa como lutara contra as correntes. Nunca gostara de sentir que estava perdendo o controle.

— Qual é o seu nome? — perguntou Astrid.

— Joan Chang-Hunt.

As palavras saíram de uma vez, num turbilhão estranho. A droga realmente podia compeli-la, pensou com uma onda de medo. Não esperava que funcionasse daquela forma. Sua mente parecia dissociada do corpo.

— Seu pai é humano?

Joan ficou chocada com a pergunta. Balançou a cabeça, tentando pensar com clareza. O movimento a deixou tonta.

— Eu...

Ela cerrou os dentes. O desejo de responder a verdade era tão intenso quanto a necessidade de respirar.

— Pare de resistir. Onde está seu pai?

— Não sei! — disse Joan de uma vez.

Era a verdade, percebeu, aliviada. Não fazia ideia de onde ele estava naquele momento.

— Ele é humano?

Joan batalhou para não responder. Foi ainda mais difícil desta vez:

— *É.* Pare de perguntar sobre ele!

— Tudo certo — Astrid disse a Nick. — Você pode conversar com ela agora.

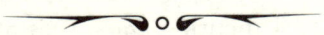

Depois que Astrid deixou a cela, Nick se sentou ali, mas fora do alcance de Joan e de costas para as barras de ferro.

Passaram um tempo olhando um para o outro. O mais estranho, pensou Joan, era o quão familiar lhe parecia a presença de Nick. Algo nele a fazia se sentir segura, em casa. Só que esse sentimento não era real. Talvez fora real em outra linha do tempo, mas não naquela.

— Qual é o seu plano? Por que você veio aqui? — perguntou ele.

— Para conversar — disse Joan. — Conversar com você.

Os lábios dele se torceram para baixo.

— Para me distrair enquanto alguém nos ataca?

— Não.

— Tem alguém aqui com você? Mais alguém está vindo? Tem armas envolvidas? Explosivos?

— Não — disse Joan. — *Explosivos?* Não. *Não.*

Ele realmente tinha uma imagem tão ruim assim dela? Já havia deixado claro que, para ele, pegar qualquer quantidade de tempo era o mesmo que assassinato. Era por isso que matava monstros.

Joan se lembrou do olhar no rosto dele quando encontrou a família morta em sua casa de infância. Ela pensou na avó deitada, morta. Entre eles, havia tanto sangue.

— Nick — disse. E deixou que a compulsão falasse a verdade por ela. — Eu vim aqui conversar com você. Essa é a verdade. Você sabe que eu não consigo mentir agora.

Os olhos dele estavam tão frios como quando falara com Edmund Oliver.

— Então fale. O que você quer?

O que ela queria? Havia tantas respostas para aquela pergunta. Ela queria a família de volta. Queria que nada daquilo tivesse acontecido. Queria estar com Nick. Não podia mentir para si mesma. Não com a droga no sangue. Não com ele bem ali na sua frente. Ela o desejava, mesmo depois de tudo o que acontecera. Mesmo depois do que ele fizera, tudo o que ela ainda queria era estar no mesmo lugar que ele. Odiava isso, mas não tinha como negar.

Para seu alívio, a droga não sabia qual resposta forçá-la a dar. Ela pôde escolher uma verdade.

— Paz. Entre monstros e humanos.

— Paz? — Nick ainda estava recostado, como se estivesse tranquilo. Mas sua mandíbula ficou tensa. — Eu matei sua família, Joan. Você está dizendo que consegue me perdoar por isso um dia?

— Não — disse ela imediatamente, forçada a responder.

Nick pareceu prender a respiração por um segundo.

— Não — ecoou ele, suave.

— Da mesma forma como você jamais conseguirá superar o fato de que eu sou um monstro — disse Joan.

A resposta dele demorou um pouco mais desta vez:

— Não.

Algo em sua pausa fez com que Joan desejasse que alguma coisa também o forçasse a dizer a verdade.

Mas ele não precisava da droga. Nunca mentia, não diretamente. A respiração de Joan ficou pesada. Então ali estava, a dura verdade das coisas.

Se a história de Jamie era real, Joan e Nick estiveram juntos em outra linha do tempo. Se era real, então aquela nova linha estava tentando consertar a si mesma fazendo com que se encontrassem, de novo e de novo. Mas estava fadada ao fracasso. O que quer que estivesse quebrado entre eles não podia ser consertado.

— Não estou falando de paz entre mim e você — disse ela. As palavras doeram.

— Nunca haverá paz entre monstros e humanos — disse Nick. — Não enquanto monstros roubarem tempo. E vocês não podem impedir a si mesmos. É isso que vocês almejam.

Joan balançou a cabeça. Ela não desejava.

— Você almeja viajar no tempo.

A compulsão respondeu por ela:

— Sim.

Ela fechou os lábios com força. Mal admitia aquilo para si mesma. A forma de viajar era um desejo latente, e aquele desejo estava sempre lá, no fundo. Estivera lá desde sempre, em seu amor por história.

— Eu consigo me controlar.

Ela ficou aliviada ao se ouvir dizer aquilo. Se a compulsão permitiu, então certamente deveria ser verdade.

— Consegue?

— Sim. — Ela se sentou e tentou se aproximar dele. Seu coração se apertou quando ele afastou os pés. — Pare. Pare de me fazer perguntas. Eu não posso me impedir de responder. E preciso falar... — Respirou fundo. — Você me contou sobre a sua família. O homem que os matou...

— Está morto.

— Eu sei. Você o matou.

— Todo monstro sabe disso. Está tudo nas suas histórias infantis.

Joan nunca havia pensado como Nick poderia ver aquelas histórias: o próprio sofrimento como um conto de fadas.

— Você quebrou o pescoço dele.

Nick ficou paralisado. Aquilo não estava nas histórias.

— Você estava amarrado a uma cadeira antes de eles morrerem — disse Joan. — Você foi torturado.

Nick abandonou a postura relaxada e se sentou devagar. A falsa tranquilidade sumiu.

— Você não deveria saber isso — disse ele, suave e com um tom perigoso.

— Foi... foi gravado — disse Joan.

Nick claramente não esperava que ela dissesse aquilo.

— *O quê?*

— Sinto muito, mas eu vi o que eles fizeram. Sua família inteira foi assassinada. Eu os vi. Nick, sinto muito por ele ter...

— Pare — ordenou ele. — *Pare.*

Mas Joan não podia.

— Você precisa saber o que eles estavam de fato gravando. — Sua boca ficou seca. — Eles estavam gravando o processo de te transformar no herói.

O olhar dele ficou severo. O único som na sala era da respiração dos dois. Joan tinha plena consciência de que as paredes do porão tinham um metro e meio de espessura. Aquele lugar fora uma adega. Podiam gritar o quanto quisessem ali, mas ninguém ouviria.

Ela precisou passar a língua pelos lábios secos antes de voltar a falar:

— As... as histórias dizem que você ficou órfão por causa de monstros e estava destinado a matá-los. Mas esse não era seu destino. Você foi *forjado*. Foi criado para ser assim.

— *Pare* — disse Nick, e Joan sentiu uma onda real de medo percorrer o rosto dele.

Ela percebeu de súbito que estava presa em uma cela com o assassino das histórias de sua infância.

A droga, porém, continuava surtindo efeito e a forçava a continuar falando:

— Não foi só uma vez. Eles mataram sua família de novo e de novo. Reiniciaram a linha do tempo para poder te torturar de novo, de novo e de novo.

— Pare. Pare de *mentir*.

— Não estou mentindo. Você sabe que eu não tenho como mentir.

— Beba o resto daquela garrafa.

O estômago de Joan doía. Havia uma grande chance de ela vomitar se bebesse. Mas desrosqueou a tampa, respirou fundo e forçou o restante garganta abaixo. O líquido se revirou desagradavelmente em sua barriga.

O efeito foi ainda mais rápido do que na primeira dose. E desta vez a sensação de perder o controle foi ainda pior. Joan teve a urgência de contar tudo a Nick. Dizer verdades que ele não indagara.

— Você... você foi criado por monstros. — Ela estava atropelando as palavras que agora saíam mais rápido do que conseguia pronunciar. — Eles mataram a sua família como... como uma história de origem. Para te motivar a nos odiar. E então... — Ela chutou. — Então você foi treinado para nos identificar, e matar. — Ela pôde perceber nos olhos dele que estava certa. — Nick, você resistiu. Você não queria se tornar isso. Eles precisaram ficar repetindo e repetindo até que você... quebrasse.

— Não dá para mudar a linha do tempo de novo e de novo. É impossível.

— Eu não tenho como mentir — disse Joan, desesperada. — Você sabe que não!

Ele *precisava* acreditar nela.

Rápido, suave e letal, Nick se levantou da postura relaxada. Joan se pegou recuando.

— Nick — disse ela. — *Por favor*. Você precisa acreditar em mim.

— Por favor? — disse ele, olhando-a de cima. — É isso o que as suas vítimas disseram na Troca da Guarda?

Joan balançou a cabeça.

— Não, elas não imploraram, não é? — disse Nick. — Elas nem sabem o que você roubou deles.

Joan não conseguia mais respirar. Ele realmente ia matá-la.

Porém, em vez de se aproximar, ele deu um passo para trás, depois outro. Abriu a cela sem dizer nada e trancou-a atrás de si. Primeiro a chave, depois um pesado trinco. Pânico percorreu o corpo de Joan com a claustrofobia da situação.

— Nick! — gritou.

Mas ele já havia desaparecido. Será que ainda a ouvia?

Podendo ou não, a droga continuava a compelindo a falar. Joan fechou os olhos com força e tentou pensar além do desejo de dizer verdades. Nick não acreditara nela. Não dava para culpá-lo. Quem ia querer escutar algo como o que ela lhe dissera? Que tudo o que ele sabia sobre si mesmo era uma mentira?

A verdade era que ela nunca achara que ele acreditaria. Mas precisava tentar. Precisava saber se havia uma saída melhor.

Joan tateou o chão até achar o grampo de cabelo. Quando o encontrou, a droga agiu com mais força. Faria com que narrasse sua fuga, percebeu ela, e deixou escapar uma risada histérica. Ela resistiu, mas, assim como antes, o desejo de falar era mais forte.

Precisava aplacá-lo com outra verdade.

— A primeira vez que eu te vi... — Ela podia ouvir as emoções cruas em sua voz. A droga não estava a forçando apenas a falar, estava a forçando a sentir também. — A primeira vez que eu te vi, foi como se já te conhecesse. Como se tivesse te conhecido a vida toda.

Não houve resposta de Nick. Ela torceu para que ele houvesse partido.

— Onde quer que você estivesse — continuou —, eu queria estar também. Você era como o sol. Eu estava sempre virando na sua direção.

Houve um pequeno clique quando a mola cedeu em uma das algemas. Ela piscou, acordando de seu devaneio. *Foco*, disse a si mesma.

— Você me beijou aquela noite — disse. — Eu nunca quis tanto uma coisa. Depois, pensei que você poderia só estar brincando comigo o tempo todo. Mas então, naquela lanchonete dos anos 90, eu comecei a pensar... Você não me matou, mesmo sabendo que eu havia roubado tempo.

Ela ouviu passos e então Nick estava olhando em seus olhos através das barras. Ele não tinha partido.

— A família Liu tem uma história — disse ela. — Eles dizem que havia outra linha do tempo. Uma que existia antes da nossa.

— Eu sei o que você está fazendo — disse Nick. — Está destravando essas algemas. Não vai adiantar nada. Você não vai sair dessa cela.

— Não consegue sentir? Não consegue perceber que esta linha do tempo está errada?

Se conseguia, não demonstrava. Mas a droga não se importava. Forçou mais palavras para fora:

— A história dos Liu conta que na linha do tempo original o herói era apenas um menino comum apaixonado por uma menina monstro.

— Pare.

— Eles dizem que, se duas pessoas estavam juntas na primeira linha do tempo, então a *nossa* linha sempre tenta reuni-las de novo. Eles dizem que...

— Joan, *pare.*

Ela queria rir.

— Não consigo. Seu soro estúpido está me fazendo falar sem parar. Acho que você vai precisar me matar para me fazer parar.

As mãos dele se ergueram e agarraram as barras de ferro até que os dedos ficassem brancos.

— Ah, você não gosta dessa ideia? — perguntou ela. — Por que não? Você matou todos os outros.

— Você roubou tempo. — Ele soava formal. Dizia aquelas palavras para monstros antes de matá-los. — Não posso permitir que machuque outro humano.

Joan girou o grampo exatamente como a avó ensinara. Estava quase lá.

— Vai me matar, então? Ou vai pedir para outra pessoa fazer isso?

Algo sombrio e perigoso cruzou os olhos dele. Não, ele não deixaria mais ninguém tocar nela.

— Qual é a alternativa? Me deixar presa aqui para sempre? Me entregar para a polícia? O que você vai dizer para eles? "Ela encostou no pescoço de umas pessoas?"

— Sinto muito, Joan. Eu não acredito que nós somos... o que quer que seja que você acha que somos. O fato é que eu deveria ter feito meu dever muito tempo atrás. O fato é que você é um monstro e, enquanto estiver viva, vai machucar pessoas.

Houve um clique quando a algema esquerda finalmente se abriu. Joan balançou o pulso para fora dela. Com outro *clique-clique* arrancou a direita também. Mostrou as mãos livres para Nick.

— Não importa se você está algemada ou não — disse ele. — Você não tem tempo para viajar. E, se viajar sem tempo, vai morrer.

— Você não pode continuar nos matando — disse Joan, com um nó apertado na garganta. — Não posso deixar.

— Você está trancada nessa cela. Precisa de tempo humano para viajar. E eu não vou deixar nenhum humano entrar aí com você.

Joan se preparou. Ela não tinha certeza do que tinha mais medo: da parte seguinte funcionar, ou não funcionar.

— Você tem razão — disse. — Eu preciso de tempo humano para viajar. Mas tenho um palpite sobre algo, desde que acordei aqui. — Ela conseguia sentir o medo na voz agora. — Eu não sou só metade monstro, sou metade humana também.

Os olhos de Nick se arregalaram ao entender.

Joan esticou o braço para tocar o próprio pescoço.

—*Joan, não!*

As palavras soaram do fundo da garganta dele. Joan se perguntou se ele sequer percebera que as dissera.

Ela tomou tempo de si mesma. Distante, ouviu Nick desesperado com as chaves. Mas o som mais alto de todos foi o próprio grito. Quando tomava tempo das pessoas, elas pareciam não sentir, mas para ela foi como se estivesse rasgando a própria pele. Caiu de joelhos, agonizando. Quanto tempo tomara de si mesma? Não fazia ideia.

A porta se abriu com um baque. Joan se permitiu olhar para Nick por uma fração de segundo a mais do que deveria. Ela sabia que sempre desejaria estar com ele. Assim como viajar no tempo estava sempre em plano de fundo, estava também o seu desejo por Nick.

Joan cedeu ao outro desejo.

VINTE E TRÊS

A cela estava escura e gelada. Joan se agachou onde havia caído. A tristeza era maior do que o alívio da fuga. Não era como se houvesse perdido Nick, disse a si mesma. Nunca o tivera, não naquela linha do tempo, não depois do que fora feito a ele. Não depois do que ele fizera a ela.

Ela tateou ao redor no escuro. Não houve resistência da corrente. Ficou aliviada. Tivera medo de que viajaria com ela.

Com as mãos e joelhos ainda no chão, tentou avançar. Seu ombro bateu na parede, fazendo-a gemer. Estava toda dolorida.

Foi então que teve um flash de memória, de Nick gritando: *"Não!"* O que será que ele quisera dizer com aquilo? Não o quê? *"Não tome tempo de si mesma?"* Mais provável: *"não fuja"*. Ela se lembrou do que mais ele dissera. *"Eu deveria ter feito meu dever muito tempo atrás."*

Joan segurou as lágrimas. Seus olhos estavam se adaptando ao escuro agora. A parede mais distante ainda tinha barras de ferro e uma porta. Ela tocou o cabelo. Mais nenhum grampo. O que estivera usando estava em outra época. Teria de puxar o ferro do sutiã.

Porém, quando se aproximou para olhar a fechadura, a porta se abriu ao toque. Não estava trancada. Não estava sequer fechada de verdade.

Em algum lugar no fundo de sua mente, um sino de alerta soou. Aquilo não estava certo. Nick teria colocado um guarda ali.

Em que época será que estava?

$$\rightsquigarrow \circ \curvearrowleft$$

Parte dela esperava que um alarme soasse assim que saísse da cela. Mas não houve som algum. Ela andou pelo corredor, passou pela antiga sala dos funcionários e subiu o pequeno lance de escadas.

Quando chegou ao andar de cima, um cheiro seco de poeira a atingiu, junto com os aromas mais usuais de madeira e lã. O silêncio era desconcertante.

A apreensão de Joan cresceu conforme andava. O primeiro cômodo em que entrou não era nada familiar.

Levou um tempo para perceber que era a Sala do Café da Manhã. Deveria haver uma mesa grande cercada por cordas, a réplica de um café da manhã georgiano: bolos com pedaços de frutas, torrada com manteiga e geleia. Mas toda a mobília sumira. As grandes tapeçarias de Baco e Vênus haviam sido removidas das paredes.

A casa ainda era grandiosa, é claro, mesmo nua: as paredes de veludo, o teto em sua maravilha geométrica de dourado e branco. Mas, sem ninguém ali, a grandeza trazia uma sensação de abandono iminente. Uma casa como aquela precisava de vários funcionários para ser mantida. Sem isso, se despedaçaria.

Através das janelas salientes, o sol se punha. Joan teve uma sensação de *déjà-vu* que a fez estremecer ao se lembrar da última vez em que ficara nas janelas ali, olhando para a noite que caía do lado de fora.

Para quão longe havia viajado? Se andasse para fora da propriedade, o que veria? Será que tinha viajado um ano? Cinco anos? Dez? Até onde podia saber, era possível que houvesse roubado toda a vida que lhe restava. Poderia cair morta antes da próxima batida de seu coração.

Não deveria mesmo, *mesmo,* pensar nisso agora.

A casa parecia vazia, mas isso não significava que a área não estava sendo patrulhada. A biblioteca tinha uma boa vista dos arredores e, pela cor do céu, ela ainda teria vinte minutos de luz.

Joan passou pela Sala das Porcelanas. Havia sido esvaziada também. O curador, Murray, tivera tanto orgulho da coleção de porcelanas da Holland House; todas aquelas xícaras finas como papel, cheias de texturas de rosas combinando.

A avó morrera a dois cômodos dali.

A respiração de Joan ficou pesada. Ela se forçou a subir as escadas. No andar seguinte, havia a porta do Salão Amarelo. A Sala Dourada estava visível pouco mais à frente. Nenhum Oliver desta vez. Nenhum Nick. Apenas dois cômodos vazios.

Joan abriu a porta da biblioteca. Por um lapso de segundo, teve a expectativa de encontrar tudo como havia deixado: prateleiras de livros encadernados em couro. Cadeiras de leitura.

Mas, é claro, quem quer que houvesse esvaziado a casa passara por ali também. Apenas os ossos restavam: um longo corredor de prateleiras vazias. O teto ainda era de um vivo azul-escuro, polvilhado com estrelas douradas. Joan sempre amara isso.

Do lado de fora da janela, o Jardim Holandês estava cheio de ervas daninhas e as plantas cresciam selvagens sem poda. O único movimento era do vento nas folhas. A casa parecia abandonada. Joan passou o dedo pela poeira no beiral da janela.

A última vez em que estivera ali, Nick estava com ela. Eles haviam se sentado juntos sob a mesma luz do entardecer. Ele havia tocado sua bochecha, e os dois haviam se beijado.

Então... A respiração de Joan falhou. Então eles ouviram o som de monstros chegando.

Talvez na verdadeira linha do tempo, ela e Nick houvessem se beijado naquela noite também. Talvez houvessem se afastado e rido um pouco, e depois se beijado de novo. Talvez, depois, houvessem passeado pelos jardins, e caminhado até Kensington. Comido um kebab e um sorvete. Talvez houvessem prometido se ver no dia seguinte, e no dia depois.

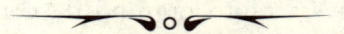

O som atrás dela foi suave, um passo sobre o piso de madeira.

Então ela realmente compreendeu por que fora até a biblioteca, porque ainda não havia deixado a casa. Ela era sempre atraída por ele. Imaginou que ele também fosse atraído por ela. A linha do tempo nunca deixaria de tentar consertar a si mesma, não enquanto os dois estivessem vivos.

Ela se virou da janela. Seu estúpido coração bateu forte ao vê-lo.

Nick estava nas sombras quando se aproximou, mas Joan podia ver que seu cabelo estava mais longo. Ainda assim, ele continuava o mesmo, bonito como uma estrela de cinema, com cabelos escuros e o rosto quadrado. Ainda irradiava a mesma bondade de outro mundo. O herói para o seu monstro.

Não era justo, pensou ela. Eles nunca tiveram uma chance naquela linha do tempo. Deveriam ter tido uma vida toda juntos, mas agora havia apenas aquilo.

— Pare — disse ela de repente, como se pudesse impedir o que estava por acontecer.

Para sua surpresa, ele parou, a apenas poucos passos dela.

Ele havia escolhido que fosse assim, percebeu Joan. A casa vazia. Apenas os dois ali, sozinhos. Ninguém vendo, ninguém para sofrer os efeitos colaterais. Nenhuma desculpa para adiar o que precisava ser feito.

— Você estava perto daquela janela na primeira vez em que te vi — disse ele.

Sua voz era a mesma de sempre. Firme e profunda como águas calmas.

— Eu lembro — disse Joan.

Não aguentava aquilo. Ainda não conseguia lutar com ele. Não estava pronta. Precisava ter tempo o suficiente para outro salto. Talvez um maior desta vez.

Nick se aproximou devagar, como se não conseguisse impedir a si mesmo.

— Por favor — disse ele. — Por favor, não pegue mais seu tempo.

É claro que ele sabia o que ela estava pensando. Eles sempre haviam estado em sintonia.

O último passo o colocou sob os últimos raios de sol. Joan viu, então, o que as sombras haviam ocultado. Ele estava apenas um pouco mais velho, mas sua expressão era diferente. Onde antes havia determinação, agora havia receio e incerteza. Como na noite em que se beijaram.

— Tive um bom tempo para refletir — disse ele. — Pensar em quanto tempo você tirou de si mesma.

Joan se preparou. Ela esperava um ataque terrivelmente ágil, algo como o que ele fizera a Edmund Oliver. Mas ele estava apenas parado ali, com as mãos largadas ao lado do corpo de forma passiva. *Agora*, pensou ela. Ele atacaria agora. Mas apenas continuou parado. A tensão era insuportável.

Ele respirou fundo, trêmulo.

— Joan — disse —, quando te vi pela primeira vez, antes que você falasse qualquer coisa, eu já sabia como seria a sua voz.

Joan olhou fixo para ele. A memória voltou à tona com perfeita clareza. Nick entrara na biblioteca com a cabeça inclinada sobre um livro aberto. Joan ficara encantada com a forma cuidadosa com a qual ele ninava o livro e protegia suas bordas frágeis. Ela se lembrou de como ele olhara para frente e a vira, como seus olhos se arregalaram antes que ela falasse.

— Eu sabia como sua risada soaria — continuou ele. — Eu sabia que você tem sono leve e que chuta as cobertas, mesmo no inverno. Eu sabia que você coloca gengibre fresco no chá. Sabia que, se você precisasse fazer uma escolha, seria sempre o que é certo em vez do que é mais fácil.

— Nick...

— Esta linha do tempo está errada, não está? — disse ele.

— Eu... — Por um longo momento, Joan não conseguiu falar, mesmo com o resquício da droga a compelindo. Ela se preparara para tudo, menos esperança. — Eu... Quando te vi pela primeira vez, senti que já te conhecia a vida toda.

A voz dela soou terrivelmente vulnerável. Ela esmagou brutalmente a esperança. *"Se você precisasse fazer uma escolha, seria sempre o que é certo em vez do que é mais fácil."* Mas não tinha sido assim, tinha? Ela fizera coisas horríveis.

Nick deu mais um passo em sua direção, e Joan recuou sem pensar. Algo como agonia cruzou o rosto dele. Ele levantou as mãos vazias, mostrando que não estava armado. Mas tinha começado desarmado na Sala Dourada; nunca precisara de armas.

— Da última vez em que te vi — disse ele —, você me disse que estivemos juntos uma vez.

Joan não conseguia desviar os olhos.

— Eu disse que não acreditava em você. Então você tomou tempo de si mesma. Você gritou. Eu... eu achei que estivesse morrendo. Ainda ouço seu grito nos meus pesadelos.

Ele queria se aproximar, percebeu Joan, mas continuava ali, enraizado no chão, com as mãos imóveis e parcialmente erguidas.

Joan esmagou a esperança mais uma vez. Lembrou a si mesma de que não haveria final feliz. Ela era um monstro, e ele era um herói. Todo mundo sabia como essa história terminaria.

Sua próxima respiração soou pesada demais. Nick também percebeu. Ele sempre percebia tudo. Ele queria se aproximar, ela sabia. Podia lê-lo tão bem quanto ele a lia.

Mas não era *ela* quem ele queria. Não exatamente. Ele queria se aproximar da outra Joan. A Joan que fazia as escolhas certas. *Aquela* Joan morrera no massacre, junto com sua família.

A Joan que vivia agora era um monstro, em cada sentido da palavra. Ela roubara tempo. Mesmo agora, alguma parte terrível dentro dela queria viajar e viajar, cruzar décadas como piratas cruzavam o mar.

— O que você está fazendo, Nick? — perguntou ela.

Será que ele não sabia que falar daquilo era uma tortura?

Nick abaixou as mãos devagar.

— Não sei. — Ele parecia tão confuso e perdido quanto Joan se sentia. — Eu sempre coloquei a missão à frente de tudo. Nunca me permiti sentir algo além.

Parecia uma vida solitária. Joan se lembrou da cozinha onde Nick encontrara a família morta. A geladeira ao fundo era coberta de fotos: Nick e os irmãos e irmãs assoprando velas de aniversário, rindo para a câmera.

Ela se lembrou de seu armário na sala dos funcionários da Holland House: cru, apenas com o básico. Tinha uma assepsia e organização espartanas.

Agora, no silêncio da biblioteca, a respiração dele soava inconstante.

— Eu nunca me permiti sentir nada — disse ele. — Então entrei na biblioteca aquele dia. E te vi.

Joan se lembrou de como ele chegara pela porta aquele dia. E de como o *reconhecera* quando ele olhou para cima.

— Alguma coisa mudou a linha do tempo — disse ele. — Mas eles não conseguiram me fazer te esquecer. Não completamente. — Seus olhos negros a observavam intensamente, tão familiares quanto o bater do próprio coração. — Eu te amo, Joan.

Joan ouviu a si mesma soltar um som suave, rouco. Como algo que queria tanto ouvir podia doer daquele jeito? Não importava o quanto ela quisesse viajar no tempo, não era nada comparado ao que sentia por Nick. Desde o momento em que se encontraram, tudo o que ela queria era estar perto dele.

— Não — sussurrou ela.

Era demais para suportar.

— Eu sei — disse ele. Havia tanta dor em sua voz. — Eu sei o quanto você me odeia.

Joan balançou a cabeça, mesmo que fosse verdade. Ela o odiava. Ela o amava. Havia um abismo lá dentro, e ela estava sendo dilacerada por ele. Respirou fundo e mal conseguiu controlar o ar.

— Não é de mim que você se lembra — conseguiu dizer. — Eu não sou ela... Não sou aquela outra Joan.

A Joan da verdadeira linha do tempo, que fazia as escolhas certas, que provavelmente nunca roubara tempo em toda a vida.

— Eu sei quem você é — disse ele.

— Não, *não* sabe.

De repente, ela não conseguia mais suportar a forma como ele a olhava.

— Eu roubei tanto tempo — disse, rouca.

Ela sequer sabia de quantas pessoas roubara. Deviam ser centenas. Talvez até mil. Ela e Aaron passaram eras no Poço. E usara ao menos 30 anos do passe de viagem para chegar ali. Por um segundo, a repulsa por si mesma a fez sufocar.

Então Nick realmente se aproximou, como se não pudesse impedir a si mesmo. Joan quase conseguia sentir o calor de seu corpo no ar gelado da biblioteca abandonada. Se esticasse o braço, poderia tocá-lo.

Em vez disso, ela cerrou os punhos.

— Não somos mais as pessoas que fomos, seja lá quem elas tenham sido — disse. — Se você sente alguma coisa por mim... Se... se eu sinto alguma coisa por você... — Ela viu os olhos dele ficarem sombrios ao entender o que estava dizendo. — É só um resquício de outra linha do tempo. Somos pessoas diferentes agora.

— Sou o que eles me fizeram ser?

— *Sim.*

— E o que eles queriam que eu fosse?

Joan não conseguia respirar. Não conseguia desviar os olhos dele.

— Eu sinto muito, Joan — sussurrou ele. — Sinto muito, muito.

— *Eu* fiz o que fiz — ela sussurrou de volta.

Ele matara sua família, mas fora ela quem colocara a mão na nuca de pessoas inocentes. A escolha havia sido dela.

— Eu nem sei quantas pessoas eu matei — disse Nick, suave.

Uma confissão. Então ela conseguiu perceber na voz dele também. Estava tão enojado de si mesmo quanto ela.

— Eu queria... — Joan engoliu em seco. — Queria que as coisas fossem diferentes.

— E se fossem? — perguntou Nick.

— Como assim?

— Não podemos mudar o que fizemos, mas... não precisamos ser quem nos fizeram ser. — A voz dele soava trêmula. — Você me disse uma vez que queria paz entre monstros e humanos.

Joan olhou fixo para ele. A mulher nas gravações dissera que escolhera Nick porque a virtuosidade dele poderia ser transformada em fúria moral. Ela pensara que fizera Nick perfeito. Mas estava errada. Joan entendeu naquele momento. Havia algo incorruptível no centro dele. Algo tão bom que nem duas mil tentativas de torturá-lo e quebrá-lo conseguiriam apagar.

— Você realmente acha que é possível? — disse Joan.

Queria paz mais do que tudo. Era metade humana, metade monstro. Não apenas queria a paz. Sentia-se quebrada sem ela.

— Eu não posso trazer sua família de volta — disse ele. — Mas, se pudermos melhorar esta linha do tempo, eu quero tentar.

Então Joan soube. Não estava apaixonada pelo outro Nick, o Nick que nunca fora o herói. Ela não era a outra Joan. Estava apaixonada por *aquele* Nick, o Nick que sofrera de formas inimagináveis e transformara aquele sofrimento em um ímpeto de proteger as pessoas. E que, mesmo naquele momento, conseguia imaginar um futuro diferente.

Joan deu o último passo e esticou o braço para tocar o rosto de Nick. Ele permitiu, sem recuar.

— Posso te beijar? — sussurrou ela.

Ele fez um som suave e abraçou-a com um alívio desesperado que fez o coração dela saltar. Enquanto era puxada para dentro de seus braços, ela percebeu que o pescoço dele estava descoberto. Tudo o que precisava fazer era deslizar a mão para sua nuca, e ele estaria morto. A confiança dele quase a desmontou.

— Eu te amei desde o momento em que te vi — disse ela.

Desde então e antes. Agora e para sempre.

— Eu te amo — ele sussurrou de volta. — Sempre amei.

Joan fechou os olhos. Conseguia sentir as lágrimas escorrendo quando a boca dele tocou a sua. E a linha do tempo reagiu. Sua metade monstro sentiu ao abrir a boca sob a dele: uma mudança no mundo, como se vários cacos quebrados estivessem sendo colados de volta. A linha do tempo estava se consertando.

Por apenas um segundo, ela se permitiu *sentir*. Imaginou que ela e Nick poderiam realmente ter aquilo. Que poderiam ser felizes.

Então ela abriu os olhos e descarregou o estranho poder que tinha sobre ele.

Chocado, ele soprou o ar sobre os lábios dela.

— Joan?

Ele tentou se afastar, mas ela apertou os braços ao seu redor. Sabia o que precisava fazer.

Joan puxou o poder bem fundo de dentro de si, e o poder respondeu como se estivesse esperando por seu chamado. *"Algo proibido"*, dissera um dos guardas.

De certa forma, Joan sempre soubera o que seu poder podia fazer. Ela não transmutara metal em pedra, ela o transformara *de volta* em minério. Ela o desfizera.

E agora estava desfazendo Nick.

Não era nada gentil. O poder jorrava de dentro dela. O corpo dele convulsionava e tremia. Seu rosto se tornou uma máscara de dor. *"Joan"*, fez com os lábios. *"Joan, por favor."* Ela se forçou a continuar, mesmo quando ele começou a gritar.

Ela estava chorando de verdade agora. Ao redor, a casa começou a tremer.

Joan o desfez. A força balançou as paredes. O gesso trincou e poeira voou ao redor. Ela desfez tudo o que Nick fizera, e tudo o que fora feito com ele.

Desfez as vidas que ele tomara. Trouxe sua família de volta.

Desfez Nick até que não fosse mais o herói. Até que o Nick que amava não existisse mais.

E, ao final, tudo havia mudado.

EPÍLOGO

As últimas semanas de verão foram longas e quentes, mesmo quando as folhas começaram a cair. Todos concordavam que fora o verão londrino mais amável em anos.

Nos parques da cidade, flores silvestres se abriram mais tarde e por mais tempo do que qualquer um se lembrava: ervilhas-de-cheiro, margaridas, violetas e madressilvas.

Joan perdera o final da estação. Ficara de cama com algo que a avó temia ser gripe e Tio Gus pensava ser insolação.

Mas Joan sabia que não era uma doença humana. Desfazer Nick forçara seu poder para além do limite. Ela queimara até sua última faísca para mudar a linha do tempo. Agora, qualquer habilidade que tivera para desfazer as coisas havia desaparecido. Ela podia sentir o vazio dentro de si, mesmo depois que seu corpo começou a se recuperar.

E seu poder não era o único vazio que sentia.

Ela sonhava com ele. Às vezes, estava na biblioteca da Holland House, às vezes amarrado a uma cadeira em sua casa de infância. Sempre, ele estava gritando, implorando para que ela parasse. Joan acordava tremendo e tentando tocá-lo com as palavras ainda pesadas na boca. *"Me desculpa. Desculpa. Desculpa. Eu te amo."*

Se os sonhos eram ruins, entretanto, ficar acordada era pior. Os últimos momentos na casa ficavam voltando e voltando. Ela se lembrava de como os olhos de Nick se arregalaram. De como seu peito tremeu quando começou a gritar. Da expressão em seus olhos quando percebeu que *ela* estava fazendo aquilo com ele. Que não pararia. Ela dissera que o amava. Ela o beijara. E então o destruíra.

Fraca demais para sair da cama, tudo o que Joan podia fazer era ficar ali e lembrar, lembrar e lembrar.

Mais ninguém se lembrava.

— Holland House? — A avó sentiu a temperatura de sua testa com o dorso da mão. — Aquelas ruínas antigas no Holland Park, você diz? Por que ia querer ir lá?

— Estou falando da Holland House! A casa no parque! — Joan tentou se sentar, mas a avó fez com que se deitasse de novo.

— Não tem nada lá, meu amor. — A avó soava preocupada. — Você ainda está com febre. Vou chamar o Dr. De Witt de novo.

❧ ✦ ❧

Joan nunca fora uma boa paciente. Assim que se sentiu forte o suficiente para ficar em pé, anunciou que estava bem e foi direto à Kensington High Street.

Estava na metade da rua antes de precisar voltar cambaleante para a casa da avó, prestes a desmaiar.

— Bem feito! — disse a avó, mas com a voz gentil.

Ela levou Joan de volta para a cama.

Só que talvez o desejo de que fosse verdade fez com que realmente o fosse, pois Joan ficou cada dia mais forte depois daquilo. Assim que suas pernas conseguiram sustentá-la, foi ao Holland Park. E voltou no dia seguinte, e no seguinte.

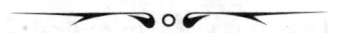

Na manhã em que o pai voltaria para casa, ela se sentia quase de volta ao normal.

Quando entrou na cozinha aquela manhã, encontrou a maioria da família já acordada.

Joan parou na soleira, com o mesmo choque de alívio e descrença que sentia toda vez que os via agora.

Tio Gus estava ao fogão, grelhando ervilhas. Enquanto ela observava, ele pegou peras da fruteira e jogou as cascas por cima dos ombros, ao que desapareceram no ar.

Ele encheu as ervilhas de tempero: o lado da família da avó gostava de sabores fortes. Não importava onde a avó morasse, a casa sempre tinha o mesmo cheiro: canela, açafrão, cardamomo e alho.

— Aposto que eu conseguiria roubar a *Mona Lisa* — dizia Ruth aos outros. Estava usando o radiador quebrado como assento de janela. Seus cachos formavam uma densa nuvem negra ao redor do rosto. — Você não está falando sério que vai comer isso — acrescentou quando a avó mordeu uma torrada. Ela grunhiu. — Ah, isso é errado.

— Dorothy, jogue isso fora — disse Tia Ada. — Por favor.

— Eu gosto assim — retrucou a avó.

— Está queimada! — disse Bertie.

— Eu gosto de torrada queimada.

Quando estiveram mortos, Joan sonhava com eles. Acontece que nunca conseguira conjurar todos os pequenos detalhes. O cabelo da avó era uma nuvem grisalha e frisada nas pontas. Sua camisola estava gasta nas barras. E ela podia gostar ou não de torradas queimadas, mas havia um divertido sorriso maroto em seu rosto enquanto comia. Ela sempre gostara de chocar as pessoas.

Ao seu lado, Tia Ada passava Marmite numa fatia pálida de torrada. Vestia um terninho branco, e não havia nenhuma mancha de geleia na roupa ou no prato. Uma vez, Joan lhe perguntara como conseguia ser sempre tão imaculada. Ada sorrira e beijara o topo de sua cabeça. *É apenas autoconfiança, meu bem.*

— Qualquer um poderia roubar a *Mona Lisa* — Gus disse a Ruth.

— Não estou falando de arrancá-la das mãos do velho — respondeu ela.

— Eu não faria isso. O que você pensa que eu sou? Eu roubaria direito também.

— É só uma réplica, de qualquer forma — disse Bertie.

Isso chamou a atenção de todos.

— Uma das famílias de Veneza comprou a original — explicou ele, como se estivesse surpreso que os outros não soubessem. — A tinta ainda estava fresca.

— Tem certeza? — disse Ada. — Ouvi dizer que os Nightingale o compraram do mesmo jeito. Com a tinta fresca.

— Quantas será que Leo vendeu? — perguntou Bertie.

— Certo, mas a questão — disse Ruth — é que eu poderia roubar uma pintura do Louvre. — Ela viu Joan na soleira. — Mas eu nunca faria isso — acrescentou, recitando em tom monótono —, porque roubar é errado.

"A professora chegou", dizia Ruth às vezes quando a prima entrava em um cômodo. Ela sempre o fazia com carinho, quase orgulho, como se estivesse dizendo *"Na verdade, Joan é uma astronauta."*

Joan sentiu uma familiar onda de afeto, assim como uma pontada de algo mais afiado. Quantas vezes entrara em um cômodo e sentira que a conversa mudara assim? *"Joan não gosta de falar de roubos." "Não na frente de Joan."*

— Eu... — começou ela.

— Eu sei, eu sei. Você precisa ir a algum lugar antes, e vai me encontrar depois. — Ruth lhe deu um empurrão de leve com o ombro. — Aonde você tanto vai?

— Nenhum lugar divertido — prometeu Joan, e pegou uma fatia de torrada do prato da prima. — Não vai mais comer?

— Não — resmungou Ruth, mas não soava irritava de verdade.

Estivera mais preocupada do que deixara transparecer com a doença de Joan.

— Coma alguma fruta se pretende caminhar — disse Tio Gus. Ele pegou uma laranja sanguínea da fruteira da avó e a estendeu para Joan. — Você precisa manter os níveis de vitamina C.

Joan se esquecera daquele detalhe também. Tio Gus pensava que vitamina C curava tudo, de gripe comum a uma perna quebrada. O sorriso de Joan começou a oscilar, e ela engoliu em seco, com força. Tinha sentido tanta saudade deles.

A laranja sanguínea tinha um aroma doce e forte, e era vermelha como o pôr do sol. Perfeitamente madura. E fora de época, percebeu Joan devagar. Laranjas eram frutas de inverno. Talvez fosse importada. Ou talvez alguém viajara para o inverno. Ela olhou de volta para Gus.

— Estou exagerando um pouco, não é? — disse ele.

Joan balançou a cabeça.

— Que nada. — Ela conseguiu abrir um sorriso verdadeiro, mas colocou a laranja de volta na fruteira. — Melhor eu me arrumar.

❦

A avó estava sentada nos degraus de entrada quando Joan saiu da casa. Ela abriu espaço para a neta.

— A Geraldine que mora duas casas para baixo acabou de passar com um gato na coleira — disse a avó. — Um laranja grandão com patas brancas. A mulher deve estar tendo uma crise de meia-idade. — Ela bebeu um gole do chá. — Você volta para o jantar? Vou fazer pudim caramelizado.

Num impulso, Joan se inclinou para abraçá-la. Não eram exatamente uma família que gostava de dar abraços, mas, depois de um segundo de surpresa, a avó colocou a caneca no chão e a apertou de volta. *"A formidável Dorothy Hunt"*, Aaron a chamara uma vez, mas, nos braços de Joan, a avó parecia frágil e delicada.

— Não perderia isso por nada no mundo! — disse Joan.

Joan se lembrou de quando voltou à Holland House pela primeira vez, uma semana antes, ainda tão fraca que mal parava em pé. O primeiro vislumbre da casa havia sido tão chocante quanto ver sua família viva de novo. *"Aquelas ruínas antigas no Holland Park"*, dissera a avó. Mas nada poderia ter preparado Joan para a realidade.

A ala oeste desaparecera. A biblioteca onde Joan conhecera Nick. O Quarto de Sabine, onde a avó morrera. A ala leste ainda estava lá, mas despedaçada. Restara apenas a fachada, que agora abrigava um hostel. Joan entrara entorpecida e encontrara um prédio moderno de layout irreconhecível. Onde estivera a Sala Dourada, agora havia um dormitório com alegres cores infantis.

Um panfleto no balcão de atendimento dizia que a casa fora bombardeada na guerra, vinte e duas vezes na mesma noite. Joan levou o panfleto até os Bancos de Roger, a alcova escondida com vista para o Jardim de Dálias. A casa podia ter mudado, mas ela ainda conhecia alguns de seus lugares secretos.

Ali, encolhida e parcialmente oculta atrás de uma cortina de folhas, leu sobre a nova história do lugar. Em sua linha do tempo, uma empresa privada comprara a Holland House na década de 1950 e a transformara em museu. Na nova linha, a casa fora destruída antes que isso pudesse acontecer. Seu esqueleto queimado fora vendido ao Royal Borough. Estava tudo ali no papel, em preto e branco, com citações.

Joan ficou sentada por um bom tempo. Independentemente do que dizia o panfleto, ela sabia que havia causado aquilo. Quando alterara a história de Nick, devia ter alterado a história da casa também. O prédio só tivera a má sorte de estar ao alcance de seu poder.

Então, não conseguia evitar de se perguntar: se fizera aquilo à Holland House, que outras mudanças havia feito sem querer na linha do tempo?

Agora, em sua última manhã em Londres, ela andou pelo familiar caminho de Kensington High Street ao que restava da casa.

"Aonde você tanto vai?", perguntara Ruth.

Joan não sabia por que continuava voltando. Penitência, talvez. O peso em seu peito fazia mais sentido quando via o que fizera ao lugar que amava. Mas não era apenas isso. Havia memórias ali que não estavam em nenhum outro lugar. Podia andar pelos jardins e imaginar que ele estava ali com ela.

Enquanto caminhava, Joan passava por pessoas fazendo exercício, passeando com cachorros e carrinhos de bebê. Havia um campo de futebol onde antes estivera o labirinto, e ela podia ouvir o distante baque da bola, as pessoas gritando, o apito do juiz.

Depois de um longo verão, o clima finalmente mudara. Estava frio e garoando quando Joan passou pela fachada da casa, pela pequena cafeteria, para além do antigo depósito de gelo. Na outra linha do tempo, historiadores de alimentos faziam a homogeneização de sorvetes entre suas paredes grossas, usando frutas frescas dos pomares da cozinha. Nesta, era um espaço de galeria.

Joan se demorou na passagem coberta entre o depósito e a *orangerie* onde antigamente cultivavam laranjas. Esta parte era nova, construída após o restante da casa ter sido bombardeado. Havia murais por toda a parede, retratando uma festa ao ar livre da Era Vitoriana.

O preferido de Joan era aquele em que os convidados estavam em um elaborado jardim formal: os arbustos à altura do tornozelo criavam intricadas voltas verdes. Mulheres em saias volumosas descansavam perto de uma fonte ao centro. Os artistas podiam não ter conhecido a casa, mas haviam capturado bem a atmosfera misteriosa dos antigos jardins.

Joan se aproximou. Quase podia continuar andando para dentro da pintura, pensou, sonhadora.

Ela se segurou e respirou fundo antes que o desejo a puxasse.

Quase automaticamente, firmou-se com os detalhes do momento, como Aaron ensinara. O cheiro de pedra molhada. O som da chuva fora da colunata.

Passos.

Um *déjà-vu* correu por todo o seu corpo. Ela se virou com o som, já sabendo que não era Nick. Teria reconhecido o ritmo de seu caminhar. Mesmo assim, seu coração se apertou, desapontado com a confirmação.

O recém-chegado era um homem de roupas sérias, talvez em seus 20 anos. Ele chacoalhou o guarda-chuva com cuidado no jardim, andou pela passarela e então parou no mural ao lado de Joan.

Seu rosto era pálido e chinês. Familiar, pensou Joan. Mas não o reconheceu até ele se aproximar da pintura com um ar de intenso interesse. Era um artista, ela se lembrou.

Jamie Liu era magro quando prisioneiro, mas nesta nova linha do tempo era saudável e musculoso. Tinha um corte de cabelo elegante e estava vestido para um clima mais frio, com luvas e um sobretudo azul.

"Eu te conheci", Joan queria dizer. Porém, não conhecera. Assim como não conhecera Nick, ou Aaron. Às vezes, o peso de se lembrar quando ninguém mais lembrava a fazia achar que ficaria louca. Vira pessoas caídas mortas naqueles jardins; porém, não vira. Sua família morrera ali; porém, não morrera.

— Eu amo essas pinturas — disse ela, um pouco sem jeito. Precisava ouvi-lo dizer algo. Ela sabia como sua voz soaria, e precisava de provas de que suas memórias eram reais. — A gente quase sente que pode participar da festa.

— Isso seria legal. — Para alívio dela, a voz tinha o timbre agradável que esperava. Ele se virou, com ar curioso, mas não desconfortável. — Com certeza me parece que eles estão desfrutando de um clima melhor.

Ela sorriu, hesitante.

— Meu nome é Joan.

— Eu lembro — disse ele.

"Os Liu se lembram." Joan não devia se sentir tão abalada quanto sentiu. Olhou fixo para ele.

Jamie gesticulou para o jardim além da passarela.

— O que acha de darmos um passeio?

Ele lhe ofereceu o guarda-chuva.

Joan encontrou a própria voz:

— É só uma garoa fina.

— Eu sei, mas... — Jamie olhou para o céu nublado. — Não gosto muito de me molhar.

Joan se lembrou dele menino, dos pés descalços espirrando água no riacho. *"Ele ama a água"*, dissera Tom. O que será que tinha acontecido durante o tempo que passara preso? O que quer que tenha sido, ele parecia mudado na nova linha do tempo. O menino de olhos atentos que pintara peixes ao lado do lago fora substituído por um homem com postura desconfiada, mas educada.

Solícito, ele segurou o guarda-chuva sobre ambos enquanto caminhavam, mesmo quando ela protestou que não se importava com a chuva.

Eles tomaram o caminho ao redor da velha *orangerie*. Por entre as janelas em arco, Joan podia ver as pessoas preparando um evento, arrumando mesas com talheres reluzentes e flores. Em suas memórias, havia vasos de laranja naquela parte do jardim: do lado de fora no verão, e colocados para dentro no inverno.

— Não me lembro de muita coisa — disse Jamie. — O poder Liu me dá apenas fragmentos da outra linha do tempo.

Joan olhou para suas mãos enluvadas, seu casaco, e refletiu.

— Do que você se lembra? — perguntou.

— Lembro que o herói era real.

Joan ouvia a própria respiração sair trêmula, parte aliviada, parte com dor. O simples ato de ouvir alguém falar dele parecia um paradigma se quebrando.

— Sinto muito — disse Jamie. — Eu sei o que ele era para você.

— Eu precisava fazer o que fiz — sussurrou Joan. — Minha família... — Ela engoliu em seco. — Precisava.

Eles passaram pelo salão de bailes de verão. Joan manteve os olhos no caminho, com medo de encontrar dó nos olhos de Jamie. Havia roseiras ali, crescendo sem poda.

— Eu sei — disse Jamie, gentil. Joan o ouviu inspirar e expirar. — Eu me lembro de quando era prisioneiro.

O coração de Joan se apertou mais ao pensar no menino que ele fora. Ela se voltou para ele.

— Tom sabe?

Jamie balançou a cabeça.

— Quando saí de casa hoje, ele estava pintando o barco. Com manchas de tinta verde da cabeça aos pés. — Por apenas um instante, enquanto falava de Tom, não havia escuridão em seus olhos. Ele quase parecia o Tom mais jovem. — Tom está feliz nesta linha do tempo. Graças a você.

"Como os Liu aguentam isso?", Joan queria perguntar. *"Como você aguenta se lembrar do que mais ninguém lembra?"* Mas ela conseguia ver como. Da mesma forma como ela precisaria fazer. Ele simplesmente seguia em frente.

— É graças a você também — ela o lembrou. — Você deixou aquela mensagem para nós. Você nos contou que o herói tinha sido criado.

— Contei? — Jamie soava incerto.

Ela percebeu que ele não se lembrava. Uma estranha solidão pesou em seu peito. Ela pensou no dia em que foram vê-lo. Ela, Aaron, Ruth e Tom, sentados à beira do lago. Lembrou-se do calor confortável do sol. De como estava grata por ter todos ali com ela. Independentemente das diferenças com que começaram, ao final formaram uma equipe.

Mas Aaron nunca se lembraria daquele dia, nem Ruth ou Tom. Sequer Jamie se lembrava de tudo.

— Eu não me lembro de deixar uma mensagem, mas... — Ele hesitou. Sua mão enluvada apertava com força o cabo do guarda-chuva. — Eu sei que ela ainda está por aí. A mulher que me prendeu.

A mulher que criara o herói. Será que se lembrava do que havia feito? Será que sabia o que Joan fizera?

Ela sabendo ou não, *Joan* sabia.

— É diferente agora — prometeu a Jamie. — Se ela vier, estaremos esperando.

Jamie não pareceu exatamente tranquilizado, mas a olhou nos olhos e assentiu. Ele testou o ar com a mão e abaixou o guarda-chuva. A garoa havia parado.

Ficaram juntos, observando o céu se abrir. Havia ruínas pelo caminho e tijolos se desfazendo cobertos por hera. Aquelas ruínas também existiam na outra linha do tempo, os resquícios de alguma estrutura há muito esquecida.

Joan olhou para além delas, para a casa. Daquele ângulo, podia ver as cicatrizes nas paredes de tijolinho onde antes estivera a ala oeste. Dali, podia ver o quanto da casa sobrevivera: vinte e duas bombas na mesma noite, e aquelas paredes continuavam de pé.

Havia um trecho azul aparecendo entre as nuvens agora. O sol estava dando as caras. Joan ergueu a cabeça para senti-lo.

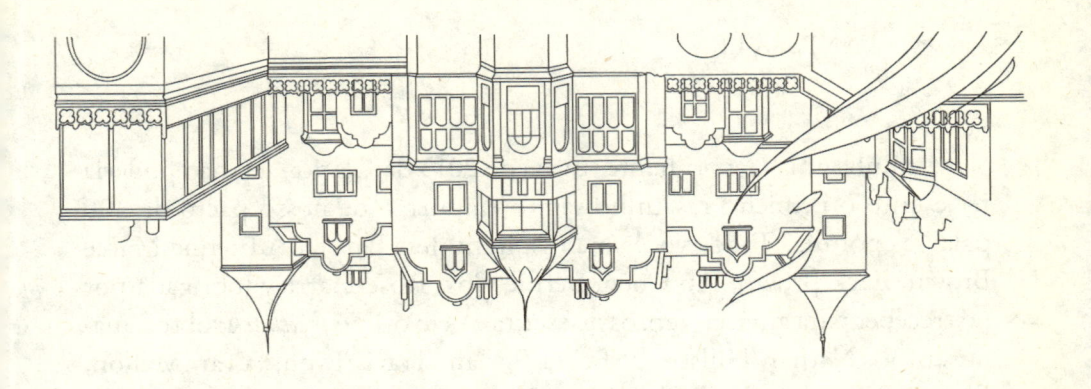

AGRADECIMENTOS

Muito amor e trabalho foram dedicados a este livro, e sou extremamente grata a cada um que ajudou a trazê-lo para o mundo.

Muito obrigada à minha família pelo incentivo, amor e apoio infinitos: Papai e Jun, obrigada pela ajuda com traduções e nomes; Ben, obrigada por fazer *brainstorms* comigo e por trazer novas ideias de poderes; Lee Chin, Moses, Wennie e Nina, obrigada pelo apoio ao longo dos anos.

Agradeço também aos amigos que estiveram comigo desde o início. Esta história nasceu durante um jantar em que descobrimos que estávamos todos pensando em escrever um livro. É maravilhoso ver quantas histórias incríveis foram escritas desde aquela noite, e tenho certeza de que muitas mais virão. Muito obrigada, Bea Thyer, por ser a melhor anfitriã naquela noite, como sempre; obrigada C. S. Pacat por todos os anos e anos de incríveis sessões de *brainstorming*, solução de problemas e trocas de manuscritos (este livro não poderia ter sido escrito sem você!); e a Shelley Parker-Chan, estou muito feliz por estarmos juntas nesta jornada; quem diria que realmente conseguiríamos transformar nossos sonhos em realidade! Obrigada também, Anna Cowan, pelas muitas sessões de escrita e conversas, e por suas valiosas opiniões ao longo dos anos.

À minha amada e brilhante turma de 2015 da Clarion, eu não poderia ter escrito o primeiro rascunho sem o empurrão de nosso pacto de 300 palavras por dia. Todos vocês me inspiram: Jess Barber, Adrienne Maree Brown, Zack Brown, Pip Coen, Bernie Cox, Rose Hartley (obrigada por nos receber para amáveis retiros de escrita e pelo ótimo *feedback* sobre o manuscrito!), Nathan Hillstrom, Becca Jordan, Travis Lyons, Evan Mallon, Eugene Ramos, Mike Reid, Lilliam Rivera, Sara Saab, Dayna Smith, Melanie West e Tiffany Wilson. Sinto muita saudade de todos vocês, e queria estar lendo suas histórias agora.

Muito, muito obrigada à minha maravilhosa agente, Tracey Adams, e a toda a equipe da Adams Literary: Josh Adams e Anna Munger. Tracey, você mudou a minha vida com um telefonema, e fez mais por este livro do que eu poderia imaginar em meus maiores sonhos.

Christabel McKinley, muito obrigada por compartilhar o livro no Reino Unido e na Austrália; aprecio muito todo o seu trabalho duro e apoio. Obrigada também, Stephen Moore, e a todos os outros sócios.

Na HarperCollins dos Estados Unidos, um imenso, imenso obrigada à minha fantástica editora Kristen Pettit, à Clare Vaughn e toda a brilhante equipe. Também agradeço muito por suas edições geniais, visão e todo apoio. Um agradecimento especial às editoras de produção, Caitlin Lonning e Alexandra Rakaczki; às designers, Jessie Gang e Alison Klapthor; à artista de capa, Eevien Tan; às gerentes editoriais, Meghan Pettit e Allison Brown; à diretora de marketing, Sabrina Abballe; e à publicitária, Lauren Levite. Tenho muito orgulho do livro que todas nós criamos juntas. Vocês o transformaram em algo muito maior do que eu havia imaginado que poderia ser.

Na Hodder & Stoughton do Reino Unido, muito obrigada à minha maravilhosa editora Molly Powell, e a Callie Robertson, Kate Keehan, Lydia Blagden, a artista de capa Kelly Chong e toda a equipe incrível pelo ótimo trabalho e por sua visão para o livro. Obrigada de coração à maravilhosa Anissa e todos na FairyLoot. Trabalhar com vocês, e com a Hodder & Stoughton, para criar a belíssima edição especial da FairyLoot, foi um sonho que virou realidade.

Na Allen & Unwin da Austrália, obrigada à equipe incrível: Kate Whitfield, Jodie Webster, Eva Mills, Sandra Nobes, Liz Kemp e todos os outros que trabalharam no livro. Sou muito grata por tudo o que vocês fizeram. É maravilhoso ter apoio local e uma editora tão fantástica aqui.

Um imenso obrigada às equipes da Eksmo na Rússia, da Penguin Random House na Espanha, da Piper na Alemanha e da Vulkan na Sérvia.

Também sou imensamente grata aos meus amigos do Education Services Australia: eu não poderia ter escrito este livro sem seu apoio e incentivo. Um agradecimento especial às minhas colegas de departamento, Alison Laming, Susan Trompenaars e Jessica Boland, que estavam ali todos os dias, a cada passo de minha jornada de escrita, das partes entediantes às divertidas e emocionantes. Sou muito grata pelo seu apoio. Obrigada também à Kelly Nissen e Noni Morrissey (obrigada por acreditar, antes de mim, que isto se tornaria realidade!). A Emma Durbridge, Madeleine Daniel, Stacey Hattensen e Tilka Brown, obrigada por todas as conversas sobre escrita. A Jill Taylor, obrigada por me ensinar tanto. A Libby Tuckerman, obrigada por me dar horas de trabalho tão flexíveis, eu jamais teria conseguido terminar este livro sem seu apoio.

Obrigada, Naomi Novik, por me mostrar que publicar um livro era possível e que talvez eu também o conseguisse um dia. Naomi, nunca vou me esquecer da primeira vez em que vi *Temeraire* em uma livraria e pensei: *"Eu conheço a autora desse! Conheço alguém que escreveu um livro!"* Muito obrigada por toda a ajuda e entusiasmo ao longo dos anos. Obrigada também, Francesca Coppa e Gina Paterson, por me ensinarem tanto sobre escrita. Eu ainda uso aquelas lições em tudo o que escrevo. Obrigada, Zen Cho, por ouvir e opinar em checagens de última hora para aplacar minha ansiedade. E obrigada, Diana Fox, por consertar o começo do livro. Você estava 100% certa sobre a solução.

A Warren Leonard, obrigada por compreender o livro tão completamente e por conhecê-lo de capa a capa, assim como eu. Todos os seus questionamentos fantásticos apontaram falhas no enredo e ajudaram-me a resolver e fortalecer o mundo que criei e a história por trás da história.

A Liana Skrzypczak e Bec Miller, obrigada por nossas muitas maravilhosas sessões de escrita e conversas todos aqueles finais de semana.

Aos amados e talentosos membros do grupo de escrita Pandas: Elaine Cuyegkeng, Kat Clay, Aidan Doyle, Likhain, Emma Osborne, Sophie Yorkston e Suzanne Willis. Obrigada pelos jantares e críticas.

A Alex Hong (sinto falta dos seus textos!) e Melissa Siah, obrigada por me fazer companhia em minha pesquisa e ir ao tour do Palácio Perdido em um entardecer chuvoso de Londres.

Ao Friends of Holland Park, obrigada por dedicarem tempo a me guiar por um tour maravilhoso pela Holland House e pelo parque.

A Sarah Rees Brennan, muito obrigada por todo o incentivo. Eliza Tiernan, obrigada pelo apoio quando eu estava na submissão (e a genial estratégia do donut). Amie Kaufman, Jay Kristoff e Astrid Scholte, obrigada por gentilmente compartilhar seu conhecimento e experiência com uma iniciante. Aprecio demais isso. Tashie Bhuiyan, obrigada por ser uma fonte de encorajamento e acolhimento depois que o contrato do livro foi anunciado.

Aos instrutores e administradores do Clarion 2015: Chris Barzak, Saladin Ahmed, Jim Kelly, Karen Joy Fowler, Margo Lanagan, Maureen McHugh e Shelley Streeby. Aprendi muito com vocês naquelas incríveis seis semanas. Queria poder fazer tudo de novo.

À oficina de escrita da Life de Springfield (Kinchem Hegedus, instrutores Karen Joy Fowler e Nike Sulway, e todos os participantes): obrigada por ler uma versão preliminar do prólogo e do primeiro capítulo e dar ótimas opiniões.

Por fim, gostaria de agradecer aos Traditional Custodians, os nativos das terras em que escrevi a maior parte deste livro, e prestar minha homenagem a seus Ancestrais, do passado, do presente e emergentes: os povos Bunurong e Wurundjeri Woi Wurrung da Nação Kulin.

A AVENTURA CONTINUA NO SEGUNDO LIVRO DA TRILOGIA

CONHEÇA OUTROS LIVROS DO SELO

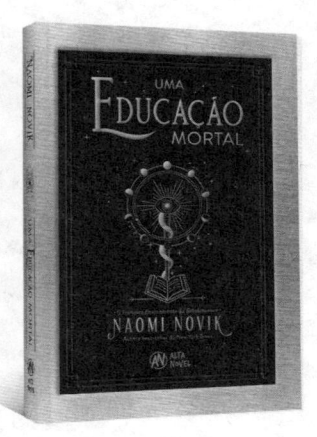

ENTRE EM UMA ESCOLA DE MAGIA DIFERENTE DE TODAS QUE VOCÊ JÁ CONHECEU!

O primeiro livro da trilogia Scholomance, a história de uma feiticeira das trevas relutante que está destinada a reescrever as regras da magia.

QUEM MERECE SOBREVIVER EM UM MUNDO QUE ESTAMOS DESTRUINDO?

Em um mundo devastado por desastres naturais, as pessoas vivem em eco-cidades. Em troca de ar, água e abrigo limpos, seus residentes devem passar pelo menos um terço de seu tempo em cápsulas de imobilização, conduzindo negócios virtualmente, para reduzir sua pegada ambiental. Kasey Mizuhara, vive nesse mundo à parte. Há 3 anos, sua irmã Celia está desaparecida, e a única memória que guarda é da irmã. Seu único anseio é sobreviver para reencontrá-la.

 /altanoveleditora  /altanovel

Este livro foi impresso nas oficinas gráficas da Editora Vozes Ltda.,
Rua Frei Luís, 100 – Petrópolis, RJ.